btb

Aus Freude am Lesen

btb

## Buch

Tante Elsie, die einen Schuss Erotik in die ländliche Kinderwelt trägt. Der Schiedsrichter, der aus persönlichen Gründen den fälligen Elfmeter am liebsten nicht pfeifen würde. Und der glücklose Rockgitarrist, der sich mit einem erfolgreichen Exkumpel herumschlagen muss. Kjell Westös Helden schlagen sich wacker auf den Feldern des Alltags, auch wenn sie nicht immer als Sieger aus ihren Kämpfen hervorgehen. Wehmütig, melancholisch und gleichzeitig urkomisch sind diese Erzählungen, die an »ein wunderbares Weihnachtsbuffet erinnern: üppig, saftig und voller Überraschungen« (*Hallandsposten*).

## Autor

Kjell Westö ist einer der bekanntesten finnlandschwedischen Autoren der jüngeren Generation, geboren 1961 in Helsinki – finnlandschwedisch Helsingfors –, wo er heute noch lebt. Seit seinem literarischen Debüt 1986 hat er drei Gedichtsammlungen, mehrere Bände mit Erzählungen und drei Romane veröffentlicht, darunter »Vom Risiko, ein Skrake zu sein« – einer seiner größten Erfolge und gerade bei btb im Hardcover erschienen.

Kjell Westö

# Tante Elsie und mein letzter Sommer

Ausgewählte Erzählungen

Aus dem Finnlandschwedischen
von Paul Berf

btb

Die schwedische Originalausgabe erschien 2004 unter dem Titel »Lugna favoriter« bei Norstedts förlag, Stockholm.

Die Erzählung »Ein Abend in Montevideo« wurde eigens für die deutsche Ausgabe geschrieben.

FSC
Mixed Sources
Product group from well-managed forests and other controlled sources

Cert no. GFA-COC-1223
www.fsc.org
© 1996 Forest Stewardship Council

Verlagsgruppe Random House FSC-DEU-0100
Das FSC-zertifizierte Papier *Munken Print* für Taschenbücher aus dem btb Verlag liefert Arctic Paper Munkedals AB, Schweden.

2. Auflage
Deutsche Erstveröffentlichung

Umschlaggestaltung: Design Team München
Umschlagfoto: photonica
Satz: Uhl + Massopust, Aalen
Druck und Einband: Clausen & Bosse, Leck
RK · Herstellung: AW
Made in Germany
ISBN-10: 3-442-73433-9
ISBN-13: 978-3-442-73433-7

www.btb-verlag.de

# Tante Elsie

Im August kam Tante Elsie.

Der Lärm der Stadt und die harten Holzpulte der Schule hatten sich bereits fest in meinen Gedanken verankert. Die Sonne versank immer schneller hinter dem Land der großen Kiefern auf der anderen Seite des Wassers. Ich war mir sicher, wenn ich nur das Motorboot nehmen und die dunkle Klippe mit der leer stehenden grünen Hütte umrunden dürfte, würde ich das Zischen hören und sehen können, wenn die Sonne in eine der Buchten hinter dem Kiefernwald fiel; aber Papa meinte, das Boot sei viel zu kippelig.

Einige Jahre vergingen, unser Boxer Bruno gewann eine Dritter-Platz-Schleife bei einer großen Hundeausstellung und lief immer seltener weg, mein Bruder Kenneth zog zu Hause aus, an den Wintersamstagen bekamen wir schulfrei, aber gleichzeitig wurde der Sommer kastriert; es war nicht mehr der September, der die Grenze markierte, sondern der sechzehnte oder achtzehnte August. Wir aßen Flusskrebse, Onkel Walle holte sie in Tammerfors, blaugrau und grauslig krabbelten sie in ihren Pappkartons, wurden in den Kochtopf geworfen und wurden rot und tot. Die Raubfische erwachten aus ihrer Julilträgheit, die Zander gingen wieder ins Netz. Inmitten des schweren, dunklen Grüns gab es einen Abgrund, das spürte ich, obwohl ich erst viel später gelernt habe, die Worte dafür zu finden.

Im August wartete ich auf Tante Elsie.

Sie kam mit einem Duft aus Tabak und Moschus, Großstadt und Lachen. Tante Elsie setzte eine Zäsur, ihre Stimme war laut und gierig, durchdrang die Genügsamkeit und übersättigte Ruhe, die im August über Lönnbacka hing. Ihre Haare kräuselten sich bis zur Taille, so schwarz wie die Kohlenhalden neben den Kraftwerken, die der Stadt Wärme spendeten. Die Stadt! Vielleicht war dies ja das Geheimnis Tante Elsies – dass sie an Helsingfors erinnerte. Sie war hektisch und schnell, ihre Kent rauchte sie mit energischen Zügen, die ihre Wangen zu zwei großen Gruben zusammenzogen, und die Schritte, mit denen sie ging, waren so kurz, dass es aussah, als würde sie laufen. Auf ihrem Nachttisch in der Saunakammer lagen stets vier Bücher, alle mit einem Eselsohr irgendwo in der Mitte.

Tante Elsie war nicht wie wir anderen; sie war maßlos, spielte Fußball mit mir und meinem dicken Cousin Robin, wanderte rastlos auf Lönnbacka umher, rauchte Kette, las in einem fort und genoss so gierig und redete über so viele Dinge gleichzeitig, dass Großmutter, die das halbe Jahr dort draußen in der Stille lebte und außerdem alt war und in aller Ruhe über die Dinge nachdenken wollte, oft aussah, als würde sie nichts verstehen.

»Elsie, Liebes«, sagte sie, »du solltest dir deinen Kopf nicht mit so vielen Dingen voll stopfen. Was du nicht verdaut bekommst, kann schmerzhaft für dich werden.«

Tante Elsie lachte und schüttelte energisch den Kopf, sodass sich der schwarze Schwall wie ein Vorhang über ihre Augen legte.

»Ich bin noch jung, ich schaff das schon.«

Ich fand nicht, dass Tante Elsie jung war. Für mich waren sie alle alt und dem Tod und Verschwinden auf eine Weise nahe, die mir manchmal eine leichenblasse Angst einflößte, allein zurückzubleiben: Papa und Mama, Großmutter, Onkel Walle und Satu, die Onkel Walles Frau und Robins Mama war und Finnisch sprach, und Tante Elsie; sie alle hatten schon so unfassbar lange gelebt.

Aber wenn Tante Elsie nicht jung war, so war sie dennoch schön, auf die gleiche Art schön wie Helsingfors, wenn man am Tag vor dem Schulbeginn zurückkehrte und die Stadt am Ende der Autobahn vor einem lag, mit all ihren Menschen und all ihrer Gier.

Jeden Morgen steht Tante Elsie vor der Sauna. Vor ihr steht eine gesprungene Emailleschüssel. Tante Elsie beugt sich über die Schüssel. Es ist immer früh, alle anderen schlafen. Tante Elsie wäscht sich unter den Armen, ihre Brüste schwingen wie gewaltige Pendel von links nach rechts und wieder zurück, das Wasser spritzt, und Tante Elsie pfeift vor sich hin. Robin und ich stehen am Waldsaum, zusammengekauert hinter dem großen Stein, wir bekommen immer größere Augen.

Dann geht Tante Elsie schwimmen, wenn das Wetter gut ist. Robin und ich schleichen hinterher, verstecken uns hinter der Riesentanne. Der See glitzert mit hundert Augen, die Ukeleien hüpfen auf und ab, als zöge jemand mit Fäden an ihnen, weiße und gelbe Seerosenblätter schaukeln auf dem Wasser. Robin und mir verschlägt es die Sprache, weil alles so wunderschön ist. Tante Elsies Haare sind so lang, dass sie bis zu ihrem Po hängen, der sich leuchtend weiß von ihrem braunen Rücken und den braunen Beinen absetzt. Wir warten auf den Moment, wenn sie zurück schwimmt, sich aufrichtet und an Land watet. Ich hebe einen Fuß auf einen Stein und lehne mich vor, damit Robin nicht sieht, was mit mir geschieht.

Im Sommer vor dem, in dem alles geschah, hatte Robin begonnen, es mir gleichzutun.

Großmutter stand am Herd und backte Scones. Musik strömte aus dem alten Transistorradio, das auf der Kommode neben dem Porträt von Großvater und Urgroßmutter und den anderen Toten stand.

»Bleibt Tante Elsie lange dieses Jahr?«, fragte ich.

»Viljaaaoooooviljaaa«, sang Großmutter. Ihr Oberkörper

wiegte sich verträumt, während sie aus vollem Halse sang. Ich habe niemals begriffen, wie sie es anstellte, aber obwohl dies lange vor der Zeit der vielen Rundfunksender war, bereitete es Großmutter nur selten Probleme, eine Wellenlänge mit der *Lustigen Witwe* zu finden.

»Wann wirst du mir erzählen, wo Tante Elsie im Winter wohnt und wie sie mit uns verwandt ist?«, versuchte ich es.

»Wenn du älter bist. Könntest du bitte zum See hinuntergehen und deiner alten Großmutter Wasser holen?«

Ich ging.

»Sei lieb zu Tante Elsie, wenn sie kommt«, sagte Großmutter, als ich zurückkehrte. »Sie hat hart gearbeitet und ist müde.«

Ich nickte. Großmutter stand weiter am Herd, sie hatte wieder angefangen zu singen: »Viljaaaoooviljaaa …«

Als Papa den Wagen nahm und zur großen Straße fuhr, um Tante Elsie abzuholen, hockte ich draußen auf der Bucht und angelte. Ich wurde wütend; zur großen Straße zu fahren, wäre eine willkommene Abwechslung vom täglichen Einerlei gewesen. Obwohl ich es nicht zugeben wollte, sehnte ich mich bereits nach der Stadt, und an der großen Straße wären die Autos vorbeigerauscht und hätten mir einen Vorgeschmack darauf gegeben. Außerdem hätte ich, mit etwas Glück, einen Blick auf jemanden aus der verrückten Familie erhaschen können.

Der Bauernhof der verrückten Familie lag am Waldsaum, etwa zweihundert Meter von der großen Straße entfernt. Zwischen Straße und Hof lagen ein paar kleinere Felder, die von ihnen bewirtschaftet wurden. Papa hatte mir verboten, Aaltonens die verrückte Familie zu nennen, aber es fiel mir schwer, es bleiben zu lassen, da Herr Aaltonen der einzige von ihnen war, der normal zu sein schien.

Herr Aaltonen war groß, grobschlächtig und still. Wenn er Papa, Mama oder Großmutter sah, hellte sich seine Miene stets auf, und er gab ihnen die Hand und grüßte: Es klang ungefähr wie »Puaiviee, puaiviee«. Er war größer als Papa, obwohl es aussah, als wäre es umgekehrt. Ich weiß nicht, ob Papa sich reckte oder Herr Aaltonen sich duckte, aber Herr Aaltonen schien zu Papa aufzublicken.

Papa, der gerne zum Besten gab, dass er zwei Jahre in einer Fabrik gearbeitet hatte, bevor er anfing zu studieren und im Laufe der Zeit reich wurde, wirkte oft verlegen.

Manchmal unterhielten sich Papa und Herr Aaltonen so leise, dass ich sie nicht hören konnte. Herr Aaltonen schüttelte dann oft den Kopf. Trat ich näher, erhoben beide die Stimme und einigten sich auf einen gemeinsamen Angelausflug an einem der nächsten Tage. Einmal merkten sie nicht, dass ich dicht hinter ihnen stand, und da verstand ich, dass sie überhaupt nicht übers Fischen sprachen.

»Papa, was bedeutet ihmisen on taakkansa kannettava«, fragte ich hinterher.

»Dass der Mensch mit dem leben muss, was ihm gegeben wurde«, sagte Papa. »Das pflegen Leute zu sagen, die an Gott glauben.«

Frau Aaltonen wohnte nur von Mai bis September auf dem Bauernhof. Im Winter ruhte sie sich siebzig Kilometer südlich in Tammerfors aus, das hatte Großmutter erzählt. Mitten in einer Hitzewelle konnte Frau Aaltonen in dicken Wollsocken, braunen Winterstiefeln mit hohen Schäften, einem Wollpullover und langem Mantel zum Kaufmannswagen kommen. Die Kinder schwitzten in ihren Badehosen, die Erwachsenen in Shorts, Bikinis und Strandsandalen. Frau Aaltonen schenkte uns ein trauriges Lächeln, das besagte:

»Ich sehe durchaus, dass ihr glotzt, obwohl ihr nichts sagt.«

Ich stellte mir vor, dass Frau Aaltonen auf irgendeine Weise von innen heraus fror. Einmal hatte ich an der Kasse des Kaufmannswagens hinter ihr gestanden. Sie hatte durchdringend gerochen, nicht wirklich schlecht, aber etwas abgestanden.

Aaltonens Tochter hatte ich ein einziges Mal gesehen. Sie war im Schlepptau ihrer Mutter zum Kaufmannswagen gekommen, mit kurzen, schlurfenden Schritten, den leeren Blick hartnäckig auf die staubige Straße gerichtet. Nie zuvor hatte ich einen so bleichen Menschen gesehen, sie war so weiß wie die Fische, wenn sie im Wasser sterben und den Bauch nach oben kehren. Ihre Augen waren zwei schwarze Löcher, zwei Brunnen, in die man hinabblicken konnte, immer weiter, weiter, weiter, ohne jemals etwas zu finden.

Ich war damals vor Angst wie gelähmt, der Geruch von Seife und Sommerwiese verschwand, ich stand wie verhext und stierte. Ich erinnere mich, dass ich an jenem Abend, als Lönnbacka in rotes Licht getaucht war, zu Großmutter ging, die in meinen Augen auf alles eine Antwort wusste, und ihr erzählte, was ich gesehen hatte.

Großmutter hatte eine Stadtwohnung in Tammerfors, aber am liebsten lebte sie draußen auf Lönnbacka, wo sie sich in das vertiefen konnte, was sie am meisten interessierte: die Natur. Ich pflegte vor dem Kaminfeuer bei Großmutter im kleinen Haus zu sitzen. Wir hörten *Die Naturwächter* im Radio, eine Sendung, bei der man anrufen und Fragen zu Tieren und Pflanzen stellen konnte. Ab und zu ging Großmutter in das Zimmer mit dem Webstuhl, in dem das Telefon stand, und rief selbst beim Rundfunk in Helsingfors an. Ich blieb sitzen und hörte Großmutter aus dem Radio über die schwache, verzerrte Leitung Fragen stellen.

Was Großmutter mir erzählen wollte, als ich Kind war, erzählte sie mir in Form von Märchen über Tiere, Bäume und Blumen. Ich war ein Stadtkind und verstand nicht immer. An jenem Abend, an dem ich ihr von Aaltonens Tochter erzählte, nahm Großmutter die Vögel zu Hilfe und wollte von mir wissen, ob mir aufgefallen sei, wie verschieden ihr Temperament war, die Prachttaucherfamilie auf Lillön, das Elsternpaar, das den Bootssteg bevölkerte, die Tauben in Tammerfors und die Kranichkolonie drüben am Moor von Kontuniemi. Kinderkram, fand ich, der ich im Frühling zehn geworden war und bald als der Jüngste in meiner Klasse aufs Gymnasium gehen sollte. Als ich ihr widerwillig mit Ja geantwortet hatte, meinte Großmutter, es gebe auch Vögel, die man nur selten sehe, Vögel, die ihre Flügel verloren und vor allem Angst bekommen hatten.

»Was soll das heißen, vor allem«, sagte ich ungeduldig.

»Vor sich selbst, dem nächsten Tag, den Menschen… eben allem.«

»Ich glaube, sie ist einsam«, sagte ich.

»Das ist sie bestimmt«, erwiderte Großmutter.

»Ich glaube, man wird einsam auf dem Land«, sagte ich.

»Man wird auf dem Land auch nicht einsamer als in der Stadt«, sagte Großmutter, »aber man hat hier mehr Zeit zu merken, dass man einsam ist.«

Ich lief vom Ufer herauf und warf mich außer Atem in Tante Elsies Arme.

Sie packte mich und versuchte, mich hochzuheben, schaffte es aber nicht.

»Du bist aber groß geworden!«

Tante Elsie roch nach Tabak aus dem Mund, wie sie es immer tat, aber auch nach etwas anderem, es war ein scharfer Geruch, den ich eigenartig fand.

»Willst du meine Dribblingbahn sehen«, sprudelte es aus mir heraus, »ich laufe mit dem Ball zwischen den Stöcken in vierzehn Sekunden!«

»Nun lass Tante Elsie sich erst einmal umziehen und an die frische Luft gewöhnen«, meinte Großmutter und wandte sich ihrem Gast zu: »Es gibt gleich Tee und belegte Brote, aber du kannst dich ruhig vorher ein wenig ausruhen.«

Tante Elsie nahm ihre Koffer, einen braunen und einen dunkelblauen, und ging zur Sauna hinunter. Mitten auf dem Hang blieb sie plötzlich stehen, schaute zu mir und Robin hinauf, die wir den Ball zwischen uns hin und her kickten, und lachte laut.

Robin zuckte zusammen.

»Ach was«, schnaubte ich, »sei kein Angsthase. Tante Elsie lacht immer so, das ist doch ihr Spezialladen.«

Robin wirkte immer noch ängstlich, und das machte mich wütend. Seine Angst war ein gegen Tante Elsie gerichteter Vorwurf.

»Du verdammter Waschlappen«, sagte ich so höhnisch, wie ich nur konnte.

Beim Abendessen war Tante Elsie so lebhaft und laut wie eh und je. Ich begriff nicht alles, was gesagt wurde, aber von Zeit zu Zeit hatte ich das Gefühl, die anderen versuchten, Tante Elsie zurückzuhalten, sie dazu zu bewegen, weniger zu reden.

Das Gespräch verebbte. Onkel Walle zog an seiner Pfeife. Tante Elsie hatte unmittelbar über der Nasenwurzel eine Falte, sie rauchte ihre blendend weißen Zigaretten.

»Was für einen herrlichen Sommer wir bekommen haben«, sagte Onkel Walle.

»Ja, welch eine Wonne. Ich kann mich nicht erinnern, dass die Vögel jemals so viele Küken hatten wie in diesem Jahr«, sagte Großmutter.

»Die gesegnete helle Jahreszeit. Schade nur, dass sie so kurz ist«, ergänzte Mama.

»Wohl wahr«, sagte Papa und stand auf, um Kaffee nachzugießen.

»Ich weiß schon, was ihr denkt«, sagte Tante Elsie plötzlich in einem Tonfall, den ich nicht kannte. »Ihr denkt, dass ich meine Forschung und meine Reisen aufgeben und stattdessen lieber heiraten sollte. Ihr glaubt, ich werde…« Sie verstummte mitten im Satz. Diesmal geriet ihr Lachen, das laute und kühne, irgendwie außer Kontrolle, wurde schrill und knickte weg wie ein Metalldraht, der von einer Schweißflamme bearbeitet wird.

»Der Junge«, sagte Großmutter.

»Wir denken nur, dass du nicht so viel grübeln solltest«, sagte Papa.

Ich hüpfte auf Tante Elsies Schoß.

»Schau mal, wie gelb dein Zeigefinger ist«, sagte ich. Tante Elsie betrachtete ihre linke Hand und anschließend mich. Ihre Augen waren grau und standen ein wenig schräg. Meine Augen hatten eine ähnliche Farbe, waren jedoch groß und rund.

»Ich habe keine Angst vor dir, obwohl Robin welche hat. Aber du rauchst zu viel. Das ist nicht gesund, sagt Oma.«

Alle lachten.

»Ich glaube, es ist an der Zeit, dass wir uns zurückziehen«, meinte Onkel Walle.

Am Morgen kroch die Sonne verschleiert von einem weißen Dunst über Lönnbacka den Himmel hinauf. Ich schlich die Treppe hoch, vorbei an Onkel Walles und Satus Schlafzimmer, durch die Küche und zu Robins Zimmer. Ich steckte den Kopf hinein und zischte.

»Wie viel Uhr ist es«, fragte Robin verschlafen.

»Halb sieben.«

»Sollen wir zur Riesentanne gehen und warten?«

»Das machen wir.«

Wir liefen auf dem Wurzelpfad zum Ufer hinab. Es lag noch Tau, und die Wurzelgeflechte verliefen rutschig quer über den Pfad; aus einem Meter Entfernung sahen sie aus wie dicke Schlangen.

Wir bezogen Posten hinter der Tanne, warteten eine Viertelstunde; nichts geschah. Weitere zehn Minuten. Der Schleier am Himmel verschwand, und das Ufer war in grelles Sonnenlicht getaucht. Zwei Menschen traten auf der anderen Seite der Bucht auf einen Steg hinaus. Ansonsten war alles still. Viele Sommerhäuser waren bereits verriegelt. Das Wasser war flach, in Ufernähe war es immer noch lauwarm. Die Schule würde in einer Woche beginnen.

In der Saunakammer waren die Vorhänge zugezogen.

»Warum kommt sie nicht?«, fragte Robin ungeduldig.

»Sieh mal«, sagte ich und zeigte auf das Fenster, »die Vorhänge sind zu kurz. Sollen wir hineingucken?«

»Traust du dich?«

»Na klar.«

Wir schlichen uns zum Fenster. Ich lehnte mich vorsichtig an die Wand, streckte den Hals und blickte durch einen Spalt schmutzigen Fensters, der zwischen Rahmen und Vorhang frei war. Der Raum lag im Zwielicht, aber ich konnte Tante Elsie auf der Bettkante sitzen sehen, und ich zuckte zusammen. Tante Elsies Haare waren wirr, sie klebten in dünnen, schwarzen Strähnen an ihrer schweißnassen Stirn. Ich blinzelte und sah, dass auf dem Fußboden schwarze Locken lagen; Tante Elsie hatte sich in der Nacht die Haare geschnitten. Im Nacken waren ihre Haare fettig und verfilzt. Tante Elsie rauchte mit schnellen Zügen und warf die Zigarette anschließend mit einem heftigen Ruck fort. Sie landete neben einem schwarzen Aschenbecher, der randvoll war. Tante Elsie lehnte sich vor, nahm etwas aus einer kleinen flachen Schachtel, die zwischen den Büchern auf dem Nachttisch lag, schluckte es und setzte sich wieder aufs Bett. Ihre Augen starrten groß und hohl auf einen Punkt an der Wand, irgendwo schräg über dem Kachelofen. Ich schaute hin, konnte dort aber nichts entdecken. Tante Elsies Lippen bewegten sich, aber ich hörte keinen Ton. Vielleicht lag es am Fenster. Ihre Augen blieben auf den Punkt an der Wand gerichtet. Dort war immer noch nichts. Nichts.

»Darf ich gucken?«, hauchte Robin in mein Ohr.

»Wenn du unbedingt willst. Aber du bist selber schuld.«

Robin lehnte sich vor. Ich sah, dass er Angst bekam, und zog an seinem Hosenbund.

»Komm jetzt.«

»Tommen«, sagte Robin, als wir den Hang hinaufliefen.

»Ja.«

»Tante Elsie ist gefährlich geworden.«

Ich blickte zur Seite und musterte ihn, wie er dort neben mir stapfte. Er war klein und dick und hatte Angst. Ich hatte selber Angst. Er hätte das nicht sagen sollen. Ich bekam plötzlich Lust, ihm weh zu tun.

»Schwachsinn!«, sagte ich so nachdrücklich, wie ich nur konnte.

»Ihre Augen haben ausgesehen wie die von einem Barsch«, meinte Robin.

»Tante Elsie ist ein Mensch«, sagte ich.

Wir im großen Haus frühstückten wie üblich gemeinsam.

Ich blickte den Pfad zum kleinen Haus hinunter und sah Großmutter mit einer Gartenschaufel im Rosenbeet graben. Von Tante Elsie keine Spur.

»Und, hat Tommen heute Nacht von Sirenen geträumt?«, versuchte es Onkel Walle, der wusste, dass ich Tante Elsie mochte. Robin und ich sahen uns verblüfft an. Sirenen hörte man in der Stadt, sie waren auf Polizeiautos und Krankenwagen. Ich sah, dass Robin immer noch verängstigt war, fast etwas sagen wollte, und trat ihn gegen das Schienbein. Er biss sich in die Lippe und schwieg. Ich hatte mir vorgenommen, nach dem Frühstück meinen eigenen Dribblingrekord zu schlagen. Vierzehn Sekunden waren einfach nicht gut genug. Robin wollte gerne Krocket spielen, und als ich nein sagte, trottete er schmollend allein zum Spielfeld.

Meine Dribblingstöcke lagen kunterbunt verstreut auf der Erde. Bruno, dachte ich und begann, sie in ihre Löcher zurückzustecken. Da kam Robin angelaufen. Er weinte. Onkel Walle lief ihm hinterher. Robin blieb stehen, drehte sich um und verschwand in seinen Armen.

»Papa, Tante Elsie ist vorbeigelaufen und hat die Krockettore rausgetreten, sie hatte ein ganz weißes Gesicht, Papa, Tante Elsie ist gefährlich!«

Satu kam aus dem Haus hinzugerannt.

»Ich glaube, es ist schlimmer geworden«, sagte Onkel Walle und lief zum Ufer hinab.

Ich erinnere mich nur in undeutlichen Bruchstücken an den Tag, der nun folgte. Robin und ich wurden uns selbst überlassen. Papa, Onkel Walle und Satu gingen in den Wald. Bruno wurde eingesperrt, er war zu eigensinnig, um als Spürhund zu taugen. Großmutter und Mama telefonierten abwechselnd. Sie wählten nicht immer die gleiche Anzahl von Ziffern, manchmal riefen sie im Dorf an, manchmal in Tammerfors oder Helsingfors. Ich wollte mich auch auf die Suche machen, aber ich durfte nicht.

»Du bleibst hier«, sagte Großmutter, und ihre Kiefermuskeln waren angespannt.

Am späten Nachmittag tauchten Papa und Onkel Walle wieder auf. Sie schüttelten den Kopf und schlürften Kaffee. Herr Aaltonen fuhr in einem alten Auto vor und hatte einen großen Hund mit spitzen Ohren und einem wachsamen Blick dabei. Blaue Gewitterwolken türmten sich hinter dem Kiefernwald auf der anderen Seite der Bucht auf, aber das Unwetter brach nicht los.

Die Erwachsenen sprachen darüber, Leute für eine systematische Suche zusammenzutrommeln, und ich wurde zur Seite geschoben.

Die Männer verschwanden wieder. Satu war wiedergekommen, sie kochte für uns Zurückgebliebene, und wir aßen Fischsuppe, ohne Appetit zu haben. Die Sonne schien, obwohl die blauschwarzen Wolken noch am Himmel hingen und lauerten, und das rote Augustabendlicht verbreitete sich auf Lönnbacka. Großmutter erklärte, sie suchten jetzt die Wiesen auf der anderen Seite der großen Straße ab.

»Ist Tante Elsie eine Hexe?«, fragte ich.

»Jetzt red nicht so ein dummes Zeug«, sagte Mama. »Nimm Robin mit, rudere hinaus und hol den Fang aus dem Fischzaun.«

Wir fuhren auf den See hinaus. Das Wasser hatte bereits angefangen, die Farbe zu wechseln, von leuchtend blau zu dunkelblau bis schwarz.

»Wie unheimlich es wird, wenn im August die Sonne untergeht«, sagte Robin.

»Das ist nur der Herbst«, erwiderte ich betont gleichgültig.

»Glaubst du, sie suchen auch noch in Pirunkolu nach ihr?« Robin klang ängstlich.

»Quatsch, Pirunkolu liegt doch mindestens zwanzig Kilometer weg.«

Der Fischzaun lag draußen bei Lillön, fast mitten in der Bucht. Ich beugte mich über das dunkle Wasser, um nach dem Schwimmer und dem roten Tau zu greifen.

Da erklang das Geräusch.

»Wölfe«, sagte Robin. »Wölfe können doch nicht schwimmen, oder?«

»Still«, sagte ich verängstigt und versuchte zu hören, woher das Geräusch kam. Ich erblickte sie auf der äußersten Spitze der dunklen Klippe. Sie standen draußen auf dem abgeflachten Berg, dem letzten Vorposten vor dem Land der großen Kiefern. Es wurde jetzt rasch dunkel, aber noch konnte ich die Gewitterwolken sehen, die über den Baumwipfeln hingen. Ich hörte das Schlagen der Wellen gegen das Felsufer in der Ferne, aber die Wellen und das Geschrei der Möwen über unseren Köpfen wurde überlagert von dem lang gezogenen Laut. Natürlich hätte es auch ein Wolf sein können, es hätte ein Hund oder auch eine Eule sein können, dennoch war an diesem Ruf etwas unverkennbar Menschliches, das hätten wir begriffen, selbst wenn es stockfinster gewesen wäre.

Robin begann zu weinen. Ich ließ das Seil los, obwohl es daran ruckte und zappelte. Man hörte ein schwaches Grollen aus den Gewitterwolken.

Der klagende Ruf erklang weiter, er klang nicht wie ein Hilfeschrei, eher einfach wie ein Laut in der Luft.

Ich ruderte, so schnell ich konnte, es gluckerte um das Heck. Als wir das Ufer erreichten, hörte ich Autogeräusche.

»Lauf hoch und sag, dass Tante Elsie mit noch jemandem auf der dunklen Klippe steht und schreit«, sagte ich zu Robin.

Herr Aaltonen war der Erste, der herabgelaufen kam. Er

hatte schnelle Beine, obwohl er grobschlächtig und schwerfällig aussah. Er hob ein Fernglas an die Augen und richtete es auf den See.

»Siellä he ovat, Luojalle kiitos – Gott sei Dank, da sind sie.«

Er reichte das Fernglas an Papa weiter, sie standen beide da und blickten auf das immer schwärzer werdende Wasser hinaus. All die Unterschiede, die es zwischen Papa und Herrn Aaltonen sonst immer gab, die Feingliedrigkeit gegenüber der Grobschlächtigkeit, die Kühle gegenüber der Freundlichkeit, sie waren jetzt verschwunden, und keiner brauchte zum anderen auf- oder auf ihn herabzublicken; am Ufer standen schlicht zwei besorgte, aber erleichterte Männer mittleren Alters.

Papa, Herr Aaltonen und Onkel Walle setzten sich in Aaltonens Pick-up, und daraufhin durchschnitt das Motorengeräusch lange Zeit die Stille des Sees. Der Wagen war immer schwächer zu hören. Von Zeit zu Zeit tauchten die Lichter der Autoscheinwerfer zwischen den Baumstämmen auf der anderen Seite des Sees auf. Sie fuhren auf dem schmalen, fast zugewucherten Sandweg, der zur dunklen Klippe hinausführte, auf der das grüne Haus unbewohnt gestanden hatte, solange ich denken konnte.

Dann hörte man erneut den Ruf.

»Komm rauf, es gibt Tee«, sagte Mama.

»Darf ich nicht gucken?« Jetzt verstummte der Automotor. Es war fast dunkel; ich konnte den grünen Dachfirst der Spukhütte ausmachen, nicht jedoch die Gestalten, die, wie ich wusste, auf der Klippe standen.

»Mama, wer ist die andere? Ist das Frau Aaltonen?«

»Nein.«

In diesem Moment verstummte der Ruf.

»Ist es dann das Mädchen?«

»Ja. Komm jetzt mit, dann bekommst du ein Brot mit Apfelsinenmarmelade.«

Nach zahlreichen Telefonaten und vielen aufgeregten Gesprächen kam ein Krankenwagen und brachte Tante Elsie nach Tammerfors. Onkel Walle würde am nächsten Tag in die Stadt fahren und sie besuchen.

Großmutter saß auf meiner Bettkante und wollte ein Märchen erzählen.

»Ich bin zu alt für Märchen«, sagte ich, »erzähl es Robin.«

Aber Großmutter erzählte trotzdem. Sie erzählte von der Trauer, die Menschen, die in Abgeschiedenheit leben, zuweilen empfinden, wenn der Sommer verstummt und der Herbst sich wie eine Decke über alles legt, und sie erzählte von einer anderen Trauer, wie sie die Menschen in der Stadt empfinden, wenn sie rennen und rennen und rennen und niemals stehen bleiben und die Stille hören dürfen, sie leben einfach weiter, zusammengekauert in einem Lärm, der so laut ist, dass sie es kaum merken, wenn die Laute aus ihrem Inneren verschwinden, bis sie eines Tages erwachen und eine Leere scheppern hören, eine Leere, die sich nie und nimmer mit Wein, Maschinen, Bonbons oder anderem, was man sich kaufen kann, ausfüllen lässt.

Obwohl ich mir nicht eingestehen konnte, dass ich Großmutters Märchen mochte, erschien mir Lönnbacka doch wieder als ein hellerer Ort, und ich dachte, dass all die bekannten Orte am nächsten Tag wieder sein würden wie immer: der Bootssteg und die Riesentanne und der große Stein und Lillön und die Klettereberesche und der grüne Moosstein und all die anderen.

Großmutter saß noch lange in der Küche. Ich hörte, wie Onkel Walle die Treppe herabkam. Ihr Flüstern drang schwach und undeutlich in mein Zimmer, vermischte sich mit dem Geräusch der Hausböcke, die in den Wänden krabbelten, mit dem Scharren, wenn die Fledermäuse draußen auf der Verandaüberdachung landeten, und mit dem Säuseln der Baumwipfel vor dem Fenster. Manchmal drang ein ganzer Satz zu mir herein. Ich begriff, dass Satu im oberen Stockwerk saß und Robin zu trösten versuchte.

»Er wird das sicher vergessen, Robin ist ein gesunder Junge«, hörte ich Großmutter sagen.

»Wie steht es mit Tommen … er grübelt ziemlich viel«, bemerkte Onkel Walle.

»Was willst du damit sagen? Behauptest du etwa, dass …« Das war Mama, in einem scharfen Zischen.

»Du weißt doch, dass Elsie es von ihrer Mutter hat, nicht von unserer Seite«, sagte Großmutter bestimmt.

Dann kam Papas Stimme, leise und brummelnd:

»… macht euch keine unnötigen Sorgen … hat doch alle Interessen, die ein Junge haben sollte …«

Ich dämmerte ein und wusste nicht mehr, ob ich träumte, fantasierte oder hellwach war. Schließlich muss ich trotz allem eingeschlafen sein, denn ich vergaß, zu Gott zu beten, dass Tante Elsie ihre Flügel zurückbekommen solle, obwohl ich mir den ganzen Abend vorgenommen hatte, genau das zu tun.

Wir standen früh auf. Robin, Onkel Walle und ich gingen zum Ufer hinunter. In der Saunakammer hing die Luft schwer, und der überquellende Aschenbecher stand noch da. Onkel Walle leerte ihn im Kamin aus und schlug das Fenster weit auf. Wir nahmen das Boot und ruderten auf die Bucht hinaus. Der Fischzaun war leer.

»Gestern hing etwas drin«, sagte ich.

Wenige Tage später verriegelten wir Lönnbacka. Papa und Bruno machten die Runde und verschlossen alle Türen, Onkel Walle trug die Pontonteile des Stegs zum Holzschuppen, Mama und Großmutter nahmen die Bezüge von den Gartenmöbeln, und Robin und ich fütterten die zahmen Igel, die wir Igor und Alexander getauft hatten. Die Tiere schlürften ihre Milch und verschwanden. Papa hievte meine Tasche in den Kofferraum des roten Taunus. Ich winkte Großmutter zu, die noch einen Monat im kleinen Haus bleiben sollte, und Robin, der schmollte, weil sich meine Familie vor seiner auf den Weg machte.

Vier weitere Sommer verbrachte ich draußen auf Lönnbacka, aber schon als wir zum ersten von ihnen eintrafen, stand Aaltonens Bauernhof leer.

Tante Elsie tauchte nie wieder auf. In den ersten beiden Sommern dachte ich oft an sie, ich fragte mich, warum sie nicht so war wie Mama und Papa. Warum war sie, wie sie war, und nicht wie wir? Dann tat ich das Schreckliche; ich drehte den Gedanken um. Warum bin ich nicht wie Tante Elsie? Wie kann ich wissen, dass ich es nicht bin? Habe ich Tante Elsie nicht immer sehr gern gehabt? Woher soll ich wissen, dass Tante Elsie nicht ich ist? Ab und zu stellte ich den anderen Fragen, »Wo ist Tante Elsie? Kommt Tante Elsie dieses Jahr?«, aber ich bekam nie eine Antwort und gab schließlich auf.

Als die Jahre vergingen, begannen wir, auf Lönnbacka Schwächen aneinander zu entdecken, Flecken traten zu Tage. Ich empfand Abscheu vor Cousin Robin. Papa und Onkel Walle bekamen Streit wegen einer Straßenabgabe, und Großmutter war der Ansicht, dass Satu Robins Erziehung nicht gewachsen war. Papa und Mama betrachteten einander mit immer größeren Zweifeln. Es kam, wie es kommen musste, Onkel Walle kaufte für seine Familie ein Sommerhaus in Barösund, ich schickte Mama und Großmutter draußen auf Lönnbacka pflichtschuldigst Ansichtskarten von meinen Sprachkursen und Bahnreisen; die Karten an Papa schickte ich an einen anderen Ort in einem anderen Teil des Landes.

In manchen Kulturen, weiß ich heute als Erwachsener, darf nur Gott perfekt sein. Webt ein Gläubiger einen Teppich, webt er absichtlich einen Fehler hinein, um ganz sicher zu sein, dass sein Teppich kein Zeichen von Anmaßung ist. Wer immer den Teppich gewebt hatte, der wir waren, er hatte sich für die gleiche Vorgehensweise entschieden. Wir waren der perfekte Familienteppich, weich und leicht begehbar für jeden einzelnen von uns. Tante Elsie, wer immer sie gewesen sein mag, war die Abbitte des Webers.

Gerne wüsste ich, ob einer von uns nach jenem Augustabend, an dem wir Tante Elsie und Aaltonens Tochter auf dem Felsen des grünen Hauses fanden, den kleinen Fehler des Teppichs nicht mehr akzeptierte oder ob alle tatsächlich ihr Bestes gaben. Baten wir sie zu kommen, war es Tante Elsie selbst, die nicht wollte? Schämte sie sich, oder wollte sie, dass wir unsere eigenen Fehler sahen?

Noch heute regt sich in mir gelegentlich ein nur schwer zu unterdrückender Impuls, in Briefen und Postkarten, die ich schreibe, zu fragen: »Wo ist Tante Elsie, habt ihr Tante Elsie gesehen?« Aber ich lasse es bleiben. Ich stelle die Frage im Kopf, es gibt Millionen ohne Flügel in der Welt, und wenige Teppiche sind fehlerfrei gewebt; das, mehr als alles andere, ist ein guter Grund, sich scheinbar so unnützen Dingen zu widmen, wie Märchen zu erzählen.

# Kabana

Anfangs hatte Martin eine etwas übermütige Einstellung zu seiner Arbeit. Am ersten Nachmittag rammte er den Gabelstapler in einen Berg von Säcken. Schwarzes Pulver rieselte heraus. Der dunkle Staub wirbelte noch eine ganze Weile in der Lagerhalle umher, ehe er sich wie eine dünne, giftige Haut auf den Boden legte.

Der Lagervorarbeiter hieß Kääriäinen, er war ein kleiner Mann aus Savolax, der niemals müde wurde zu erzählen, wie er als 15-Jähriger ohne eine Finnmark in der Tasche aus Kuopio nach Helsingfors gekommen war, auf Parkbänken geschlafen und von Brotkanten und Regenwasser gelebt hatte. Als er die aufgeplatzten Säcke sah, wurde er wütend.

»Hör mal, Chef«, sagte er mit boshaft blinzelnden Augen, »du kannst jetzt mal den Conti hier leer machen.«

Martin stieg in den Container, kletterte den Säckeberg hinauf, bis er mit dem Kopf an die Decke stieß, und begann, die silberfarbenen Verpackungen hinauszuwerfen, die dort lagen. Oben unter dem Dach lag die Temperatur bei 65° Celsius, aber sie sank umso mehr, je kleiner der Säckeberg wurde und je mehr Luft in den Container strömte.

»Und, haben wir dich heute zu arschig behandelt?«, erkundigte sich Vahe hinterher.

»Nee, ein Mann muss doch seine Feuerprobe bestehen«, versicherte Martin untertänig.

Dass Martin sich bei Metaflex Metallimporte immer wohler fühlte, war das Verdienst von Timo Vahe. Jeden Morgen, wenn Martin den Pausenraum betrat, saß Vahe bereits groß und mürrisch da. Die hellen Haare hingen ihm in schweren, fettigen Strähnen in die Augen, und Vahe beklagte sich leise über seinen Kater. Martin hatte niemals gehört, dass irgendwer Vahe Timo oder Timppa genannt hätte; er war Vahe, punktum.

Vahe schnaubte frustriert, korrigierte aber immer Martins Irrtümer auf den Frachtpapieren. Vahe erklärte geduldig, wie die Säcke aufgestapelt werden sollten, damit sie sich gegenseitig maximal stützen konnten. Wie Kääriäinen merkte auch Vahe schon bald, dass Martin kaum genügend Kraft hatte, um einen Zentnersack zu schleppen, während sie beide sich jeweils einen unter jeden Arm klemmten.

Kääriäinen lachte höhnisch, Vahe tat das nicht.

Die kleineren Bestellungen lieferten Vahe und Martin mit Metaflex' grauem und rostfleckigem Ford Transit aus. Sie sprachen nicht viel, aber ihr Schweigen wurde niemals peinlich.

»Trinkst du Alkohol, Herr Akademiker?«, fragte Vahe eines Tages, als Martin ihm gerade erzählt hatte, dass er Geschichte oder Theaterwissenschaft studieren wollte.

»In maßvollen Mengen durchaus.«

»Wir könnten ja mal abends einen heben gehen.«

»Du willst tatsächlich mit einem Akademiker losziehen?«

»Du bist zwar wirklich so ein verdammter schwedischer Pisser, aber deshalb kann man doch wohl trotzdem einen trinken gehen.« Vahe lachte heiser, Martin sekundierte und fuhr den grauen Transit auf den Hof und ins Lager. Draußen brannte die Sonne, und die einzige Espe des Hofs raschelte im Wind, aber im Lager herrschte ein immerwährendes Zwielicht, Fenster gab es nur wenige, und kleine Metallpartikel schwebten in der Luft, und es roch beißend nach verschiedenen Industrieklebern. Kääriäinen saß am Kaffeetisch in der Kabine, aß Schokokekse und legte eine Patience.

»Na, wie sieht's aus, Chefs«, grinste er, als sie hereinkamen.

Morgen! Der Duft von geräucherten Schollen und Fleischpiroggen und Kaffee unten auf dem Wochenmarkt, die gewaltigen Fleischstücke, die hundert Meter entfernt in der Halle zerlegt werden, um holzkohlengegrillte und kariert gemusterte Steaks bei den sommerlichen Vergnügungen der Direktoren und Beamten zu werden, die Eiscremes, die den kleinen Kindern türkis und rot und gelb und weiß hinunterlaufen, die Seevögel, die über den Kirchtürmen und Bürogebäuden kreisen, Sommer! der helle und luftige Stoff der Frauenröcke, die Gartenmöbel aus gestreiftem Plastik, die aus den Eingeweiden der Hafenkneipen getragen werden, die alten Männer, die in dicken Pullovern und Mützen hinterherkommen, die alten Männer, die mit braunen Zähnen und üppig tätowierten Unterarmen verschlafen in das grelle Sonnenlicht blinzeln, die alte Kellnerin, die fast schon mütterlich die Krüge mit dem umbrafarbenen Bier vor ihnen absetzt, Morgen! und der Laut von Hammerschlägen auf glühendheißen Blechen, das Geräusch von fluchenden Bremsmanövern, die schwarze Spuren in den aufweichenden Asphalt schneiden, das Geräusch von Ghettoblastern, das vom Brunnspark bis zum betonschuppigsten Betonvorort im Norden im Gras tanzt, Sommer! für die Touristen, die sich in den Kaufhäusern und auf der Fähre nach Sveaborg drängeln, sich mit anderen Touristen und Martins Landsleuten drängeln, die immer reicher und schöner werden, die einkaufen und sich einkleiden und einkaufen und sich immer eleganter und schriller kleiden, Morgen! die Stadt, die vor lauter Geräuschen zappelt, Frühstücksspeck, der in Teflonpfannen brutzelt, Menschen, die aufstehen und mit pochenden Köpfen und rasenden Herzen (des Sommermuskels hektische Schläge!) den Kaltwasserhahn aufdrehen, Morgen! für einen verliebten Touristen, der die Nacht im Stadtteil Vallgård verbracht hat und auf der Backasgatan steht und nach dem Weg zum Inter-Conti fragt, Morgen für verschwitzte Fahrer, die ihre Chromrosse gereizt in die Schlangen Richtung Stadtzentrum zwingen, Morgen für die Karrieristen, die mit neidischen Stielaugen die Fußballspiele der schulfreien Rotzlöffel und die verschlafene Wanderung des Freizeitkomitees um das Schachspiel unten an der Tölö-Bucht betrachten, Sommer! für einen sonnengebräunten und einen bleichen Körper, die in einer verwohnten Wohnung im Stadtteil Rödbergen ineinander gleiten, während eine hitzetrunkene Krähe gegen das Blech des Fallrohrs hämmert, Sommer für all jene, die ihren Rausch ausschlafen und von der großen Begegnung träumen, Sommer für die affektierten Morgenmoderatoren der Radiosender und ihre Wettervorhersagen; es wird sonnig! es wird noch sonniger! über Mannerheim Tavast Mechelin Sture Runeberg Topelius-Straße und Sörnäs strandväg läuft jetzt das Lachen, Lebensnerven sind sie! diese Straßen, die vor nur sechs Monaten Wüsteneien aus geplatzten Träumen und ängstlichen Blicken und Nebel und Mark und Bein durchdringender Feuchtigkeit waren, Eiswüsten waren, die das alte Jahr in den Tod trauermarschbegleiteten, jetzt sind sie LEBEN! Leben, das sich einen Weg zwischen die Steinhausreihen bahnt, Leben, das den Weg freimacht für das Junge und Neue, und dort fährt Martin seinen rostigen Transit, über die Kehrseite der Euphorie weiß er ausgesprochen wenig, über Müdigkeit und Einsamkeit weiß er fast nichts, er weiß nicht, wie schmutzig die Stadtluft ist, und dass die Schönheit deprimierend sein kann, ahnt er nicht einmal, Martin weiß nur eins, dass die Stadt Helsingfors einmal mehr ihr Wunder vollbracht hat, erwacht ist.

»AAAARRRIIIBAAA«, schrie Martin, als er den Wagen ins Lager fuhr.

»Was bedeutet das?«, fragte Vahe.

»Das ist Spanisch. Ich habe einen Kumpel, der ein Jahr in Argentinien gelebt hat. Er schreit es, wenn er glücklich ist.«

»Aber was bedeutet es?«

»Das weiß ich nicht.«

»Und, bist du glücklich?«, fragte Vahe mit Ironie in der Stimme.

»Ja«, sagte Martin. »JA!«

Sie machten Feierabend, schlossen das Tor ab und gingen in eine Kneipe.

»Yks Kabana – einen Kabana«, bestellte Vahe, als sie sich gesetzt hatten.

»Es heißt Cabana. Mit einem langen A. Cabaana«, sagte Martin.

»Hör mal, Junior, versuch ja nicht, hier anzukommen und mir was beibringen zu wollen«, murrte Vahe, stand auf und ging, um einen Bekannten zu begrüßen, der am anderen Ende des Raums saß.

Martin biss sich auf die Zunge.

Zehn Minuten vergingen, zwanzig, dreißig; schließlich kehrte Vahe zum Tisch zurück.

Der lange Tisch lachte über ihn.

Nach einem Monat war Martin klar geworden, dass Vahe der Einzige war, der ihn akzeptierte.

Kääriäinen blinzelte noch genauso misstrauisch wie am ersten Tag.

Vierikko vom Schrauben- und Mutterlager im Hofanbau hatte oft Tabletten eingeschmissen oder getrunken und war high; bei einer solchen Gelegenheit hatte er Martin sogar einmal unverhohlen gedroht.

Savela, der Koch der Arbeiterkantine in der Industrigatan, verhöhnte offen Martins schmale Schultern und tat ihm gewaltige Essensportionen auf, »damit er groß und stark wird und endlich wie ein richtiger Kerl aussieht.«

Nach diesen Worten lachten alle, die an dem langen Tisch im Raum saßen, und Martin ging mit roten Ohren zu einem der Zweiertische in der hintersten Ecke. Einmal überraschte Vahe ihn, kam herein, nahm sein Essenstablett, ging durch den ganzen Raum, am langen Tisch vorbei, an dem mehrere Plätze frei waren, und nahm Martin gegenüber Platz.

Nach dieser Episode behandelte Kääriäinen Martin und

Vahe, als wären sie ein Traumpaar der Unbrauchbarkeit; von nun an war es nicht nur Martin, der ungeschickt, faul und dumm war, sondern sie beide, sie beide waren wie Stan Laurel, und Kääriäinen war, seiner Meinung nach, Oliver Hardy, jedoch ohne dessen Dummheit.

Martin wollte es sich nicht eingestehen, aber er war nicht ganz schuldlos daran, dass die Stimmung so war, wie sie war. Er fuhrwerkte leichtsinnig mit dem Gabelstapler im engen Lager herum. Wenn die Container geleert oder gefüllt werden sollten, hatte er Angst; die Lade- und Entladerampe war sehr schmal, achtete der Fahrer nicht genau auf die Ausrichtung der Räder, konnte der Gabelstapler von der Rampe rutschen, und man wurde erschlagen. Martin meckerte ständig, sie sollten eine neue und breitere Rampe von der Firmenleitung fordern. Kääriäinen und Vahe taten seinen Vorschlag ab, und wenn die Rampe bei Regen rutschig war, übernahm Vahe manchmal, wenn Martin der Mut verließ. Dann stand Martin daneben und sah die Räder wenige Zentimeter von der Kante entfernt rutschen.

Darüber hinaus ertappte Kääriäinen Martin gelegentlich vor dem großen Spiegel im Pausenraum. Martin hatte kürzlich Nina kennen gelernt, sie war Buchhändlerin und sehr schön, und er machte sich Sorgen, der viele schwarze Staub könnte seine Haut schmutzig und picklig machen.

»Alles klar, schöne Lady?«, sagte Kääriäinen.

Und Martin war der Einzige, der eine Schutzmaske aufsetzte, wenn er Waren aus dem Raum holte, in dem die Gifte der Gefahrenklasse eins aufbewahrt wurden und der ätzende Gestank die Halsschleimhäute anschwellen und den Gleichgewichtssinn versagen lassen konnte.

Vahe und Kääriäinen lachten nur und meinten, es seien ihre Lungen und dass sie mit der Zeit ohnehin kaputtgehen würden.

»Aber weißt du was, Chef, heb du dir deine Lungen ruhig für deine ganze Denkerei auf«, grinste Kääriäinen, als Martin sagte, dass sie neue und bessere Schutzmasken bekommen müssten.

Daraufhin lachte sogar Vahe.

Im Juli gingen die beiden anderen in Urlaub, Martin kümmerte sich allein um das Lager. Die Industrigatan lag staubig und still. Das Schrauben- und Mutterlager war geschlossen. An manchen Tagen war das Hämmern aus den Werkstätten der staatlichen Eisenbahngesellschaft das einzige Geräusch, das die Stille durchbrach. Martin gab sich Tagträumen hin. Alle paar Tage rollte ein beladener Container an, und Martin bekam zu spüren, wie langsam er war; noch abends um acht fuhr er mit seinem gelben Stapler die Rampe hinauf und hinunter.

Am nächsten Tag gab er sich dann erneut seinen Tagträumen hin; er dachte an Nina und daran, wie sie jeden Abend mit einem Plastikhobel versuchte, die Zellulitis an ihren Oberschenkeln zu beseitigen, die sie dort angeblich hatte.

Am Montag der Woche, die Martins letzte als Lagerchef war, kam die Björneborgerin, um eine Ladung von Ovako-Produkten abzuholen. Sie war eine blonde und schlanke Fernfahrerin, die jedes Mal, wenn sie sich in der Industrigatan blicken ließ, großes Aufsehen erregte. Männer aus benachbarten Betrieben kamen herbei, lehnten sich auf den Zaun zu Metaflex und zum Hof des Schrauben- und Mutterlagers, pfiffen und johlten.

Martin lud die Björneborgerin zu einem Kaffee und Schokokeksen ein. Er fand, dass sie ihn ausgesprochen herzlich anlächelte. Als er ihre Waren einlud, sah er ihr einmal so intensiv in die Augen, dass er um ein Haar von der Rampe gefahren wäre.

Den restlichen Tag träumte Martin von Nina und der Björneborgerin, er hatte sie beide.

Am Donnerstag der gleichen Woche wurde das Schrauben- und Mutterlager wieder geöffnet.

Vierikko hockte am Zaun und tankte Sonne, als Martin am Morgen durch das Tor kam. Martin grüßte, Vierikko nickte kurz. Der Vormittag verging, aber in der Mittagspause trafen sie sich in Savelas Kantine.

Vierikko saß schon, und Martin setzte sich an seinen Tisch. Sie waren die beiden einzigen Essensgäste.

Martin erkundigte sich, was Vierikko im Urlaub gemacht hatte. Vierikko sagte, er sei mit dem Wohnwagen unterwegs gewesen, nach Imatra und Villmansstrand und von dort aus nach Kuusamo gefahren.

Sie schwiegen. In Martins Innerem hallte das Geräusch des Deckenventilators immer lauter, bis es am Ende peinlich ohrenbetäubend war; er ging Kaffee holen.

Vierikko sah ihn an, als er ging, sah die fast schon weibliche Geste, mit der Martin seine langen Haare fortstrich, die ihm bei jedem Schritt in die Augen fielen.

»Du kennst doch die Björneborgerin«, begann Martin, als er zurückkam.

»Hättest du mir nicht auch einen Pott mitbringen können, wenn du schon Kaffee holen gehst«, meckerte Vierikko.

»Sorry«, sagte Martin, kam aber nicht auf die Idee, noch einmal aufzustehen.

Vierikko ging zur Theke.

»Und, was ist mit ihr?«, sagte er, als er zurückkam.

»Sie war gestern hier. Ich hab sie gevögelt«, sagte Martin lässig und schaukelte auf seinem Stuhl.

»Tatsächlich«, sagte Vierikko. Er war blass geworden.

»Japp. Was für eine Braut«, sagte Martin, »was für eine Möse.«

»Und wo?«, sagte Vierikko leise.

»Na, du wirst doch wohl noch wissen, wo die Möse ist«, sagte Martin.

»Du verdammter Hurensohn«, fauchte Vierikko und schoss in die Höhe, »ich habe gefragt, wo ihr es getrieben habt.«

»Auf dem Bürostuhl... he, ich hab doch nur Spaß gemacht,

ich hab nur Spaß gemacht«, änderte Martin hastig seinen Ton, aber es war schon zu spät. Vierikkos Schlag traf ihn mitten auf die Nase, Martin fiel vom Stuhl, und Vierikko folgte ihm, landete wortlos auf Martin und bohrte sein spitzes Knie in seinen Magen, hob erneut die Faust.

Doch dann war Savela bei ihnen, und es gelang ihm, Vierikko in den Polizeigriff zu nehmen, zu Boden zu pressen und sich auf ihn zu setzen.

»Du kommst mir nicht einfach daher und gibst mit deinen Mösen an, du verdammter Bastard«, keuchte Vierikko heiser.

Martin dankte Savela, ging den guten Häuserblock die Industrigatan hinab zurück, überquerte die Elimägatan und war da. Er schloss sorgsam hinter sich ab und hockte anschließend den ganzen Nachmittag mit verriegelter Tür im Lager, bis er Vierikkos Auto starten hörte.

Vahe war zurück. Es war Montagabend, und Martin und er saßen in der Kneipe Sherlock Holmes unten am Ufer von Sörnäs.

»Guck mal«, sagte Vahe und zeigte auf zwei Frauen um die Dreißig, die ein Stück entfernt an der Theke standen. »Die beiden da sind Halbprofis, wenn du es dir leisten kannst, einen Abend lang den Mann von Welt zu spielen, läuft sicher was. Was hältst du davon?«

Martin betrachtete die beiden Frauen. Schon von weitem konnte er den Puder und das viele Rouge sehen, ihre Lippen waren schmal, und die Mundwinkel zeigten nach unten, die beiden Frauen waren in ausgebleichte Jeans gepackt, die so eng saßen, dass es fast schon absurd war.

Martin schüttelte den Kopf.

»Bist du etwa prüde?«, grinste Vahe. »Bei der Björneborgerin ging's doch auch.«

»Was weißt denn du davon?«

»Man hört so dies und das«, erwiderte Vahe.

»Das war doch nur ein Witz«, sagte Martin.

Vahe antwortete nicht.

»Würdest du …«, sagte Martin nach kurzem Schweigen und bewegte den Kopf in Richtung Theke.

»Ist schon vorgekommen«, meinte Vahe.

»Du bist doch verheiratet«, sagte Martin.

»Ach, das war pakkorako – der einzige Weg«, sagte Vahe, »das erste Kind kam siebzig, ich war neunzehn und sie siebzehn. Sie hat mir nicht vorzuschreiben, was ich zu tun habe. Ich ernähre sie verdammt noch mal.«

»Bist du damals von der Schule? Als du geheiratet hast?«

»Mach keine Witze.« Vahe lachte. »Sie haben meinen Alten erwischt, als ich dreizehn war. Wir waren fünf Geschwister, und ich war der Älteste. Da gab's nur eins, sich einen Job zu suchen.«

»Was meinst du mit erwischt?«

»Jemand hat meinen Alten mit einem Messer aufgeschlitzt. Vor dem Lintsi, dem Vergnügungspark.«

Sie schwiegen beide. Martin nahm sich eine Hand voll Erdnüsse aus der Schale auf dem Tisch und bestellte noch ein Bier. Vahe nahm einen Kabana.

Martin dachte daran, in welch unterschiedlichen Welten sie beide gelebt hatten, obwohl sie in der gleichen Stadt wohnten. Es gab zahllose Barrieren zwischen ihnen, errichtet von ungeschriebenen Gesetzen, die besagen, dass die meisten, die im Villenviertel oben auf dem Hügel der Privilegien geboren werden, später, wie von starken Luftströmungen erfasst, weiter angehoben werden in den Himmel der Schönen und Erfolgreichen, während andere in der Tiefe geboren und weiter hinabgezogen werden, als hätten sie eine Fessel namens Pech um den Fuß. Die Barrieren, so dachte Martin, versperrten ihm und Vahe den Blick aufeinander und verhinderten, was zweifellos eine Art Freundschaft hätte werden können. Es kam Martin nicht in den Sinn, dass er unter Umständen die Flucht antrat, wenn er so dachte, dass er und seinesgleichen in einer Welt aufgewachsen waren, in der sich jeder, wenn nötig, mit

Hilfe von Theorien, Symbolen, Worten aus der Komplexität des Lebens zurückziehen konnte.

»Weißt du, Chef, ich sollte dich wahrscheinlich hassen, aber irgendwie glaube ich, dass du ein guter Mensch werden könntest, wenn du willst«, sagte Vahe.

Erneutes Schweigen. Vielleicht sah Vahe, dass Martin verlegen war, aber ebenso wahrscheinlich schien zu sein, dass ihn die peinlich vertrauliche Stimmung, die aufgekommen war, selber irritierte. Er lehnte sich vor, lachte heiser, sagte:

»Aber sag mal, kapierst du eigentlich, in was für eine Bredouille du die Björneborgerin gebracht hast? Weil Vierikko jetzt glaubt, du hättest sie gevögelt, wird sie keine ruhige Minute mehr haben, bis es ihm gelungen ist, sie auch flachzulegen!«

Hinterher bereute Martin zutiefst sein Verhalten an jenem Septembertag, an dem Direktor Hansegårdh zu Besuch kam. Manchmal konnte er sich, vor sich selbst oder vor Nina, damit rechtfertigen, dass sich Hansegårdh scheinbar vorsätzlich zu einem Pappkameraden, zu einem perfekten Klischee hatte machen wollen; Hansegårdh und Martin gehörten zu den gleichen Leuten, und dort, bei den Hansegårdhs dieser Welt, war Martin nach Meinung Vahes, Kääriäinens und Savelas und der anderen zu Hause. Das war es, was ihn so wurmte.

»Nå ånkå pojilla lika kynsien alla jå – Na, haben meine Jungs auch schon Dreck unter den Fingernägeln«, sagte Hansegårdh radebrechend in stark schwedisch gefärbtem Finnisch und im volkstümlichsten Ton, den er anschlagen konnte. Er trug eine Tüte von Nybergs Feinkost- und Delikatessengeschäft am Tölö torg unter dem Arm, und seine hellen Straßenschuhe leuchteten im Dämmerlicht der Lagerhalle wie Leuchtbaken.

»Du bist auch noch hier?«, fragte er dann auf Schwedisch und sah Martin erstaunt an, der zusammen mit Vahe und Kääriäinen Metallspäne siebte, die beiden anderen in ihren Blaumännern, Martin in einem gemusterten Seemannspullover von Maritim.

Im Laufe des Sommers hatte Martin unter anderem Folgendes erfahren: dass es Ingenieur Hansegårdh bereits seit zehn Jahren gelang, mit Hilfe von Safarireisen seine nordische Blasshäutigkeit zu vermeiden, dass er von einem Fjordboot aus Kabeljau fischte und auf Gut Kytäjä auf die Jagd ging, dass er auf den Gutshöfen Söderlångvik, Sarvlaks und Svartå Feste feierte und sich bei diesen Gelegenheiten nicht zu schade war, mitten in der Nacht betrunken Vahe oder Kääriäinen anzurufen, wenn bei diesen endlich alle Kinder eingeschlafen waren, und von dem Angerufenen freundlich, aber bestimmt zu verlangen, den Transit zu nehmen und die hundert oder zweihundert Kilometer durch die Dunkelheit zu fahren, um Hansegårdh samt Frau abzuholen.

Und von Hansegårdh junior, einem ehemaligen Klassenkameraden, hatte Martin bereits vorher erfahren, dass Hansegårdh einzig und allein deshalb am Poli und MIT ausgebildet worden war, um das Familienunternehmen zu übernehmen, eine Autobahn, auf der mittlerweile auch Hansegårdh der Jüngere, Martins Generationskamerad, fuhr.

Hinterher brachte Martin seine heftige Wut mit dem Wissen um die nächtlichen Telefonate in Verbindung; in seinen Augen waren sie schlimmer als nackter Zwang, nur zu gut hatte er die hinterhältige Höflichkeit im Ohr, die sich auf die Gewissheit gründete, dass dem anderen Part keine Wahl ließ.

Martin bekam also einen Wutanfall, er ließ sich auf Schwedisch zu einer langen Tirade über unzulängliche Schutzmaßnahmen und lebensgefährliche Laderampen und uralte Schutzmasken hinreißen, woraufhin er in den Pausenraum stürmte und sich erst wieder blicken ließ, als Hansegårdh gegangen war. Im Pausenraum hörte er durch die dünne Tür Kääriäinens beschwichtigende Stimme, so etwas sei das Privileg der Jugend, und Hansegårdhs Brummen.

In diesem Moment, in der eingebildeten Allmacht seiner

Wut, verachtete Martin Kääriäinen, der sonst so böswillig und ironisch sein konnte, vor Hansegårdh jedoch kuschte, ihm die Schuhe leckte, und er verachtete auch Vahe, der, wie Martin wusste, daneben stand und verlegen auf der Stelle trat und schief lächelte. Und er verachtete sich selbst dafür, dass er keine Revolution anzettelte und nicht die Welt veränderte, und er hasste Hansegårdh und all seine Kameraden, mit denen er aufgewachsen war. Als er sich auf sein Abitur vorbereitete, hatte Martin etwas über Goya, den Maler, gelesen und sah nun sich selbst und seinesgleichen als Saturne, die lebendiges Fleisch aßen.

Am gleichen Abend saßen Vahe und Martin im Mustan Härän Grilli in der Backasgatan. Vahe war schweigsam und mürrisch, und Martin beschlich ein vages Unbehagen; er hatte doch nur versucht, loyal zu sein, was hatte er falsch gemacht?

»Wie hast du den Job bei uns bekommen?«

»Das weißt du doch«, erwiderte Martin.

»Sicher. Aber ich will es von dir hören.«

»Ich habe ihn durch Lasse bekommen, der auf dem Gymnasium mein Klassenkamerad gewesen ist.«

»Und wer ist Lasses Vater?«

»Örjan Hansegårdh.«

»Und wer ist Örjan Hansegårdh?«

»Er ist der geschäftsführende Direktor von Metaflex Metallimporte. Bist du jetzt zufrieden?«

Da platzte Vahe der Kragen.

»Nein, du verdammter, kindischer Idiot, das bin ich nicht! Denn weißt du, für dich ist es ja so leicht, so saumäßig leicht, über diese Kleinigkeiten das Maul aufzureißen, wenn der Alte zu uns kommt. Aber was denkst du eigentlich, wie es für uns laufen würde, wenn wir jedes Mal das Maul aufreißen, sobald er seine Visage zeigt?!«

»He, beruhige dich«, versuchte es Martin.

»Von wegen! Du verdammte Fotze, du kommst her auf Anordnung der Geschäftsführung, kommst her und guckst dir ein wenig die Malocher an, damit du später deinen Enkelkindern erzählen kannst, dass der liebe Opi es auch mal schwer gehabt hat in der Welt. Und was machst du dann? Du verschwindest wieder durch eine der hundert Türen, die dir offen stehen! Dem Chef! Dem Chefakademiker! Aber wir? Kääriäinen und ich? Oder Vierikko! Wir müssen nehmen, was wir kriegen können und schön bescheiden bleiben, der kleinste Fehltritt, und die einzige Tür schlägt zu, die wir haben, kapierst du das, du kleiner Pissradikaler, der du ankommst und auf unserem Klo kackst und dich wie ein Mann des Volkes fühlst, und dann gehst du anschließend nach Hause zu deinem kleinen Literaturfräulein und trinkst Wein und isst Edelschimmelkäse und schnupperst am Bukett mit deiner frisch geputzten Nase. Kapierst du!?«

Vahe hämmerte die Faust auf den Tisch, wirkte beinahe erschöpft.

»Sorry«, sagte Martin kleinlaut.

»Du musst lernen, was Demut ist«, sagte Vahe ruhiger, »denn wenn du es nicht selber lernst, werden andere es dir beibringen. Du bist nicht der größte Chef, den es gibt.«

»Du hast Recht, tut mir Leid.«

Sie leerten ihre Gläser, Vahe sah sich nach der Kellnerin um.

»Ich glaube, ich muss jetzt los«, sagte Martin.

»Jetzt werd nicht gleich sauer. Dein Alter bringt dir doch nur was bei. Trink einen Kabana mit mir, ich geb einen aus.«

»Ich bin nicht sauer. Aber ich glaube, mir reicht es für heute.«

Es war November, und Martin war immer noch da. Helsingfors hatte seine Aura aus Nebel, Matsch und Einsamkeit zurückgewonnen. Das Dasein auf dem Lager von Metaflex bestand aus Frost, laufenden Nasen, rotgefrorenen Fingern und dem eiskalten Metall des Staplers. Immer öfter war es still im Transit, und Martin ahnte, dass Vahe ihm zu signalisieren versuchte, dass er in seine eigene Welt aufbrechen sollte.

Und Nina war immer gereizter.

»Ich habe gestern Micke Aspelin getroffen«, begann sie eines Tages, als sie am Tor von Metaflex gestanden und gewartet hatte und sie die Sturegatan Richtung Tölö hinuntergingen.

»Aha«, sagte Martin desinteressiert.

»Er hat schon fünf Klausuren geschrieben. Sechzehn Studienwochen. Er kam mir irgendwie so gut gelaunt und energisch vor, er meinte, Soziologie sei wirklich sein Ding.«

Martin antwortete nicht.

»Warum bleibst du da noch?«, fragte Nina mit schneidender Stimme und ließ die Hand über den Stadtteil Vallgård schweifen, den sie soeben hinter sich gelassen hatten.

»Ich weiß es nicht«, sagte Martin.

»Du bist dort nicht zu Hause, das begreifst du doch wohl hoffentlich«, sagte Nina.

»Ich bin dort nicht zu Hause? Was soll das denn heißen? Und wer entscheidet, wo ich zu Hause bin?« Martin wurde langsam wütend.

»Man ist dort zu Hause, wo man hinpasst«, sagte Nina.

»So so«, erwiderte Martin, »ich habe mir manchmal vorgestellt, ich könnte vielleicht einen Ort finden, an dem ich mich nicht immer fragen muss, wer ich bin und ob es mich eigentlich überhaupt gibt. Das ist es, was ich für ein Zuhause halte. Aber einen solchen Ort habe ich bisher nicht gefunden, und deshalb ist Metaflex so gut wie alles andere. Verstehst du?«

»Aber du belügst dich doch selbst!«, sagte Nina. »Begreifst du denn nicht, dass es für dich ein schönes Gefühl ist zu bleiben, weil du dich unterdrückt fühlen darfst und nicht darüber nachdenken musst, welch große Möglichkeiten du in deinem Leben hast, ich weiß doch selber, wie das ist, manchmal erschreckt es mich, dass Menschen wie du und ich machen können, was wir wollen, und dann werde ich nervös und müde, statt glücklich zu sein.«

»Was für ein Unsinn«, sagte Martin.

»Begreifst du denn nicht, dass Vahe anfangen wird, dich zu hassen, wenn du zu lange bleibst?«, sagte Nina.

»Und warum sollte er das tun?«

»Weil du all diese Möglichkeiten hast, die ihm niemals offen gestanden haben, aber nicht einmal versuchst, sie zu nutzen.«

Zwei Tage später fuhr ein sturzbetrunkener Vierikko den HiAce des Schrauben- und Mutterlagers geradewegs durch eine geschlossene Holztür.

Am gleichen Tag kündigte Martin.

»So so, den Chef zieht es in die weite Welt hinaus«, grinste Kääriäinen. Vahe nickte beifällig.

Am Nachmittag schneite es. Martin nahm die Straßenbahn in die Innenstadt und ging die Regeringsgatan hinab ins Universitätsviertel. Er kam mit einem dicken Vorlesungsverzeichnis nach Hause, in dem er dann den ganzen Abend las.

Sein letzter Arbeitstag war ein rauer Dezemberfreitag. Kääriäinen hatte frei. Nach dem Mittagessen nahm Martin den Transit, füllte ihn mit einer Lieferung und fuhr zu einem Industriegebiet in Tattarmossen hinaus. Vahe blieb im Lager.

Als Martin drei Stunden später auf den Hof bog, sah er Männer in einem Kreis um den gelben Gabelstapler von Metaflex stehen. Er parkte den Wagen und eilte zu ihnen.

Vahes Hand war unter der schweren Gabel eingeklemmt; offenbar hatte sie sich gelöst und war herabgeschnellt, als er von Hand versucht hatte, den Winkel der Gabelspitzen zu justieren. Vahe grimassierte wüst. Vierikko war an dem Tag nüchtern und brachte die Hebevorrichtung des Staplers rasch wieder in Ordnung. Gemeinsam gelang es ihm und Martin, Vahes Hand in dem Moment freizubekommen, als der Krankenwagen auf dem Hof hielt und ein Arzt heraussprang. Vahe hielt seine blutüberströmte Hand an den Körper und gab vittuvittuvittuperkele – fotzefotzefotzezumTeufel – von sich, während der Arzt ihn untersuchte.

»Ist es schlimm?«, fragte Vahe den Arzt.

»Zwei Finger sind übel gebrochen. Ein Stück vom kleinen Finger ist ab, ich fürchte, der Finger ist hin.« Der Arzt sah Vahe direkt in die Augen.

»Ach was, scheißegal… der kleine Finger ist doch wie der Blinddarm, genauso nutzlos.«

Vahe zeigte sein schiefes Lächeln. Martin und Vierikko lachten. Vahe setzte sich in den Krankenwagen, und Martin hob zum Abschied die Hand.

Als der Krankenwagen fort war, gab Martin Vierikko die Hand, woraufhin der sich in sein Auto setzte und davonfuhr.

Auf dem Weg ins Lager fand Martin die Kuppe des kleinen Fingers. Er musste würgen, übergab sich aber nicht und warf den Stummel über den Zaun zu einer Baustelle, auf der ein Bürokomplex entstand.

Anschließend schloss er die Türen zum Lager ab und verschwand.

An einem Mittwoch Ende Januar unterbrach Martin seine Studien, ging zum staatlichen Alkoholladen und begab sich anschließend mit zwei Flaschen Cabana-Rum, jede in einer Papiertüte verpackt, zu Metaflex hinaus. Überrascht musste er feststellen, dass Vahe noch immer krankgeschrieben war. Im Pausenraum saß ein Neuankömmling, ein schwarzhaariger Ostbottnier namens Räsänen. Martin fragte Kääriäinen, ob Vahe sich mal gemeldet hatte.

»Nee du, bei dem weiß man nie, woran man ist«, sagte Kääriäinen mehrdeutig.

»Hast du mal versucht, ihn zu Hause anzurufen?«, fragte Martin.

»Ja, aber es geht niemand ran. Die sind bestimmt alle verreist.«

Martin stand mitten im Pausenraum und zögerte. Er würde die Flasche natürlich später zu der Zweizimmerwohnung im

Stadtteil Kvarnbäcken schicken können, eventuell begleitet von einem Dankesschreiben.

»Nimm dir einen Kaffee und einen Schokokeks«, sagte Räsänen.

Martin fragte sich, was die Flaschen, die er in der Hand hielt, eigentlich bedeuteten. In seinem Inneren antwortete ein kleiner, rationaler Mann mit Pferdefuß, dass die Flaschen, vor allem Vahes, eine dürftige Entschuldigung für eine große Unmöglichkeit waren, und damit war Martins Entschluss gefasst.

Er holte die beiden Papiertüten aus seiner Tasche, hob die Flaschen heraus und gab die eine Kääriäinen. Anschließend wandte er sich Räsänen zu. Für den Bruchteil einer Sekunde lag die Flasche ungeheuer schwer in seiner Hand, klebte sie an ihm fest, aber er zwang sich, die zwei Schritte Richtung Tisch zu gehen und sie zu überreichen.

»So«, sagte Martin, »wisst ihr, ich habe es ein bisschen eilig, ich denke, ich muss gleich wieder los. Grüßt die anderen von mir.«

Er blieb noch ein oder zwei Sekunden stehen, als wäre er am Betonboden festgenagelt, bevor er sich einfach umdrehte und ging.

# Schroffes Solo für Gitarre

Blinzelnd ließ er den Blick über den fast leeren Schankraum des *Lahmen Minotaurus* schweifen, von dem einen Tisch mit fleckiger Leinendecke zum nächsten, bis er mich schließlich im matten Lichtschein der fünfzig Jahre alten Kronleuchter an meinem Fenstertisch erblickte, die Hand hob, zu mir kam und sich setzte. Vor zwölf Jahren, kurz bevor sich der große Erfolg einstellte, probten *The Harlequins* hier im Stadtteil Brunakärr in einer Schule, und Lux, ich und die anderen gingen hinterher immer auf eine Partie Poolbillard in das Minotaurus. Damals veranstaltete das Minotaurus jede Woche zwei Liederabende mit Stücken wie *Tango Jalousie*, *Eberesche am Ural*, *Das Leben in den Schützengräben* und ähnlichem. Es war die Zeit nach der halb parodistischen Rehabilitierung des Tangos durch die Rockszene, etwa ein Jahr zuvor hatte er eine Renaissance erlebt, die wieder vorübergegangen war, ungefähr so, wie später auch *The Harlequins* zur Spitze aufstiegen, dort eine Weile schwankten, herunterrutschten und auf den Tanzböden nördlich von Jyväskylä verschwanden. Lux war vermutlich davon ausgegangen, dass ich nicht umgezogen war, da ich schon frühzeitig als das Luftschiff bekannt gewesen war, das niemals abhob, und er hatte Recht, ich lebte nach wie vor in dem Einzimmerapartment im Stadtteil Mejlans.

An jenem Abend, an dem Lux an meinem Stammtisch Platz nahm (auf Rias Platz, dachte ich), trank ich wirklich nicht. Vor mir stand ein Grog, den ich zur Abwehr einer sich ankündigenden Erkältung bestellt hatte, mein Kopf war schwer, vielleicht war mein Urteilsvermögen bereits von Fieber getrübt, vielleicht ließ ich mich auch aus der plötzlichen Hoffnung heraus auf Lux' Vorschlag ein, dass alles wieder so sein würde wie früher.

Bei meinem Anblick sponn Lux, wie mir nicht entging, augenblicklich all den Tratsch weiter, den er über meinen Verfall gehört haben musste. Er sah eine Ruine vor sich, ein Opfer unrealistischer Träume von Starruhm und zahlreicher Versuchungen des süßen Lebens. Ich konnte mich nicht dazu aufraffen, mit Worten zu protestieren, aber als er mir ein Bier ausgeben wollte, lehnte ich ab, nicht zuletzt, weil meine Nieren Bier so schlecht vertragen.

Ich betrachtete Lux Ojonen, unabhängiger Musikproduzent, Pate der meisten neuen Wellen in der finnischen Rockmusik der letzten fünf Jahre und ganz zweifellos der von den ehemaligen Harlekinen, bei dem der Zahn der Zeit am gnädigsten gewesen war. Er gab sich noch immer Mühe, ein hübscher Bursche zu sein, und das Ergebnis konnte sich sehen lassen. Die Haare waren zu einer stengen Frisur geschnitten und goldgelb gefärbt, sodass sich mir unwillkürlich das Attribut »arisch« aufdrängte, aber ich schwieg (noch vor zwei Monaten, auf einem großen Foto in der Zeitung Ilta-Sanomat, hatte er schwarze, zerzauste Haare gehabt). Seine Beine waren extrem schlank in der ausgebleichten Jeans, die aussah, als hätte die Finnische Zement GmbH sie um ihn gegossen, sein Lächeln war spöttisch und die Wildlederschuhe spitz zulaufend und farblich passend zu dem maßgeschneiderten Anzug von St. Mark's Place an Manhattans Lower East Side. Nach ein paar männlich robusten Phrasen fiel mir ein, dass wir tatsächlich gleich alt waren, und ich spürte, wie sich mein schlaffes Sitzfleisch auf dem Stuhl unter mir ausbreitete, schaute an mir herab und sah eine Rolle aus Speck unter dem dunklen Flanellhemd hervorquellen und sich über den ausgefransten Hosenbund ergießen.

»Was willst du von mir?«, fragte ich.

»Ich produziere gerade eine Scheibe von *Anhalter Bahnhof*. Den Namen schon mal gehört?«

»Ja.«

»Hast du sie mal gehört?«

»Hat sich nicht vermeiden lassen«, sagte ich, »aber das ist nicht meine Musik, das weißt du.«

»Ich versuche, sie dazu zu bringen, ihren Stil ein bisschen zu verändern«, erwiderte Lux. »Sie sind begabt, aber im Hinblick auf den europäischen Markt kann man nicht so…«, er suchte nach Worten, »so brutal düster sein. Ich versuche, einen Stilmix zu Stande zu bringen, Elemente einer energischeren Rocktradition in ihren Sound einzubauen.«

»Aha«, sagte ich.

»Ich könnte, sagen wir, zwei oder drei Gitarrensolos gebrauchen. Schroff und aggressiv müssen sie sein.«

Wer bin ich zu leugnen, dass es Klick machte, als ich begriff? Ich wusste, welche Zukunft *Anhalter Bahnhof* vorausgesagt wurde. Sie würden der letzte große Name der späten neunziger Jahre des 20. Jahrhunderts werden. Dass ich ihre Musik verabscheute, war nebensächlich, denn wenn ich jetzt meine Karten geschickt ausspielte, würde ich meine Schulden abbezahlen können und Geld für den Unterhalt für Ria und Amanda haben. Würde vielleicht sogar noch ein Sümmchen für eine Reise nach New York und einen Anzug von St. Mark's Place übrig bleiben?

»Die Gruppe hat doch einen eigenen Gitarristen, oder nicht?« Mit gleichgültiger Stimme, äußerst beherrscht.

»Jimi, sicher«, sagte Lux, »aber der packt das nicht. Er ist noch kein Solist, es fehlt ihm an Ausdruckskraft.«

»Sie können doch samplen.«

»*Anhalter Bahnhof* samplet nicht«, sagte Lux mit Stolz in der Stimme.

»Ich weiß nicht«, gab ich vor zu zögern, »ich habe nicht sonderlich viel gespielt.«

»Aber ich weiß«, ging Lux dazwischen. »dass ein paar von

den Jungs dich sehr bewundern, sie können unsere alten Lieder auswendig.«

Ich bestellte einen weiteren Grog, spielte noch eine Minute den Widerspenstigen, gab dann aber nach.

»Hauptsache, ich muss nicht so einen lächerlichen Künstlernamen annehmen, wie sie ihn haben.«

»Du wirst unter deinem eigenen Namen spielen dürfen... die Instrumentalspur haben wir schon aufgenommen«, er holte einen Time-Manager heraus, »mal sehen, Stettins Part müsste in zehn Tagen fertig sein. Passt dir Dienstag, der 2. Februar?«

»Wo ist das Studio?«

»Vox fünf in Sockenbacka. Du erinnerst dich?«

Ich nahm das Training auf und spielte, wie ich es seit zehn Jahren nicht mehr getan hatte. Ein Tag verging und zwei und vier; schließlich meldeten die Griffe sich nach und nach wieder bei mir, die Läufe kehrten ins Gedächtnis zurück, und langsam, ganz langsam, begannen meine Finger, sich wie von allein zu bewegen, so wie früher.

Die Synkopen waren am schwersten. Ich kaufte zwei CDs von *Anhalter Bahnhof* in einem Einkaufszentrum, das Debütalbum *Dresden* und ihre letzte Platte *Threatened Worlds*. Der Stil war schwermütig und brutal, sie hatten ein paar schöne Balladen, aber im Großen und Ganzen fand ich die Musik nur mäßig interessant, zähneknirschend übte ich die Rhythmusmuster ein, die *Anhalter Bahnhof* zu favorisieren schien. Sie waren Lichtjahre von den geradlinigen Rockrhythmen entfernt, die *The Harlequins* im Allgemeinen als Grundlage benutzt hatten. Mühevoll paukte ich die nervös abgehackten, spastischen Synkopen ein, die den Hintergrund bildeten für Stettins echogetränkte Jungenstimme und die technisch geschickten, aber wenig durchdachten und kreischenden Riffs des Saxofonisten – laut CD-Hülle ein gewisser »B. B. Blow«.

Des weiteren bemerkte ich, als ich eines Abends das Titelvideo von *Threatened Worlds* auf MTV 8 gesehen hatte, die eigenartige Kälte und Anonymität, die von der Band ausging. Außer Stettin, dessen Gesicht tatsächlich eine recht gesunde Farbe hatte (sein einziger Gimmick schien ein alter Filzhut zu sein, der bis über die Augen herabgezogen war), hatten sie sich alle entweder die Schädel rasiert, sich hinter gewaltigen getönten Brillen versteckt oder bis zur Unkenntlichkeit geschminkt. B. B. Blows Gesicht war aus dem gleichen weißen Marmor wie die Finlandia-Halle, bevor sie anfing zu verwittern, während der Drummer (»Astral Beat«) sich ein Dämonengesicht auf den kahlen Schädel hatte tätowieren lassen und mit einer Art sternenverziertem Pyjama bekleidet war; er hätte Yul Brynner oder irgendein anderer harter Hund aus grauer Vorzeit sein können, der einen Regressionsschub bekommen hatte und nun darauf wartete, dass seine Mami kam und ihn zudeckte.

Sie waren eine seltsame Truppe. Trotzdem kamen mir sowohl B.B. Blow als auch Astral Beat vage bekannt vor. Ich fragte mich, ob sie zwischen 1985 und 1990 schon in der Branche gewesen sein konnten. Wahrscheinlicher war jedoch, dass sie ehemalige Fans waren. Und dass ich mir einbildete, ihnen schon einmal begegnet zu sein, lag vermutlich daran, dass sie vor zehn Jahren der hundertköpfigen Schar angehört hatten, die sich nach den Konzerten um uns drängte, es waren immer die gleichen Gesichter, hochrot und glücklich darüber, die Instrumente von *The Harlequins* tragen zu dürfen, zufrieden, einfach nur unseren Schweiß zu riechen.

Während des gesamten Fußmarschs von der Bushaltestelle zum Studio am Gjuterivägen ließ ich die Finger in den dicken Lederfäustlingen spielen. In der Caféteria wurde ich von Lux empfangen, der mir eine Enttäuschung auftischte; Stettin war mit dem Gesangspart noch nicht fertig, ich würde im Kontrollraum sitzen und zuhören müssen und mich mit »meinen« Liedern vertraut machen, während er seine Aufnahmen beendete. B.B. Blow und »Mäkäräinen« (man suchte für die Vermarktung auf dem europäischen Markt noch einen neuen Namen für ihn, Lux fragte mich, ob ich etwas in der Hinterhand hätte) an den Keyboards würden außerdem noch ein paar Tonfolgen ergänzen, erst danach war ich an der Reihe.

»Du bekommst natürlich das volle Honorar für diesen Tag«, erklärte Lux großzügig. »Es gibt ein kleines Studio auf der anderen Seite des Hofs. Es steht leer. Wenn du willst, kannst du eine Kassette mitnehmen und dort proben.«

Höchstens eine Viertelstunde saß ich im Kontrollraum, der Toningenieur machte einen professionellen Eindruck, im Studio sang Stettin die zweite Stimme zu *Death Is Blue Bells*, einem »meiner« Stücke, und ich sah mich gezwungen zuzugeben, dass die Melodie stark war und er mit nahezu hypnotischem Einfühlungsvermögen sang. Von den anderen war nichts zu sehen, ich bat den Toningenieur um eine Kassette mit meinen Songs, bekam sie und überquerte den Hof. Stettin hatte mich gesehen und mir kurz zugenickt.

Als ich am späten Nachmittag zurückkehrte, war Leben in Studio 5 gekommen. Im Pausen- und Aufenthaltsraum, der mir nur allzu gut in Erinnerung war (der Billardtisch stand noch immer da, sehr abgewetzt), hingen Stettin, Astral Beat, der Bassist Santtu (man suchte für die Vermarktung auf dem europäischen Markt noch einen Künstlernamen für ihn, Lux hatte mich gefragt, ob ich nicht etwas Spannendes auf Lager hätte) und Mäkäräinen herum. Santtu war ein untersetzter, schwarzhaariger Junge, während Mäkäräinens augenfälligstes Kennzeichen ein Paar gelblich blasser Augen war, das seinem Gesicht einen ausweichenden Ausdruck verlieh. Wir gaben uns die Hand, Astral Beat und Santtu grüßten herzlich, Stettin gemessen und Mäkäräinens Hand schlief schlaff in meiner. Im Kontrollraum saßen jetzt zwei Toningenieure, und über ihnen hing Jimi, der Gitarrist. Sein fast schon hinterlistiges Kopfnicken überraschte mich nicht.

Ich ließ mich auf einem freien Stuhl neben dem Mischpult nieder und schaute durch die Glasscheibe ins Studio, wo B. B.

Blow sich darauf vorbereitete, die Saxofonstimme einzuspielen, die in *Death Is Blue Bells* wie eine Brücke zwischen Refrain und Strophe lag.

Blow stand wartend da und hatte mir sein Profil zugewandt, und ich war mittlerweile sicher, dass ich ihn kannte, die Aufnahme begann, er hatte einen etwas harten und kantigen Stil, spielte ansonsten aber gut, es waren das weiß geschminkte Gesicht und die schwarze Haarmähne, die eine Identifizierung erschwerten, er legte sich zu sehr ins Zeug, es entstand ein Strom, eine allzu starke Eruption, die in *Blue Bells* nichts zu suchen hatte, irgendwo begann eine Ahnung, Gestalt anzunehmen, sie lag vorne am Stirnlappen und pochte gegen eine Synapse, der Toningenieur blendete aus, B. B. Blow senkte das Saxofon und lächelte, jetzt wusste ich es, die Aufnahmelampe erlosch, ich öffnete die Tür zum Studio, ging hinein und sagte:

»Hier hast du dich also herumgetrieben.«

»Unter anderem.«

»Ich habe zwei Platten von euch zu Hause und mehrere Videos gesehen. Aber ich habe dich nicht erkannt.«

»Ich habe gehört, dass du vorbeikommst und spielst. Wie geht es unserem Alten?«

»Dem geht's gut.«

Irgendwo aus den hintersten Regionen des Gebäudes galoppierte Lux heran und schon von Weitem war ihm anzusehen, dass er mit dem Aufnahmetag zufrieden war.

»Na, was sagst du, Tomppa«, rief er, »ist *Death Is Blue Bells* nicht ein fantastisches Stück?«

»Doch, es ist gut«, gab ich zu.

»Du hast alle begrüßt?«

»Sicher«, sagte ich, »Herr Blow und ich, wir sind Brüder. Halbbrüder. Wusstest du das?«

»Nee, verdammt«, sagte Lux, »ich hatte keine … Lindström ist ja nicht gerade ein ungewöhnlicher Name.«

»Komm ins Billardzimmer und trink einen Kaffee«, sagte

mein Halbbruder Jartsa, schlug mir auf die Schulter und machte sich daran, sein Instrument einzupacken.

»Das ist ja großartig, die reinste Verbrüderung«, meinte Lux in einem geschäftsmäßigen Ton. »Weißt du was, ich habe mit der Band und den Jungs vom Studio gesprochen, alle bleiben gerne noch ein paar Stunden hier, wenn du das Solo zu *Blue Bells* schon heute Abend aufnehmen willst.«

Ich schaute der schwarzen Haarmähne hinterher, die sich in Richtung Billardzimmer entfernte, sah Jimi und Stettin die Köpfe zusammenstecken, ihre Münder bewegten sich, und plötzlich prusteten sie gleichzeitig los.

»Die zwei da sind auch Brüder«, sagte Lux, »richtige Brüder.«

Ich geriet in Panik, sie tauchte aus dem Nichts auf, meine Brust verkrampfte sich, die Hände wurden feucht und mein Mund trocken. Ich sah zum Gitarrenkoffer hinüber.

»Nein, ich... ich will niemanden aufhalten. Keine Überstunden wegen mir.«

»Ach, Unsinn«, erwiderte Lux, »das ist hier doch keine staatliche Behörde. Alle haben darauf gewartet, dich spielen zu hören.«

»Nein, heute nicht«, bat ich, »ich hab nichts gegessen und...«, ich suchte fieberhaft nach etwas, hatte aber ein Brett vor dem Kopf, »und...«, meine Stimme wurde heiser, »... aber wie wäre es, wenn wir morgen Punkt zehn anfangen?«

»Okay. Aber keine Grogs heute Abend, Tomppa. Was?« Er knuffte mich kameradschaftlich in den Bauch. Ich spürte, wie seine Hand einsank und dachte an *Anhalter Bahnhofs* Bauchensemble, das zweifellos – eventuell mit Ausnahme Santtus –, aus sechs flachen, festen Waschbrettern bestand. Ich schauderte, ich brauchte etwas Heißes zu trinken.

Wenn man unfreiwillig eine ganze Nacht wach liegt, wird einem die Zeit unglaublich bewusst, gegen Morgen schaut man alle fünfzehn Minuten auf die Uhr. Ich hatte keinerlei Erinnerungen an die Periode zwischen vier und halb sieben und kam deshalb zu dem Schluss, dass ich zumindest zwei Stunden geschlafen haben musste. Aber ich fühlte mich nicht so.

Zwischen sieben und halb neun probte ich *Blue Bells* und *Torchlight*, meinen zweiten Song, und trank eine Kanne Kaffee.

Meine Finte mit der frühen Uhrzeit erwies sich als Fehlschlag; *Anhalter Bahnhofs* Interesse für mein Gastspiel war größer, als ich geglaubt hatte. Die Einzigen, die sich nicht eingefunden hatten, waren Jimi und Mäkäräinen. Ich saß im Billardzimmer und klimperte auf meiner SG 335 (sie lässt sich leichter kraftvoll und roh spielen, ich hatte vor, sie in »Torchlight« zu benutzen und dann für »Blue Bells« zur Telecaster zu wechseln). Jartsa und Stettin kamen herein, mein uralter Walkman lag auf dem Tisch, die Musik erklang weiter aus den Ohrhörern, ein raspelnder Diskant, Stettin und Jartsa sahen sich an und lächelten, aber ihr Lächeln war eigenartig, nach innen gekehrt. (Erst im Nachhinein habe ich verstanden, dass mich pure Servilität dazu veranlasst hatte, mit *Dresden* im Ohrenstereo ins Studio zu kommen. Ich wollte zeigen, dass ich ein wahrer Kenner der Materie war. Später erfuhr ich, dass *Anhalter Bahnhof* sich einhellig von ihrem Erstlingswerk und seinem Herumwühlen in etwas derartig Antiquiertem wie dem Zweiten Weltkrieg distanziert hatte. Ihre spätere Produktion beschäftigte sich mit völlig anderen Themen, vor allem Umweltzerstörung und Autoerotik; laut Lux »sehr europäische Themen«.)

Ich werde an dieser Stelle nicht näher auf die feinen Nuancen in Phrasierung und Rhythmik eingehen, die in simpelster wie komplexester Rockmusik ausschlaggebend für die Kongenialität eines Gitarrensolos sind. Vielleicht reicht es schon, wenn ich sage, dass mir meine tiefe Verwurzelung im Rhythm'n'Blues zum Verhängnis wurde. Außerdem hatten *The Harlequins* größtenteils in Dur gespielt, etwas, das *Anhalter Bahnhof* tunlichst vermied. Jedenfalls entwickelten sich die ersten beiden Takes zu schweren Fehlschlägen, die Gitarre klang zwar durchaus richtig, aber es war, als hätte ich nichts zu sagen, meine Finger wanderten über das Griffbrett wie stumme Würste minderer Qualität. Es war Technik, nichts als Technik.

»Jetzt komm schon, Tomppa«, hörte ich plötzlich Lux im Kopfhörer, »nun entscheid dich, was du sagen willst, und schmeiß den Rest über Bord. Okay?«

Ich schaute zum Billardzimmer. Die Tür stand offen, und ich sah Jartsa am Tisch stehen und sich auf sein Billardqueue lehnen, offenbar überdachte er die Konstellation der Kugeln. Stettin und Jimi (wann war *er* eigentlich aufgetaucht?) standen an die Tür gelehnt, blickten zerstreut in meine Richtung und warteten darauf, dass der nächste Take beginnen würde.

Der dritte Take war ein großer Schritt nach vorn, ich war auf dem richtigen Weg.

Erneut war Lux im Kopfhörer zu hören.

»Jaa-a-a ... vielleicht gar nicht so dumm, aber du musst es noch aggressiver hinbekommen. Schroff.« Und dann eine andere Stimme, ein bisschen undeutlich, im Hintergrund: »Sag ihm, dass sein D zu tief liegt.« Ich blickte auf, es war Jimi, der hinter Lux im Kontrollraum stand, und ich glaube, das war der Moment, in dem ich zum ersten Mal die Nerven verlor, ich erinnere mich noch, dass meine Hände vor Wut und aufgestauter Anspannung zu zittern begannen.

»Behauptet dieser Grünschnabel etwa, meine Gitarre wäre nicht gestimmt?«

»Nein, nein, natürlich nicht, jetzt beruhige dich, Tomppa«, antwortete Lux.

»Verdammt noch mal«, sagte ich.

»Keep the spirit, hörst du«, blaffte Lux hinter der Glasscheibe, »aber tu mir den Gefallen und überprüf doch bitte sicherheitshalber die D-Saite.«

Ich zupfte die Obertöne auf dem zwölften Bund. Das D lag

zwar keinen vollen halben Tonschritt unter den anderen, aber es reichte völlig.

Ich müsste lügen, wenn ich behaupten würde, man hätte mich eingeladen, nicht einmal Jartsa tat das, ich trottete einfach mit. Der Club war erst kürzlich eröffnet worden, hieß irgendetwas Dekadentes auf Deutsch, den Namen habe ich verdrängt, nicht aber die schrillen neoexpressionistischen Wandgemälde in roter, blauer und schwarzer Farbe. Jartsa hatte seine Freundin mitgebracht, sie war ein bisschen mollig, hatte braune Haare und ein schönes, nachdenkliches Gesicht. Ich selbst war hin und her gerissen von der Frau, die Andromeda genannt wurde, mit Stettin zusammen war und etwas schräg stehende Augen, krause Haare und ein fast schon selbstleuchtendes Lächeln hatte.

Andromeda saß mir gegenüber am Kopfende des Tischs, die meiste Zeit unterhielt sie sich vertraulich mit Stettin und wandte mir dabei ihr Profil zu. Ich konnte meine Augen nicht von ihr lassen. Plötzlich hörte ich, dass Lux, der neben mir saß, etwas sagte.

»Entschuldige bitte, ich habe nicht zugehört.«

»Das habe ich gemerkt. Ich habe nur gesagt, dass wir heute wohl nichts Brauchbares auf Band bekommen haben.«

»Nicht? Ich finde, der fünfte Take ist richtig gut geworden, die anderen waren zugegeben nicht so…«

»Nein, Tomppa«, unterbrach Lux mich abrupt, »es reicht nicht, dass du halbwegs was zu Stande kriegst. Wenn es um Anhalter Bahnhof geht, bin ich Perfektionist, diese Burschen haben alles, worauf es da draußen in Europa ankommt. Du musst spielen wie (ich sah, dass er sein Gedächtnis durchforstete), wie auf unserer zweiten LP… wann war das noch?«

»Achtundachtzig.«

»Stimmt, achtundachtzig. So musst du spielen. Kurz und aggressiv, jeder Ton muss etwas BEDEUTEN, Tomppa, jeder Ton!«

Gegen Mitternacht heiterte sich die Stimmung auf, und ich merkte, dass der Umgang innerhalb von *Anhalter Bahnhof* ausgesprochen ungezwungen war und frei von banalen Eifersüchteleien zu sein schien. Schließlich wagte ich zu tun, wonach ich mich gesehnt hatte, ich forderte Andromeda zum Tanz auf (Jimi und Jartsa hatten bereits mit ihr getanzt, sie wurde von allen umschwärmt, und ich sah, dass Stettin, der sich seiner Position sicher war, dies genoss). Stettin hob eine sarkastische Augenbraue, sagte aber nichts. Während Andromeda und ich zwischen den Tischen hindurchkreuzten, überlegte ich, ob ich womöglich eine ungeschriebene, für Außenstehende geltende Regel missachtet hatte, verwarf den Gedanken jedoch gleich wieder.

Der Stil der Tanzmusik überraschte mich. Ich hatte seit langem aus den Augen verloren, was sich so tat in der Welt. Der letzte Trend, an den ich mich erinnern konnte, war die World Music Ende der achtziger Jahre, man mischte ethnische Harmonien und Rhythmen aus der ganzen Welt mit Pop und Rock, aber wozu wir jetzt tanzten, hätte afro-basierte WM gewürzt mit einer Prise neurotisch deutschem Jahrtausendwechsel sein können, das Stück war an sich nicht schlecht, eine Reihe von Gitarristen, die über einem unberechenbaren Schlagzeugprogramm ein disharmonisches Muster webten, aber der Rhythmus war schwierig, ich hatte noch nie zu etwas Vergleichbarem getanzt, ich schaute mich um und versuchte, die schnellen, ruckhaften Bewegungen der anderen Tänzer zu imitieren, und mir fiel auf, dass niemand die Füße hob, weshalb ich versuchte, meine ebenfalls ruhig zu halten – kurzum, ich gab mein Bestes.

Wir tanzten noch ein zweites Stück. Als es endete, sah ich, dass Andromeda lachte, nicht böswillig, nur amüsiert.

»Ist was?«

»Du… du tanzt wie ein Gummiball«, prustete sie.

Ich stand regungslos auf der Tanzfläche, sie tanzte weiter, ihre Hand, eine wunderbar schmale, leicht sonnengebräunte

Hand mit langen, empfindsamen Fingern, berührte meine Schulter. »Sei bitte nicht sauer«, während sie gleichzeitig eine elegante Pirouette drehte und hinter meinem Rücken verschwand. »Komplimente hört man doch immer gern«, entgegnete ich, während ich mich gleichzeitig steif um hundertachtzig Grad drehte.

Wir kehrten an den Tisch zurück, und sie versuchte, mich zu trösten. »Du bist ehrlich gesagt ein ziemlich empfindsamer Gummiball.« Als ich mich setzte, blickte ich mich verstohlen um, da ich befürchtete, boshaften *Anhalter-Bahnhof*-Lächeln zu begegnen, entdeckte aber keine.

Meiner Mutter ging es in der Zeit nach der Scheidung oft schlecht. In den Jahren, bevor ich mir eine eigene Wohnung suchte, wohnte ich manchmal bei meinem Vater und Kirsi, es waren Bilder aus jener Zeit, die ich in der Nacht zum Samstag vor mir sah. Ich schlief erneut unruhig, befand mich oft in einem Zustand zwischen Wachen und Schlafen und kann folglich nicht sagen, ob ich träumte oder mich erinnerte.

Kirsi arbeitete nachmittags in einer Modeboutique in der Centralgatan. Jartsa war unmittelbar nach der Scheidung als eine bereits vierjährige Realität aufgetaucht, und meine Aufgabe bestand darin, ihn vom Kindergarten abzuholen, wenn ich aus der Schule kam. Ich musste auf ihn aufpassen, bis sie von der Arbeit kamen, und ich sah die Bilder mit grauenhafter Schärfe, ich ein pickeliger Fünfzehnjähriger mit fettigen, langen Haaren und Jartsa ein fünfjähriger Cherub in Regenhose, seine feinen blonden Haare waren gelockt und wirr, und die beiden Kindergärtnerinnen rissen sich förmlich darum, sie kämmen zu dürfen, ehe wir gingen. Anschließend war Jartsa bei allem mit von der Partie, hechelte uns hinterher, wenn wir Fußball spielten, wenn wir im Wäldchen standen und rauchten und wenn wir von der Brücke an der Nordwestpassage die Autos auf der westlichen Umgehungsstraße mit Schneebällen bewarfen. Wenn wir etwas klauen wollten, deponierten wir ihn hinter der nächsten Häuserecke, und er lernte rasch, sich uns unaufgefordert anzuschließen, wenn wir, mit Süßigkeiten und Zigaretten beladen, aus dem Elanto oder dem Lauttavalinta rannten. Ich erinnere mich an sein gellendes »Wartet! Wartet!« und dass ich mich einmal zu ihm umdrehte und die krummen Beine in dem unförmigen Regenanzug herantapsen sah, sein »Nicht so schnell! Nicht so schnell!« klang traurig und verängstigt, seine Stimme ließ mich die Nerven verlieren, »Jetzt komm schon, du verdammter Rotzlöffel!«, schrie ich, es kam oft vor, dass mich die Wut packte, er konnte mit uns einfach nicht Schritt halten, er taugte zu nichts und untergrub außerdem aufs Schwerste meine Position unter den Teenagern im Stadtteil Drumsö, denn er wollte immer dabei sein. Wenn wir Hockey spielten, wurde er manchmal ins Tor gesetzt, und dann zielte ich auf ihn und schoss so hart ich konnte, eines Winters traf ihn ein Puck gleich unter dem Knie, er hinkte lange, und nach diesem Zwischenfall zog ich zu meiner Mutter zurück. Bei anderen Gelegenheiten ließ ich ihn beim Fußball in meiner Mannschaft mitspielen, ich spielte ihm den Ball zu, er freute sich, dann lief ich zu ihm, und wenn er gerade den Fuß hob, um zu schießen, packte ich seine Beine, hob ihn in die Höhe und ließ ihn kopfüber baumeln, bei den meisten kam der Scherz hervorragend an, der kleine Körper zappelte verzweifelt, er bekam von dem Blut, das ihm in den Kopf schoss, und seinem eigenen Schreien ein puterrotes Gesicht, und die Umstehenden, die meisten jedenfalls, lachten, und das war die Ohrfeigen wert, die ich später einstecken musste, nachdem er zu Hause gepetzt hatte.

Ich hatte einen trockenen Mund und war unausgeschlafen, als ich aufwachte. Ich wühlte im Kleiderschrank, und mein Blick fiel auf das ärmellose und grelle *Anhalter-Bahnhof*-Shirt, das ich an dem Tag im Streetwear 2000 gekauft hatte, nachdem Lux unerwartet im *Lahmen Minotaurus* aufgetaucht war, und zog es an, nicht ohne das beunruhigende Gefühl zu haben, in eine Art perversen Gottesdienst der Buße verwickelt zu sein.

Es war für mich an der Zeit, meine Kräfte an *Death Is Blue Bells* zu messen, das ich mittlerweile als ein kleines Meisterwerk betrachtete, dessen verborgene Schichten ich mir intuitiv angeeignet zu haben glaubte. Ich wollte wirklich spielen.

Was dann passierte, ist nicht ganz einfach zu beschreiben. Vielleicht, habe ich mir später überlegt, war ich so lange stumm gewesen, dass ich nun, als meine Kanäle (nicht zuletzt dank *Blue Bells*) geöffnet wurden, einfach zu viel zu sagen hatte. Vielleicht hatte ich mich auch von *Anhalter Bahnhofs* verwegenen Posen und der jugendlichen Kraft der Band mitreißen lassen, ohne daran zu denken, dass ich nicht so war wie sie.

Jedenfalls verlief der Vormittag hochgradig monoton. Ein Take folgte dem anderen. Isoliert von ihrer Umgebung hätten meine Versuche möglicherweise gut geklungen, aber in *Blue Bells* passten sie nicht hinein und trafen ausnahmslos auf Lux' Stimme in meinem Kopfhörer, »Zum Teufel, Tomppa, mehr Kraft, schroff, du sitzt da und träumst dich weg, verdammt noch mal!«, und es stimmte, ich träumte mich weg, wenn ich spiele, träume ich mich immer weg, und damit stehe ich weiß Gott nicht allein, Lux forderte keine Schroffheit von *Anhalter Bahnhof*, aber von mir forderte er sie, die Sache war für ihn zu einer fixen Idee geworden.

Diese Scham. Unmittelbar nachdem die Techniker das Studio verlassen hatten, um Mittag essen zu gehen, winkte Lux Jartsa zu sich, der vor kurzem aufgetaucht war und im Billardzimmer herumlungerte.

»Hör mal, Blow, kannst du dir nicht eine Kassette schnappen und mit deinem Bruder in die Drei gehen, sie steht leer. Versuch ihm bitte zu erklären, worauf es bei *Death Is Blue Bells* ankommt.«

»Das ist Stettins und Jimis Ding. Sollten sie es ihm nicht erklären?«, erwiderte Jartsa.

»Jimi ist heute nicht in Form. Und Stettin gibt gerade ein Interview. Geh jetzt, wir machen eine längere Pause, bis zwei.«

»Wenn du dir mein Saxofon anhörst, bekommst du vielleicht eine bessere Vorstellung. Aber du musst genau hinhören«, sagte Jartsa, als er die Kassette hineingeschoben und auf »ON« gedrückt hatte. Wir saßen dicht nebeneinander im engen Kontrollraum von Studio 3, und ich empfand ein vages Unbehagen. Wie konnte er es nur wagen?

»Lux meint, ich spiele zu viel. Daran wird sich auch nichts ändern, wenn ich mir dein Sax anhöre.«

»Unsinn«, sagte Jartsa, »du spielst nicht zu viel, du spielst falsch.«

Wir schwiegen und lauschten. Dann spulte Jartsa das Band wieder zurück, und *Blue Bells* lief als Wiederholung. Jartsa setzte eine tiefgründige Miene auf.

»*Death Is Blue Bells* ist«, er zögerte, schien seine Worte genau abzuwägen, »ist eine Mischung aus Nonchalance und Trauer.«

Alles in mir widersetzte sich seiner Behauptung.

»Was sagst du da? Natürlich drückt es Trauer aus. Aber Trauer kann niemals nonchalant sein, niemals.«

»Das hier ist jedenfalls nonchalante Trauer, hör dir jetzt das Sax an.«

Ich lauschte, sagte dann:

»Das mag jetzt vielleicht ein bisschen hart klingen, aber deine Saxofonphrase ist nicht gut. Du bist nicht in deinem Spiel, und deshalb ist es keine Trauer und auch nichts anderes.«

»Ich persönlich bin ganz zufrieden damit«, meinte Jartsa.

»Dann ist das vielleicht der Fehler.«

»Stettin stand auch drauf.«

»Aber zum Teufel, du musst doch hören, dass du dich selbst gar nicht einbringst, es ist nur eine Ansammlung von Fingersätzen. Nicht, dass ich dir deswegen Vorwürfe machen würde, wie könnte es auch anders sein, du bist noch randvoll mit viel zu viel Material, du weißt beispielsweise nicht, dass Trauer absolut kein fließender Strom ist, Trauer ist etwas, das in dir schrumpft und sich gleichzeitig immer weiter verdichtet, Trauer ist ein Bild von einem kleinen, massiven Stein in deinem Kopf oder ein schwarzes Loch oder ein Kristall, verstehst du?«

»Aber ich hab dir doch gesagt, das hier ist *nonchalante* Trauer«, beharrte Jartsa.

In diesem Moment wurde die Tür geöffnet.

»Ah, ihr seid das«, sagte Stettin und sah Jartsa an. »Ich habe *Blue Bells* gehört, als ich über den Hof ging, dein Saxofon kommt echt super.«

»Danke«, sagte Jartsa, holte Luft und fuhr ohne mich anzusehen fort: »Kommst du mit zu Jimi? Tomppa ist sicher den ganzen Nachmittag im Studio, deshalb hatten wir überlegt, ein paar neue Ideen auszuprobieren.«

Über den Rest des Tages gibt es nicht viel zu sagen. Anfangs spielte ich, wie es mir gefiel, dann kroch ich zu Kreuze und versuchte, mit Jartsas Stil und Temperament zu spielen, versuchte, Stettins Art zu phrasieren zu imitieren, aber nichts von all dem half. Nach dem sechsten Take erklärte Lux, es sei genug für heute, und vergaß, das Mikrofon auszuschalten (versehentlich oder nicht, habe ich mich später gefragt), und ich hörte den Toningenieur fragen, ob es schon zu spät sei, den guest star auszutauschen.

All das Selbstvertrauen, mit dem ich am Morgen gerüstet gewesen war und das mich auch während meines Disputs mit Jartsa noch nicht verlassen hatte, war wie weggeblasen. Lux bot mir an, mich nach Hause zu fahren. Als wir in seinem Subaru saßen, fragte ich, ob ich ihn auf ein Bier einladen dürfe. Er wirkte bedrückt und zugleich abwesend. »Nein, ich glaube, ich habe keine Zeit«, sagte er und murmelte dann etwas, das ich nicht verstand.

»Was hast du gesagt?«

»Ach nichts, nur dass es verdammt teure Aufnahmen sind.«

Ich saß an jenem Abend zu Hause und versuchte, ein altes Buch weiterzulesen, ich glaube, es war »Sophie's Choice« von William Styron, aber es fiel mir schwer, mich zu konzentrieren. In meiner Rastlosigkeit hatte ich eine Idee, wühlte in einem Haufen alter Kassetten und fand ein altes Demotape mit *The Locusts*, einem halbprofessionellen Versuch aus der Zeit vor *The Harlequins*. Ich legte die Kassette in das Quatrodeck und schaltete sie ein. Im gleichen Moment klingelte es an der Tür.

»Ach ... hallo«, sagte ich, sobald der plötzliche Schreck sich gelegt hatte.

Er ging ins Zimmer, ließ sich auf einen der harten Holzstühle am Esstisch fallen und lauschte.

»Bist du das?«

»Ja. Fünfundachtzig ungefähr. Möchtest du einen Kaffee?«

»Nein, danke. Meine Alte und der Kleine warten zu Hause auf mich.«

Er schien zu zögern, entschloss sich dann aber.

»Ich bin nur vorbeigekommen, um dir zu sagen, dass du die Sache nicht so schwer nehmen solltest, obwohl es nicht besonders gut läuft. Ich habe heute Nachmittag im Studio gesessen und fand, du hast richtig gut gespielt, so gut wie früher. Das Problem ist nur, dass es genauso schwer ist, einen Zugang zu Jimis und Stettins und Jartsas Musik zu finden, wie ansonsten zu verstehen, wie sie drauf sind. Ich weiß, wovon ich rede, ich bin jetzt schon ein paar Jahre dabei.«

Es wurde wieder still, und jetzt, als er keine Sonnenbrille trug, sah ich, dass seine Augen freundlich und ein wenig wässrig blau waren. Die schlichten Jeansklamotten verstärkten seine alltägliche Erscheinung noch.

»Ich hoffe, du nimmst mir nicht übel, wenn ich so etwas sage, ich weiß, dass Jartsa dein Bruder ist.«

»Halbbruder«, erwiderte ich.

Als *Hoochie Coochie Man* anfing, aus den Boxen zu wabern, stand er auf.

»Verdammt, wär das schön, mal wieder Rhythm'n'Blues zu spielen«, seufzte er. »Ich habe diese düsteren Synkopen dermaßen satt.«

»Aber ihr seid wirklich gut«, sagte ich.

»Scheißegal. Vor Anhalter Bahnhof habe ich bei Josh Lee & Company gespielt. Hast du uns mal gehört?«

»Natürlich.«

»Da hatte man noch Spaß, wenn man spielte«, rief er beinahe. »Jetzt soll man so verdammt künstlerhaft und mystisch sein. Und dann auch noch diese verdammten Namen!«

Er sah mich an, seine Stimme hatte einen höhnischen und bitteren Klang bekommen.

»Würdest du etwa wollen, dass die Leute dich Astral Beat nennen?«, schnaubte er.

»Nein.«

Er ging zur Tür.

»Ich heiße Kim Randström. Verdammt, was würde ich den Namen gerne mal wieder auf einer Plattenhülle sehen.«

Ich erinnere mich nur selten an meine Träume, aber der Montagmorgen war bereits die zweite Ausnahme in kurzer Zeit.

Ich hatte bei einer Art öffentlichem Ritus religiösen Charakters Dienst geleistet. In einem irgendwie gearteten Saal (wie so oft in Träumen trotzte er jeglicher Beschreibung, er war gleichzeitig ein hypermoderner Prestigebau und ein antikes Amphitheater) beteten die Leute drei Götter an. Die Götter standen regungslos auf ihrer Plattform, sie waren barfuß und hatten blasse, verbissene, unglaublich junge und schöne Gesichter. Ich war bei ihnen, aber meine Rolle war die des Dieners. Ich salbte ihre Gesichter, Hände und Füße mit Seife, wusch sie sorgfältig und spülte die Seife anschließend mit Wasser aus einer großen Kristallkaraffe fort. Eine gewaltige Menschenmenge beobachtete dies unter andächtigem Schweigen. Plötzlich erhob sich jemand aus dem Publikum, es war eine verschwommene Gestalt, undefinierbar, der Mann war nur eine Hand, die einen Spiegel hielt, er kam zu mir, hielt mir den Spiegel vors Gesicht, und ich sah mein Ebenbild, es war ein uraltes Gesicht, vertrocknet und verwüstet, die Augen waren schmal und starr, fast tot, die Farbe der Haut war gelbgrün und der Szenenwechsel abrupt, jetzt saß ich an einer langen Tafel, in einem Festsaal, in dem sepiafarbene Porträts von alten Menschen die Wände schmückten, am Tisch saßen Menschen mit den gleichen gelben, verwüsteten, ausgemergelten Gesichtern wie dem, das eben noch mein eigenes gewesen war, aber nun war ich ein kleiner Junge, ich sah mich nicht selbst, wusste jedoch, dass ich rundlich und wohlgenährt und von einer bohrenden, bedrückenden Angst erfüllt war, und ich hatte mich nicht mehr im Griff, statt mit meiner Gabel Essen von dem Teller vor mir zu schaufeln, stach ich sie schnell in den linker Hand sitzenden Greis und erwachte anschließend schweißgebadet.

Ich stand auf und ging ins Bad. Ich trank Wasser aus der hohlen Hand, machte kein Licht. Dann entwand ich mich endgültig dem Griff des Traums und schaltete das Licht an. Mein Gesicht war keineswegs das eines Greises. Tatsächlich war es gut erhalten, und man hätte mich für zweiundzwanzig halten können, wenn da nicht dieser undefinierbar müde Zug um Mund und Augen gewesen wäre. Dieser Zug ließ mein Gesicht abwärts streben, zur Erde oder etwas unter ihr, und platzierte mich in einem kaum greifbaren Grenzland zwischen alt und jung.

Lux fragte mich freundlich, ob ich mit *Torchlight* oder mit *Blue Bells* anfangen wollte. Ich antwortete, wir könnten uns am Vormittag *Torchlight* zuwenden, was wir auch taten, allerdings ohne dass das *Anhalter-Bahnhof*-Shirt – das ich erneut angezogen hatte – oder meine alte SG 335 es vermocht hätten, mir zu helfen; ich spielte schlecht. Irgendwann geriet ich gründlich auf Abwege und landete in einem obskuren E-Moll-Lauf (*Torchlight* ist in D-Moll), wo ich ohne etwas zu merken dreißig Sekunden herumrannte, bis das »Stopp! Wir spulen schon!« von Lux in meinem Kopfhörer mich weckte. In der Pause vor dem nächsten Take blieb ich dann in meinem Glaskasten sitzen und warf zufällig einen Blick in Richtung Billardzimmer; dort standen Jimi und Stettin und spielten Luftgitarre mit den affenartigsten Fratzen, die man sich nur denken kann. Ich begann, vor unterdrückter Wut zu zittern, die Mimik ist schon immer mein Wahrzeichen gewesen, mein Gesicht führt ein Eigenleben, wenn ich spiele.

Ich hing immer mehr in alten Bildern fest. Während der Mittagspause durchstreiften meine Gedanken beharrlich die Jahre auf dem Gymnasium, Jimis und Stettins Fratzen mussten den Erinnerungen neues Leben eingehaucht haben, dort saßen Lux und sein Cousin Marko Helppi auf dem Bett in Lux' Jugendzimmer, sie spielten Mundharmonika und Gitarre, es klang bereits unglaublich gut, und das wussten sie auch, sie waren sich ihrer Begabung und ihrer künstlerischen Möglichkeiten und Schönheit sicher, und dort saß ich auf dem Fußboden und klimperte auf Lux' Reservegitarre, ohne etwas anderes zu Stande zu bekommen als tonloses Scheppern.

Es dämmerte mir, dass ich Stettin und Jimi und Jartsa verabscheute, aber ich wollte mir dieses Gefühl nicht gestatten, denn ich litt unter dem schlechten Gewissen des fahrlässigen Bruders, und gleichzeitig hatte ich zu guter Letzt erkannt, dass sie gut waren, dass ihre Musik schön und originell war und ihre Texte einen beeindruckenden Inhalt und Ernst hatten. Ich dachte an *The Harlequins* und versuchte, mich an einen anspruchsvolleren Text aus unserer Produktion zu erinnern, aber mir fielen nur Zeilen vom Typ »Another steamy Saturday night, we're on the run and our future looks bright« ein, und dann schlenderte Lux mit einer Kaffeetasse und einem bekümmerten Gesichtsausdruck auf mich zu.

»Verdammt, Tomppa«, sagte er und setzte sich, »ich stehe ganz schön unter Druck, CBS will die Scheibe im Frühjahr auf den Markt bringen.«

Er seufzte und sah aus dem Fenster.

»Heute Nachmittag klappt es«, sagte ich, *Blue Bells* habe ich besser im Griff als *Torchlight*.«

»Es muss wirklich bald klappen. Die Jungs sind im Moment ein bisschen außer Rand und Band, und ich bin kaum dazu gekommen, sie im Auge zu behalten.«

Am Nachmittag war Studio 5 praktisch leer, nur Lux, der Toningenieur und ich waren anwesend. Immer wieder erschallten die Zeilen, die mir bereits so vertraut waren, in meinem Kopfhörer. »She pays visits wearing roses / she never pulls aside a curtain«, sang Stettin, und kurz vor fünf probierte ich es mit den aufsteigenden Triolen, die mir Sonntagabend eingefallen waren, und fand das Ergebnis ziemlich stark, aber die Stimme von Lux unterbrach mich:

»Nee. Das ist mir irgendwie zu viel Heavy Metal, hör mal, wir müssen jetzt Schluss machen, ich hab um sechs eine wichtige Verabredung.«

»Wir haben das Studio doch noch die ganze nächste Woche«, sagte ich, als wir im Subaru saßen. Lux nickte kurz, sagte »Yeah«, schaltete das Radio ein und fuhr mit hoher Geschwindigkeit Richtung Stadt, wenn er an einer roten Ampel halten musste, trommelte er jedes Mal auf das Lenkrad.

Wie gezwungen von einer riesigen, unsichtbaren Hand ging ich hin. Sie saßen am gleichen Tisch wie zuletzt, aber anfangs hatte ich noch die Geistesgegenwart, an ihnen vorbei in die Selbstbedienungsabteilung zu schleichen. Unglücklicherweise wurde ich viel zu schnell betrunken, was schneller passiert ist, als man denkt, wenn man nur auf seinem Platz sitzt, ohne sich zu bewegen oder sich mit jemandem zu unterhalten, und eine Stunde später stand ich an ihrem Tisch.

Randström hob die Hand zum Gruß, und Jartsa nickte ebenfalls, richtig freundlich, wie mir schien. Stettin war der Einzige, der etwas sagte wie »Ach, sieh einer an, wen haben wir denn hier?« Auch Jartsa schloss sich, wenn auch zögernd, dem Gelächter an. Ich packte Andromedas Arm, und sie begleitete mich ein wenig erstaunt auf die Tanzfläche.

Die Rhythmen erschienen mir noch komplizierter als beim letzten Mal, aber ich versuchte, die Füße still zu halten und mit dem Oberkörper zu schwanken, wie Andromeda es tat. Als das Intro zu einer langsamen Ballade begann, legte ich meine Hände um ihren Rücken.

»Wie heißt du?«

»Das weißt du doch.«

»Kein Mensch heißt Andromeda.«

»Doch, ich.«

»Du lügst.«

»Ich lüge nicht. Ich bin auf den Namen Lis Marie Andromeda getauft.«

Sie klang eingeschnappt, und um sie zu besänftigen, ließ ich meine Hände über ihren Rücken wandern, von den Schultern bis zum Po, vielleicht versank ich in Träume, ihr Rücken war schmal und warm und samten, es war sehr lange her, dass ich das letzte Mal einen Rücken liebkost hatte, und ich wachte erst wieder auf, als wir schon fielen. Ich landete auf ihr, hörte ein ersticktes »Oh, mein Gott«, und im nächsten Moment hatte sie mich bereits resolut weggestoßen und sich aufgerappelt. Stettin war schon bei uns, ich lag noch auf den Knien, und in einem gefrorenen Augenblick wurde mir bewusst, wie sehr ich mich vor ihm fürchtete, aber er sagte und tat nichts, reichte Andromeda nur den Arm und ging. Ich kehrte heim, und zum ersten Mal seit Rias und Amandas Auszug kam mir eine Idee zu einem Song, er sollte *Cain* heißen, aber mir wollte einfach die so wichtige erste Textzeile nicht einfallen, und ich schlief ein, ehe ich dazu kam, die Akkordfolge zu notieren.

Das Klingeln des Telefons am nächsten Morgen war so wenig eine Überraschung wie das, was gesagt wurde: Er schob es auf die Plattenfirma und den eng gesteckten Zeitplan.

»Dass sie die Harlequins bewundern, war eine glatte Lüge. Sie wollten mich von Anfang an nicht haben«, sagte ich.

»Nein, das ist ein Missverständnis«, sagte Lux, »es sind praktische Probleme, die...«

»Lüg mich nicht an, Lux.«

Er blieb hartnäckig, aber am Ende gab er auf.

»Ich wollte doch nur helfen. In der Stadt erzählt man sich, dass es bei dir in den letzten Jahren nicht so gut gelaufen ist.«

Zwei Monate später machte ich einen großen Fehler; ich nahm die Einladung zur Release-Party ernst.

*Anhalter Bahnhofs* Opus Nummer fünf hieß *Torchlight*, und *Death Is Blue Bells* war die erste Singleauskopplung. Die Gitarrensolos waren von Jimi; sie waren kantig und ausdruckslos. Alle waren da, Jartsa ging mir aus dem Weg, Randström wirkte gelangweilt, Andromeda war schöner denn je, Mäkäräinen hockte in einer Ecke, und seine Augen irrten umher, und Jimi warf einen einzigen überlegenen Blick in meine Richtung, ehe er sich wieder abwandte.

Ich hatte bereits erkannt, dass ich besser nicht hingegangen wäre, als Stettin wie aus dem Nichts auftauchte, breit lächelte und sagte: »Das hier hätte dein Gitarrengegacker nie und nimmer verbessern können.«

Seine Worte zogen gleichsam einen Schleier von meinen Augen, ich konnte mich zum ersten Mal seit langer Zeit in einem klaren, unbarmherzigen Licht sehen; ich sah, wie ich am ersten Tag sorgsam darauf bedacht gewesen war, das Wort »meine« innerlich in Anführungszeichen zu setzen, die Songs, bei denen ich mitwirken sollte, waren »meine« gewesen, aber schon bald waren die Anführungszeichen weggefallen, und ich hatte einmal mehr versucht, mich anzupassen und zuzugreifen, mit den anderen zu verschmelzen, mit allem, was ich gut, respektabel und talentiert fand. Darüber hinaus sah ich vor mir, wie ich mit einem *Anhalter-Bahnhof*-Hemd bekleidet und mit *Dresden* in den Ohren ins Studio gekommen war (wie das Opfer, das seinen Henker zu erweichen versucht, indem es wie er wird, blies ich die Sache jetzt auf), und gleichzeitig bemächtigten sich noch weitaus ältere Bilder meiner, da war auf einmal wieder Marko Helppi, Marko und unsere Feindschaft, die während der gesamten Gymnasialzeit geschwelt hatte, um schließlich im Frühjahr vor dem Abitur zu entflammen, als wir beide hinter Ria her waren, ich erinnerte mich an den Moment, in dem die Obszönitäten nicht mehr ausreichten, daran, wie wir uns stießen und miteinander rangen, wie Markos Arm plötzlich zurückgezogen wurde und seine Hand sich zur Faust ballte und wie ich meine Hände fallen ließ und regungslos dastand, versteinert, ich erinnerte mich, wie knochentrocken mein Mund in diesem Augenblick gewesen war und Markos Gesicht sich zu einer Grimasse aus Ekel und Verachtung verzog, nun stand Stettin vor mir, und seine Hände hingen schlaff herab, es war also nicht sein Fehler, ich war es, der sich fürchtete, in den verwandelt zu werden, der ich einmal gewesen war, und mir schoss durch den Kopf, was ich mir als Erwachsener sicher hundert Mal gesagt hatte, »Ich darf nie mehr solche Angst haben«, und meine Hand schlug zu, ohne zu begreifen, wie groß die Kraft in der aufgestauten Demütigung war. Als Stettin fiel, sah ich seinen Kopf gegen den Serviertisch schlagen, das Geräusch, als sein Hinterkopf auf dem Boden aufschlug, war auch grauenvoll, Lux und ein paar andere, die ich nicht kannte, liefen herbei, und ich wusste nicht, wen ich geschlagen hatte, Marko oder Jartsa oder Stettin oder Lux, es spielte keine Rolle, Blut lief aus seiner Nase und einer langen Wunde an der Schläfe, viel Blut: Ich werde hier auf Stettins lange Rekonvaleszenz und meine Zeit im Zentralgefängnis von Riihimäki nicht näher eingehen, die Tatsache, dass nur ganz wenige oder keiner von euch je von dem Gitarristen Tomppa Lindström oder der Kultband *Anhalter Bahnhhof* gehört hat, dürfte all das hinlänglich andeuten, woraus niemals etwas wurde.

# Iiro und der Junge

# 1

Glaubte man dem Kalender, war es Frühling. Aber er wollte einfach nicht kommen. Dünne Schneeflocken wirbelten in der Luft, der Wind war schneidend und kalt – Iiro spürte, wie der Minibus von Zeit zu Zeit vom Wind geschüttelt wurde –, und über die Landschaft hätte man einen schwermütigen Rocksong schreiben können: Shades of Grey.

Die Schilder kamen mittlerweile in immer kürzeren Abständen. Am Steuer saß Heksi, der Schlagzeuger; er hielt schon Ausschau nach der Abfahrt.

»Machst du mit? Ich setze hundert Finnmark darauf, dass ich dich schlage«, sagte Riekko und lehnte sich mit dem Gameboy in der Hand zu Iiro vor.

»Nee«, sagte Iiro, ohne den Blick von der toten Landschaft zu wenden, »wann wollte Keiju kommen?«

»Sie kommt mit der Abendmaschine. Hat am Nachmittag noch irgendeine Kaufhausaktion in Esbo. Playback natürlich.«

Iiro brummte schlecht gelaunt. Keiju Järvenranta war auf dem besten Weg, eine abgehalfterte Showgröße zu werden. Aber sie hatte immer noch die Allüren eines Stars und war der Meinung, sich nicht an der langweiligen Vorarbeit beteiligen zu müssen.

Riekko spielte Bass und war auch früher schon mit Iiro unterwegs gewesen. Er sah, dass sein Freund unruhig auf seinem Sitz hin und her rutschte, und erinnerte sich an ein Gefühl, das ihn schon einmal vor ein paar Jahren beschlichen hatte: Iiro mochte diese Stadt nicht.

Sie durften den Haupteingang des Hotels nicht benutzen.

Stattdessen mussten sie das klobige Fahrzeug im Rückwärtsgang auf den Hof fahren und Verstärker, Mischpult und Instrumente über den spiegelglatten Hinterhof und durch die enge Küche tragen, in der sie laufend aneckten und gegen große, glänzende Behälter und Töpfe stießen.

Iiro trug seinen KORG hinein. Auf dem Synthesizer lag der Schnellhefter mit den Noten, er stieß gegen eine Tischkante, und der Notenordner glitt herab und landete mit einem Klatschen in einer gigantischen Sauciere.

»Scheiße! Dieses verdammte Bauernkaff!«, fauchte Iiro. Der Oberkellner kam herbeigelaufen, musterte die schlecht gekleidete Truppe von oben herab, fragte:

»Was geht hier vor? Irgendwelche Probleme?«

Iiro zeigte stumm auf die Sauciere.

»Ja«, sagte der Oberkellner. »Eine cremige Pfeffersauce zu unserem heutigen Business Lunch, Boeuf à la maison.«

»Der Business Lunch hat soeben ein weiteres Gewürz bekommen«, erwiderte Iiro. »Da liegen dreißig unsterbliche Schlager, dargeboten von der ebenso unsterblichen Keiju Järvenranta. Falls sie noch nicht von dem ganzen Pfeffer erstickt worden ist.«

Er beugte sich über die Schüssel und tat, als würde er Ausschau halten. Der Oberkellner ging Besteck holen, kehrte zurück und fischte den Ordner aus der Schüssel.

»Bitte sehr«, sagte er ohne eine Miene zu verziehen und hielt Iiro den Ordner hin.

Iiro warf den Ordner in die Spüle und drehte den Wasserhahn auf.

»Die werden bis heute Abend nie im Leben trocken«, meinte Riekko.

»Ich kann den Mist auswendig«, sagte Iiro.

Sie checkten ein, brachten ihre Taschen auf die Zimmer, begannen anschließend aufzubauen und einzustellen.

Sie trotteten durch einige von Keijus Liedern, dann verzog Heksi das Gesicht zu einer Grimasse und schlug stattdessen einen schweren, aggressiven Rhythmus an. Riekko gesellte sich mit dem Riff zum uralten *Wild Thing* der Troggs hinzu, und auf einmal machte es richtig Spaß.

Iiro programmierte »Brass« ein, und in dem niedrigen Restaurantsaal begann es ordentlich zu wummern.

Dann sah Iiro den Jungen. Er lehnte gleich neben der Tür an der Wand, und sein Blick war unverwandt auf die Bühne gerichtet.

Oder etwa auf Iiro? Iiros Herz schlug einen kurzen, schnellen Salto. Er rief den anderen etwas zu, während sein »Brass« gleichzeitig in einem falschen Akkord verklang:

»Kümmert ihr euch um die Gesangskanäle?«

Heksi trommelte weiter, nickte nur kurz.

Iiro stieg von der einige Dezimeter hohen Bühne herab und ging durch den Saal zu dem Jungen.

Der Junge blieb stehen, sah ihn ernst an.

Iiro musterte den Jungen, winkte ihn anschließend zu einem Tisch. Sie setzten sich. Der Tisch war breit, es lagen mehrere Meter zwischen ihnen.

»Bist du Markus?«, fragte Iiro, obwohl er die Antwort schon kannte.

»Ja«, sagte der Junge. Er hatte feste, graue Augen. Seine Haare waren glatt geworden.

»Du bist Iiro«, stellte Markus fest.

»Stimmt«, sagte Iiro. »Möchtest du eine Limo?«

Iiro ging in die Küche und kehrte mit einer Frisco und einem Tuborg zurück. Er schenkte dem Jungen ein. Sie saßen so still, dass das Gluckern der Getränke beim Einschenken so ohrenbetäubend klang wie in einer Fernsehreklame.

»Wie alt bist du jetzt?«, fragte Iiro.

»Sieben«, antwortete Markus. »Wie alt bist du?«

»Vierunddreißig«, sagte Iiro. »Dann gehst du schon in die Schule?«

»Ja, ich gehe in die Schule«, sagte Markus.

Sie schwiegen. Iiro trank sein Bier, Markus rührte seine Limonade nicht an.

»Was machst du so außer spielen«, fragte Markus dann.

»Wie meinst du das?«, erkundigte sich Iiro.

»Was arbeitest du?«, verdeutlichte Markus.

»Ich spiele«, sagte Iiro, »und manchmal fahre ich das Taxi eines Freunds.«

»In Helsingfors?«

»Ja, in Helsingfors«, sagte Iiro.

»Findest du dich da zurecht?«

»Ziemlich gut.«

»Mama ist Lehrerin«, sagte Markus.

»Ich weiß«, erwiderte Iiro. »Hat sie dich geschickt?«

»Nee«, sagte Markus, »aber sie hat gesagt, dass du heute vielleicht kommen würdest.«

»Möchtest du heute Abend herkommen und zuhören?«, fragte Iiro.

»Die lassen mich hier doch abends nicht rein«, meinte Markus ein wenig düster.

»Bring deine Mama mit«, sagte Iiro. »Ich werde Bescheid sagen, dass ihr kommt.«

Markus machte eine Bewegung, als wollte er aufstehen.

»Möchtest du etwas Bestimmtes hören?«, wollte Iiro wissen.

Der Junge sah ihn an.

»Nee, mir fällt nichts ein«, sagte er nach einer Weile.

»Tschüss«, sagte Iiro. Er war ein bisschen blass, als er durch den Saal ging, fand Riekko, dem nicht entgangen war, dass der Junge Iiro ähnlich sah, somit hatte er nun eine Erklärung bekommen.

Am Nachmittag fiel Iiro ein, dass Marjut *Syksyn sävel* von Juice Leskinen gemocht hatte.

Er erinnerte sich an das letzte Mal, dass sie gemeinsam getrunken hatten. Sie hatten in der Küche gesessen, und unten auf dem Hof hatten sich die Schneewälle aufgetürmt. Marjut hatte kurz zuvor aufgehört, Markus zu stillen, sie hatten vier Flaschen Wein geleert, und zum Ende hin hatten sie angefangen zu singen. Sie hatten *Syksyn sävel* gesungen, aber den Refrain abgewandelt. Statt »Ich weine nicht aus Freude, ich weine nicht aus Trauer, wenn ich weine, weine ich ohne Grund« hatten sie gesungen »Ich saufe nicht aus Freude, ich saufe nicht aus Trauer, wenn ich saufe, saufe ich ohne Grund«.

Als Keiju Järvenranta gelandet war und ihr Zimmer bezogen hatte, klopfte Iiro an ihre Tür, trat ein und unterbreitete ihr seinen Vorschlag.

»Oo-aa-uu-aa-oo-aa-quatsch«, sagte Keiju, ging auf Strümpfen im Zimmer auf und ab und machte Stimmübungen, »es ist Früh-aa-uu-aa-ling, und *Syksyn sävel* ist doch in Moo-aa-oo-aa-oooll.«

»Ach, wirklich«, erwiderte Iiro trocken. »Dann schau mal aus dem Fenster und sag mir, wie viel verdammten Frühling du da siehst.«

Aber die Verhandlungen blieben erfolglos. Keiju weigerte sich, *Syksyn sävel* zu singen, das Stück war ihr zu düster. Sie sagte: Ihr könnt es ja während des Instrumentalsets am Anfang des Abends spielen.

Iiro ging in sein Zimmer und kritzelte die Akkordfolge auf ein Blatt.

Als sie anfingen, war der Saal knapp zur Hälfte gefüllt. Riekko sah den Jungen, er schaute immer nur Iiro an.

Neben dem Jungen saß eine Frau. Sie war nicht mehr blutjung, aber schlank, gepflegt und schick. Sie hatte Stil, das Kleid war schlicht, aber geschmackvoll, und die mittelblonden Haare ein wenig glanzlos, aber ansonsten gut frisiert. Riekko versuchte abzuschätzen, wie ihre Figur war, aber da sah sie ihm plötzlich direkt in die Augen, und er schaute weg.

Sie hatte etwas Abgeklärtes an sich, etwas, das einen die altbekannten Phrasen vom Typ »Der würde man es gerne mal besorgen« hinunterschlucken ließ. Sie sah nicht aus wie jemand, den man in einer Band in Marianne Busenberg oder Busty Singfield umbenannt hätte, umgetauft, nur um die Schmach ertragen zu können, dastehen und die betreffende Person begleiten zu müssen, die unablässig lächelnd auf der Bühne stand und schwachsinnige Schlager sang.

Riekko sah Iiro an, doch der schien sich auf die Musik zu konzentrieren.

Riekko seufzte und dachte, dass sie auf der Stelle traten. Er dachte daran, wie lächerlich es war, dass sie bald Männer mittleren Alters waren und herumreisten und jämmerliche Musik spielten und flotte Sprüche klopften, dass sie redeten wie junge Burschen, die auf Heimaturlaub von der Armee waren, weil sie nur selten Sex hatten.

Sie spielten wie verabredet *Syksyn sävel.* Iiro hatte einen viel zu süßlichen Sound gewählt, Panflöte mit Chorimitation im Hintergrund, er spielte ordentlich, aber im Solo kam er natürlich auf keinen grünen Zweig. Es hätte eine E-Gitarre sein müssen wie im Original, dachte Riekko.

Während der zweiten Pause, als Keiju bereits die Bühne betreten und hintereinander fünf einander zum Verwechseln ähnliche Lieder gesungen hatte, sah Riekko Iiro zu dem Tisch gehen, als der Junge und die Frau gerade aufstanden. Er sah, dass die Frau lächelte, dem Jungen über die Haare strich und etwas sagte, vermutlich, dass der Junge am nächsten Morgen in die Schule musste. Er sah Iiro etwas auf einen Zettel kritzeln, sah die Frau das Gleiche tun. Dann sahen Iiro und die Frau sich an – verdammt, ist die hübsch, dachte Riekko jetzt, als er ihren ganzen Körper sehen konnte –, und Iiro tätschelte zum Abschied linkisch den Kopf des Jungen.

Riekko entging nicht, dass Iiro während des restlichen Auftritts erleichtert, fast schon aufgekratzt wirkte.

Sie tranken hinterher ein paar Gläser, und Iiro wurde gesprächig.

»Ich habe hier gewohnt, seit ich fünfzehn war. Mit achtundzwanzig bin ich weggegangen«, sagte er und ergänzte:

»Markus ist ein feiner Junge.«

## 2

Es war Sommer, es war heiß. Iiro spielte nicht, er fuhr Taxi. Mitten am Tag gab es nicht viele Fahrten in der halbleeren Stadt. Er verließ die Rufsäule am Björnpark, fuhr zum Tavastvägen hinab und steuerte den Hauptbahnhof an.

Der Schweiß lief, und er kurbelte das Fenster hinunter und zündete sich eine Zigarette an, obwohl er wusste, dass dies seinem Freund, dem der Wagen gehörte, nicht gefallen hätte.

Am Hauptbahnhof gab es sowohl Autos als auch Menschen. Der Zug aus Rovaniemi war angekommen, und Menschen wurden in einem dichten Strom in die Wagen mit den gelben Schildern befördert.

Als Iiro gerade seine Zigarette ausgeraucht hatte, war er an der Reihe, die Tür wurde geöffnet, und er hörte Menschen einsteigen, drehte sich aber nicht um.

Eine Frauenstimme gab eine Adresse im Stadtteil Bocksbacka an. Lustig, dachte Iiro, das ist ja meine eigene, das passiert mir zum ersten Mal. Er drehte sich um, um es zu sagen, und blickte in zwei Augenpaare, Markus' ernste graue Augen und Marjuts ebenso graue, die erst vor Überraschung aufgerissen wurden und anschließend Lachfältchen in den Ecken bekamen.

Iiro kochte Kaffee. Er hatte auf dem Weg angehalten und in einem Kiosk Eis gekauft, Eis mit Walnüssen, denn das wollte Markus haben.

Das Gespräch kam nur schleppend in Gang. Iiro hatte den Austausch von Adressen als reine Formalität betrachtet, als einen Akt der Höflichkeit, und nie im Leben daran gedacht, Marjuts Einladung ernst zu nehmen, und auch nicht damit gerechnet, dass sie auf seine eingehen würde. Er kam mit den Kaffeetassen und den Eisschalen aus der Küche und trat im Vorbeigehen gegen ein Paar Strümpfe, sodass sie unter einen Stuhl rutschten.

Ein Glück, dass ich am Morgen beschlossen habe zu lüften, dachte er.

Bei der zweiten Tasse Kaffee erzählte Marjut, dass sie im Herbst eine Stelle in Borgå antreten würde. Sie benötigte den Rest des Sommers, um den Umzug in die Küstenstadt zu organisieren. Sie hatte überlegt… konnte Iiro sich eventuell vorstellen, sich solange um Markus zu kümmern?

Iiro bekam den Kaffee in die falsche Röhre.

»Wie… wie lange«, fragte er, als er nicht mehr husten musste.

»Bis die Schule wieder anfängt«, erwiderte Marjut.

Iiro rechnete nach.

»Nein, verdammt, das ist ja ein ganzer Monat!«, sagte er.

Marjut meinte zu dem Jungen, er solle in die Küche gehen und nachsehen, ob es im Kühlschrank Saft gebe. Iiro öffnete den Mund, um zu sagen, dass es dort keinen gab, aber Marjut gab ihm zu verstehen, dass er still sein sollte.

Als der Junge in die Küche getapst war, sagte sie:

»Im Herbst sind es sechs Jahre. Sechs Jahre als allein erziehende Mutter.«

Iiro entgegnete:

»Ich habe doch Geld überwiesen.«

»Manchmal, ja«, erwiderte Marjut. Dann erinnerte sie Iiro daran, dass er damals die Vaterschaft anerkannt hatte. War es nicht langsam an der Zeit, ein bisschen was wiedergutzumachen?

Die beiden begleiteten sie noch am gleichen Abend zum Zug.

Als sie ihr hinterherwinkten, steckte der Junge seine Hand in Iiros; die Hand war sandig und klebrig vom Eis.

Iiro hatte sich mit Riekko in einem Straßencafé verabredet.

Er nahm Markus mit.

Das war keine so gute Idee.

Nach einer halben Stunde, als sie gerade ihr zweites Bier tranken und der Junge Eis mit Schokoladensauce als Krönung des Baisers aß, das er sich zuvor einverleibt hatte, kam eine Frau in einem kurzen Rock und einem großzügig ausgeschnittenen Dekolletee zu ihnen, beugte sich über den Tisch, sodass ihre dunklen Locken über Iiros Gesicht wischten, und sagte:

»Iiro-Süßer! Wie schön, dich zu sehen!«

Dann sah sie Riekko und Markus an und zwitscherte an Riekko gewandt, der verheiratet war: »Wie süß! Ist das deiner?«

Riekko wedelte mit dem Daumen in Richtung Iiro.

Markus beobachtete die drei Erwachsenen ernst.

»Ich habe sie seit zwei Jahren nicht mehr gesehen. Warum muss sie ausgerechnet jetzt auftauchen?«, sagte Iiro zu Riekko, als die Frau gegangen war.

Er winkte, um die Aufmerksamkeit der Kellnerin auf sich zu ziehen; ihre Biergläser waren wieder leer.

Die Kellnerin kam an den Tisch und tat schroff und ausführlich ihre Meinung über Eltern kund, die fanden, dass eine Kneipe ein geeigneter Ort für ein Kind sei, um dort den Sommer zu verbringen. Anschließend teilte sie ihnen mit, dass sie nichts mehr bestellen konnten.

Iiro sah Riekko hilflos an.

»Geh mit ihm in den Vergnügungspark«, meinte Riekko.

»Komm doch mit«, erwiderte Iiro flehend.

»Keine Zeit«, sagte Riekko.

Vor dem Vergnügungspark Borgbacken erhob sich eine riesige Plakatwand. Sie standen an, um die Eintrittskarten zu lösen, und Markus starrte das Plakat an.

»Was bedeutet das?«, fragte er dann. Iiro, der seine Schuhe fixiert und verzweifelt über mögliche Wege nachgegrübelt hatte, der unangenehmen Situation zu entgehen, in der er gelandet war, blickte auf.

Das Plakat zeigte ein drei Meter langes, schlankes und braun gebranntes Frauenbein. »DAS EUROBEIN WIRD NICHT VON HAARWUCHS ENTSTELLT«, stand dort. Es war eine Reklame für das Enthaarungsmittel KarvaStop.

»Nun ja, das…«, setzte Iiro an, gab dann jedoch auf. »Ach was, ich weiß es nicht.«

»Was ist denn ein Eurobein«, beharrte Markus.

»Das ist… tja, ein Bein, das jemandem gehört, der in Europa wohnt«, sagte Iiro und dachte, dass das Plakat sich nicht ganz an die Wahrheit hielt, in Südeuropa hatten die Frauen manchmal sogar Haare auf der Oberlippe.

Markus dachte nach, fragte dann: »Hast du Haare an den Beinen, Iiro?«

»Geht so«, sagte Iiro.

Er erkannte, dass er trotz allem versuchen musste, dem Jungen die Plakatwand zu erklären, und sagte nach einer Weile:

»Sie meinen, dass wir neue, andere Menschen werden sollen.«

»Und warum?«, wollte Markus wissen.

»Weil wir nicht wirklich gut sind, so wie wir jetzt sind«, sagte Iiro, »aber kümmere dich nicht darum, dich lassen sie bestimmt noch ein paar Jahre in Frieden.«

Iiro hatte gehofft, dass Markus ein eher scheues, vorsichtiges Kind sein würde, das sich damit zufrieden gab, Autoscooter zu fahren und Zuckerwatte zu essen.

Aber Markus liebte die Fahrattraktionen und das Tempo und die Höhen: Iiro musste Achterbahn, Riesenrad, Schiffschaukel, Überschlagschaukel und Geisterbahn fahren, und zwar alles zwei Mal. Er spürte, dass die Biere, die er getrunken hatte, aufwärts strebten, und verfluchte Riekko und seine Ideen. Neben Iiro johlte der Junge vor Glück.

Als sie ins Spiegelkabinett gingen, fiel Iiro das Fantasiebild von dem Haus wieder ein, das er sich als Kind ausgemalt hatte: Nachts wurden die Tore des Vergnügungsparks aufgebrochen. Zahllose schattenhafte Gestalten, extrem große und magere Menschen und extrem kurze und fette Menschen fanden den Weg zum Spiegelkabinett, brachen dort ein, schalteten die Beleuchtung an, und dann suchte jeder einzelne von ihnen den Weg zu dem Spiegel, der den Körper des betreffenden Menschen dem Standard entsprechend und normal machte.

In der Nacht wurde Iiro davon wach, dass der Junge an seinem Bett stand. Iiro hatte für Markus die Couch im Wohnzimmer bezogen, aber jetzt stand er im Schlafanzug vor ihm und sagte:

»Iiro, ich habe Bauchweh.«

»Möchtest du ein Eis?«, fragte Iiro verschlafen.

»Nein, es tut weh«, quengelte Markus.

»Wie wäre es mit einer Wurst?«, versuchte Iiro es weiter. »Würstchen sind gesund. Ich habe ein Paket im Gefrierfach.«

Der Junge machte auf dem Absatz kehrt und rannte zur Toilette. Iiro eilte ihm im Laufschritt hinterher und stand dann auf der Türschwelle und sah hilflos zu, während der Junge die zahlreichen Eisportionen ins Waschbecken erbrach.

Am nächsten Morgen schlief Markus lange.

Iiro trank drei Tassen Kaffee, öffnete eine Sardinenkonserve und versuchte, sich an die Sommer seiner Kindheit zu erinnern. Er sah Bilder von Seen, Ruderbooten und Wäldern vor sich; war er nicht immer auf dem Land gewesen?

Er rief Duncker an, einen losen Freund, der es zu etwas gebracht hatte und mittlerweile ein Drittel einer größeren Schäreninsel besaß. Iiro hatte eine Gang zusammengetrommelt, die umsonst auf Dunckers Hochzeit gespielt hatte, und war seither immer wieder auf die Insel eingeladen worden.

Duncker klang prächtig gelaunt und schneidig in der knisternden Leitung und rief: »Herzlich willkommen!«

Iiro fragte:

»Darf ich noch einen zweiten Gast mitbringen?«

Duncker rief jetzt noch lauter: »Hast du endlich jemanden gefunden, mit dem du zusammenlebst! Wie schön!«

»Nun… na ja, es ist mein… Sohn«, sagte Iiro.

Er führte zwei weitere Telefonate. Sowohl Marjut als auch sein Freund, der Taxibesitzer, waren zu Hause und bekamen Bescheid. Marjut lobte die Idee, während der Taxibesitzer murrte, dann müsse er wohl selber fahren.

Iiro ging zu dem Jungen, rüttelte ihn und sagte beinahe munter: »Raus aus den Federn, wir müssen packen.«

Es war natürlich ein Volltreffer.

Markus akklimatisierte sich schnell, wurde braun, plantschte im Uferwasser und kletterte auf Bäume. Nach einer gewissen anfänglichen Schüchternheit akzeptierten er und Dunckers sechsjährige Tochter einander als Spielkameraden.

Sowohl Duncker als auch Inez, seine Frau, konnten gut kochen. Im Allgemeinen gab es Schollen, Hechte und Barsche, die der Angelenthusiast Duncker während seiner allmorgendlichen Ausflüge gefangen hatte, und Markus aß, als hätte er eine Ewigkeit kein Essen mehr gesehen.

Das Wetter war perfekt, und sogar Iiro, dessen Naturerlebnisse sich normalerweise auf Kater lindernde Spaziergänge auf asphaltierten Straßen beschränkten, musste zugeben, dass die Insel und ihre Umgebung schön waren.

Der einzige Haken war, dass Iiro anfangs Probleme hatte, sich einzuleben.

Da war zunächst einmal die Musik. Duncker und Inez schienen die Art von Geigenkreischen und Akkordeonpumpen zu favorisieren, mit der sich die örtliche schwedischsprachige Bevölkerung abgab. Iiro fand, dass diese Ländler identisch und unerträglich klangen und fragte an, ob er ein paar Kassetten laufen lassen dürfe, die er mitgebracht hatte.

»Go ahead«, sagte Duncker.

Iiro schob eine Kassette nach der anderen in den Apparat, lauschte, wurde rastlos und tauschte sie aus. Aber es nützte alles nichts. Es blieb ihm nichts übrig, als es zuzugeben; seine Musik passte nicht hierher, Nick Cave und die anderen klangen deplatziert zwischen dem Surren der Fliegen und dem Gluckern der Wellen.

Iiro beobachtete Duncker, um von ihm zu lernen.

Nur wenige Jahre zuvor war Duncker ein echter Seidenschlips gewesen, einer dieser eleganten Europäer, die in dunklen Kinosälen ein intensives Gefühl für die unerträgliche Leichtigkeit des Seins erfasst hatte, als sie Lena Olins Hinterteil betrachteten, nur um im nächsten Moment zu merken, dass es in Wahrheit ihr Penis war, der sich in der locker sitzenden, italienischen Hose erhoben und sie dadurch von einem zur Erde strebenden Gewicht befreit hatte. Diese nebensächliche Erkenntnis hatte die Seidenschlipse jedoch nicht gehindert, fortan Pilsner Urquell zu trinken und Pauschalreisen nach Prag zu buchen. Duncker hatte sich sogar auf Kafka gestürzt, den Prozess jedoch nach Seite zwölf wieder weggelegt, und zwar mit der Begründung, es sei ein düsteres und negatives Buch.

Aber Duncker hatte sich verändert. Heute sauste er in einer kaputten Jeans und einem T-Shirt mit Farbflecken umher und war *so* tüchtig. Munter summend verkleidete er den Schuppen mit Brettern, fröhlich trällernd lackierte er den Vorraum der Sauna, heiter flötend entwirrte er fingerfertig seine Netze, keck lächelnd nagelte er einen Fischkasten zusammen, bärig brummend nahm er eine Inspektion des Automotors vor, zufrieden schmatzend bereitete er Steinbuttfilets in japanischer Sauce zu, erfreut rülpsend half er den Kindern, ein Zelt aufzubauen, vernünftig nickend stand er auf dem Steg der großen Kaufmannsinsel und diskutierte die Ernteaussichten mit den Bauern der näheren Umgebung.

Iiro versuchte, Duncker zu imitieren.

Aber als er den Kindern half, das Zelt aufzubauen, trieb er die Heringe so in den Erdboden, dass die Spitzen zum Zelt zeigten; die Ösen bekamen keinen Widerstand. Markus kam aus dem Zelt, betrachtete nachdenklich den fluchenden Iiro und zog anschließend die Heringe einen nach dem anderen wieder heraus und trieb sie richtig herum von Neuem in die Erde.

Iiro versuchte wie Duncker, sich mit den Bauern über Landwirtschaft zu unterhalten. Aber sie schienen ihn nicht ernst zu nehmen. Er fragte Duncker, was er falsch machte.

Duncker meinte, schon seine Körpersprache sei erbärmlich. Auf dem Land stand man breitbeinig, die Hände in die Seiten gestemmt oder in den Taschen, nicht mit gekreuzten Beinen und vor der Brust verschränkten Armen wie ein prüdes Fräulein.

Als sie eine Woche auf der Insel verbracht hatten, kam ein wirklich ungewöhnlich schöner Postkartenabend. Es wurde vollkommen windstill, und das Meer lag ölig glatt im sanften Licht der roten Sonne.

Iiro stand im Türrahmen und blickte auf die Wildwiese hinaus, die sich mit roten, gelben und blauen Blumen übersät bis zum Ufer hinab erstreckte. Er schaute auf den hundert Meter breiten Sund hinaus und wunderte sich über den Glanz, den die rot gestrichenen Bootshäuser und Schuppen auf der Nachbarinsel durch das schräg herabströmende Abendlicht bekamen.

Bei diesem Anblick fühlte Iiro sich ruhig und stark. Er

fragte Duncker, ob Markus und er sich eine Weile das Motorboot ausleihen dürften. Duncker sah ihn forschend an, zuckte dann aber mit den Schultern und sagte: »Nur zu, aber ich komme am Besten erst einmal mit und gebe dir ein paar Instruktionen.«

Sie gingen alle zusammen zum Ufer hinab, auch Inez und ihre Tochter Marja waren dabei. Iiro sprang ins Boot, hob Markus hinein und machte die Leinen los. Es gelang ihm mit etwas Mühe, den Motor loszuhaken, sodass der Propeller ins Wasser eintauchte, und anschließend begann er, begleitet von Dunckers lautstarken Ratschlägen, an der Startleine zu ziehen. Der Motor sprang mit einem gewaltigen Grollen sofort an. Iiro zuckte zusammen und drückte den Schalthebel, aber in die falsche Richtung. Der Motor machte einen Satz aus dem Wasser, und der Propeller wirbelte einen Schauer brackiges Wasser in Iiros Gesicht. Danach legte sich der Motor wieder in die richtige Position und trieb das Boot, Iiro und Markus kraftvoll rückwärts in das dichte Schilfröhricht. Die Schilfhalme, die ihm ins Gesicht peitschten, weckten den sich duckenden und panischen Iiro wieder auf, und nachdem er ein paar Sekunden blind getastet hatte, fand er den roten Stoppschalter. Es wurde still, und Iiro nahm ein Ruder und paddelte niedergeschlagen aus dem Schilf heraus. Auf dem Steg lagen Duncker und Inez und wanden sich in Lachkrämpfen.

»Das macht doch nichts, Iiro«, sagte Markus. »Geh wieder in den Leerlauf und versuch es noch mal.«

Iiros Missgeschicke taten der Freude und Ruhe, die er empfand, wenn er Markus' schnorchelnde Atemzüge auf der Bettcouch hörte, keinen Abbruch. Er merkte zu seinem eigenen Erstaunen, dass er stolz auf den zwischen ihnen keimenden Kontakt und die kleinen Sympathiebekundungen des Jungen war.

Deshalb gab Iiro sich noch mehr Mühe, ein tatkräftiger Sommergast zu werden oder einem solchen doch wenigstens nachzueifern, und er dachte fortwährend darüber nach, was er sich einfallen lassen sollte, um sein Image auf der Insel aufzubessern. Eines Abends hatte er dann eine Idee; er würde Sportangler werden, genau wie Duncker. Denn der Anblick Dunckers nach einer seiner frühen Morgenodysseen, mit einem großen Hecht oder einem Bündel Barsche in der einen Hand und der Spinnrute in der anderen, strahlte Gewissheit aus, und Iiro hatte bei diesen Gelegenheiten sowohl Interesse als auch Bewunderung in Markus' Blicken registriert.

Ein Hechtfischer war sicher ein *guter Vater*.

Duncker ließ sich nicht lange bitten, und gleich am nächsten Morgen kroch Iiro mit trüben Augen schon um halb vier aus dem Bett, weckte Markus und zog seine Jeans an. Duncker hatte Iiro geweckt, indem er vorsichtig an seiner Schulter gerüttelt hatte, und nun folgten Vater und Sohn in dem grauen und stillen Morgen Dunckers breitem Rückgrat zum Ufer hinab.

An Angelglück mangelte es ihnen wahrlich nicht. Die grüngelben, schleimigen Hechte schienen überall zu sein, genau wie die kompakten, dumm nach Luft schnappenden Barsche.

Aber Iiro hatte Probleme, die Technik zu erlernen. Er vergaß dauernd, den Bügel der Spinnrute zu lösen, und Duncker ermahnte ihn ärgerlich, ruhig zu sein, wenn der metallene Blinker ein ums andere Mal mit einem Laut gegen die Bootsreling schlug, der in dem stillen Morgen wie ein Pistolenschuss hallte.

In kürzester Zeit hatte Duncker drei Hechte und zwei Barsche gefangen. Markus hatte gerade einen Barsch von mehr als einem halben Kilo herausgezogen, als seine Angel sich unter einem gewaltigen Gewicht bog und ein verwirrtes Zappeln und Klatschen begann, ein Klatschen, das von aufgeregten Rufen Markus' und Dunckers begleitet wurde.

Gut zehn Minuten später kescherte Duncker einen Hecht von mindestens fünf Kilo ins Boot, und Markus jauchzte vor Glück. Als Duncker den Fisch getötet hatte, streckte Iiro ihm seine Ausrüstung entgegen und sagte: »Kannst du das hier entwirren?«

Duncker betrachtete das Gewirr und seufzte.

Als Duncker schon anfing, auf die Uhr zu schielen und sehnsuchtsvoll über das Frühstück zu sprechen, das sie erwartete, gelang es Iiro immer besser, den Blinker davonfliegen und in zehn bis fünfzehn Meter Entfernung vom Boot landen zu lassen. Plötzlich begann es am anderen Ende zu rucken, und Iiro begriff, dass ein Fisch angebissen hatte. Die Leine sauste von der Spule, und er fragte: »Was soll ich jetzt tun?«

»Mein Gott, deine Bremse ist ja ganz lose, du musst sie spannen!«, antwortete Duncker.

Iiro begann zu schrauben, er schraubte schnell so viele Umdrehungen, wie er konnte, bis die Bremse so fest saß, dass er beide Hände benötigt hätte, um noch weiter zu schrauben. Er spürte, wie das Gewicht am anderen Ende gleichsam anschwoll und ungeduldiger wurde, dann hörte man ein schneidendes Geräusch und das Gewicht war verschwunden, und das Angelgerät in seiner Hand fühlte sich federleicht an.

»Was ist passiert?«, fragte Iiro.

»Ich habe nicht gesagt, dass du die Bremse festzurren sollst«, erwiderte Duncker, »die Leine ist gerissen.«

»Heißt das, ich kann den Fisch nicht mehr fangen?«, fragte Iiro.

»Ja, das heißt es. Und es heißt auch, dass ich um einen meiner Lieblingsblinker ärmer bin«, sagte Duncker und machte sich daran, den Anker einzuholen.

Nach einer Woche emsigen Angelns hatte auch Iiro eigenhändig gefangene Fische im Kescher und auf der Ducht zappeln gesehen.

Aber er hatte immer noch nicht gewagt, sie zu berühren.

Dabei zeigte Markus ihm, wie man es anstellen musste, packte sie fest am Hals – obwohl, hieß es so, hatten Fische einen Hals? – und drückte zu, sodass die bösartig glotzenden, scharfzahnigen Hechte schlaff und gelähmt herabhingen.

Doch Iiro konnte sich einfach nicht überwinden, und auch nicht dazu, den Zeigefinger ins Maul der Barsche zu stecken und ihnen das Genick zu brechen.

»Wo hast du das alles gelernt?«, fragte Iiro Markus.

»Bei Opa«, sagte der Junge.

Duncker nahm die Fische aus, Markus spülte sie mit Wasser ab. »Heißt diese Stelle hier Hals?«, wollte Iiro von Duncker wissen und zeigte auf den Punkt, an dem sein Gastgeber und der Junge immer zudrückten.

»Nein, das ist der Kiemendeckel«, erklärte Duncker.

Als der August zehn Tage alt war, begannen Duncker und Inez, äußerst feinfühlig und ohne es offen auszusprechen, anzudeuten, dass sie die letzte Woche auf der Insel gerne ohne Gäste verbringen wollten.

Auch sonst war ihnen anzumerken, dass der Herbst sich ankündigte. Duncker hatte das Mobiltelefon hervorgeholt, das in den ersten Wochen weggelegt gewesen und nur sporadisch benutzt worden war. Nun thronte es auf dem Küchentisch, und Duncker widmete sich an den Vormittagen der Aufgabe, über Telefon seine Firma zu führen.

Iiro und Markus sollten am Mittwoch abreisen.

Der Dienstag war ein grau verhangener, aber warmer Tag.

Sie packten einen Picknickkorb, stiegen ins Boot und brachen zu einem Ausflug zu den äußeren Schäreninseln auf.

Auf einer größeren Felseninsel gingen sie an Land. Die Mitte der Insel bestand aus einem relativ hohen und steilen Felsen.

Iiro bat Markus, ihn zu begleiten und hinaufzuklettern.

Als sie den höchsten Punkt erreicht hatten, blieben sie schweigend und außer Atem stehen und blickten auf die Meeresbucht hinaus. Jetzt, da weder die Sonne schien noch Windstille herrschte, sahen die entlegensten Schäreninseln nicht mehr aus, als würden sie in der Luft schweben wie während der sonnendurchtränkten Ausflüge im Juli.

Aber Iiro fand den Anblick trotzdem schön. Es gab etwas in der einsamen, aber freien Landschaft, das ihn ansprach, so wie ihn etwas ansprach an der Tatsache, dass ein schweigsamer siebenjähriger Junge an seiner Seite stand und diesen Anblick mit ihm teilte.

Als Duncker das Boot in den Sund zurücksteuerte und am Steg anlegte, dämmerte es bereits.

Iiro und der Junge gingen den Pfad hinauf, der über die Wildwiese führte. Das Sommerhaus setzte sich als schwarze Silhouette auf dem Hügel ab. »Lieber Papa«, sagte Markus plötzlich und grundlos.

Iiro hob den Jungen hoch und trug ihn die letzten fünfzig Meter bis zum Haus auf den Schultern.

Am Busbahnhof in Borgå betrachtete Marjut Iiro mit einem Blick, in dem so etwas wie Wärme lag.

Es war ein freundliches Aufblitzen einer entlegenen Vergangenheit, aber Iiro lehnte das Angebot eines Abendessens in der Wohnung in einem der Hochhäuser an der Abfahrt der Autobahn nach Helsingfors ab. Marjut schob Markus in das kleine japanische Auto. Markus winkte ihm durch das Rückfenster zu, und dann bog der Wagen auf die Straße.

Einem plötzlichen Impuls folgend, wollte Iiro hinterherlaufen und »Verlasst mich nicht!« rufen. Er blieb mit offener und erhobener Hand stehen, bis der Wagen außer Sichtweite verschwand.

## 3

Wenig enthusiastisch nahm Iiro seine Arbeit als Taxifahrer wieder auf.

Keiju Järvenrantas Manager rief ihn an und kündigte eine Tournee im Dezember und Januar an.

Iiro sagte: »Vielleicht. Mal schauen.«

Er hatte einen flüchtigen Blick auf etwas werfen dürfen, von dem er nicht gewusst hatte, dass es ihm fehlte, und nun, da er wieder davon ausgeschlossen war, hatte sein Leben einen faden Beigeschmack bekommen.

Als es schon längst Herbst geworden war, an einem stürmischen Oktobermontag, hatte Iiro eine Idee.

Er begann, sein Dasein per Telefon zu organisieren, wie er es an jenem Julimorgen getan hatte, an dem Markus mit Bauchschmerzen auf seiner Wohnzimmercouch gelegen hatte.

Er wartete bis zum Abend, wählte dann einleitend die Nummer in Borgå.

Soweit ging alles gut. Marjut klang wohlwollend, und als sie sein Anliegen dem Jungen zugerufen hatte, konnte Iiro Markus' helle, freudig überraschte Stimme im Hintergrund hören.

Duncker war zögerlicher, vermutlich machte er sich Sorgen wegen der Verwüstungen, die Iiros Mangel an praktischer Begabung möglicherweise hinterlassen würde. Aber am Ende gab er nach und wollte wissen, wann Iiro die Schlüssel abholen konnte.

Blieb nur noch das schwerste Gespräch von allen: Iiro wählte eine Nummer, die er seit vier Jahren nicht mehr gewählt hatte.

»Haapio«, meldete sich eine brummende Stimme, die Iiro vertraut war. Es war eine Stimme, von der seine eigene ein helleres Echo war.

Iiro sammelte sich und sagte:

»Hallo, hier ist Iiro.«

Er konnte die Überraschung seines Vaters am anderen Ende der Leitung hören. Aber mit der Zeit kam ein tastendes Gespräch in Gang; sie unterhielten sich über die bevorstehende Pensionierung des Vaters und Iiros Schwierigkeiten, Aufträge als Musiker zu bekommen.

Dann erkundigte sich der Vater, wann Iiro zuletzt das Grab seiner Mutter besucht hatte. Iiro verstummte, sein Schweigen war beschämt, und er spürte, dass der Vater es registrierte.

Iiro beeilte sich, sein eigentliches Anliegen vorzubringen. Sein Vater klang anfangs geradezu verängstigt, räusperte sich dann jedoch und sagte: »Warum eigentlich nicht? Ich habe den Jungen immerhin sechs Jahre lang nicht mehr gesehen.«

Es war Iiro, der das Boot steuerte, es war Iiro, der Feuer im offenen Kamin machte, und es war Iiro, der das schlichte Abendessen zubereitete.

Der alte Haapio sah sowohl erstaunt als auch zufrieden aus; das waren neue Züge, die er nun an seinem Sohn entdeckte.

Markus und der alte Mann verstanden sich prächtig. Als Iiro Markus abholte, hatte Marjut gesagt, dass der Junge kaum einen besseren Freund als seinen Großvater mütterlicherseits hatte, und auf der väterlichen Seite schien es genauso gut zu funktionieren.

Als Markus eingeschlafen war, holte Iiro eine Whiskyflasche aus den Tiefen seiner Tasche.

Sie tranken. Anfangs blieben sie in ihrem Rausch wachsam und beherrscht; vier Jahre ohne Kontakt hatten ihre Spuren hinterlassen.

Iiros Vater konnte sich den einen oder anderen bissigen Kommentar nicht verkneifen; er stellte fest, dass die Insel ein schöner Ort war und dass Iiro, wenn er denn eine ordentliche Ausbildung gemacht hätte, ein eigenes, ganz ähnliches Sommerhaus besitzen könnte. Und als die Flasche fast leer war, sagte der alte Haapio:

»Es ist wirklich ein Jammer, wie konntest du nur so ein wunderbares Kind und eine so hübsche Frau wie Marjut verlassen?«

»Was heißt hier verlassen?«, erwiderte Iiro. »Ich weiß nicht recht, ob ich hinausgeworfen wurde oder von selber ging.«

Iiro spürte, dass der alte Hass sich wieder zu Wort melden wollte, der Hass gegen die Älteren, ihre Moral, ihr Schalten und Walten. Er versuchte, dem Einhalt zu gebieten, und redete sich ein, dass dies nur eine primitive Reaktion war, ausgelöst dadurch, dass er sich von den Worten seines Vaters bedroht fühlte.

Der alte Haapio betrachtete die leere Flasche, stand auf, wühlte in seinem Seesack, kehrte mit einer Flasche Dry Wodka zurück und sagte: »Na, jetzt wollen wir mal nicht mehr streiten, du und ich.«

Sie wurden ziemlich betrunken, und Iiros Vater wurde nostalgisch.

Plötzlich saß er da und erzählte Dinge, die Iiro ihn bisher nicht einmal in einem Nebensatz erwähnen gehört hatte.

Er erzählte davon, wie Iiros Großvater, Teuvo Haapio, mitten im Krieg auf Heimaturlaub in seiner Heimatstadt gewesen war. Sein Sohn, Iiros Vater, war damals sieben Jahre alt gewesen. Sie hatten sich an einem großen Steinblock verabredet, der in dem Stadtteil, in dem sie wohnten, als Landmarke diente. Wir treffen uns in einer halben Stunde, hatte Teuvo Haapio gesagt, dem Sohn seine Uhr übergeben und ihm gezeigt, wie die Zeiger stehen würden, wenn es soweit war.

Teuvo Haapio wollte nur vorher kurz etwas erledigen, aber während er das tat, kam ein sowjetischer Bombenangriff.

Die Einwohner der Stadt hockten in den Schutzräumen, und wer es nicht mehr geschafft hatte, Schutz zu suchen, kauerte sich zusammen, wo immer er sich befand, und nach einer Weile war der Bombenangriff vorbei.

Als Entwarnung gegeben wurde, schaute Iiros Vater, der Siebenjährige, auf die Uhr seines Vaters, sah, dass die Zeiger bereits die angegebene Position hinter sich gelassen hatten, und eilte zu dem Steinblock, der ein paar hundert Meter von ihrem Zuhause entfernt lag.

Als er dorthin gelangte, war der Steinblock in tausend Stücke gesprengt.

Er wartete, wartete und wartete. Kein Teuvo Haapio tauchte auf. Daraufhin begriff der Sohn, dass sein Vater vorzeitig zum Treffpunkt gekommen und pulverisiert worden war. Weinend schlurfte er nach Hause und erschreckte auch seine Mutter zu Tränen. Die Mutter wollte augenblicklich zu den Nachbarn gehen, und dort verbrachten Iiros Vater und Großmutter dann eine gute Stunde; die Nachbarn versuchten, die beiden zu trösten, und erklärten, es sei sicher nur ein Missverständnis, und es werde alles wieder gut.

Als Mutter und Sohn endlich nach Hause zurückgekehrt waren, dauerte es kaum länger als eine Viertelstunde, da tauchte ein ebenso verheulter Teuvo Haapio auf. Er hatte sich deutlich verspätet, den zersprengten Steinblock gesehen und war von ähnlichen Befürchtungen heimgesucht worden wie sein Sohn. Er war nach Hause geeilt und hatte das Haus leer vorgefunden, was seinen Befürchtungen noch zusätzliche Nahrung gegeben hatte, und dann war er in die Stadt gegangen, um nach seiner Frau und seinem Sohn zu suchen.

Iiros Vater hatte erzählt, was er erzählen wollte, schwieg einen Moment und sagte dann:

»Es ist nicht immer so glücklich ausgegangen.«

Anschließend erzählte er von der Überfahrt nach Schweden, von den Jahren dort, von der Heimkehr in ein Nachkriegsland und von dem Neid und dem Hass, den weniger vom Glück begünstigte Geschwister und Cousins beim Anblick seines runden Gesichts, seiner sauberen Kleider und seines Fahrrads gezeigt hatten, Letzteres ein Abschiedsgeschenk seiner Pflegeeltern auf der anderen Seite des Meers.

»Es war die Hölle. Niemand zu Hause sprach Schwedisch, und ich hatte fast alles Finnisch vergessen«, sagte der alte Haapio und blickte tief in sein Glas.

Als sein Vater zu Bett gegangen war, streifte sich Iiro einen Wollpullover über, schaltete das Außenlicht an, nahm sein Glas, füllte es mit Wodka und setzte sich auf die Eingangstreppe.

Ein Gedanke hatte Besitz von ihm ergriffen, ein Gedanke, der für ihn, wie er zu seiner Schande gestehen musste, gänzlich neu war; mein Gott, sein Vater war ja ein Mensch, ein Mensch, der auch einmal ein kleines Kind gewesen war!

Iiro dachte an Markus auf der Bettcouch und fühlte sich seltsam aufgewühlt. Er blickte in die kompakte Dunkelheit hinein, hörte den rauen Herbstwind die Bäume schütteln, hörte das Meer seufzen und gurgeln und nahm wahr, wie wehrlos das kurze und schwache Licht der Lampe an der Wand sich im Kampf mit der umgebenden Dunkelheit ausnahm; Iiro wurde richtig sentimental.

Der Samstag graute. Iiro und seinem Vater waren starke Kopfschmerzen und das Gefühl gemeinsam, dass ihr Gespräch reichlich vertraulich geworden war, sie waren beide ein wenig verlegen.

Sie legten Netze aus, aber am Sonntagmorgen waren die Netze bis auf ein paar Kaulbarsche leer.

Am Sonntag streiften sie durch den Wald und am Ufer entlang. Iiro sah, dass die Landschaft immer noch schön war. Sie war karg und hart, aber in gewisser Weise trotzdem noch schöner als während des schattigen Intermezzos des Sommers; nicht jede Schönheit verträgt es, entkleidet zu werden, dachte Iiro.

Dennoch schien die Umgebung ihn auch erschreckt zu

haben, denn er beklagte sich bei den anderen darüber, dass die Bäume im Norden ihre Blätter verloren; wenn der Herbst kam, wurde die Landschaft zu einer Wüste, sagte er, es gab nichts mehr zu sehen.

»Wieso?«, sagte Markus. »Man sieht doch mehr.« Sein Großvater lächelte und nickte zustimmend, und Iiro fühlte sich, als hätte er unfreiwillig etwas über sich selbst enthüllt.

## 4

Zum ersten Mal in seinem Leben hatte Iiro das Gefühl, eine Brücke zu sein. Das Gefühl erfüllte ihn mit Güte und Wohlwollen, und so nahm er Marjuts Einladung zum Abendessen dankbar an.

Später, als Markus schon eingeschlafen war – was eine Weile dauerte, denn er war vor Freude außer Rand und Band –, saßen Marjut und Iiro lange in der Küche und unterhielten sich.

Noch später versuchte Iiro, sich zu erinnern, wie Marjut liebkost werden wollte. Sie lag auf dem Bauch, und er ließ die Fingerspitzen über die Unterseite ihres Schenkels gleiten, machte einen vorsichtigen Abstecher, um zu fühlen, ob sie schon feucht war, strich weiter über ihren Po und ließ seine Fingerspitzen anschließend dem Rückgrat bis zum Nacken folgen, um daraufhin nach unten zurückzukehren. Er war schüchtern und fürchtete, dass sie genauso empfand.

Am Morgen sah Iiro, wie der lachende Markus über den tristen Hinterhof lief, dem Fahrradweg folgte und über den Fußballplatz zur Schule ging.

»Es ist nur ein Versuch, vergiss das nicht«, sagte Marjut und sah aus, als würde sie es schon wieder bereuen.

»Du musst versuchen, Arbeit zu finden«, fügte sie noch hinzu.

Aber genau das tat Iiro nicht, und vielleicht lag es unter anderem daran, dass die Phase des Glücks nur so kurz währte.

Markus' Begeisterung darüber, einen Vater zu Hause zu haben, wurde dadurch zwar nicht getrübt, wohl aber Iiros und Marjuts Zutrauen in den neuen Versuch.

Iiro hatte Platten, ein paar Klamotten und zwei Küchenstühle aus der Wohnung in Bocksbacka geholt, aber diese Dinge reichten nicht aus, um ihm das Gefühl zu geben, dass die Wohnung auch sein Zuhause war.

Er versank rasch in Untätigkeit und Apathie und fragte sich, ob es voreilig von ihm gewesen war, seine Teilnahme an Keiju Järvenrantas Wintertournee abzusagen.

In Iiros Augen wirkte Marjut so vereinnahmt, ja nahezu besessen von den Trivialitäten des Alltags. Außerdem bekam sie häufig Briefe aus ihrer alten Heimatstadt, Briefe, auf denen ihr Name und ihre Adresse mit einer kräftigen, männlichen Handschrift wie gestochen geschrieben waren.

In Marjuts Augen war Iiro ein ebenso hoffnungsloser Fall wie früher, genauso unfähig, sich dem Alltag zu stellen, genauso dazu neigend, beim kleinsten Problem den Kopf in den Sand zu stecken.

Außerdem hing er alle naselang am Telefon und unterhielt sich mit Riekko und anderen kindischen Kollegen; das Niveau der Gespräche lag immer unterhalb der Gürtellinie oder irgendwo am Grunde einer Flasche.

Iiro und Markus spielten das Umgekehrtspiel: Es ging so, dass Iiro das Radio Teppichklopfer nannte, den Teppichklopfer Staubsauger, die Gitarre Zahnbürste und die Zahnbürste Mixer. Markus amüsierte sich prächtig, aber Marjut reagierte ärgerlich.

»Sicher, es ist lustig, aber es ist ehrlich gesagt auch ohne solche Spiele schon schwer genug, Kindern etwas beizubringen«, erklärte sie. »Du könntest dich nicht eventuell stattdessen dazu bequemen, deine Strümpfe vom Boden aufzuheben und nach dem Essen zu spülen?«

Iiro rief Riekko an und fragte, ob dieser ihn nicht einmal besuchen kommen könne.

Riekko kam, sah und reihte eine Batterie von Flaschen auf dem Tisch auf.

Er spielte pflichtschuldigst eine Weile mit Markus, und danach begannen er und Iiro, Platten zu hören, Bassläufe zu analysieren und mögliche Verbesserungen der Arrangements zu diskutieren.

Gegen zwei stand Marjut auf, schob ihren verschlafenen Kopf aus dem Schlafzimmer und bat sie, die Musik etwas leiser zu stellen.

Sie hatten beide glasige Augen, aber sie gehorchten. Als Marjut fünf Stunden später aufstand, schliefen sie beide, Riekko auf der Couch und Iiro auf dem Fernsehsessel. Riekko hatte ein großes Loch im Strumpf, und ein schmutziger Zeh lugte heraus. Marjut verzog das Gesicht, ging anschließend Markus wecken. Als sie und der Junge gehen wollten, merkte Marjut, dass sich der Plattenteller noch drehte. Sie stellte ihn ab und warf einen zerstreuten Blick auf die Platte, die sich allmählich immer langsamer drehte und schließlich stehen blieb. RAIN DOGS stand auf dem Label.

Die Schule wollte am Unabhängigkeitstag einen Ball veranstalten. Marjut kaufte für Markus ein weißes Hemd und eine Fliege.

»Lächerlich! Widerwärtig!«, rief Iiro aus, als er die Kleidungsstücke sah.

»Warte, bis du ihn darin siehst«, meinte Marjut. »Sie sind wirklich wahnsinnig süß mit so einer Fliege, wie winzigkleine Erwachsene.«

»Das ist es ja eben!«, sagte Iiro.

»Davon hast du keine Ahnung!«, sagte Marjut. »Begreifst

du denn nicht, dass Markus genauso schick sein will wie die anderen!«

Zwei Wochen später ließ sich Iiro widerwillig zur Weihnachtsfeier der Schule mitschleifen. Die Kinder tapsten als Pfefferkuchen, Weihnachtsmänner und heilige Könige umher. Iiro hatte den Eindruck, dass sie verlegen aussahen. Er selbst trug eine schwarze Jeans, Boots und einen Collegesweater mit der Aufschrift »SO WHAT?« unter dem Bild eines betrunkenen Schweins. Er sah sich die anderen Väter an, die in gut sitzenden Anzügen ihre Sony Handycams auf die eigenen Nachkommen richteten, und begrub den Kopf in den Händen.

Am gleichen Abend, als Markus eingeschlafen war, sagte Iiro, er müsse wohl wieder nach Helsingfors ziehen.

Marjut entgegnete, sie sei ganz seiner Meinung, fragte aber, ob sie nicht vorher noch gemeinsam Weihnachten feiern könnten, da Markus sonst traurig werden würde.

Am ersten Weihnachtstag unterhielt sich Iiro lange mit Markus und fragte dann: »Das verstehst du doch, oder?«

Markus nickte, sagte jedoch nichts.

Als der erste Werktag kam, begleiteten sie ihn zum Busbahnhof.

Markus stand mit erhobener und offener Hand, bis der Bus außer Sichtweite verschwunden war.

Zwei Tage vergingen, ohne dass Markus etwas sagte oder fragte.

»Was macht Papa jetzt?«, lautete seine Frage dann.

»Ich weiß es nicht«, sagte Marjut, erkannte jedoch, dass ihre Antwort unzulänglich war, und ergänzte (unnötig, dachte sie selbst, aber da waren ihr die Worte bereits entschlüpft): »Er ist weggefahren, um zu spielen.«

»Kommt er zurück?«, fragte Markus.

»Sicher nicht, um hier zu wohnen«, antwortete Marjut,

»aber er kommt bestimmt, um sich mit dir zu treffen, wo ihr doch jetzt so gute Freunde geworden seid.«

Markus sagte nichts, ging nur in sein Zimmer.

Als Marjut kurz darauf die Tür einen Spaltbreit öffnete, sah sie, dass er nicht weinte.

# Melba, Mallinen und ich

*The lives of people are like young trees in a forest. They are being choked by climbing vines. The vines are old thoughts and beliefs planted by dead men. I am myself covered by crawling creeping vines that choke me. And that's why I want to run and play. I want to be a leaf blown by the wind over the hills.*

Sherwood Anderson

# 1

Ich fand die Klassenfotos bei einem Umzug.

Was heißt »fand«. Eine riesige Plastiktüte riss auf, und sie rieselten heraus, zusammen mit einem Paar Bauer-Schlittschuhen mit Knöchelpartie in den Farben der französischen Flagge, einem Kapodaster, mehreren Jahrgängen der Musikzeitschrift Suosikki, einem riesigen Poster, auf dem jemand namens Barbi Benton mit einem sehr tiefen Ausschnitt abgebildet war, etwa hundert Jugendbüchern des Wahlström Verlags mit grünen Rücken, zwei Muminbüchern – »Eine drollige Gesellschaft« und mein Lieblingsbuch »Mumin, wie wird's weiter gehen?« –, einem Notenheft mit dem Titel »It's Easy To Play… Led Zeppelin«, einem Hurriganes-T-Shirt sowie einem grünen Terinit-Trainingsanzug mit orangen Streifen.

Ich stand auf dem Tölöplatz über diese Macho-Madeleines gebeugt, die sich auf dem Kopfsteinpflaster verteilt hatten. Ich erinnerte mich vage, dass ich die Plastiktüte irgendwann einmal von einem verlegenen Elternteil bekommen hatte, begleitet von den Worten: »Hier sind ein paar von deinen Kindersachen.«

Auf dem ersten Foto bin ich zwölf Jahre alt und kürzlich nach neun Jahren in Marracott Hill nach Marracott Beach hinunter gezogen. Ich wirke entspannt. Ich glaube, dass ich auf wundersame Weise gerettet worden bin. Ich gehöre nicht zu den größten, sondern stehe in der mittleren Reihe, direkt neben der funktionalistischen Treppe, die von der Aula zur Sporthalle der SSMB, der Schwedischen Schule in Marracott Beach, hinaufführt.

Nasse Arrhenius ist ein Neuankömmling aus dem innerstädtischen Ulrikasborg und von der Norsen-Schule. Er steht am Rand und sieht ein wenig ratlos und verängstigt aus. Er ist noch sehr klein, kleiner als alle Mädchen, die auf der Bank im Vordergrund sitzen.

Nordman ist schon groß, hat aber noch nicht angefangen, Sport zu treiben, und ist so fett wie ein Törtchen mit Schlagsahne.

Mallinen und ein paar andere mit antiautoritär erziehenden Eltern sind dazu übergegangen, ihre Haare wachsen zu lassen.

Tea Alanne sitzt in der Mitte und hält das Klassenschild. Sie sieht noch aus wie ein kleines Mädchen und ist dünn wie eine Bohnenstange.

Das ausländische Element dieses Jahres besteht aus der Tochter eines polnischen Botschaftsattachés namens Krystina Kupczewska. Die übrigen Kinder in Marracott Beach waren der Ansicht, dass sie nach Kohl roch und wie eine Hexe aussah. Mit zwanzig Jahre älteren Augen betrachtet sieht sie aus wie ein ganz normales zwölfjähriges Mädchen.

Die Kleider sind ein Kapitel für sich. Für den Oberkörper gibt es zwei Alternativen. Die eine besteht aus den für die damalige Zeit charakteristischen Hemden mit Kragen wie Kampfjetflügel. Sie stehen beiden Geschlechtern gleichermaßen schlecht. Die andere Alternative bilden massive Rollkragenpullover, welche die kleinen Köpfe, die sich mühen, aus dem Halsloch herauszulugen, wie weiße Flaschenkorken aussehen lassen. Die Pullover stehen beiden Geschlechtern gleichermaßen schlecht.

Dominierende Farbe ist ein eigentümlicher Gelbton irgendwo zwischen verdünntem Whisky und Ocker. Er ist durch drei Rollkragenpullover und zwei Hemden mit Riesenkragen vertreten.

Wenn ich diese Farbe sehe, brauche ich nur die Augen zu

schließen, um avocadogrüne Kühlschränke, rosa Badezimmerkacheln und orangefarbene oder dunkelbraune Sitzgruppen aus Cordsamt vor mir zu sehen.

Wenn ich die Ohren spitze, höre ich Musik. Ich höre Päivi Paunus und Kim Floors geschmackvolle Interpretation des Leitmotivs in Mozarts vierzigster. Plötzlich werden Päivi und Kim von Black Sabbaths *Paranoid* und Alice Coopers *Billion Dollar Babies* übertönt. Das Gefühl eines verlockenden Mysteriums regt sich in mir, und ich nehme den Geruch von Fußschweiß und Brut 33 wahr, einem Deodorant, das in grünen Flaschen verkauft wurde und nach Ziegenpisse roch und das ich schon immer im Verdacht hatte, die Hauptverantwortung für alle dünner werdenden Ozonschichten zu tragen. Schon bald folgt die lange Reihe identisch wummernder Kaugummihits von Sweet, Slade und Gary Glitter; ich schmecke Liebfrauenmilch – Qualitätswein mit Prädikat, kämpfe darum, an dem Gefühl eines Mysteriums festzuhalten und denke, dass es wohl besser sein wird, mich noch eine Weile nicht daheim zu zeigen. Unmittelbar darauf brennen die ersten Wodkas in der Kehle, ABBA und die Gebrüder Gibb beginnen, mit den Egotrips von Roger Waters und Yes um die Herrschaft über meinen Kopf zu wetteifern, das Mysterium hat sich verflüchtigt, und ich denke, dass ich jedwede Strafe auf mich nehme, wenn ich nur dieser Epoche entfliehe.

Ich habe mir als Erwachsener gelegentlich anhören müssen, ich sei ein Mensch ohne Geschmack und Finesse. Ich pflege darauf zu antworten, dass meine formbarsten Jahre, in denen man ist wie der feuchte Zement, in den die Filmstars ihre Handflächen pressen, in die siebziger Jahre fielen.

Das zweite Foto wurde zwei Jahre später aufgenommen.

Ich sehe nun gefasst, aber blass und bedrückt aus, was daran liegen mag, dass es Nachmittag ist und ich befürchte, Melba und die Brüder Karttunen könnten an der Ecke Solnavägen und Marracottallee stehen und warten. Im Laufe der zwei Jahre, die vergangen sind, bin ich um eine Illusion von sozialer Geborgenheit ärmer geworden.

Nasse Arrhenius hat angefangen, in die Höhe zu schießen. Er schaut nicht mehr unter seinem Pony hervor, und seine grauen Augen blicken unverwandt in die Kamera.

Nordman ist schmal geworden. Es sind fast zwei Jahre vergangen, seit er sich in seiner Verzweiflung an den Sportverein *Die Kameraden* wandte, wo man schon bald entdeckte, dass er unter all dem Speck ein ausgeprägtes Lauftalent war. Mittlerweile ist er dreifacher Schuljugendmeister in der Klasse U-14 und hält mehrere nationale Rekorde.

Mallinen hat dieses kühne, wilde Blitzen in den Augen, das so typisch für ihn ist. Man sieht schon von weitem, dass er ein mutiger und geradliniger Jüngling ist.

Tea Alanne hat einen Busen bekommen. Wer an der Exaktheit des menschlichen Gedächtnisses zweifelt, sollte wissen, dass ich ihren Busen jahrelang bis ins kleinste Detail vor meinem inneren Auge heraufbeschwören konnte, ganz gleich, ob er von einem Rollkragenpullover in einem Farbton zwischen verdünntem Whisky und Ocker oder einem Hemd mit gigantischem Kragen verhüllt wurde.

Der ausländische Gast dieses Jahres heißt Maria Spading. Sie lehrte uns, *fuckin' pussy* zu sagen, was unendlich viel besser klang als irgendein anderes Schimpfwort, das wir jemals gehört hatten.

Die Fotografie zeigt, entgegen der Gepflogenheiten an der SSMB, auch einen Lehrer. Es ist das Jahr, in dem unser eigentlicher Klassenlehrer Tengström wegen Herzproblemen krankgeschrieben wurde. Auf dem Bild steht seine Vertretung Hällqvist, ein noch recht junger Mann mit Koteletten. Hällqvist versucht zu lächeln. Das tut er nur selten. Ihn belastet die Arbeit in der Ortsgruppe der Friedensbewegung. Ihn belasten die Diskussionen in der Arbeitsgruppe für die Revision der Lehrmittel in anti-imperialistischer Richtung. Ihn belasten die Treffen der Männergruppe Abel. Ihn belastet der immer militantere Feminismus seiner Freundin; sie hat angefangen, die Frauenkurse in Selbsterkenntnis im gemeinsamen Wohnzimmer abzuhalten. Aber vor allem belastet ihn der zunehmende Widerstand der bürgerlichen Jugendlichen, der von den Eltern passiv unterstützt wird. Im tiefsten Inneren ahnt Hällqvist, dass die Revolutionen ausgedient haben. Deshalb steht er bei uns; um sich noch jung fühlen zu dürfen.

An die dritte Fotografie erinnere ich mich noch sehr gut. Wieder sind zwei Jahre vergangen. Sie ist Mitte Januar gemacht worden. Es ist der Nachmittag des Tages, an dem ich am Morgen von Melba erfahren habe. Mein Gesicht drückt eine Mischung aus Erleichterung und Schock aus. Ich sehe immer noch aus wie ein Kind.

Es ist nur noch ein Frühling und Sommer, bis wir Gymnasiasten werden und Nasse Arrhenius anfängt, in den Pausen Capital und Finanzwoche zu lesen. Er ist bereits zur Hälfte ein Mann. Er hat ein grobes, sommersprossiges Gesicht, ein viereckiges Kinn und feste, ernste Augen. Er vermittelt den Eindruck, ein verlässlicher Geschäftspartner zu sein.

Nasse und Mallinen sind die einzigen Jungen, die Tea Alanne ernst nimmt. Auch Mallinen sieht erwachsen aus und hat eine angenehme Bass-Stimme, die man auf dem Bild leider nicht hören kann.

In gewisser Weise nimmt Tea Alanne auch mich ernst. Ich bin ihr Vertrauter geworden. Wir liegen nachmittags oft auf ihrem Bett. Wir liegen nebeneinander auf dem Bauch. Wir sprechen über okkulte Dinge, die sie faszinieren und mich erschrecken. Sie sagt, dass ich über eine Sensibilität und Feinsinnigkeit verfüge, die den anderen Jungen in unserer Klasse abgeht. Sie hat einen Freund, der fünfundzwanzig ist, abends eine Sonnenbrille trägt und einen BMW fährt. Ich nicke zustimmend, wenn sie sagt, dass Jungen in unserem Alter so brutal sind. Ich denke, dass ich sie gerne vögeln würde wie ein Hund. Aber Gewalt kommt nicht in Frage. Tea ist für ein Mädchen ungewöhnlich stark, und meine Arme gleichen trotz eifrigen Trainings noch immer Spargelstangen.

Ausländer der Saison ist Mike Osterberg. Er hat eine finnlandschwedische Mutter und einen amerikanischen Vater. Der Vater ist hergekommen, um Oy International Business Machines Finland AB auf Vordermann zu bringen. Dies erweist sich als eine derartig mühevolle Arbeit, dass Mikes Elternhaus zu einem elternfreien Ort wird, an dem man mitten in der Woche Schnaps trinken kann, ohne Gefahr zu laufen, entdeckt zu werden und sich Standpauken anhören zu müssen.

Einige Jahre später tragen die Bemühungen Ingenieur Osterbergs Früchte, und zwar in Form eines eleganten Bürogebäudes mit dazu gehöriger Zugangsstraße, die den Namen Datagränd bekommt. Gebäude und Straße liegen auf der unsichtbaren Grenze zwischen Marracott Hill und Marracott Beach und bedecken exakt die Rasenfläche, auf der Mallinen, Vepsäläinen und ich manchmal Fußball spielten.

Doch zu der Zeit sind meine Anstrengungen, die Teile der Stadt zu verlassen, die nach Henry S. Marracott III benannt sind, bereits von Erfolg gekrönt gewesen; ich wohne ganze zwei Kilometer näher am Stadtzentrum.

## 2

Nach den Kriegen begann Helsingfors ernsthaft zu wachsen.

Man baute in den Stadtteilen Mejlans und Brunakärr. Wer dort einzog, fragte sich, ob alle Steine im Land nach den zahlreichen Bombenangriffen Sprengschäden hatten oder alle kompetenten Baumeister gefallen waren; schlug man einen Nagel in die Wand, riskierte man, ihn in den Hinterkopf des Nachbarn zu rammen und wegen Totschlags angeklagt zu werden.

Anschließend wurde in Kottby das olympische Dorf gebaut, und dieses Holzhausviertel wurde zu einem richtigen Stadtteil, der 1952 für einige Sommerwochen Sportgrößen beherbergte wie den langbeinigen Dreispringer Da Silva, den Läufer Emil Zatopek mit dem heftig krängenden Kopf, den riesigen Schwergewichtsboxer Ed Saunders und den etwas kleineren Schwergewichtsboxer Ingemar Johansson, der auf der Flucht vor Saunders um sein Leben lief.

Schon bald begann auch die Nachbargemeinde Esbo zu wachsen und wurde mit der Zeit zur Stadt Esbo. Die Stadt Esbo ist eine seltsame Metastase, die für Leute existiert, die in gesunder Luft wohnen wollen und jeden Morgen das Auto zur Arbeit in der Innenstadt von Helsingfors nehmen, wo die Luft dank all jener, die in frischer Luft wohnen wollen, weniger gesund ist. In Esbo baute man die Gartenstadt Hagalund und war so stolz auf sie, dass man diese Schöpfung anschließend jahrzehntelang Touristen vorführte, bis die Fremdenführer es satt hatten, die Leute einander deutlich vernehmbar zuflüstern zu hören: »Why are they taking us to this suburb?«

Man hatte die Blicke auch auf die Wälder östlich, nördlich und nordwestlich von Helsingfors gerichtet. Junge Architekten saßen in den Bibliotheken und lasen über Walter Gropius, Le Corbusier und Bauhaus, über den russischen Konstruktivismus und über Ott-Iivari Meurmans Ansichten zur Städteplanung und zur Waldstadt. Als sie abgesehen vom russischen Konstruktivismus alles missverstanden hatten, wurden sie hinausgeschleust und begannen, die Stadtteile Kvarnbäcken, Gårdsbacka, Jakobacka, Kånala, Gamlas und Norra Haga zu entwerfen.

Die großen Bauunternehmen hatten gelernt, die Technik des Bauens mit vorgefertigten Bauteilen zu beherrschen. Es ging alles sehr schnell. Die Städteplaner berechneten, dass Helsingfors zur Jahrtausendwende schätzungsweise 1 500 000 Einwohner haben würde.

Doch während die jungen Architekten noch in ihren Studiensälen saßen, gelang es dem schnell arbeitenden Gehirn eines international orientierten Stadtdirektors namens Ilmo

Malaska, einem Areal unmittelbar westlich der Stadt seinen Stempel aufzudrücken.

Unten am Meer lag Brednäs, ein Areal, das früher einmal im Besitz der Familie Mattheiszen gewesen war. Es gab dort einen alten Gutshof, den die Filmstars Leif Wagner und Regina Linnanheimo berühmt gemacht hatten, eine ehemalige Kadettenschule und ein Hotel. An der schönen Uferpromenade lagen einige Luxusvillen und ein paar Botschaften. Etwas weiter landeinwärts gab es eine Allee und an dieser Allee einige Hochhäuser in schmutzigen Farben.

Nordwestlich von Brednäs gab es einen bewaldeten Hügel, der angesichts seiner Bedeutungslosigkeit keinen Namen trug. Der stellvertretende Stadtdirektor Malaska setzte sich mit dem Westlichen Distrikt des Stadtplanungsbüros in Verbindung und schlug vor, ein international renommierter, ausländischer Architekt solle den Auftrag erhalten, auf dem Hügel oberhalb von Brednäs einen Vorort zu planen.

Eine Kommission wurde eingesetzt. Neun Monate später schlug sie zwei (oder vielmehr drei) Namen vor: Henry S. Marracott III hatte am MIT und in Harvard studiert, für Gropius in New York gearbeitet und war später bei berühmten »housing projects« auf Manhattan und in St. Louis tonangebend gewesen; Marracotts Konkurrenten waren das russische Konstruktivistenehepaar Pavel Jefimovitj Pavlinskij und Irina Maximovna Pavlinskaja, die kurz zuvor zwei Vororte für jeweils fünfzigtausend Einwohner in der Stadt geschaffen hatten, von der jeder glaubte, dass sie für alle überschaubare Zeit Leningrad heißen würde.

Zwei Delegationen machten sich auf die Reise. Die eine, angeführt von Ilmo Malaska, reiste nach Leningrad. Sie wunderte sich über Pavlinskij & Pavlinskajas Eleganz und westliche Lebensweise, sah die Vororte, kehrte zurück und sprach sich für Marracott aus. Die andere, angeführt vom stellvertretenden Leiter im westlichen Distrikt des Stadtplanungsbüros Torolf Sundelin, fuhr nach St. Louis, traf Marracott, sah die

Vororte, kehrte zurück und sprach sich für das Ehepaar Pavlinskij aus.

Es zeigte sich, dass Malaska das Spiel hinter den Kulissen beherrschte, und Henry S. Marracott bekam den Zuschlag trotz vorsichtigen Brummelns gewisser Politiker mit guten Kontakten zur sowjetischen Botschaft in der Fabriksgatan.

Marracott entwarf eine passable Vorstadt. Trotz emsiger Lobbyarbeit von Unternehmerseite verzichtete er weitestgehend auf Beton. Es gab ein paar Häuser aus einem warmen, roten Backstein. Die meisten wurden mit einem rauen, braungrauen Stein gebaut, was möglicherweise ein Tribut an das Brownstonehaus in Brooklyn war, in dem Familie Marracott während Henrys später Jugendjahre wohnen musste, nachdem sein Vater 1929 den Offenbarungseid geleistet hatte.

Nach einer Weile traten auch private Initiativen auf den Plan; Marracott erhielt den Auftrag, am Ufer von Brednäs einige Luxusvillen zu entwerfen sowie eine ganze Reihe von Reihen- und Doppelhäusern weiter landeinwärts. Er zeichnete auch die Pläne für das Staatliche Gästehaus, das erst zwei Jahrzehnte später im Anschluss an das Hotel errichtet wurde. Dort bewirtete der finnische Staat später den Ölmilliardär und Waffenhändler Adnan Khashoggi in der Hoffnung auf gewinnbringende Geschäfte, die gänzlich ausblieben.

Ilmo Malaska war zufrieden. Mit der Begründung, dass es in Stockholm einen Ort gab, der Frescati genannt wurde, in Rom die Spanische Treppe und in New York eine Avenue namens De las Americas, setzte er durch, dass die Vorstadt auf dem Hügel Marracott Hill getauft wurde. Aus Brednäs wurde Marracott Beach, und die Brendnäsallee wurde zur Marracottallee.

Henry S. Marracott kehrte heim und wurde 1972 in St. Louis der erste Architekt, der auf Anweisung der Behörden seinen eigenen Wohnkomplex in die Luft sprengte.

Die Arbeiten an einer Autobahn, die den Weg von Åbo

nach Helsingfors leichter und den Weg von Maracott Hill nach Marracott Beach schwerer machen sollte, wurden aufgenommen. Der erste Kilometer der Autobahn wurde zu der natürlichen Grenze, die bis dahin zwischen den beiden Stadtteilen gefehlt hatte. Zu gegebener Zeit wurde allerdings eine Brücke gebaut, und der illusorische Traum davon, es mit eigener, harter Arbeit nach oben schaffen zu können, erhielt ein leicht verständliches Symbol. Es muss an dieser Stelle hinzugefügt werden, hätte das Paar Pavlinskij den Auftrag bekommen, wären die Datschen in Marracott Beach zu einem militärisch bewachten, abgeriegelten Gelände geworden.

In Marracott Hill hieß es, dass die Schulen in Marracott Beach ein speziell für sie entwickeltes Lesebuch für die erste Klasse der Grundschule benutzten. Es begann: *Vater macht Karriere. Das Gehalt ist famos. Der Bruder nimmt Drogen. Mutter braucht Ruhe.*

Aber ich habe es nie gesehen.

Wir zogen nach Marracott Hill, als der Stadtteil erst halbfertig und ich ein tapsiges, dickliches Ding war. In Marracott Hill wohnten Arbeiter, untere Mittelklasse und Mittelklasse, die wahrlich schnell nach oben will. Es gab dort eingefleischte Helsingforser, die alte russische Worte wie *buli*, *sandi*, *lafka* und *safka* benutzten. Es gab dort Leute aus der Gegend von Raumo, die lustige Dinge sagten wie *lunta tuli aivan kränsmäntinäns*, die kein Mensch verstand. Es gab dort Menschen aus den nördlichen und östlichen Teilen Finnlands, die *mie*, *sie*, *myö*, *työ* und *hyö* statt *minä*, *sinä*, *me*, *te* und *he* sagten. Es gab dort auch eine Reihe von Schweden, allerdings nicht in dem Haus, in dem ich wohnte.

Ich erinnere mich, dass die Kirche aus Backstein, klein und kompakt war. Es gab offensichtlich keinen Grund, die metaphysischen Fragen über die Maßen zu betonen, die neue Religion konnten die Exegeten wahrscheinlich aus den Programmen der größeren politischen Parteien ableiten.

Ich erinnere mich, dass das Einkaufszentrum einer Festung glich. In seinem Inneren gab es eine glatte Rutschbahn, auf ihr wurde man durch das schwarze Loch der Kindheit befördert.

Ich erinnere mich, dass die Menschen Fremde füreinander waren und auch so aussahen. Nachmittags eilten die Erwachsenen nach Hause, wie Zecken bohrten sich Überdruss und Blässe in sie hinein, während sie sich im Laufschritt bewegten.

Manchmal kamen die Statistiker zu Besuch und fraßen sich wie formularbewaffnete Termiten durch die Häuser.

Abends schien aus jedem vierten Fenster ein blaues Licht. Ich erinnere mich, dass es aussah wie eine Reihe geheimer Labors, aber es waren Bonanza und Minimax versus die staatlich kontrollierte Objektivität in einander abwechselnden Schichten.

Am besten erinnere ich mich an Melba; Melba und die Brüder Karttunen und die anderen.

## 3

Ich spielte Fußball.

Melba spielte nicht Fußball. Er saß auf dem Felsen und schaute zu.

Der Felsen lag auf der Seite des Hofs, die dem Inneren von Marracott Hill zugewandt war. Auf der anderen Seite lag der Ringvägen, der das Wohnviertel umschloss. Hinter dem Ringvägen lag die Autobahn.

Am Felsen führte ein Sandweg vorbei. Er krümmte sich abrupt, verlief am Fuß des Felsen entlang, wurde wieder gerade und führte zum Fußballplatz und zur finnischen Schule hinab. Schwedische Schulen gab es in Marracott Hill nicht, sie lagen in Marracott Beach.

Der Felsen lag auf unserem Hinterhof, gehörte aber zu Melbas Revier, obwohl er im Nachbarhaus wohnte, der Neun. Die Einzigen, die er auf den Felsen hinauf ließ, waren die Brüder Karttunen. Kam ihm auf Umwegen zu Ohren, dass in seiner Abwesenheit ein Unbefugter den Felsen betreten hatte, verhängte er eine Strafe. Ich weiß nicht, warum er Melba genannt wurde, es gab nichts Pfirsichsamtiges an ihm.

Der Fußball war mein Weg zu einer Aufenthaltsgenehmigung auf dem Hof. Ich war langsam und schwerfällig, hatte aber einen Blick für das Spiel. Dafür konnte ich mich bei passablen Genen bedanken, denn mein Vater hatte bei IFK Vasa gespielt. Das Erste, was ich auf holprigem Finnisch zu sagen lernte, war: *Mun-nimi-on-Kenneth – Mein Name ist Kenneth.* Es wurde rasch vereinfacht zu: *Mun-nimi-on-Kenu.* Als nächstes lernte ich die Zurufe *Pallo!, Tänne!, Syötä!, Ammu!* und *Ota se! – Ball!, Hier!, Gib!, Schieß!* und *Geh ran!*

Weder schöne Tore noch elegante Pässe zeigten bei Melba Wirkung. Bis zu Mallinens Ankunft war meine Position immer bedroht. Vepsäläinen, der in Ermangelung von Gestalten vom Kaliber Melbas und der Brüder Karttunen der Anführer von uns Kindern in Hausnummer elf war, behandelte mich korrekt, aber das war auch schon alles. Er liebte die Schweden nicht, aber da ich schnell Finnisch lernte, war ich annehmbar. Aber Melba gegenüber war Vepsäläinen Wachs, scheinbar halb so groß und halb so schmal, wie er war. Er wechselte nie auf die Seite Melbas und der Brüder Karttunen, nicht direkt. Er ließ sie nur machen, lächelte über ihre Sticheleien und nahm dankbar die Zigaretten an, die sie ihm anboten.

Melba musste sich nicht übermäßig anstrengen, um herauszufinden, wo meine schwache Stelle war. Es genügte, die Tür zu öffnen und einen Blick auf die Tafel mit den Namen der Mieter an Treppenaufgang F zu werfen. Es genügte ihm zu entdecken, dass ich keine anderen finnischen Worte als »Ball!«, »Gib!«, »Schieß!« und »Geh ran!« konnte.

Melba hatte viele Ansichten über Schweden, und keine von

ihnen war schmeichelhaft. Er gab mir schon bald den Namen Håkan. Und er war es auch, der mich die intime Zusammengehörigkeit der schwedischen Sprache mit der Strumpfhose lehrte. Alle Schweden waren Homo-Håkan und Strumpfhosenmannequins, erklärte Melba.

Mein Kosename bekam alsbald eine Ergänzung, was das Verdienst Mirva Hovis' war. Sie wohnte im gleichen Treppenaufgang wie ich. Als Mirva acht war, sah sie aus wie eine taffere Version von Madame Mim. Wir waren gleich alt, aber ich ähnelte eher einer verkümmerten Version von Dussel Duck.

In jenem Winter ging ich oft Skilaufen; ich glaube, unterbewusst hatte ich bereits erkannt, dass ich gezwungen sein würde, ein körperliches Prachtexemplar zu werden. Außerdem erstreckte sich Melbas Revier nicht bis zu den Loipen um Tali und Smedjebacka.

Als ich an einem Januarnachmittag zu unserem Hof zurückkehrte, war etwas mit den Bindungen passiert; ich bekam die Skier nicht mehr ab.

Mirva Hovi sah ihre Chance, kam zu mir und begann, mich umzustoßen. Sich mit Skiern an den Füßen zu schlagen, erwies sich als schwierig. Ich musste mich mit den Stöcken verteidigen. Melba sah das, kam vom Felsen herunter und riss sie mir aus den Händen. Anschließend ließ er Mirva Hovi weiterstoßen.

Ich brauchte eine Stunde, um ins Treppenhaus zu gelangen. Es war die Hölle, mit Skiern an den Füßen und einer giftigen Mirva Hovi, die man sich vom Leib halten musste, in den Aufzug zu kommen. Zu der Zeit hatte Melba bereits erklärt, ich sei ein verdammter Spargeltarzan, der sich nicht einmal gegen ein Mädchen zur Wehr setzen könne.

Das finnische Wort für Spargel ist *parsa,* und ich wurde zu Parsa-Håkan.

Melba hatte die Angewohnheit, auf kleine, unerwünschte Personen herabzuspucken, die auf dem Weg zwischen Fußballplatz und Hof unterhalb des Felsens vorbeikamen. Lange

Zeit gab er sich damit zufrieden. Aber nach dem Zwischenfall mit Mirva witterte er Schwäche.

Eines Nachmittags, als ich aus der Grundschule in Marracott Beach kam, nahm er Kontakt auf. Schon als ich vom Ringvägen auf den Hof bog, sah ich ihn auf dem Felsen sitzen. Er wandte mir den Rücken zu. Ich versuchte, dicht an den geparkten Autos vorbeizustreichen, mich auf eine Weise unsichtbar zu machen, die mir bereits zur Gewohnheit geworden war.

Plötzlich drehte er sich um und erblickte mich. Ich schaute nach links, sah, dass ich erst Treppenaufgang B erreicht hatte, und vergrößerte die Länge meiner Schritte ein wenig.

Als ich zu Treppenaufgang C gelangt war, stand er auf und begann, sich gemächlich in meine Richtung zu bewegen. Es waren nicht mehr als zwanzig Meter vom Felsen bis zu Treppenaufgang F. Er wusste, dass er es auch dann noch rechtzeitig schaffen würde, wenn ich loslief. Ich versuchte, mir etwas einfallen zu lassen, das ich in D oder E zu erledigen haben könnte. Aber dort wohnte niemand, den ich kannte. Und der Weg zum Einkaufszentrum lag auf Höhe meines eigenen Treppenaufgangs, auch ihn würde er also rechtzeitig blockieren können.

Als ich da war, saß er bereits lässig zurückgelehnt auf der Treppe. Ich bog in den Aufgang und versuchte, so zu tun, als hätte ich ihn gerade erst gesehen.

»Terve«, grüßte ich.

»Terve, Parsa-Håkan«, sagte Melba.

»Mein-Name-ist-Kenu«, erwiderte ich in meinem holprigen Finnisch. Ich merkte, dass meine Stimme hell und piepsig klang. Fieberhaft suchte ich nach einem Weg, an ihm vorbei ins Treppenhaus zu gelangen. Dort würde er es nicht wagen, zu viel Krach zu schlagen, denn dort wohnten alte Tanten, die beim kleinsten Mucks den Kopf aus der Tür steckten.

»Wo willst'n hin, Parsa-Håkan«, fragte Melba.

»Nach Hause. Und-mein-Name-ist-Kenu«, sagte ich wieder.

Ich hasste es, wenn meine Stimme sich so überschlug, zittrig und schwach wurde.

»Hastefluppen?«

»Ich-rauche-nicht.«

»Behauptestedassdekeinentabakhasthe?«, kam es reptilschnell.

»Ich-rauche-nicht«, sagte ich wieder. Es war ein gutes Sprachtraining, aber die Unterrichtsmethoden missfielen mir.

»Würdsichlohnenanzufangen«, sagte Melba, und dann holte seine Hand aus, und ich fiel über das Geländer in das Rosenbeet. Er folgte mir, setzte sich auf mich, drehte mir den rechten Arm auf den Rücken und fragte:

»Unwieheißde?«

»Mein-Name-ist-Kenu«, sagte ich.

»Nee! WIEheißtdu?«, wiederholte er und verdrehte meinen Arm noch etwas mehr. So machten wir weiter, bis ich sagte:

»Mein-Name-ist-Parsa-Håkan.«

Während ich mich aufrappelte, sah ich Melba seelenruhig über die Wiese mit den großen Kiefern und einzelnen Sträuchern gehen, durch welche die Höfe der Neun und der Elf voneinander getrennt waren.

Ich fragte mich, warum ich mir seine Eltern nicht vorstellen konnte.

Ich begann, Melbas Augen in meinem Nacken zu spüren, wenn wir unten auf dem Platz Fußball spielten. Ich spielte dann schlechter.

Innerlich schäumte ich vor Wut auf die Welt im Allgemeinen und meine Situation im Besonderen. Ich hatte rasch alle wichtigen finnischen Schimpfwörter und Obszönitäten gelernt und lief herum und murmelte wie ein Mantra vor mich hin: Wichser-Melba, Mösen-Mirva, Pimmel-Pasi (der jüngere der Brüder Karttunen hieß Pasi). Vermutlich hoffte ich, das Mantra würde meinen eigenen schmachvollen Kosenamen ausradieren.

Wir sahen einander alle zum Verwechseln ähnlich, und ich habe mich oft gefragt, welche Art Mensch ich wohl geworden wäre, wenn ich in dem Gefühl aufgewachsen wäre, einer einfachen Mehrheit anzugehören und ein unbestreitbares Siedlungsrecht zu besitzen.

Wir trugen hässliche Windjacken und in die Stirn gezogene Wollmützen. Mit der Zeit rangierten wir die Wollmützen aus, weil es cooler war, barhäuptig zu gehen, und von da an sahen wir schon eher aus wie Individuen. Die Gesichter waren noch glatt und die Stimmen schrill, außer Melbas. Er kann nicht mehr als zwei oder drei Jahre älter gewesen sein als Vepsäläinen, Mirva Hovi und ich, aber seine Stimme und sein Gesicht waren bereits rau, und er war ungerecht groß und grobschlächtig. Er ließ sich schon früh die Haare wachsen, und bald fielen ihm mittelblonde Strähnen ins Gesicht. Seine Stimme war ein wenig heiser und trügerisch neutral, aber wer einmal mit ihm gesprochen hatte, hörte danach immer die unterschwellige Drohung heraus.

Niemand hatte jemals seine Eltern gesehen, und er schien sich in seinem Revier zu bewegen, wann immer es ihm beliebte.

Die Brüder Karttunen waren Melbas Leibwächter. Der Ältere war groß, größer als Melba, aber schmächtig. Er trug eine Brille und hatte pechschwarze, fast glatt anliegende Haare. Er hätte sympathisch aussehen können, aber es gab etwas unbestimmt Schiefes in seinem Gesicht, das einen beunruhigte. Er sagte nicht viel.

Pasi war ein Jahr jünger als ich, sehr klein und ansonsten eine Kopie seines Bruders. Alleine wäre er ungefährlich gewesen, aber er war nie allein.

Die Brüder Karttunen wohnten in einem der zwölfstöckigen Mietshäuser auf der anderen Seite von Marracott Hill, hinter einem Waldstück. Aber da sie Melbas Vertraute geworden waren, teilten sie sein Revier. Vermutlich hielten sie sich nur ungern in ihren Heimathäuserblocks auf, die von Killeri beherrscht wurden, einem sagenumwobenen Jugendlichen, dessen Grausamkeit Melba und die Brüder Karttunen wie Mitglieder des Knabenchors Cantores Minores erscheinen ließ.

Ich war nicht der Einzige, der mit dem vagen Gefühl herumlief, jeden Moment könnte der Himmel über einem einstürzen. Einem geistig zurückgebliebenen, nervösen Jungen namens Sunila wurde von Melba und seinen Handlangern oft der Weg abgeschnitten. Auch Vepsäläinen war in ständiger Sorge, und nicht einmal die cherubimlockigen Geschwister Sonetti, die in beruhigender Entfernung vom Felsen in Treppenaufgang A wohnten, konnten sich ganz sicher fühlen.

Aber ich war ihr Favorit. Dabei meinte ich, über gewisse Jungensqualitäten zu verfügen, die Sunila und Sonetti zum Beispiel fehlten. Ich kannte noch nicht den so genannten Visagekoeffizienten, der in verblüffend hohem Maße das Zusammenleben von Kindern wie Erwachsenen beeinflusst, und kam daher zu dem Schluss, dass der Fehler in meiner Muttersprache zu suchen war. Ich war Favorit in meiner Eigenschaft als Parsa-Håkan.

Deshalb war ich sehr erstaunt, als Familie Mallinen in die frühere Wohnung des Fernsehintendanten Kontio einzog. Mallinen war zweifelsohne ein finnischer Name, und der großgewachsene, scheinbar hagere Junge mit den kurzen dunklen Haaren hatte eindeutig Finnisch als Muttersprache.

Aber er ging in der schwedischen Grundschule in Marracott Beach in meine Klasse.

## 4

In den Jahren vor Mallinen war Fernsehintendant Kontio die mit Abstand berühmteste Person im Haus Nummer elf in Marracott Hill. Halbwegs ernst zu nehmende Konkurrenten waren Lauri Sonetti gewesen, dessen Werk in der bürgerlichen Presse allmählich mit umfangreichen Kritiken gewürdigt wurde, sowie der Radikale Iso-Hiisi, den man von Zeit zu Zeit auf verschwommenen Pressefotografien ausmachen konnte, kräftig gebaute Polizisten an jedem Arm und das aufgebrachte bärtige Gesicht auf dem besten Weg, enge Bekanntschaft mit dem harten Boden eines Einsatzwagens der Polizei zu machen.

Aber Kontio war ihnen überlegen. Er stand wegen der Programme, die von jungen Redakteuren entwickelt wurden, die psychedelische Hemden oder weiße, hochschaftige Stiefel trugen, unablässig im Kreuzfeuer der Kritik.

Nun zog Kontio mit Familie aus, und Familie Mallinen zog ein. Die Erwachsenen erkannten auf der Stelle den Straßen- und Bauingenieur Mallinen, der für den Bau der Autobahn verantwortlich gezeichnet hatte, der ersten des Landes, die unmittelbar hinter dem Ringvägen an Marracott Hill vorbeiführte. Es war Mallinens Vater gewesen, der neben dem Präsidenten gestanden und ihm die vergoldete Schere gereicht und die Hand geschüttelt hatte, nachdem dieser das Band durchschnitten hatte.

Mallinens Vater reichte nicht ganz an Kontio heran, aber es reichte.

Ingenieur Mallinen, mein Vater – der zu jener Zeit Lizentiat der Wirtschaftswissenschaften, Abteilungsleiter Backman tituliert wurde – und Iso-Hiisi bildeten eine Art Truppe. Sie selbst hätten eine derartige Behauptung sicher nicht akzeptiert; mein Vater und Ingenieur Mallinen verstanden sich gut, aber um die Beziehungen zu Iso-Hiisi war es schlechter bestellt.

Die meisten Erwachsenen in Haus Nummer elf, zum Beispiel der alte Renkola und Vepsäläinens Eltern und Mirva Hovis allein erziehende Mutter, verließen ihre Treppenhäuser morgens mit schweren Schritten und kehrten gegen fünf mit noch schwereren wieder zurück. Sunilas Mutter lief mit blassangespannten Zügen und panikklappernden Schritten zum

Bus, als könnte sie jeden Moment zusammenbrechen. Sunilas Vater, der unsichtbare Sunila mit dem scheuen Blick, ging nirgendwohin. Lauri Sonetti machte einen schlendernden Morgenspaziergang.

Ingenieur Mallinen, mein Vater und Iso-Hiisi waren die Männer, die *auf dem Weg* waren. Jeden Morgen hüpften sie aus Treppenaufgang F ins Freie wie energische Arbeitsbälle mit der Aufschrift *Zukunft*. Die Zukunft meines Vaters und die Ingenieur Mallinens ähnelten einander, während Iso-Hiisi auf dem Weg in eine ganz andere war. Dies signalisierten sie durch den Unterschied zwischen zwei schwarzen Aktentaschen und einer blaugrauen Umhängetasche sowie dadurch, dass mein Vater und Ingenieur Mallinen ihre Autotüren aufschlossen, während sich Iso-Hiisi zur gleichen Zeit auf den Weg zum Bus machte, der ihn zu einer radikalen Matritzenwerkstatt irgendwo im Stadtzentrum bringen sollte.

Aber abgesehen von diesem Unterschied war die Zukunft der drei federnd leicht, und sie kamen alle spät nach Hause. Die Gefechte des Tages waren lang und galten, wie ich erst viel später verstand, der Wirtschaft, dem Wachstum und der Richtung.

Ich selbst grübelte über ein wichtiges Problem nach. Finnland hatte im Spätsommer in einem Fußball-Länderspiel Spanien mit 2:0 geschlagen, und ein Spieler namens Tommy Lindholm hatte beide Tore geschossen. Der Name deutete an, dass der Spieler schwedischsprachig war. Was riefen seine Mannschaftskameraden ihm während des Spiels zu? Riefen sie: »Syötä Parsa-Håkan, syötä!«?

Ich kannte die Antwort nicht.

## 5

Ingenieur Mallinen hatte die erste Autobahn des Landes gebaut, aber das half seinem Sohn auch nicht; ihn erwartete, Bekanntschaft mit der Hierarchie des Hofs zu machen.

Wir spielten Fußball an jenem Nachmittag, Mallinen (der sich schnell als ausgesprochen guter Techniker erwiesen hatte), Vepsäläinen, ich und dann noch Tamminen und Nylund, zwei Burschen aus einem Haus auf der anderen Seite der finnischen Schule. Melba saß lange auf dem Felsen und schaute uns zu. Er saß dort, bis die Brüder Karttunen kamen. Dann stand er auf, stieg vom Felsen herab und näherte sich gefolgt von den beiden anderen.

Mir war klar, was passieren würde. Ich kann mich noch an die kalte Herbstluft erinnern, es war Ende Oktober, es war windig, und braune und gelbe Blätter wirbelten die Graswälle herab, es säuselte in den Kiefern im Waldvorort, es hatte gefroren, und es knirschte in den Wasserpfützen, und Tea Alanne war ein paar Tage zuvor aus Kronohagen in unsere Klasse gekommen. Auch sie hatte finnischsprachige Eltern; Mallinen war nicht mehr der Einzige.

Melba ging zu Vepsäläinen, der stehen geblieben war und mit dem Ball zu seinen Füßen hilflos dastand. Melba hob den Ball auf und gab ihn dem älteren Karttunen, der ihn möglichst weit wegschoss.

»Hassemanemark«, sagte Melba zu Vepsäläinen. Vepsäläinen begann, nervös in seinen Taschen zu wühlen und lächelte Mallinen und mich schief an. Melba warf mir einen kurzen Blick zu und sagte:

»Verpissdichschwedenschisser.«

Mallinen sagte:

»Lass sie in Ruhe. Und sag der Brillenschlange, sie soll den Ball holen.«

Melba blickte auf. Einen solchen Ton hatte er schon seit Jahren nicht mehr von einem aus der Neun oder der Elf gehört. Er hatte bereits fast den Status erreicht, der auch weniger hartgesottene Erwachsene Angst vor ihm bekommen lassen sollte. Er maß Mallinen mit den Augen. Mallinen war jünger, aber fast genauso groß. Beim Gewicht muss es dagegen ein Unterschied von zehn, fünfzehn Kilo gewesen sein.

Vepsäläinen, Tamminen, Nylund und ich bekamen den Mund nicht mehr zu. Wir sahen Mallinen an, als wäre er ein Kamikazepilot.

»Wer piepst da?«, fragte Melba auf die schleppend lässige Art, die wir bereits kannten und die uns schaudern ließ.

»Sag deinem Kumpel, dass er unseren Ball holen soll, und zwar schnell«, wiederholte Mallinen unverdrossen und sah Melba in die Augen.

»Du bis' doch der Verräter, der in die Schule der Schwedenschisser geht«, sagte Melba in einem sachlich konstatierenden, nahezu nachdenklichen Ton. Ich sah, dass sowohl er als auch Mallinen sich zusammenkauerten und ihre Muskeln anspannten.

»Was geht's dich an«, sagte Mallinen, und im gleichen Moment schoss Melbas Fuß vor.

Mit der Zeit sollte mir klar werden, dass Mallinens Geheimnis in seiner Schnelligkeit lag. Bei diesem ersten Mal versuchte Melba, ihn mit einem Tritt statt eines Schlags zu überraschen. Mallinen sprang rechtzeitig zur Seite, packte Melbas Knöchel und drehte ihn. Eine Sekunde später hörte man ein Knirschen, und Melba lag mit dem Gesicht in einer Pfütze aus kleinen Eisstücken und morastigem Wasser.

Mallinen hatte keine Kurse besucht, weder in Boxen, Ringen noch japanischer Selbstverteidigung. Er hatte nur eine natürliche Begabung, sich notfalls auch mit Gewalt zu verteidigen. Ich sollte ihn viele lange Jahre um diese Begabung beneiden.

Melba fluchte und versuchte, Mallinen abzuwerfen, der auf seinem Rücken saß und ihm den Arm so verdreht hatte, dass er aussah, als könnte er jeden Moment brechen.

»Zumteufelverdammtnochmalichwerddichumbringen«, zischte Melba. Mallinen dreht noch etwas weiter und presste gleichzeitig Melbas Gesicht tiefer in die Pfütze. Man hörte ein blubberndes, spuckendes Geräusch. Die Brüder Karttunen betrachteten ängstlich abschätzend Vepsäläinen, Tamminen,

Nylund und mich. Vepsäläinen hatte Mallinen schnell ins Herz geschlossen, und in seinem Gesicht gab es etwas, das den älteren Karttunen den jüngeren ansehen und den Kopf schütteln ließ.

»Sag deinen Kumpels, sie sollen den Ball holen«, sagte Mallinen erneut. Melba wand sich wie eine Schlange in seinem Griff, sagte jedoch nichts. Der ältere Bruder Karttunen nickte dem jüngeren zu, der loslief, um den Ball zu holen. Er gab ihn Vepsäläinen. Mallinen schaute auf, ließ Melba los, sprang gleichzeitig zwei Schritte zurück und wartete mit geballten Fäusten.

Melba stand auf, er war klatschnass und seine helle Jacke voller schwarzer Flecken. Seine Haare waren verfilzt und nass. Er sah Mallinen und Vepsäläinen und mich und dann wieder Mallinen an.

Er sagte nichts, schaute nur. Lange. Vepsäläinen und ich schluckten. Dann gingen sie, Melba und die Brüder. Wir blieben stehen und sahen ihnen nach. Dann sagte Mallinen: »Lasst uns weiterspielen.«

Als zehn Minuten vergangen waren, schaute ich zum Felsen hinauf. Er war leer. Es fiel einem leicht, in der kalten, klaren Herbstluft zu laufen.

## 6

Wenn Ingenieur Mallinen, mein Vater und Iso-Hiisi gemeinsam für die viel versprechende Zukunft standen, so bildeten Lauri Sonetti und der unsichtbare Sunila, so verschieden sie untereinander auch sein mochten, einen Gegenpol.

Lauri Sonetti war Dichter.

Im Laufe der Jahre habe ich gelernt, dass Dichter ganz unterschiedlich aussehen können, aber Lauri Sonetti entsprach dem diffusen Bild des Dichters, das ich hatte, als ich aufwuchs. Er kann nicht viel älter als dreißig gewesen sein. Seine

Haare waren blond, gewellt und gut frisiert und vermittelten den eigentümlichen Eindruck, bereits weiß und Ehrfurcht gebietend zu sein. Auf einer kräftigen, römisch geformten Nase saß eine runde Brille mit Goldbügeln, darunter befanden sich ein dünner, aber breiter Mund und ein fliehendes Kinn.

Ein Lauri Sonetti in Windjacke mit Reißverschluss hätte die gesamte Hausnummer neun geschockt; er trug das ganze Jahr über einen doppelt geknöpften, knöchellangen Ulster (vermuteten wir alle, auch wenn wir ihn im Sommer nie zu Gesicht bekamen, da er und seine Familie sich dann irgendwo aufhielten, wo die Natur metaphernreicher war als in Marracott Hill).

Vor allem, so mein diffuser Mythos, sollte ein Dichter nicht viel zu tun und es niemals eilig haben. Er sollte nicht ein Hauch vom Geschäftsessen des Vorabends im Badezimmer am nächsten Morgen und auch kein zerknitterter Rücken mit Rechenmaschine am abendlichen Küchentisch sein wie die Väter der viel versprechenden Zukunft.

Lauri Sonetti erfüllte meine Wünsche. Jeden Vormittag gegen zehn, werktags wie sonntags, machte er einen sorgsam bemessenen Spaziergang, die Hände auf dem Rücken und den Blick gen Himmel gerichtet, wo Eichhörnchen, Krähen und Nadelbaumäste für den einigermaßen dürftigen Vorrat an Symbolen standen, den Marracott Hill ihm zu bieten hatte.

Ingenieur Mallinen hatte einmal ein Buch mit einer Widmung von ihm bekommen. Er hatte gesagt, Sonetti »sinne über die ewigen Fragen nach«. Mallinen, der diese Phrase an mich weitergab, meinte, er habe den dringenden Verdacht, dies bedeute, dass sein Vater kein Wort verstanden hatte.

Aus historischer Perspektive betrachtet erscheint Lauri Sonetti als ein sehr unzeitgemäßer Dichter, und dafür musste er wenig überraschend mit den Beschimpfungen zahlen, mit denen ihn linke Presseorgane und das Fernsehen lange überzogen.

Um den unsichtbaren Sunila stand es noch schlimmer. Die

Bürde, für den Unterhalt der Familie zu sorgen, oblag seiner Frau, die jeden Morgen zur Bushaltestelle rannte, als ginge es um Leben und Tod. Der Vater war ein großer, gebeugter Mann mit einem Gesicht, das Ähnlichkeit mit Gregory Pecks gehabt haben könnte, wenn es vor Unsicherheit, Scheu und Verwirrung nicht regelrecht geleuchtet hätte. Wir sahen ihn nur selten; manchmal schlich er sich wie ein Schatten aus der Wohnung und in die Wohnung im Treppenaufgang B, in der er offenbar sein Leben verbrachte.

Bei uns rankten sich natürlich alle möglichen Legenden um den unsichtbaren Sunila, dass er bald sterben würde, dass er ein Hehler der Spitzenklasse war, zu Hause saß und mit einem unerschöpflichen Vorrat an Goldbarren, geschmuggelten Spirituosen, Cannabis und Atomwaffen wartete.

Aber der unsichtbare Sunila tat äußerst wenig, um unseren Fantasien zu entsprechen. Er schlich nur still und leise umher.

## 7

Als sich das Gerücht verbreitete und aufgeblasen wurde, dass Melba von Mallinen gedemütigt worden war und die Brüder Karttunen es nicht gewagt hatten, einzuschreiten, begannen wir anderen – und nicht nur wir in Haus Nummer elf, sondern auch die Kinder in der Neun –, Mallinen erwartungsvolle Blicke zuzuwerfen. Der gute Herrscher war uns nie in den Sinn gekommen, wir hatten nur das Terrorregime und seine Unendlichkeit gekannt.

Aber Mallinen hatte keine Zeit. Er war ein viel versprechender Sportler und nahm darüber hinaus Musikunterricht. Er war nur selten auf dem Hof und machte auf die Art und ohne etwas zu sagen deutlich, dass er nicht beabsichtigte, den Kampf um das Revier aufzunehmen, und auch nicht die Zeit hatte, als unser Beschützer zu agieren.

Im Grunde profitierte nur ich davon, dass er einzog. Wir

waren Klassenkameraden und wurden schon bald gute Freunde, was dazu führte, dass Melba und die Brüder Karttunen es tunlichst vermieden, Hand an mich zu legen.

Ihre Rache für die Demütigung auf dem Fußballplatz traf stattdessen all jene, die sich noch weniger verteidigen konnten als ich.

Die Geschwister Sonetti standen außerhalb aller Spiele und Riten. Sie hatten die stratosphärische Aura ihres Vaters geerbt und wurden in der Regel in Ruhe gelassen. Sie schienen unfähig, schmutzig zu werden oder sich die Kleider kaputt zu reißen. Sie hatten einen hellen Teint, cherubimgelockte Haare und helle Kleider. Sie waren durchsichtig und still, nicht im geringsten an Fußball und Kriegsspielen interessiert, und da sie nur ein Jahr auseinander waren, fiel es einem schwer zu sehen, wer von beiden die Schwester und wer der Bruder war.

Deshalb weckte es ein gewisses Aufsehen, als Melba und die Brüder Karttunen einen Monat nach der Schlägerei mit Mallinen geradezu zerstreut jedem der beiden eine Ohrfeige gaben, sie umstießen und mit eisigen Schneebällen bombardierten, als sie auf der Erde lagen.

Wir begriffen alle, dass diese Demonstration nur ein Vorgeplänkel war. Wirklichen Grund zur Sorge gab daran, dass sie sich auf ein Mädchen gestürzt hatten. Ihre Repressalien waren sonst ausnahmslos gegen Jungen gerichtet gewesen. Außerdem waren Melba und der ältere Karttunen nur um Haaresbreite von der Pubertät entfernt und fragten Mädchen, denen sie begegneten, inzwischen: »Darf ich dich vögeln?« »Willst du mir deine Möse zeigen?«

Es war kurz vor Weihnachten. Mallinen war verreist. In den Fenstern brannten Kerzen, und diesseits des Felsens stand hell erleuchtet der Weihnachtsbaum unseres Hofs. Wir ahnten, dass etwas bevorstand.

Ich konnte nur hoffen, dass Melba, der niemals aufgehört hatte, mir verstohlene Blicke zuzuwerfen, sich an Mallinens Gefährlichkeit erinnerte.

Und für den Fall, dass er es nicht wagen würde, wenn das Los also nicht auf mich fiel, gab es noch eine andere, auf der Hand liegende Alternative.

Am Tag vor Heiligabend schickte der unsichtbare Sunila seinen Jungen, dessen Vornamen ich nie erfahren habe, ins Einkaufszentrum.

Sunila der Jüngere war blond, wo sein Vater dunkel war, relativ groß, machte keinen körperlich schwachen Eindruck; auf der Basis von Größe und Volumen hätte er davonkommen müssen. Aber sein Gesicht hatte den gleichen Ausdruck von Unsicherheit und Verwirrung wie das seines Vaters, und zwar um das Doppelte. Sunila junior fehlten in noch höherem Maße Jungengene als mir oder dem Sohn Sonetti. Er war nicht wie andere und bezog regelmäßig Prügel. Er bezog sie öfter, als nötig gewesen wäre, denn er verstand die Spielregeln nicht.

Wir anderen hatten gelernt, wurde man von stärkeren kleinen oder halbgroßen Personen mit bösen Absichten umringt, wurde man verhöhnt oder verprügelt, spürte man, dass die Unterlippe zu zittern begann oder die Stimme versagte, musste man den Mund zusammenkneifen, schweigen und annehmen, was einem angeboten wurde.

Aber Sunila, eine gebeugte Gestalt, die immer hässliche braune Kleider und altmodische Skistiefel trug, weigerte sich, das zu begreifen. Sobald sich ihm ein anderes Kind näherte, fing er an zu schreien. Er schrie »*Ei! Ei! Ei!*«.

Manchmal brüllte er auch »*Armoa!*«, ein Wort, das ich noch nicht verstand und das »Gnade« bedeutet.

Und während er schrie, knallten Melba oder die Brüder Karttunen oder Vepsäläinen oder ich ihm eine. Daraufhin sackte er in sich zusammen und brüllte dermaßen, dass man keine Worte mehr heraushören konnte. Anschließend lief er nach Hause und erzählte alles seiner Mutter. Ich habe mich immer gefragt, warum das alles so lange weitergehen durfte. Ich glaube, die anderen Eltern hatten ungefähr das gleiche Verhältnis zu Sunilas Eltern wie wir Kinder zu Sunila. Es war schon Jahre so gegangen: Sunilas Mutter rief an, mal den Hausmeister, mal andere Eltern, und wer immer das Gespräch angenommen hatte, schüttelte die hysterische Frau und ihre Stimme ab, sobald der Hörer aufgelegt worden war: »Was für eine grauenvolle Gans! Das sind doch nur harmlose Kinderstreiche.«

An jenem späten Herbsttag, als schmutzigfeuchter Schnee den Hof bedeckte und die Dunkelheit sich bereits herabgesenkt hatte, stand ein aus Melba, den Brüdern Karttunen und Mirva Hovi bestehendes Komitee auf dem Weg, der zwischen Hausnummer elf und dem Einkaufszentrum verlief. Sie warteten auf Sunila. Vepsäläinen und ich versuchten, auf einem gefrorenen Fleck auf dem Parkplatz Hockey zu spielen. Ich sah, dass der ältere Karttunen sich aus der Gruppe löste. Er kam zu uns und sagte: »Ihr kommt mit. Das ist ein Befehl.«

»Wir gehen nicht«, sagte ich zu Vepsäläinen. »Die haben irgendetwas vor.«

»Wir müssen gehen«, erwiderte Vepsäläinen.

So kam es, dass ich mitansehen durfte, wie Sunila in den Fahrradkeller der Neun geschleppt wurde, Melba die Einkaufstüte nahm und gegen die Wand knallte, ein Mal, zwei Mal, drei, vier, bis schließlich Käsestücke und Spritzer von Milch und Joghurt umherflogen, wie Sunilas Arm umgedreht wurde und Mirva Hovi seine hässliche braune Hose herunterzog und anfing, seinen Schwanz auf einfallsreichste und peinlichste Weise zu schänden. Sunila hatte einen Schlag auf den Mund bekommen und blutete, schrie aber trotzdem, wie ein Tier schrie er in einem fort.

Ich stand schräg hinter Vepsäläinen und fragte mich, wie wir lebend aus dem Fahrradkeller herauskommen sollten. Ich glaube, ich dachte, dass alles nur immer schlimmer werden würde, wenn Melba, die Brüder Karttunen und Mirva Hovi wuchsen, stärker wurden und eine immer verzerrtere Fantasie entwickelten.

Plötzlich lief Vepsäläinen zur Tür. Ich folgte ihm. Keiner versuchte, uns aufzuhalten. Während wir durch den Kellergang liefen, hörten wir aus dem Fahrradkeller höhnisches Gelächter. Das Lachen und der langgezogene Schrei hallten noch auf dem Hof in unseren Ohren.

»Weißt du was, die sind krank«, sagte Vepsäläinen nur.

An diesem Abend war niemand auf dem Hof. Das Telefon klingelte in jeder Wohnung, in der Kinder wohnten, die älter als sieben Jahre alt waren. Auch ich hörte Sunilas Mutter in den Hörer schreien: »Begreifen diese Monster denn nicht, dass mein Junge krank ist?!«

»Hast du da mitgemacht?«, fragte mein Vater.

»Wobei?«, sagte ich.

»Jemand hat Sunilas Jungen im Fahrradkeller im Haus gegenüber misshandelt«, sagte mein Vater.

»Davon weiß ich nichts. Aber er bekommt manchmal Prügel. Er ist komisch«, sagte ich, als würde das alles erklären.

»Prügel? Und von wem?«

»Keine Ahnung«, sagte ich.

Sunila der Jüngere und seine Mutter zogen fort. Der unsichtbare Sunila blieb und schlich herum wie eh und je.

## 8

Mein Entsetzen über Sunilas Schicksal veranlasste mich, endgültig einen arbeitsintensiven Entschluss zu fassen; ich musste ein körperliches Prachtexemplar werden – explosiv, ausdauernd, wild und Furcht einflößend.

Mein Vater und meine Mutter waren sehr überrascht, als ich mir Hanteln und andere Trainingsgerätschaften zu Weihnachten wünschte. Bis dahin hatte ich mich nur für Ballspiele interessiert.

Ich bekam dann auch folgerichtig ein Paar Eishockeyschlittschuhe und einen Helm der Marke JOFA. Im Januar ging mein

Vater mit mir in die wenige Jahre alte Eishalle an der Nodenskiöldsgatan. HIFK spielte gegen Ilves aus Tammerfors und gewann 6:4. Der hart schießende Harri Linnonmaa avancierte mit zwei entscheidenden Treffern zum Matchwinner. Ich war begeistert.

Trotzdem fuhr ich fort, Hanteln und Bullworker zu fordern. An einem ganz normalen Apriltag gab mein Vater nach und brachte eine entsprechende Gerätschaft nach Hause. Sie bestand aus vier, mit großer Mühe auseinanderziehbaren Federn, und an jedem Ende befand sich ein blau lackierter Holzgriff.

Mein Vater las laut aus der Gebrauchsanweisung vor und sagte: »Mit diesem Gerät werden die Muskeln isometrisch trainiert. Viel Glück!«

Ich begann auf der Stelle mit einem ehrgeizig angelegten Trainingsprogramm.

Man nahm das Folterwerkzeug in einen festen Griff und zerrte und zog anschließend daran, rechter Hand vom Körper in Schulterhöhe, linker Hand vom Körper in Schulterhöhe, vor dem Körper in Brusthöhe (das war die schwierigste Variante), über dem Kopf. Zur Abwechslung sollte man einen Fuß in einen der Griffe schieben und das Folterwerkzeug auf diese Weise auf dem Boden festhalten, während man gleichzeitig mit einer oder zwei Händen den zweiten Griff packte und nach oben zerrte und zog.

Anfangs ging alles gut, wenn man einmal davon absah, dass die Exerzierübungen vor dem Spiegel keine Entwicklung der golfballgroßen Erhebungen andeuteten, die meine Bizepsmuskeln waren. Dagegen stand mein Schwanz ziemlich oft. Es war unübersehbar, dass seine Muskulatur aus besserem Holz geschnitzt war als die in meinen Armen.

Eines Mittwochs schwänzte ich eine Doppelstunde Finnisch, um genügend Zeit für das Trainingsprogramm zu haben, das ich während des Nachtgebets am Vorabend zu verdoppeln geschworen hatte.

Dann schlug die Milchsäure zu. Sie tat es, als sich die Gerätschaft gerade über meinem Kopf befand. Alle Muskelkraft verschwand, ich senkte die Arme ein wenig, die massiven Federn knallten zusammen, und zwischen ihnen hingen meine Haare. Ich verbrachte eine halbe Stunde mit dem Versuch, die Gerätschaft wieder auseinander zu ziehen. Aber meine Muskeln waren müde, und der Schmerz beim Freizerren der Haarsträhnen trug zusätzlich dazu bei, meine Bemühungen erlahmen zu lassen.

Ich setzte mich auf einen Stuhl und wartete. Meine Mutter kam nach Hause.

»Solltest du nicht eigentlich noch in der Schule sein? Oh, mein Gott, was hast du da in den Haaren?«

»Das ist mein isometrisches Trainingsgerät«, sagte ich. »Ich bekomme es nicht mehr weg.«

Meine Mutter ließ die Einkaufstasche fallen, kam zu mir und begann, mit aller Kraft zu zerren und zu ziehen. »Aua!«, schrie ich.

»Ich bekomme dieses Ungetüm einfach nicht los«, keuchte sie schließlich. »Wie ist das passiert?«

»Ich habe das Trainingsprogramm verdoppelt«, murmelte ich geknickt.

»Tja, so kannst du jedenfalls nicht herumlaufen. Wir wollten heute doch ins Einkaufszentrum, Schuhe für dich kaufen. Ich werde den Papa anrufen müssen.«

Daraufhin kam mein Vater mitten am hellichten Nachmittag und schlecht gelaunt murrend aus dem Büro angefahren. Er befreite mich, erklärte, er habe um achtzehn Uhr einen wichtigen Termin im Restaurant Fiskartorpet, zerzauste mir die Haare, winkte meiner Mutter zu und hastete wieder davon. Im Türrahmen drehte er sich zu mir um und sagte: »Ich finde, du solltest Fußball spielen wie alle anderen normalen Jungen in deinem Alter.«

Noch am nächsten Tag schmerzte meine Kopfhaut so sehr, dass ich das isometrische Gerät unter dem Bett begrub.

Es gab andere Wege, Wildheit, Explosivität und Ausdauer

zu demonstrieren: Die Elf und die Neun gehörten zu den höheren Häusern in Marracott Hill, acht Stockwerke hoch, und es war ein beliebtes Vergnügen, die Feuerleiter hinaufzuklettern, die nahe der Fenster an der Giebelseite angebracht war, die dem Felsen und dem Fußballplatz zugewandt lag. Anschließend robbte man am Dachfirst entlang, bis man die Speicherluke erreichte, zu der jemand, dem man den Schlüssel anvertraut hatte, gelaufen war, um sie zu öffnen.

Ich hatte panische Angst vor großen Höhen, wurde nun jedoch zu einer Art feigem Sherpa für Mallinen und Vepsäläinen, die auf unserem Hof die Meister der Dachexpeditionen waren. Melba und die Brüder Karttunen kletterten nur ungern. Sie saßen auf dem Felsen und schrien: »Fall runter! Fall runter!«

Ich kletterte anfangs auch nicht, jedenfalls nicht besonders hoch. Ich pflegte auf Höhe des dritten Stocks innezuhalten, mich nach links zu lehnen und in Iso-Hiisis Fenster hineinzuschauen. Dort war nie jemand zu Hause. Wenn es hell genug war, sah man an der hinteren Wohnzimmerwand ein Poster mit einem Mann mit Bart und Baskenmütze. Über ihm war eine Parole in einer Sprache festgepinnt, die ich nicht kannte. Ich konnte nur die ersten beiden Worte entziffern: LA und LUTTE. Da ich Iso-Hiisis Vornamen nicht kannte, taufte ich ihn Lutte.

Es war ein langsamer, quälender Prozess, höher zu klettern.

Im Herbst wagte ich mich bis zur Höhe der sechsten Etage, lehnte mich nach links und entdeckte Mirva Hovi am Fenster. Auf zittrigen Beinen streckte ich ihr die Zunge heraus, und sie verzog das Gesicht zu einer Fratze.

Zwei Tage später hob ich, am ganzen Leib zitternd, den Kopf über die Dachkante, sah Mallinen und Vepsäläinen neben dem nächstgelegenen Schornstein sitzen und rauchen, sagte mir selbst »Sieh nicht nach unten!« und hievte mich auf Armen, die sich wie Weingummi anfühlten, auf das Dach.

»Gut!«, sagte Mallinen, und Vepsäläinen nickte widerwillig wohlwollend.

»Wer macht denn heute die Dachluke auf?«, fragte ich mit dünner Stimme, sobald sich mein Herz wieder beruhigt hatte.

Mallinen erstarrte, lächelte dann aber schnell.

»Oh verdammt, das habe ich ja völlig vergessen. Na schön, dann werden wir wohl wieder hinunterklettern müssen.«

Ich schrie: »Voi jumalauta – verdammter Mist, wir müssen den Hausmeister rufen!«

»Wir werden doch nicht den Hausmeister rufen!«, sagte Vepsäläinen. »Wir klettern einfach den gleichen Weg hinunter, den wir gekommen sind.«

Ich klammerte mich an den Dachfirst und weigerte mich. Bei dem bloßen Gedanken zu versuchen, mit erschöpften Beinen blindlings die Sprossen der Leiter zu finden, wurde mir schon schwindlig, und ich erinnerte mich an etwas, das ich in der Schule gelernt hatte: »Die Akzelerationsgeschwindigkeit eines frei fallenden Körpers ist 9,81 Meter pro Sekunde zum Quadrat.«

Es endete damit, dass Mallinen und Vepsäläinen hinabkletterten, während ich oben liegen blieb und mich wie ein Ertrinkender an den Dachfirst klammerte. Es dauerte gut und gerne zwanzig Minuten. Dann öffnete sich die Dachluke, und ich kroch zu ihr hin und hinein.

Mallinen machte diese Kostprobe meiner Unfähigkeit nichts aus. Aber Vepsäläinen, der schon ein bisschen aufgetaut war, als er sah, dass ich mich über die Kante wagte, kehrte zu seiner vagen Haltung zurück, halb trocken und sachlich freundlich, halb verächtlich. Zu Melba und den Brüdern Karttunen gesellte er sich allerdings nie.

Ich ging stattdessen in einen Fußballverein. Es war ein Vorortverein mit grünen Trikots. Die Jugendarbeit war in Ordnung, aber die erste Mannschaft spielte in der 4. Division.

Ich wurde mit der Zeit ein relativ brauchbarer Spieler. Meine langsamen Schritte und meinen Mangel an Härte wurde ich niemals los. Aber ich hatte eine gewisse Fähigkeit,

Lücken und Auswege zu sehen, und konnte öffnende Pässe schlagen.

Das Einzige, woran ich mich nicht gewöhnen konnte, war der Moment unmittelbar vor dem Spiel. Dann sammelten wir uns in einem Kreis, legten uns die Arme um die Schultern und schrien. Manchmal schrien wir »Ymir! Ymir! Ymir!« Das war Trainer Valjakkas Idee. Und je wichtiger das Spiel war, desto gewagter wurden unsere Schreie. Wir schrien: »Wir vernichten sie! Wir vernichten sie!« Oder: »Wir töten sie! Wir töten sie!«

Ich konnte mich einfach nicht daran gewöhnen. Ich wagte es im Grunde nicht, den Gedanken zu denken, aber meine verbotenen Schichten waren mit einer Frage beschäftigt. Was bedeutete der Begriff »Wir«, wenn er außerhalb der vier Wände meines Zuhauses in den Mund genommen wurde? Wenn meine in grüne Trikots gehüllte Mannschaft auf die rotgekleidete Mannschaft traf, zu der ich im Eishockey hielt, reagierte ich verwirrt. In welche Richtung sollte ich schießen?

Zeit verging. Vielleicht ein Jahr, vielleicht auch zwei; Kinder sind keine Kalender. Das Licht des Traums lag über Helsingfors, wie es über allen größeren Städten liegt. Ich erinnere mich mit graphischer Schärfe an die Schneewälle, die im Winter von den Schneepflügen hinterlassen wurden, ich erinnere mich an das wundersame Gefühl von Raum und Geburt, wenn der Winter seinen Griff löste und die ersten Garagenauffahrten trockneten und der Lederball herausgeholt wurde, ich erinnere mich an die rissigen, grautrockenen Erdschollen des Spätsommers im Umkreis der Kiefern, die seit Mai als Torpfosten gedient hatten, ich erinnere mich, wie schwarz die Erde war und wie dunstumhüllt das bleiche Licht der Straßenlaternen auf der Schwelle zwischen Herbst und Winter.

Solange ich ständig in Mallinens Begleitung war, begnügten Melba und die Brüder Karttunen sich mit Schmähungen, und es herrschte ein brüchiger Burgfrieden. So hätte es weitergehen können, bis die Winde der Zeit, Pubertät und Rastlosigkeit uns zerstreut hätten.

Wenn nicht der Erdkrieg dazwischen gekommen wäre.

## 9

Es war Herbst. Der Boden war noch nicht gefroren. Im Sommer hatte die Wohnungsbaugesellschaft vor Nummer neun und elf neue Sträucher gepflanzt. Sie hatten dabei eine fette, eigens zu diesem Zweck eingekaufte Gartenerde benutzt. Als der Regen kam, entdeckte Melba, dass sich aus der Erde schmutzignasse Klumpen formen ließen. Er warf ein Fenster in der Neun ein, aber niemand wagte es, ihn anzuschwärzen, sodass er nie bestraft wurde.

Ich erinnere mich, dass ich an meinem Pult saß. Der Erdkrieg sollte nachmittags um drei stattfinden, bevor die Eltern nach und nach von der Arbeit kamen. So hatte Melba es bestimmt. Weder Mallinen noch Vepsäläinen gefiel sein Vorschlag, aber sie hatten keine Wahl; die weiße Flagge zu schwenken, wäre feige gewesen. Da Melba sich das Recht genommen hatte, zwei Verstärkungen anzuwerben, die Brüder Karttunen, versuchte Vepsäläinen vergeblich, Tamminen und Nylund zu bewegen, für die Elf anzutreten.

Es war bald halb drei. Wir rechneten, zumindest wurde davon ausgegangen, dass wir rechneten. Tea Alanne strich sich mit einer koketten Handbewegung die Haare aus der Stirn. Nordman und Berndt Morin starrten sie an. Sie hatten alle drei das Glück, in Marracott Beach zu wohnen.

Mallinen wirkte bedrückt. Ich saß da und ritzte mit einem scharfkantigen Spitzer Worte in mein Pult. Das Pult war alt, das Holz runzlig und rau wie die Haut eines Greises. Melba und Vepsäläinen hatten eine Münze geworfen, um zu entscheiden, wer bei der Sache wer sein würde. Vepsäläinen hatte verloren; wir in der Elf waren die Russen und Melbas Neuner waren die Amerikaner. Ich ritzte: S-o-l-d-a-t. Es klingelte. Ich blieb an meinem Pult sitzen. Ich wollte nicht nach Hause gehen. Die anderen rannten hinaus, und ihre Stimmen begannen, im Schulflur zu hallen.

»Komm jetzt«, sagte Mallinen, »wir müssen gehen.«

Auf dem Hof der Neun scharte Melba seine Soldaten um sich. Neben ihm stand sein Adjutant, der ältere Karttunen, und sah bedrohlich aus. Melba rief mit Fingerschnippen und ungeduldigem Armschwenken die anderen zu sich, die alle jünger waren als er. Sie sind seine Hunde, dachte ich. Es gab auch einen Schweden unter ihnen, einen erst kürzlich eingezogenen, schweigsamen Burschen mit einer Lücke zwischen den Schneidezähnen, der Leif Irgendwas hieß. Er ist Melbas Parsa-Hund, dachte ich.

Viertel vor drei. Ich brachte die Tasche ins Haus, wollte meine Mutter bitten, Fieber zu messen. Ich war verschnupft, mit etwas Glück hatte ich vielleicht erhöhte Temperatur. Aber es war niemand zu Hause.

Ich trat ins Treppenhaus, nahm den Aufzug in die achte Etage, ging die letzten Treppenstufen hinauf und ließ mich vor der Speichertür nieder. Es roch nach Bohnerwachs. Das einzige Geräusch, das man hörte, war das Säuseln in den Wipfeln der Kiefern vor dem Haus.

Dann nahm ich wahr, dass unten die Haustür geöffnet wurde. Man hörte Schritte und erregte Stimmen: Mallinen und Vepsäläinen stiegen die vier Treppen zu der Tür hinauf, auf der Backman stand.

»Ach was, wir lassen ihn in Ruhe«, sagte Mallinen.

»Hör mal, wir haben nur halb so viele Leute wie die«, erwiderte Vepsäläinen.

Sie klingelten an der Tür.

»Er ist nicht zu Hause«, sagte Mallinen nach einer Weile.

Im sechsten Stock öffnete sich eine Tür.

»Bist du's, Sepi?«, schrie Mirva Hovi durch den Treppenschacht nach unten.

»Ichbinsjaa«, schrie Vepsäläinen, »weißte, wo Kenu is?«

»Hab gehört, dass er zum Speicher hoch is«, schrie Mirva. Ich wartete, bis sie in den Aufzug gestiegen und auf dem Weg nach oben waren. Dann lief ich los. Im sechsten stieß ich Mirva Hovi so brutal wie möglich zur Seite, aber als ich gerade zur fünften Etage hinunter gekommen war, öffnete sich die Tür des Aufzugs, und Vepsäläinen packte meinen Arm.

»Was ziehste hier eigentlich ab, du verdammter Feigling«, fauchte er. Seine Finger fühlten sich an wie Klauen.

Unsere Truppe war erbärmlich. Vepsäläinen, Mallinen, Mirva Hovi, ich und ein Achtjähriger namens Mikko. Die Geschwister Sonetti saßen sicher verschanzt hinter den verschlossenen Türen ihres Zuhauses.

Die Armee der Neun war um einige Mann stärker. Unmittelbar hinter Melba stand Melbas kleiner Bruder Jusa, der auch nicht älter war als acht. »Wenn du abhaust, bringe ich dich um«, sagte Melba zu seinem Bruder.

Die ersten Erdklumpen flogen durch die Luft. Melba machte ein paar Schritte nach vorn, um besser treffen zu können, brüllte etwas über General Patton. Mallinen und Vepsäläinen begannen zu werfen, Vepsäläinen mit einem gewissen Eifer, Mallinen eher pflichtschuldig. Vepsäläinen warf mir einen Blick zu und schrie: »Willst du nicht auch mal werfen!«

Ich begann zu werfen. Anfangs warf ich auf gut Glück, aber als einer von Melbas Klumpen den blassen Mikko an der Schulter traf und er in Tränen ausbrach, verlegte ich mich darauf, auf Melba zu zielen. Mallinen und Vepsäläinen machten das Gleiche.

Melba war jetzt so nahe, dass ich begriff, es war nur noch eine Frage der Zeit, bis der Erdkrieg in eine regelrechte Prügelei übergehen würde. Er kam noch einen Schritt näher, der völlig verängstigte Jusa hing an seinem Rockzipfel. Die Klumpen hagelten durch die Luft. Ich packte einen Klumpen, der sich ungewöhnlich fest und gut anfühlte, und schleuderte ihn.

Er verließ meine Hand mit kräftigem Schwung und traf den flennenden Jusa mitten ins Gesicht. Er brach zusammen und brüllte noch lauter, und nun verwandelte sich alles in ein einziges Chaos.

Aus unserem C-Treppenaufgang kamen eine alte Frau namens Heino und unser Hausmeister herbeigelaufen. Beide riefen und schrien. Aber der Hausmeister der Neun war als Erster vor Ort.

»Ihr verdammten Hurensöhne!«, schrie er und warf sich gegen Melba, der nicht mehr Krieg führte und erstaunt seinen Bruder ansah. Blut lief über Jusas Gesicht. Plötzlich hörte ich jemanden an meinem Ohr brüllen, und eine gewaltige Pranke schloss sich um meinen Oberarm.

»Großer Gott, was zum Teufel habt ihr getan!«, schrie unser Hausmeister mit angespannter, fremder Stimme.

Alle hatten mittlerweile aufgehört zu werfen und standen vollkommen still. Eine ältere Frau kam aus einem der Treppenaufgänge der Neun und ging zu dem Hausmeister, der über Jusa gebeugt stand. Unser eigener Hausmeister hatte seine andere Hand genutzt, um sich Vepsäläinen zu greifen. Der Hausmeister zerrte an meinem Arm und begann, mich und Vepsäläinen zu der Gruppe mitzuschleifen, die zehn Meter entfernt stand. Mallinen folgte uns. Als wir uns der Gruppe näherten, zeigte die zuletzt hinzugekommene Frau auf mich.

»Der Junge war es, ich habe es vom Fenster aus gesehen.«

Wir waren da, und ich betrachtete Jusa. Sein Gesicht war mit dunkelrotem Blut verschmiert. Da war etwas mit seinem Auge.

Der Hausmeister der Neun bückte sich und hob einen Gegenstand von der Erde auf. Die Erde war bei meinem Treffer von dem Stein abgefallen, und mir wurde klar, warum der Wurf sich so gut angefühlt hatte. Melba war leichenblass, es war das erste Mal, dass ich ihn ängstlich sah. Er schaute seinen Bruder an und weinte. Dann fiel sein Blick auf mich.

»Dafür bringe ich dich um.«

»Halt's Maul, du Rotzlöffel«, fauchte der Hausmeister der Neun Melba an. »Wenn hier einer jemanden umbringt, dann ich.«

Mein Hausmeister schüttelte unsanft meinen Oberarm.

»Wieheißtdu?«

»Mein Name ist Kenu«, sagte ich. Ich hasste es, wenn sich meine Stimme so überschlug und zittrig und schwach wurde.

## 10

Dem Erdkrieg folgte eine lange Phase des Schreckens, der Reue und der Ruhe. Jusa lag eine Woche im Krankenhaus. Sie brachten sein Auge wieder in Ordnung, aber das Sehvermögen blieb ein wenig eingeschränkt. Mein Vater wurde gezwungen, einen Teil der Kosten des Krankenhausaufenthalts zu übernehmen, und ich bekam lange Hausarrest. Melba verließ den Felsen; nach dem Erdkrieg begann er, sein Revier zu erweitern.

Während wir unsere Wunden leckten, geschahen viele wichtige Dinge in der Welt, von der die meisten von uns allmählich erkannten, dass sie die richtige war, die der Erwachsenen.

Eine große Begebenheit war die Einweihung eines Monuments im Stadtzentrum. Es war ein Geschenk der Sowjetunion an Finnland, eines in einer ganzen Reihe öffentlicher Kunstwerke, mit denen die Freundschaft und die friedliche Koexistenz zwischen den beiden Ländern gepriesen werden sollten.

Das Monument bestand aus zahlreichen verdrehten Stahlrohren, die Bohrköpfen nicht unähnlich sahen. Mitten zwischen den Bohrköpfen stach eine geballte Faust in die Höhe, und zuoberst thronte ein grob gehauener, männlicher Kopf mit einem charakterfesten Kinn, vermutlich ein Held der Arbeit.

Neben unserem glatzköpfigen Präsidenten stand bei der Enthüllungszeremonie der stellvertretende sowjetische Außenminister Stepanow. Nachdem die Hülle gefallen war, vereinten sich die beiden in einem Kuss.

Meinem Vater gefiel diese Küsserei nicht. Das war kein Wunder. Mein Großvater war zwanzig Jahre vor meiner Geburt gestorben, und Stepanow hätte der Vollstrecker sein können, er hatte das richtige Alter.

Meinem Vater gefielen auch die Bohrköpfe nicht, und Ingenieur Mallinen war der gleichen Meinung wie er.

Lutte Iso-Hiisi, dessen Beziehung zu den meisten anderen Hausbewohnern allmählich problematisch wurde, gefielen sie dagegen. An einem Samstagvormittag erläuterte er draußen auf dem Hof, dieses neue Monument schlage den schwulen Mannerheim und seinen Gaul auf ihrem Podest in ästhetischer Hinsicht um mehrere Pferdelängen. Iso-Hiisi war irgendwohin unterwegs gewesen und trug über die Schulter seine blaugraue Umhängetasche, die vor lauter Manifesten und Aufrufen fast aus allen Nähten platzte. Aber wie die meisten Menschen, die glauben, sie hätten kühne und wohldurchdachte Ansichten, konnte er dem Geruch von Polemik nicht widerstehen.

Ingenieur Mallinen und mein Vater, die mit Simonitz-Flaschen im Anschlag wie Hummeln ihre Autos umschwirrt und Iso-Hiisi nur ein zerstreutes Ohr geliehen hatten, erstarrten bei Iso-Hiisis Beleidigung des Marschalls und Präsidenten. Das Gleiche tat Lauri Sonetti, der gerade zufällig mit den Händen auf dem Rücken vorbeischlenderte.

Entzückt über die geglückte Provokation fuhr Iso-Hiisi fort, indem er auf einen weiteren Vorteil abstrakter, symbolischer und aus beständigem Material gefertigter Denkmäler hinwies: Diese setzten angesichts des unerbittlichen Gangs der Geschichte nicht mit der gleichen Schnelligkeit Grünspan an wie die Statuen der großen Männer des Bürgertums, die nach nur wenigen Jahrzehnten aussahen, als wären sie chlorophyllvergiftet oder von schleimigen Algen überwuchert worden.

Er versäumte des Weiteren nicht, das Schicksal zu betonen, dem die politischen Gedanken der alten Statuen entgegensahen, und behauptete, gerüchtehalber gehört zu haben, die Fremdenführer teilten Kotzbeutel aus, wenn die Sightseeing-Busse an Siréns Parlamentsgebäude vorbeifuhren, wo die Präsidenten Ståhlberg, Relander, Svinhufvud und Kallio von Vogelkot bedeckt ihr Dasein fristeten.

Während Iso-Hiisi mit wippendem Schnäuzer und verfilztem Bart seine Sarkasmen herausschleuderte, fand Lauri Sonetti Zeit, seine Schriftstellerhände zu ballen, zu heben und die wenigen Schritte zu machen, die zwischen den Männern gelegen hatten. Er klopfte Iso-Hiisi auf die Schulter und schlug bereits zu, als dessen Kopf noch dabei war, sich zu drehen. Für einen Dichter war es ein guter Schlag. Iso-Hiisi knallte auf die Erde und begann, aus der Nase zu bluten. Ingenieur Mallinen konnte der Versuchung nicht widerstehen, trat näher und besprühte Iso-Hiisis Hosenboden mit Autolack.

Die Umhängetasche war offen gewesen, und nun wallten die Flugblätter wie eine Frühjahrsflut aus ihr heraus, wurden vom frischen Wind erfasst und in Marracott Hill verteilt, bevor jemand reagieren konnte.

So kam es, dass wir Kinder Iso-Hiisis Klage über die verschandelnde und nichtige Kleinbürgerlichkeit lasen, die Ingenieur Mallinen und Lauri Sonetti an den Tag gelegt hatten, als sie – vorschriftswidrig – ihre Balkone mit Hilfe geriffelter Scheiben aus einem halb durchsichtigen, unzerstörbaren Plastikmaterial zu einem zusätzlichen Sommerzimmer verglast hatten.

Kurz nach dem ersten und einzigen Zugeständnis an die körperliche Gewalt in Lauri Sonettis Leben meldeten die Zeitungen, dass Ingenieur Paavo Mallinen die Verantwortung für den Bau des Wolkenkratzers übertragen worden war, des ersten im ganzen Land, den Ölmagnat Raade für die Landspitze Kägeludden neben dem Stadtteil Hagalund in Auftrag gegeben hatte.

Einen Monat später teilte Mallinen mir mit, dass scin Vater eine große Wohnung in einem Hochhaus nahe Ramsays Strand in Marracott Beach gekauft hatte und die Familie umziehen würde.

Mir war sofort klar, dass dieser Bescheid auch Auswirkungen auf mich hatte. Während der Monate, die seit dem Erdkrieg vergangen waren, hatte ich mich nur ungern außer Haus bewegt, wenn Mallinen nicht in der Nähe war, und er hatte das anscheinend verstanden und akzeptiert. War er einmal nicht zur Stelle, wartete ich im Treppenhaus, bis ein Erwachsener das Haus verlassen wollte. Es war mir bisher immer gelungen, einen Puffer zu finden, und ich hatte von Melba nicht viel gesehen. Aber ich mochte mich auch nicht darauf verlassen, dass es weiterhin so ruhig bleiben würde.

Hätte ich eine optimistischere Lebenseinstellung gehabt, hätte ich mich natürlich auf meinen Vater verlassen, darauf, dass er uns schon bald an einen anderen Ort bringen würde, nach Marracott Beach oder Sockenbacka oder Haga oder Drumsö oder wohin auch immer: Die Schritte meines Vaters waren doch genauso federnd wie die von Ingenieur Mallinen.

Aber mein Vater hatte sich unter der wachsenden Arbeitsbelastung in einen Morgenhauch verwandelt. Wenn das Badezimmer am Morgen nach Knoblauch und Whisky roch, wusste ich, dass es am Vorabend anstrengende Geschäftsverhandlungen gegeben hatte. Diesen folgten in so kurzen Abständen neue Verhandlungen, dass ich niemals dazu kam, ihn danach zu fragen, wie die Geschäfte liefen und ob wir nicht unter Umständen ein Reihenhaus in Marracott Beach im Auge hatten. Wenn er abends über seine Rechenmaschine und die kleinen Kästchen der orangefarbenen Kalkulationsblätter gebeugt saß, konnte man ihn auch nicht stören. Sein gebeugter Rücken hatte dann einen knittrigen, wenig einladenden Ausdruck. »Dein Vater arbeitet«, sagte meine Mutter, »störe ihn bitte nicht.«

Ich selber hatte nach dem Erdkrieg begonnen, eine düstere, grüblerische Veranlagung zu entwickeln. Ich ging davon aus, dass ich mein ganzes Leben in Marracott Hill verbringen und dort nach jahzehntelangen, ausgeklügelten Versuchen, Melba zu entkommen, sterben würde.

## 11

Ausnahmsweise hatte ich einmal Glück gehabt.

Genau wie Dutzende anderer pflegte ich mich auf dem Tribünenabschnitt oberhalb der Spielerbank zu drängeln, wenn die Begegnungen in der Eishalle endeten. Aber ich wurde vom Druck der Masse unerbittlich an den Rand gedrängt: Es waren immer die größten und kräftigst gebauten, die in der Mitte standen, wo die Chancen am besten waren.

Auch diesmal hatte ich meine Hand von einer Position am äußersten Rand ausgestreckt. Völlig überraschend kam ein Schläger durch die Luft gesegelt und landete in meiner Hand. Und es war nicht irgendein Schläger. RANTASILA stand zuoberst auf den Schaft gestempelt. Juha Rantasila, der Verteidiger der Nationalmannschaft mit dem härtesten Schlagschuss der Liga! Den ganzen Heimweg saß ich in Bus Nummer 18, warf misstrauische Blicke in die Runde und hielt den Schläger so fest, dass die Knöchel weiß wurden.

Dennoch hatte mein Glück mich offenbar tollkühn werden lassen.

Am nächsten Tag fuhr Mallinen nach der Schule in die Stadt. Er besuchte inzwischen regelmäßig die großen Plattenläden und sprach unaufhörlich über Bands mit seltsamen Namen wie Uriah Heep, Led Zeppelin und Deep Purple. Ich ging nach Hause, warf den Ranzen in die Ecke, holte den Schläger heraus und wog ihn in der Hand.

Wäre ich schlau gewesen, wäre ich in unmittelbarer Nähe von Treppenaufgang F geblieben. Dort gab es kein Eis, aber ich hätte einen Tennisball nehmen und stattdessen mit ihm tricksen können. Wäre ich wenigstens halbwegs bei Verstand gewesen, hätte ich mich mit dem Platz der finnischen Schule unterhalb des Hauses zufrieden gegeben. Aber ich ging den Professorsbacken hinunter zu einem Platz am Rande von Marracott Beach, der Sahara genannt wurde, und begann dort, Handgelenksschüsse in ein leeres Tor zu üben.

Das Eis schmolz bereits, es war frühjahrsstumpf und nass. Die Märzsonne wärmte, ich zog meinen Mantel aus und schoss nur im Pullover. Ich fand, dass etwas von der Kraft des großen Rantasila auf mich übertragen wurde; meine Handgelenksschüsse waren noch nie so schwungvoll gewesen. Ich war völlig in mein Spiel vertieft, hatte vor Augen, wie ich für IFK entscheidende Tore gegen Tappara oder Jokerit machte, wenn die Spieluhr 59.59 anzeigte. Als ich hinter mir einen Schatten zu sehen meinte, drehte ich mich um, und da stand Melba vor mir. Zehn Meter weiter stand der ältere Karttunen.

»Sieh einer an, wen haben wir denn hier?«, sagte Melba.

»Na, wen schon, ich bin's nur«, sagte ich mit einer Stimme, die in meinen Ohren überraschend keck und, na ja, nahezu finnisch klang.

»Ja wirklich, es is Parsa-Håkan«, sagte Melba, »gib mir den Knüppel!«

»Und warum?«, fragte ich immer noch einigermaßen sorglos.

»Weil er mir is«, erwiderte Melba und grinste.

»Guter Witz, eh«, sagte ich und grinste auch. Der Erfolg hatte mich irgendwie übermütig, blind und taub gemacht. Wer Juha Rantasilas Schläger in seiner Hand hielt, musste doch praktisch unbesiegbar sein. Aber ich hatte vergessen, dass Melba immer dann am gefährlichsten war, wenn seine Stimme sanft klang.

»Zum Teufel, du hast meinen Bruder blind gemacht«, stellte er fest, »der Knüppel da is mir.«

»Der is doch nicht blind«, sagte ich und suchte nach den richtigen finnischen Worten, »er ist doch … geheilt worden.«

Der Laut, den man hörte, klang ungefähr: Thwack! Ich spürte, dass hinter meiner Nase etwas kaputt ging. Blut schoss heraus, und ich musste den Fäustling gegen die Nasenlöcher pressen und den Kopf heben, um den Blutstrom zu stoppen.

»Du hast nicht das Recht«, sagte ich, und meine Stimme war zittrig, und dann brach ich zu meinem großen Ärger in Tränen aus.

»Was für ne verdammte FRAU«, sagte Melba. Er machte auf dem Absatz kehrt und ging. Als sie den Hügel nach Marracott Hill hinaufgingen, sah ich, dass er den Schläger wie ein Kampfwerkzeug über der Schulter trug.

## 12

Es war wieder Herbst. Mallinen war umgezogen. So oft ich konnte, bat ich ihn, nach Marracott Hill heraufzukommen, oder zog mit ihm in die Stadt. Mit ihm als Ratgeber in Sachen Geschmack kaufte ich meine ersten Platten und bekam ein neues Idol, das ich den Eishockeyspielern Rantasila und Linnonmaa zur Seite stellen konnte: John Fogerty, der Mann, der daran arbeitete, der Menschheit die Rockmusik zurückzugeben, als die Junkies sich bis zum Äußersten anstrengten, ihr den Garaus zu machen.

Aber wenn Mallinen etwas anderes vorhatte, sah ich mich mit einem Paradox konfrontiert. Melba und die Brüder Karttunen hatten den Hof und den Felsen längst zugunsten glamouröserer Jagdreviere verlassen: Nun war unser Hof der sicherste Ort.

Dies führte dazu, dass ich öfter allein war als früher. Wir waren in dem Alter, in dem man anfängt, seinen Lebensraum zu erweitern. Vepsäläinen hielt sich immer seltener auf dem Hof auf, und nun, da Mallinen fort war, sah er die meiste Zeit einfach durch mich hindurch. Ich wünschte mir, Melba würde das auch tun. Manchmal suchte ich Tamminen oder Nylund in dem Haus hinter der finnischen Schule, aber sie waren nie zu Hause.

An einem diesig grauen Nachmittag trieb ich mich in der Nähe von Treppenaufgang B herum. Ich hörte irgendwo über mir eine Stimme, eine Männerstimme, aber eigentümlich dünn.

»He, du da … Backman.«

Ich drehte mich um und schaute zum Haus. In einem Fenster in der zweiten Etage zeigte sich das unsichere Gregory-Peck-Gesicht des unsichtbaren Sunila.

Es war das erste Mal, dass ich seine Stimme hörte.

»Kannst du mal … zu mir raufkommen. Ich will mit dir reden.«

Getrieben von Neugierde und der Hoffnung, Mallinen endlich etwas Spannendes von unserem ansonsten ereignislosen Hof berichten zu können, ging ich hinauf.

Die Wohnung hatte exakt die gleiche Raumaufteilung wie unsere. Aber diese Wohnung hatte niemand gepflegt, jedenfalls nicht, seit Frau Sunila ihren Jungen genommen und abgehauen war. Bereits der Teppich im Flur war voller Flecken und abgetreten, die Tapeten blätterten aufs Übelste ab, und als ich dem unsichtbaren Sunila ins Wohnzimmer folgte, sah ich durch die Tür zur Küche, dass sich zwei halbmeterhohe Stapel schmutzigen Geschirrs zu beiden Seiten der Spüle auftürmten.

Das Wohnzimmer war dunkel und die Vorhänge so zugezogen, dass nur ein schmaler Spalt Aussicht auf den Hof gewährte. Aber ich spürte, ohne mein Gefühl in Worte fassen zu können, dass es Sunila eher um die Sicht in die Wohnung ging. Hätte ich die Wohnung des unsichtbaren Sunila ein Jahr früher betreten, hätte ich nach dem Diebesgut Ausschau gehalten – den Goldbarren, den Drogen und den Waffen –, das er, wie wir annahmen, versteckte. Aber diese Zeit war vorbei, und nun suchten meine Blicke etwas Prosaischeres, das enthüllt hätte, was er so trieb: eine Staffelei, eine Schreibmaschine, eine Rechenmaschine.

Aber ich sah nichts dergleichen. Auf dem Wohnzimmertisch stand eine halb leer gegessene Dose mit bleichen Fischfrikadellen. Aus der Dose lugte der zerkratzte Stiel eines Löffels heraus. Alles verströmte Tristesse, außer einer Sache, die in meinen Augen einen enormen Schönheitswert hatte; an der Wohnzimmerwand stand das bestgefüllte Schallplattenregal, das ich jemals gesehen hatte. Es müssen hunderte, vielleicht sogar mehr als tausend Platten gewesen sein.

»Setz dich«, sagte Sunila und zeigte auf einen abgewetzten Sessel.

Er ließ sich auf die Couch fallen und schwieg. Ich hörte das Geräusch der Autos auf dem Ringvägen und die weiter entfernten, aber aggressiveren Motorengeräusche auf der Autobahn.

»Du weißt ja, was sie mit meinem Sohn gemacht haben«, sagte er schließlich. »Bist du dabei gewesen?«

Ich zögerte. »Nein«, sagte ich dann.

»Sie prahlen vielleicht damit, dass sie ihn fertig gemacht haben, aber das ist nicht wahr«, sagte Sunila mit angespannter Stimme.

»Wie… also, wie geht es ihm?«, fragte ich unsicher.

»Ich…«, setzte Sunila an und blieb anschließend lange stumm.

»Ich weiß nicht, wo sie sind«, sagte er schließlich. »Sie sind weggezogen aus Helsingfors. Ich höre nie von ihr… ihnen.«

»Was stimmte nicht bei…«, begann ich, schluckte das Ende des Satzes jedoch herunter. Die Atmosphäre war nicht bedrohlich, aber sie war düster, bedrückend. Ich fragte mich, warum er mich gebeten hatte, hinaufzukommen.

»Er hat meine Unfähigkeit geerbt«, sagte Sunila gekünstelt.

»Ja«, sagte ich, »er war… ein bisschen komisch.«

»Das ist das Einzige, was ich ihm gegeben habe. Das Einzige. In direkter Erbfolge hat er sie bekommen.« Er schien sich selbst sehr Leid zu tun. Dann riss er sich zusammen. Ich hatte mich schon auf den Rand des Sessels vorgeschoben.

»Möchtest du Musik hören?«, fragte er.

»Haben Sie was von John Fogerty?«, fragte ich.

»Hm… nein«, sagte er unglücklich. Dann hellte sich seine Miene beinahe etwas auf: »Aber ich weiß, wer er ist. Er gehört nicht zu den schlimmsten, von denen, die ihr… kann man das hören nennen?«

Er legte eine Platte mit einer seltsamen Musik auf, durch die ein Klagen hallte. Es war keine klassische Musik, die ich langweilig fand, es war kein Dave Brubeck, den mein Vater hörte und den ich langweilig fand. Die Musik hatte auch keinerlei Ähnlichkeit mit John Fogertys. Sie war mir vollkommen fremd, und sie machte mir Angst.

»Ich sammle Musik, die… wie soll ich es dir erklären? Die aus einer schrecklichen Leere kommt, vielleicht. Die fort will. Die nicht weiß, ob sie weint, lacht oder denkt. Musik, die so verloren ist wie wir selbst… wie ich. Es macht keinen Unterschied, wo in der Welt sie geboren wurde. Ich suche sie auf. Ich bringe sie zu mir nach Hause. Hier erhält sie eine Freistatt. Weißt du, was eine Freistatt ist?«

Ich nickte. Das wusste ich nur zu gut. Eine Freistatt war das, was ich nicht hatte. Eine Freistatt war etwas, das, wie mir immer öfter schwante, nicht besonders viele hatten. Das also machte er hier. Er versuchte, eine Freistatt aus Musik zu errichten. Ich hätte nie gedacht, dass er so viele Worte auf einmal sprechen konnte.

»Dieser Melba ist ein Monster«, sagte er plötzlich heftig.

Ich zuckte zusammen. Er wusste es also. Dann muss ich irgendwie ermuntert ausgesehen haben, denn er fuhr im gleichen Tonfall fort:

»Bilde dir ja nichts ein. Du bist auch ein Monster, aber du bist ein feiges, verängstigtes Monster, und das macht dich ein bisschen menschlicher. Vielleicht.«

Er schwieg erneut und fuhr mich dann verblüffend heftig an.

»Warum seid ihr so verdammte Monster?«

»Ich muss jetzt mal gehen«, sagte ich, denn ich bekam allmählich Angst. Es war wahnwitzig, in einer dunklen Wohnung zu hocken und klagender Musik zu lauschen.

Ich trat wieder auf den Hof, in das Novemberlicht hinaus.

Zunächst sah ich nur die altvertrauten düsteren Farbtöne, grau, braun und graugrün.

Dann erblickte ich plötzlich etwas, das ich nie zuvor gesehen hatte, mein Blick musste tausend Mal darauf geruht haben, aber ich hatte es niemals *gesehen*: Am unteren Rand des Hofs, als Puffer zum Ringvägen, stand eine Gruppe von Ebereschen. Sie hatten alle Blätter verloren, die Stämme waren schwarz, die Äste waren schwarz, und die Erde unter ihnen war schwarz. Aber in den Bäumen hingen noch die Beeren und glühten vor all dem Schwarzen in einer leuchtend roten Farbe.

Und je länger ich hinschaute, desto roter glühten sie, bis die Farbe so schauderhaft wurde, dass ich meine Augen mit der Hand bedecken musste.

Denn ich konnte den Blick nicht von ihnen wenden, und in meinem Kopf hallte die klagende Musik, die ich vor kurzem gehört hatte.

## 13

Manchmal kamen Verwandte aus dem nördlicher gelegenen Ostbottnien zu Besuch.

Sie sagten, dass sie »herunterkamen«. Für mich war Helsingfors der Nabel der Welt, und ich betrachtete den Ausdruck »nach Helsingfors herunterreisen« als eine eindeutige Lästerung. Zum Nabel der Welt kletterte man empor.

Meine Verwandten sprachen ein Schwedisch, von dem ich nicht alles verstand.

Meine eigene Sprache (wenn man von einer solchen sprechen konnte, ich hatte bereits gelernt, dass Imitation und Nachäffen zu den Tugenden des Überlebens gehörten) war bereits mit einer großen Zahl finnischer Worte und mit alten, charakteristischen Helsingfors-Ausdrücken vermischt, die oft aus dem Russischen stammten.

Mehrere meiner nächsten Verwandten, unter anderem meine Großmutter und meine Tante, sprachen überhaupt kein Finnisch.

Wenn sie zur Post gehen oder Kleider kaufen wollten, begleitete ich sie als Dolmetscher.

Meine größte Sorge war, Melba und den Brüdern Karttunen zu begegnen, wenn ich in Gesellschaft meiner ostbottnischen Verwandten unterwegs war. Ich schlug immer eine Fahrt in die Kaufhäuser der Innenstadt vor. Aber meine Mutter sagte: »Warum denn das? Es gibt doch ganz tolle Geschäfte in unserem Einkaufszentrum. Und unten in Marracott Beach sind sie noch besser.«

Ich sah grauenvolle Schreckensvisionen vor mir, in denen Melba entzückt »Ah! Schwedenmuttchen!« ausrief, meine religiöse, weißhaarige Großmutter umstieß und trat, woraufhin sie eine Herzattacke bekam und starb und alles meine Schuld war.

Aber zu Melbas Verteidigung muss ich sagen: Es kam vor, dass ich ihn sah, wenn ich mit meinen Verwandten im Schlepptau durch das Einkaufszentrum in Marracott Hill bummelte oder die Marracottallee hinabging, aber er kam niemals zu uns.

## 14

Meine panische Angst vor Melba fraß sich in mein Leben wie ein Fleisch und Fantasie schluckender Triffid.

Ich ließ nie eine Chance aus, Mallinen zu bitten, zu unserem Hof in Marracott Hill hinaufzukommen.

Aber er reagierte mittlerweile relativ unwillig. Er fühlte sich wohl in Marracott Beach und forderte stattdessen mich auf, nach der Schule dort zu bleiben. Er hatte einen neuen Freund, der Kurki hieß und in die finnische Schule in Marracott Beach ging.

Es entging mir nicht, dass Mallinens Kleider immer schicker wurden und sein Musikgeschmack inzwischen wesentlich kultivierter war als meiner, der hartnäckig um den Fixstern John Fogerty kreiste.

Ich sah mich gezwungen, Mallinen auf jede erdenkliche Weise zu locken, sogar, indem ich mir selber Gewalt antat. Eines Sonntagmorgens rief ich ihn unten in Marracott Beach an und sagte: »Komm her, dann klettern wir aufs Dach.«

»Du traust dich ja doch nicht«, sagte Mallinen, »ich habe jedenfalls keine Lust, mich um dich zu kümmern, wenn du da oben liegst und zitterst.«

»Man kann von oben bestimmt das Baugerüst vom Wolkenkratzer deines Vaters sehen«, lockte ich ihn. Wir drückten uns gerne so aus; der Wolkenkratzer der Ölgesellschaft gehörte »Mallinens Altem«, das Unternehmen, in dem mein Vater arbeitete, war »die Firma meines Vaters«.

Mallinen verstummte. Es war offensichtlich, dass der Gedanke ihm zusagte. »Okay, ich komme«, sagte er dann.

Mallinen kletterte vor. In Höhe der zweiten Etage stoppte er, dem Ritual folgend, lehnte sich nach links, warf einen Blick zum Fenster hinein und kletterte weiter. In Höhe der dritten Etage tat er das Gleiche. Diesmal blieb er stehen, lehnte sich so weit von der Leiter weg, wie er sich traute. Eine halbe Minute verging. Mallinen schaute.

»Was ist los?«, sagte ich, der ich zunächst froh über die Pause gewesen war, nun jedoch allmählich mit Schwindelgefühlen zu kämpfen hatte.

Mallinen sagte nichts. Er machte ein paar Schritte nach oben, aber nicht so viele, dass er das Fenster aus den Augen verloren hätte, und gab mir durch Zeichen zu verstehen, dass ich mich auf der Leiter neben ihn zwängen sollte, soweit dies möglich war, ohne dass wir Gefahr liefen, uns gegenseitig hinunterzustoßen.

Ich folgte seiner Aufforderung und schaute zum Fenster hinein. Zum ersten Mal sah ich einen lebenden Menschen in Lutte Iso-Hiisis Wohnung.

Ich erkannte sie. Es war eine große blonde Frau, mit der er mehr oder weniger zusammen war, zumindest hatte ich sie wiederholt zu unserem Hof kommen und wieder fortgehen sehen.

Sie lag auf einer grellbunten Couch in der Zimmermitte. Auf einem runden Tisch aus Glas und Rohr stand eine Tasse. Dampf stieg aus ihr auf.

Es sah aus, als würde sie schlafen, aber manchmal bewegte sie sich schwach. Das Einzige, was sie anhatte, war ein langes weißes T-Shirt, das bis zum Bauch hochgerutscht war. Die Beine hatte sie angezogen, sodass die nackten Schenkel gleichsam zusammengepresst wurden; sie sahen dick aus, fast wie Tonnen.

Plötzlich lächelte sie mit geschlossenen Augen.

Wir standen mucksmäuschenstill, prägten uns wohl beide dieses Bild zum zukünftigen Gebrauch möglichst genau ein.

Ich hatte noch nie etwas derart Rätselhaftes, Verlockendes und gleichzeitig Furchteinflößendes gesehen.

Alles andere war wie weggeblasen, das angsterfüllte Klettern auf das Dach, der Wolkenkratzer, Melba, mein Zuhause mit den Eltern, die Schule, nichts davon existierte mehr. Es gab nur noch *sie*.

Dann musste ich niesen. Die Frau schlug die Augen auf, drehte erschrocken den Kopf, erblickte unsere Gesichter, zog rasch das T-Shirt herab (es reichte ihr bis zu den Knien, und in dem Moment, in dem es heruntergezogen wurde, spürte ich, dass das Universum verschwand, einfach so ausgelöscht wurde) und lief aus dem Raum. Mallinen und ich hatten es auf einmal so eilig, dass wir beinahe beide von der Leiter gefallen wären.

Wir blieben erst stehen, als wir hinter der finnischen Schule Schutz gesucht hatten, lehnten uns an die Wand, keuchten und verstummten.

»*Jumalauta – meine Güte*«, war das Einzige, was Mallinen sagte.

Später am gleichen Nachmittag, als Mallinen schon gegangen war, sah ich Lutte Iso-Hiisi auf dem Hof. Er stritt sich mit Lauri Sonetti.

Der berühmte Dichterschlag war vergessen, und sie stritten sich nunmehr zivilisiert, wie intelligente und gebildete Erwachsene dies angeblich so machten.

Ich hörte, dass sie über den Mondflug stritten. Ich verstand keine Details, aber es war anzunehmen, dass Iso-Hiisi den friedlichen Charakter der sowjetischen Weltraumforschung mit dem Ziel einer Entwicklung zum Wohle der ganzen Menschheit betonte und dies mit dem aggressiv militaristischen, amerikanischen Weltraumexpansionismus verglich, während Sonetti vermutlich sagte, dass wir Menschen, die Würmer der Erde, die Mutter Mond und ihre rätselhafte Mystik respektieren sollten, aber wenn sich schon jemand das Besitzrecht auf den Mond verschaffte, war es doch allemal besser, dass dies durch die Heimstatt von Freiheit und Demokratie auf unserer zerrissenen Erde geschah, als dass es den roten Horden überlassen wurde.

Doch was war der Mond? Eine sterile Wüste voller Krater, die wie tote Augen stierten, das hatte ich auf unscharfen Zeitungsbildern gesehen. Iso-Hiisi hatte doch die Schönheit des ganzen Universums, ja das bluterfüllte Leben selbst in voller Bereitschaft auf seiner Couch liegen. Was machte er dann hier draußen, warum widmete er sich diesem sinnlosen Gelaber? Ich wünschte mir, an Iso-Hiisis Stelle zu sein, ich wäre der

Richtige gewesen für seine blonde, einsame Frau mit Schenkeln wie Tonnen.

Der Anblick in dem Fenster hatte Einfluss auf meine Schullaufbahn.

Ich konnte nicht einmal mehr den kürzesten Blick auf Tea Alanne oder eines der anderen Mädchen werfen, ohne sie mir mit angezogenen, dicken Schenkeln vorzustellen. Sicher, sie waren alle schlanke, kleine Mädchen, so wie ich selbst ein schmächtiger Junge war, aber es reichte völlig, die Augen zu schließen, um ihre Gesichter auf ganz andere Körper übertragen zu können. Ich fühlte mich derart ausgehungert und dem Platzen nahe, dass wirklich jeder als Objekt taugte, sogar unsere zugeknöpfte Schwedischlehrerin Wrede, die um die Sechzig war.

Ich hatte eine vorsichtige und keusche Freundschaft zu Tea Alanne aufgebaut, eine Freundschaft, die ich gelegentlich von geräuschvollen, sehnsüchtigen Seufzern begleiten ließ, wenn wir heimlich zusammen rauchten. Tea Alanne sah mich dann freundlich an und erkundigte sich, ob ich Bauchschmerzen hätte.

Mallinen muss es wohl ähnlich gegangen sein, denn einige Wochen später trommelte er eine Gang zusammen, zu der er selbst, sein Freund Kurki, Nordman, ich und ein paar finnische Jungs, die ich nicht kannte, gehörten.

Kurki, der im Stimmbruch war, wurde zum Helden erkoren, mit Geld ausgestattet und trottete nervös und verschämt zum R-Kiosk.

Eine halbe Stunde später saßen wir auf dem Hügel neben dem Restaurant Fiskartorpet, dem gleichen Hügel, der einige Jahre später das staatliche Gästehaus und seine wohlgenährten ausländischen Gäste tragen dürfen sollte. Kurki spielte uns immer wieder vor, wie lässig und mit welch selbstverständlicher Autorität er seinen Auftrag ausgeführt hatte. Aber es hörte ihm niemand zu: Wir saßen alle da und starrten gebannt auf die druckfrische Ausgabe der *Jallu*, die auf der Erde lag.

Mallinen sah uns andere von Zeit zu Zeit fragend an, woraufhin wir so gemessen und beherrscht wir konnten nickten, und dann blätterte er weiter. Es entging Mallinen und mir nicht, dass die Frauen in der Illustrierten oft einen harten Gesichtsausdruck hatten, von dem bei Iso-Hiisis Frau keine Spur zu sehen gewesen war, aber wir ließen uns dadurch nicht weiter stören. Alle saßen da und warteten darauf, wer es als Erster wagen würde, seinen herauszuziehen. Aber keiner von uns wagte es, sodass alle warten mussten, bis sie nach Hause gekommen waren.

Wir vergruben die Illustrierte feierlich schweigend unter einem Stein. Eine halbe Stunde später kehrten Mallinen, Kurki und ich zurück. Wir holten die Zeitschrift wieder heraus und vergruben sie ein zweites Mal, fünfzehn Meter weiter.

Dann geriet die Illustrierte in Vergessenheit und wurde dem großen Kreislauf einverleibt. Die 121 verrottenden Seiten mit Beine spreizenden und vögelnden Menschen wurden zu einem bescheidenen Beitrag zum Fundament des staatlichen Gästehauses.

## 15

Eines Morgens, als mein Vater schon aus dem Haus war, bat meine Mutter mich, ich solle mir eine der Seiten unserer Tageszeitung ansehen, die ich sonst nie las.

Ich schlug sie auf und sah Schlagzeilen, in denen es um Werftaufträge, Indexe, Börsenflauten und Etatjustierungen ging, lauter Dinge, die mich nicht im Geringsten interessierten.

»Aha«, sagte ich.

»Du musst ganz unten gucken«, meinte meine Mutter.

Am unteren Seitenrand gab es einen achtspaltigen, flachen Kasten. Er enthielt kurze Textstücke, die gelegentlich von Menschenköpfen unterbrochen wurden. Es gab eine kleine Anzahl Frauenköpfe, aber die meisten Bilder zeigten einen Männerkopf, einen Krawattenknoten, Teile eines weißen Hemdkragens und die Andeutung eines dunklen Jacketts. Ich betrachtete die kleine Überschrift. »Personalia«, stand dort in schlichter, vergrößerter Petitschrift. Ich sah mir die Köpfe näher an und erkannte einen von ihnen.

»Dein Vater ist befördert worden«, sagte meine Mutter. »Wir ziehen übrigens nach Marracott Beach.«

Ich konnte nicht fassen, dass meine Mutter das gleichgültige Wort »übrigens« benutzte. Dies war kein »übrigens«, es war der Unterschied zwischen Himmel und Hölle, zwischen Mondkratern und den Schenkeln von Iso-Hiisis Frau, zwischen einem Leben, das Melbas ständigem Einblick und seinen Drohungen ausgesetzt war, und einem Leben mit der Autobahn als beruhigender Maginotlinie zwischen mir und ihm.

Der Umzugswagen wurde für einen Samstag bestellt. Ich verbrachte die Woche in einem Glücksrausch. Ich grüßte höflich Lauri Sonetti, half meiner Mutter beim Abwasch, ging jeden Abend zu meinem Vater, gab ihm die Hand und sagte »Gute Nacht, bester Papa!«, um ihm in aller Deutlichkeit zu zeigen, wie sehr ich es zu schätzen wusste, dass er durch harte und heldenmütige Arbeit mein Leben gerettet hatte. Ich sagte fröhlich Guten Morgen zu Vepsäläinen, obwohl er nur kurz zurücknickte, und ich versuchte sogar, Iso-Hiisis Frau charmant zuzuzwinkern, die dachte, ich würde ihr eine Grimasse schneiden wollen, und mir mit erhobener Faust drohte.

Am Freitag kam ich das letzte Mal über die Brücke, ging den kurzen Weg den Ringvägen entlang, blieb stehen und ließ aus alter Gewohnheit den Blick über die Höfe der Hausnummern neun und elf schweifen, um sicher zu gehen, dass die Luft rein war von Melbas und anderen Gefahren. Anschließend ging ich mit stolzen Schritten über den Hof. Ich war ein Auserwählter, ein *Fortziehender*.

Zum zweiten Mal hörte ich die dünne, angespannte Stimme aus dem Fenster über Treppenaufgang B meinen Namen rufen. Ich ging zur Treppe.

»Hm, ja… ich habe gehört, ihr zieht um?«, sagte der abgehalfterte und gebrochene Gregory Peck.

»Das stimmt«, sagte ich stolz, »morgen.«

»Ja, dann warte mal kurz«, sagte er, und sein Kopf verschwand.

Ich setzte mich auf die frühlingskalte Steintreppe. Nach einer Weile wurde die Tür geöffnet, und er reichte mir eine Plastiktüte. Er kam nicht auf die Treppe hinaus, nur die Hand, in der er die Tüte hielt, wurde durch den Türspalt gestreckt.

»Nimm die hier«, sagte er.

»Aber ich kann doch nicht…«, sagte ich.

»Doch, nimm sie. Ich weiß, dass du sie jetzt nicht hören wirst. Aber falls du später… falls du irgendwann einmal das Gefühl haben solltest, dass du anfangen willst, dieses Monster in dir zu ersticken. Dann such sie heraus.«

»Ist sie dabei?«, fragte ich und meinte die Musik, die ich bei ihm gehört hatte.

»Ja«, sagte er, und dann war er verschwunden, und die Tür fiel ins Schloss.

## 16

Das Reihenhaus in Marracott Beach lag hinter einer weißen Backsteinmauer verborgen.

In der Mauer saßen in regelmäßigen Abständen gepflegte lackierte Holztore.

Hinter jedem Holztor wuchs ein Rhododendron.

Dieser Rhododendron wurde für mich zu einem Symbol für meine neu gewonnene Sicherheit. Obwohl diese Illusion schon bald zerplatzte, fiel es mir lange Zeit schwer, mich von meinem idyllischen Bild zu lösen. »Mit einem Rhododendron vor dem Haus bist du sicher und geborgen«, sang mein Gehirn jahrelang wie ein betrunkener Werbetexter.

Anfangs wurde mein Kontakt zu Mallinen wieder enger.

Ich lernte auch den Neuen in unserer Klasse kennen, Nasse Arrhenius. Er war ratlos, suchte Freunde und schloss sich Mallinen und mir an.

Außerdem lernte ich die Brüder Morin kennen. Sie wohnten in einer Backsteinvilla in der Nähe unseres Reihenhauses, fünfzig Meter weiter Richtung Meeresufer. Berndt Morin ging in die Klasse über mir und Wolf in die Klasse unter mir. Berndt und Wolf waren die ersten Schweden, denen ich begegnete, die den Ausdruck *die Ugrer* für ihre finnischen Landsleute benutzten. Mallinen mochte die Morins nicht, er meinte, sie dächten, sie seien etwas Besseres.

Sie schnitten uns an einem sommerwarmen Maiabend auf dem Platz vor der Feuerwache den Weg ab. Wir hatten bei Mallinen gesessen und Led Zeppelin gehört und waren nun auf dem Weg zu mir, um CCR zu hören.

Sie standen ganz still, alle drei. Auch Mallinen und ich standen still; wir standen eingefroren in einer Auswahl jener drohenden, verängstigten oder auch gespielt lässigen Körperhaltungen, von der meine Kindheit und Jugend so voll war. Ich dachte daran, was für ein Idiot ich doch war, denn war ich Melba nicht schon einmal auf Sahara in die Arme gelaufen, obwohl der Platz eindeutig in Marracott Beach lag?

Trotzdem hatte ich geglaubt, dass Melba und die Brüder Karttunen vor dem Imperativ, den die Autobahn bildete, in die Knie gehen würden.

»Misch dich nich' ein, es is der Schwedenschisser, den ich haben will«, sagte Melba zu Mallinen.

»Wenn du dich prügeln willst, musst du dich schon mit mir prügeln«, erwiderte Mallinen.

Ich dachte: Wegen des Erdkriegs nimmt er mir zuliebe diese Kacke auf sich. Aber wie lange noch?

Ich blickte mit starren Augen vom einen zum anderen und sah, wie meine Rhododendronsicherheit zertrümmert wurde. In der nächsten Sekunde war der Kampf in vollem Gange. Mallinen streckte Melba schon mit seinem zweiten Schlag zu Boden. Ich dachte erleichtert, dass der Kampf sich zu einer Wiederholung jenes Herbsttages in Marracott Hill vor ein paar Jahren entwickeln würde. Aber es kam alles anders. Denn sobald Melba sich wieder aufgerappelt hatte, schlich sich der ältere Karttunen von hinten an Mallinen heran und packte seine Arme.

Melba machte ein paar schnelle Schritte und trat zu. Paff! klang es, als sein Fuß den Bauch traf. Ich hatte nichts getan, nicht einmal eine Warnung gerufen.

»Komm und hilf mir, verdammt noch mal!«, rief Mallinen heiser.

Ich sah den jüngeren Karttunen an, der im Laufe des letzten Jahres tüchtig gewachsen war. Er erwiderte meinen Blick, es funkelte hinter der Brille. Ich betrachtete meine Arme, die aus dem T-Shirt hervorguckten. Ich war nicht fähig, den ersten Schritt zu machen, weder den zur Flucht noch den, mich einzuschalten. Ich stand einfach nur da, wie gelähmt.

Mallinen bezog eine gehörige Tracht Prügel. Dann war ich an der Reihe. Es fiel leichter, die Schläge einzustecken, als dazustehen und zuzuschauen.

Als sie gegangen waren, schluchzte Mallinen:

»Warum zum Teufel hast du es nicht einmal versucht?!«

Ich wusste nicht, was ich antworten sollte. Ich hatte ihn noch nie weinen gesehen.

## 17

Den folgenden Sommer verbrachte ich im schwedischen Småland auf dem Bauernhof, auf dem mein Vater als Kriegskind gewesen war.

Ich setzte einen Traktor rückwärts in einen Straßengraben. Der Nachbar, der mithalf, ihn wieder herauszuziehen, fragte meinen Gast- und Arbeitgeber, warum er den Finnenrotzlöffel ans Steuer des Traktors gelassen hatte. Mein Gastgeber antwortete, ich sei kein Finnenrotzlöffel, ich sei ein Finnlandschwede.

Ich stand im Morgengrauen auf, füllte die Futtertröge der Schweine und mistete den Kuhstall aus. Ich durfte zusehen, wie in einem nahe gelegenen Schlachthof Schweine geschlachtet wurden. Ihre Schreie erinnerten mich an die von Sunila Jahre zuvor.

Das rote Haus mit den weißen Giebeln und der engen Veranda, die Apfelbäume im Garten, die dunklen Wälder ringsumher, die schwerfälligen Menschen und das fette und garantiert ungesunde Essen; das alles hätte auch zu Hause in Finnland sein können.

Aber ich hatte nicht damit gerechnet, dass es so schwer sein würde zu verstehen, was die Leute sagten. Ich musste ganz genau hinhören.

Als ich nach Hause fahren sollte, gab ich ihnen die Hand und sagte, es sei ältsit hyvä – echt klasse – gewesen. Mein Gastgeberehepaar nickte verständnislos und lächelte.

Ich reiste mit dem Bus über Västervik und Norrköping Richtung Norden. In Norrköping ließ sich ein rotgesichtiger älterer Schwede auf dem Nachbarsitz nieder und begann zu reden.

Als er erfuhr, dass ich aus Finnland war, sprach er über die vierziger Jahre und die Bereitschaftszeit, denn so hieß die Kriegszeit in Schweden.

Dann erzählte er einen Witz über Toivo und Pekka, die an der russischen Grenze jagen waren. Es ging in ihm darum, dass Toivo und Pekka soffen und schwiegen. Der rotgesichtige Schwede schwieg nicht. Ich entdeckte, dass er seine Hand auf mein Knie gelegt hatte und offenbar beabsichtigte, sie dort liegen zu lassen. Erschrocken blickte ich auf zu dem, was ich für einen leibhaftigen Homo-Håkan hielt.

Doch dann nannte er mich »kleines finnisches Fräulein«, woraufhin ich meine Schnapsidee verfluchte, meine Haare vor dem Einsetzen des Stimmbruchs wachsen zu lassen.

Ich sagte, unnötig nervös und hart, ich sei ein finnischer Mann. Er verstand nicht, und sein Griff um mein Knie schien sich aufwärts Richtung Oberschenkel zu verschieben, während er mit seiner endlosen Toivo-und-Pekka-Geschichte fortfuhr. Ich änderte meine Berichtigung in das wahrheitsgemäßere »ich bin ein finnischer Junge«. Da begriff er, errötete und ließ mein Knie los.

Zu Hause war es Spätsommer, und kurze Zeit später lief Lasse Virén in München. Plötzlich stolperte er über Mohammed Gammoudi. Gammoudi blieb liegen, aber Virén stand wieder auf, holte die anderen ein und gewann.

Eine Woche später lief er wieder. Diesmal gewann er, ohne zu fallen. Eine knappe Stunde später hielt Pekka Vasala den hochaufgeschossenen Kipchoge Keino auf der Zielgeraden des 1500-Meter-Laufs auf Distanz. Ich lauschte der sich hysterisch überschlagenden Stimme des Fernsehreporters Anssi Kukkonen, mein Herz pochte, und ich war Finne, ein Fünfmillionstel einer starken und mächtigen Leichtathletiknation.

Doch als ich später auf dem Weg zu Primulas Café den Teich umrundete und an der Kirche vorbeiging, war ich nicht mehr der mächtige und ausdauernde Finne.

Denn an dem Holzkiosk am Ende der Marracottallee standen Melba und die Brüder Karttunen, und für sie war ich nur ein Schwede wie Bischof Henrik oder Klas Fleming oder

Herr De La Gardie, die früher einmal ihren Bruder verstümmelt hatten.

Aber die vielen Siege hatten sie großmütig gestimmt. Sie riefen mir nur eine Frage zu: Wann hat denn Schweden zuletzt zwei olympische Goldmedaillen innerhalb einer Stunde gewonnen?

## 18

Ihre Toleranz währte nicht ewig.

Drei Wochen nach der Abschlussfeier der Olympischen Spiele wäre ich ihnen auf dem Hoplaxvägen um ein Haar in die Arme gelaufen, konnte aber noch in den Locklaisvägen abbiegen und rannte los.

Sie holten beharrlich auf, die langsamen Schritte, die mich als Fußballspieler auf einem mittelmäßigen Niveau hielten, gereichten mir auch hier zum Nachteil. Ich hatte die Alternativen Nordmans Haus, das am Solnavägen lag, oder das Café unten an der Allee. Nichts garantierte mir, dass Nordman zu Hause war, also entschied ich mich für das Café.

Ich erreichte die Eingangstür mit gut zwanzig Metern Vorsprung. Melba und die Brüder Karttunen blieben enttäuscht stehen, als ich sie aufriss und im Café verschwand.

Ich blickte in den Kontrollspiegel der Bedienungen, um zu sehen, wer in der oberen Etage saß. Ich erkannte Arrhenius, Mallinen, Tea Alanne, Kurki und Berndt Morin. Es saßen noch ein paar andere bei ihnen, aber ich konnte nicht erkennen, wer sie waren. Ich bezahlte einen Kaffee und ging hinauf. Sobald ich oben war, wollte ich auch schon wieder hinunter. Aber es war schon zu spät.

Zwei der drei Personen, die ich nicht erkannt hatte, waren Wolf Morin und Tea Alannes Freundin Lyran.

Die dritte war Killeri.

Ich hatte ihn über ein Jahr nicht mehr gesehen, aber trotz

roter Augen und benebeltem Blick erkannte er mich und bedeutete mir ungeduldig winkend, ich solle mich setzen.

Er war völlig high. Er hatte, wie er es ausdrückte, Knast geschoben, und war vor einer Woche auf freien Fuß gesetzt worden.

Zu diesem Zeitpunkt war Killeri bereits eine Angst und Schrecken verbreitende Legende. Ein Jahr zuvor war er zusammen mit seinem besten und einzigen Freund auf der Eichenallee in Marracott Beach spazieren gegangen. Einer seiner Unterarme steckte nach einer Schlägerei in Gips, und ohne Vorwarnung war er auf seinen Freund losgegangen und hatte ihn mit dem Gips krankenhausreif für drei Wochen geprügelt. Jetzt gab es niemanden mehr, der es wagte, mit Killeri befreundet zu sein.

Killeri hatte weder ethnische noch geschlechtliche Vorlieben. Sein Blick bohrte sich der Reihe nach in jeden von uns. Seine weißblonden Haare waren verfilzt und der Blick irre, als er sagte: »Ich werde euch alle umbringen.«

Zwischendurch weinte er herzzerreißend und sagte, er sei so furchtbar einsam, und fragte uns, ob wir seine Freunde sein wollten. Dann schlug es wieder um, und das Manische kroch in seinen Blick zurück.

Die Frauen an der Verkaufstheke tief unter uns fanden wahrscheinlich, dass die Jugendlichen an diesem Abend ungewöhnlich gesittet waren. Wir waren acht gegen einen am Tisch, aber keiner von uns wagte es aufzustehen, und sei es auch nur, um auf Toilette zu gehen. Das Ganze entwickelte sich letztlich zu einem Kampf zwischen seiner Blase und unseren.

Er hielt uns zweieinhalb Stunden hypnotisiert. Am Ende sagte er endlich:

»Ich muss pissen gehen. Ihr seid ja meine Freunde und wartet?«

Wir rannten als ein wilder Haufen, die Mäntel über die Arme gehängt, in dic Abendluft hinaus.

## 19

Mir reichte die kleine Welt, in der mein Gehirn damit beschäftigt war, Routen auszuarbeiten, auf denen ich Melba, den Brüdern Karttunen oder Killeri nicht begegnen musste, voll und ganz.

Dennoch begann sich eine größere Welt aufzudrängen. Unser Klassenlehrer, Mathematik- und Geschichtslehrer Tengström, brach mitten in einer sterbenslangweiligen Darlegung des Verwaltungssystems in der Zeit der schwedischen Herrschaft über Finnland zusammen. Nasse Arrhenius lief zum Lehrerzimmer, der Krankenwagen kam, und es wurde befunden, Tengström leide an so vielen größeren und kleineren Gebrechen, dass er für den Rest des Schuljahrs krankgeschrieben werden müsse.

Die größere Welt, insbesondere die politische, drängte sich daraufhin in Gestalt seines Vertreters Hällqvist in unser Klassenzimmer.

Tengström war schon zufrieden gewesen, wenn es ihm gelungen war, uns hier ein Schlachtfeld und dort die Dauer einer Regentschaft einzutrichtern; seine wahre Leidenschaft galt der Mathematik.

Bei Hällqvist war das anders.

Er kam wie ein dichter Informationsnebel an einem Novemberabend mit einer Botschaft von Frieden und Bruderschaft um den Hals. Er trug eine hellbraune Manchesterhose und ein Jackett von der Art, wie man es an den Musikern bewundern konnte, von denen die Beiträge der DDR begleitetet wurden, wenn das Fernsehen das Liederfestival in Sopot übertrug. Seine Koteletten hätten wirklich jede von Flechten überwucherte lappländische Urkiefer vor Neid vertrocknen lassen.

Später sollten Niederschläge aus den Nickelgruben auf der Kolahalbinsel die lappländischen Kiefern und neue ästhetische Ideale Hällqvist rasieren, doch das wussten weder er noch die Kiefern.

Hällqvist hatte für Mathematik keinen Sinn. Er übernahm den Unterricht in Geschichte und im Fach Musik, wo wir gerade den dritten Musiklehrer des Schuljahres verschlissen hatten.

Hällqvists erste Geschichtsstunde bestand aus Diabildern. Sie zeigten tanzende Grusier, heute Georgier. Die Erinnerung hat einen Schleier barmherzigen Vergessens über die Worte gebreitet, mit denen er die Bilder begleitete.

Seine Musikstunden waren ein eigentümliches Potpourri. Mit glockenklarem Tenor sang er *Blowing In The Wind*, *If I Had A Hammer* und *Heute Nacht hatte ich einen Traum* von Cornelis Vreeswijk. Anfangs sang er auch *Avanti Popolo* und *Bandera rossa* und ähnliche Dinge, hörte aber schon bald wieder damit auf. Wenn er seine Gesangsdarbietung beendet hatte, pflegte er Musik von einem Kerl aufzulegen, der Stockhausen hieß und laut Hällqvist die moderne ernste Musik revolutioniert hatte. Aber Hällqvist musste bald erkennen, wie tief unsere Barbarei reichte. Musik, bei welcher der Rhythmus von jemandem erzeugt wurde, der zwei präparierte Styroporstücke aneinander rieb, wog leicht gegen die doppelten Drums auf den Platten des schleichend verfettenden Gary Glitter.

Hällqvist hatte ein Wort, das er in Ehren hielt: Mitverantwortung. Seine erste Mitverantwortungsmaßnahme kam schnell. Er benötige, erklärte er, vier aufgeweckte und selbstständig denkende Schüler für eine Podiumsdiskussion mit jugendlichen Teilnehmern, die er im Fernsehen moderieren sollte.

Er entschied sich für Nordman, Nasse Arrhenius, Mallinen und mich. Das waren vier Jungen, null Mädchen, aber das schien Hällqvist nicht weiter zu kümmern. Vielleicht war es sein phallisches Unterbewusstsein, das gegen den Feminismus seiner Freundin ankämpfte.

Er bereitete uns sorgfältig vor, und wir erfüllten seine Erwartungen.

Im Fernsehstudio verurteilte Nordman mit seiner sich bereits überschlagenden Stimmbruchstimme den Militärputsch in Chile.

Ich sagte mit meiner wesentlich helleren Stimme, dass ich froh über die guten Beziehungen unseres Landes zu unserem mächtigen sozialistischen Nachbarn war.

Nasse Arrhenius durfte erläutern, wie sich die Ernährungsprobleme der Welt durch ein organisiertes Einsammeln nahrhafter Algen vom Grund der großen Ozeane lösen lassen könnten.

Mallinen war am klügsten, er blieb stumm.

Am nächsten Tag berichtete die bürgerliche schwedische Tageszeitung von »einem schamlosen Ausnutzen unbedarfter Jugendlicher zu Propagandazwecken«.

Wir bekamen nicht einmal ein Honorar.

Als ein Bestandteil seines Geschichtsunterrichts zwang Hällqvist uns, die schwedischen Fernsehnachrichten und die finnische Hauptnachrichtensendung um neun zu sehen.

Die Geschichte werde im Hier und Jetzt geschrieben, tagtäglich, erklärte Hällqvist, und im Gegensatz zur düsteren Finsternis aus Königshäusern und Kolonialismus früherer Tage konnten wir uns heute einer wahren Geschichte der Völker erfreuen. Er bat uns, den Wirtschaftsnachrichten besondere Aufmerksamkeit zu schenken, denn die Wirtschaft und vor allem der Besitz der Produktionsmittel war die Grundlage von allem und bestimmte das Leben der Menschen.

So kam es, dass ich Bekanntschaft mit den eigenartigen Berichten aus dem Stahlkombinat in Krasnojarsk machte.

Sie bestanden aus einem Wirtschaftsreporter mit Schnurrbart, der in einer windgepeitschten russischen Steppe stand und Produktionszahlen aneinanderreihte. Im Hintergrund rauchte, qualmte und zischte es aus riesigen Anlagen aus Stahl und Beton mit zehn und mehr Schornsteinen. Einen Russen sah man nur selten, offensichtlich waren die Produktionszahlen wichtiger als die Menschen in dem Reich der Freude, das Hällqvist uns ausgemalt hatte.

Aber das Stahlkombinat in Krasnojarsk hatte mächtige Konkurrenz.

Die Bauerschlittschuhe hatten dem neuesten Modell der Firma CCM weichen müssen.

Die einheimischen Beaverjeans hatten sich durchgesetzt, und wir konnten überhaupt nicht verstehen, warum amerikanische Gäste wie Maria Spading und Mike Osterberg hysterisch lachten und sich weigerten, sie zu tragen.

*Roadrunner* von den Hurriganes war die erste richtige finnische Rockplatte. Das Lied *Get on* hatte vor dem allseits bekannten Leo Sayer und Svenne & Lottor bei der European Pop Jury gewonnen, und alle Vierzehnjährigen in Helsingfors gingen in diesem Winter mit etwas durchgedrückterem Rücken. Und am stolzesten waren wir in Marracott Beach, denn der große Albert Järvinen von den Hurriganes wohnte in einem der Steinhäuser an der Allee, und es kam vor, dass man einen Blick auf ihn und seinen Gitarrenkoffer erhaschte, wenn er in die Straßenbahn stieg.

Als die Zeit für die Fernsehsendung *Melodie des Herbstes* gekommen war, stürmte Badding Somerjoki ins Studio und hauchte *Ja Rokki Soi – Und der Rock'n'Roll lebt*. Seine Haare waren fettiger als je zuvor, und als er ausgesungen hatte, schleuderte er das Mikrofon zu Boden und rannte hinaus. Auf dem Playbacktape spielte Järvinen weiter wie ein Gott.

Es gingen Gerüchte, dass in der Citypassage binnen Jahresfrist ein richtiges Hamburgerrestaurant eröffnen sollte.

Nasse Arrhenius und mir gelang es, uns eines Abends nach dem Konfirmationsunterricht in »Emmanuelle« im Kino Kent zu schmuggeln, und Tea Alanne hatte neue, weinrote Wildlederstiefel mit gefransten Schäften.

Gegen all diese Herrlichkeit hatten die tanzenden Grusier und das Stahlkombinat in Krasnojarsk einen schweren Stand. Ohne es zu wissen, entschieden wir uns instinktiv dafür, uns von der Leere erniedrigen zu lassen, die hinter aller Reklame und allen Verheißungen lag, statt für die Alternative, uns von all der Plackerei und grauen Unterdrückung erniedrigen zu lassen, die sich hinter der sowjetischen Propaganda verbarg.

Im Laufe des Jahres wurden Hällqvists Diabilder immer unschärfer und sein heller Tenor immer unsicherer. Am Ende verschwand er als ein Verlierer der Geschichte an einem Maiabend mit einer persönlichen Niederlage um den Hals aus unserem Leben.

Fünfzehn Jahre später, als die Reichen in der Welt so reich geworden waren und die Armen so arm, dass kranke Reiche Augen und Nieren von gesunden oder ermordeten Armen kauften oder nahmen, um länger leben zu dürfen, und mein eigenes Land zuerst eine lange Phase konjunkturellen Aufschwungs erlebte, die, wie es hieß, das Verdienst der Banken und Spekulanten war, und anschließend in eine Phase äußerst schlechter Konjunktur geraten war, an der, wie es hieß, die dummen Konsumenten und Kleinkreditnehmer schuld waren, begriff ich, dass Hällqvist trotz allem in einem Punkt Recht gehabt hatte: Der Besitz der Produktionsmittel war nichts Lachhaftes, und die Wirtschaft bestimmte das Leben der Menschen.

Doch die Geschichte, wie ich als Erwachsener den falschen Gedanken am falschen Ort zur falschen Zeit hatte, ist eine andere.

## 20

Lange Zeit später entsann ich mich des Daseins in Marracott Hill und Marracott Beach als eines Tunnels.

Die Eishockeylieblinge in den roten Trikots, die Tore, die ich selber in meiner grünen Fußballmannschaft schoss, der PK-Kaugummi und die ersten Vollräusche, Tea Alannes Boots und Brüste, die Hurriganes-Platten und die Alistair-McLean-Filme im Kino Kent, alles wurde von dem Gefühl ausradiert, dass ich immer eine Route wählte, auf der unerbittlich Melba und seine treu ergebenen Mannen standen und mich erwarteten.

Es galt, so zu leben, dass der Weg, den man nahm, stets von kleinen Stichstraßen und Gassen gekreuzt wurde, auf denen man bei Gefahr die Flucht ergreifen konnte.

Am schlimmsten war es, auf einer Geraden mit soliden Mauern auf der einen Seite und schwarzem Wasser auf der anderen eingeholt und umzingelt zu werden. Dies hieß es um jeden Preis zu verhindern.

Deshalb liebte ich den Fußball: Er erinnerte mich an das Leben selbst. Kolossale Verteidiger und bissige Flügelunholde waren an bestimmten Stellen postiert. Ich gab dem Ball die gleiche Rolle, die ich selbst in meinen Augen auf den Straßen hatte, meine Aufgabe bestand darin, ihm zu helfen, unerwartete Wege zu finden. Ich wurde mit den Jahren ein immer besserer Spielmacher.

Diesmal warteten sie vor dem Kiosk auf mich, dort, wo die Allee begann, an der Eingangspforte zu Marracott Beach.

Ich kam die Paciusgatan herab, ich hatte auf dem Mejlansplatz Torschüsse trainiert. Ich sah sie, als sie über die kleine Brücke gingen, und hatte noch knapp hundert Meter. Ich lief über die Straße, wollte an der Kreuzung links abbiegen und auf einem langen Umweg nach Hause gehen. Sie blieben seelenruhig stehen und nuckelten an ihren Bierflaschen, aber als ich noch zwanzig Meter bis zur Kreuzung hatte, sahen sie mich, und ich musste losrennen.

Mir war klar, dass Mallinen meine einzige Chance war, denn es waren nur fünfzig Meter bis zu den Hochhäusern an Ramsays Strand. Glücklicherweise schlug die richtige Ampel auf Grün um, und die Autoflut hielt sie auf und bescherte mir den nötigen Vorsprung.

Es war zehn vor neun. Ich hoffte, dass der Türöffner noch eingeschaltet sein würde und jemand zu Hause war.

Ich hatte Glück. Der Türöffner summte, und ich schaffte es, die Tür genau in dem Moment zu schließen, als Melba und die Brüder Karttunen keuchend um die Hausecke bogen. Sie pressten ihre Gesichter gegen die Glastür und schnitten Grimassen.

Ich wartete, bis mein Puls sich ein wenig beruhigt hatte, und ging dann hinauf.

Mallinens Mutter öffnete mir.

»Ach, du bist es. Timo ist in seinem Zimmer.«

Mallinen und ich hatten uns seit damals, als wir auf dem Sportplatz verprügelt worden waren, nicht sonderlich oft gesehen. Er hörte Musik, es war eine neue Platte von Dylan, die ich erst zehn Jahre später entdecken sollte, die mit *Going, Going, Gone*, *Forever Young*, *Hazel* und *Dirge*, auf dem Robbie Robertson ebenso atemberaubend gut wie atemberaubend untechnisch Gitarre spielt.

»Ach, du bist es«, sagte Mallinen zerstreut, »ist was Besonderes?«

»Nee, nichts«, sagte ich und hoffte, dass meine Atemzüge normal klangen. »Ich wollte nur mal kurz vorbeischauen. Warum hörst du dir diesen Typen an? Der kann ja nicht mal richtig singen.«

»Von Musik hast du keine Ahnung«, erklärte Mallinen kategorisch.

Es blieb mir nichts anderes übrig, als der Wahrheit ins Auge zu sehen: Mit unserer Freundschaft war etwas geschehen.

»Tja, ich wollte nur mal kurz vorbeischauen. Ich glaube, ich geh dann mal wieder«, sagte ich, machte aber noch einen Versuch:

»Was liest du denn da?«

»Ach, nur ein Buch«, sagte Mallinen und hielt es hoch. A Guide To The Lyrics Of Bob Dylan, stand dort.

»Bis morgen«, sagte ich. Er hob die Hand und vertiefte sich wieder in sein Buch.

Als ich wieder auf den Hof hinunterkam, war er leer. Obwohl es nur ein kurzer Besuch gewesen war, hatte er lange genug gedauert.

Als ich nach Hause kam, sagte meine Mutter:

»Jemand hat angerufen und nach dir gefragt.«

»Ein Er oder eine Sie?«, fragte ich, der immer auf Anrufe von Tea Alanne wartete.

»Ein Er. Er hat nicht gesagt, wie er heißt. Aber er hat Finnisch gesprochen. Sehr höflich. Er hat gefragt, wo du bist.«

»Es war nicht Kurki oder Timo?«

»Nein. Ich habe ihn gefragt, ob du zurückrufen könntest, aber er meinte...«

»Hast du ihm gesagt, wo ich bin?«, unterbrach ich.

»Sicher, ich habe gesagt, dass du in Mejlans Fußball spielen bist.«

»Ah. Dann sind wir uns schon fast begegnet.«

Meine Mutter sah aus wie ein Fragezeichen, aber das war mir egal.

## 21

Ich begriff, dass der Grund für Mallinens wachsendes Desinteresse und seine kühle Haltung in meinem Mangel an Mut zu suchen war.

Ich hatte mir noch nie selber Mut zusprechen können, ich glaubte, Mut wäre etwas, das man entweder hatte oder eben nicht.

Ich beschloss, mich in meinem Hauptfach weiter zu verbessern, dem Streben danach, ein körperliches Prachtexemplar zu werden. Zu meiner immer klarer werdenden Erkenntnis, dass ich mich nicht mehr auf Mallinens Schutz verlassen konnte, trug auch mein sporadischer Kontakt zum Hause Morin bei. Durch Berndt und Wolf und ihren Gebrauch des Wortes »Ugrer« hatte ich begriffen, dass es bei meinem Problem nicht nur darum ging, dass Menschen, die meine Sprache sprachen, alles tun mussten, um akzeptiert zu werden – es gab auch eine hochnäsige, selbstgenügsame Fraktion unter meinen Leuten, eine Fraktion, die sich sogar weigerte, meinen früheren Freund, mein Idol Mallinen als vollwertigen Menschen zu betrachten.

Das Fatale an meinem Streben nach Selbständigkeit durch robuste Physis war, dass ich auf Grund meines Hangs zum Lesen, zu Träumereien, Süßigkeiten und zur Onanie so schlecht geeignet dafür war.

Ich intensivierte meinen Kontakt zu Nordman, der gerade Läufer geworden war, und begann, mich seinen endlosen Trainingseinheiten anzuschließen.

Wir liefen durch kalte Winterabende, an denen unser Atem wie Schornsteinrauch aus dem Mund aufstieg und unsere Lungen sich mit der Zeit wie eine Lagerhalle für irgendeine unbekannte, ätzende Säure anfühlten, wir liefen zum Gallén-Kallela-Museum in Tarvaspää, und ich stellte mir vor, wie sich der Nationalmaler im hohen Alter zusammengekauert hatte im tückisch rauen Helsingforswinter, der eigentlich niemals etwas Frostig-Frisches bekommt, und sich zu seiner Afrikasafari zurückgeträumt hatte, die schon diverse Jahre zurücklag, wir liefen weiter bis Alberga und entlang der alten Landstraße nach Åbo wieder zurück. In Sockenbacka war ich im Allgemeinen am Ende meiner Kräfte, weshalb ich immer darauf achtete, 2,50 für die Busfahrkarte in der Jacke meines Trainingsanzugs zu haben.

Manchmal erreichte mein Bus zuerst Marracott Beach, manchmal stand Nordman an der Haltestelle und wartete.

Wenn seine Disziplin besonders eisern war, wollte er weiterlaufen bis zur Sporthalle in Otnäs. Ich stieg um, und wenn ich im Technologiepark und in der Halle ankam, trainierte Nordman bereits eifrig, sprang, lief, stieß und warf.

Als es Frühling wurde, fühlten wir uns bereit für die südfinnischen Schulmeisterschaften.

Für Nordman waren sie ein Aufgalopp vor den großen nationalen Ausscheidungen der Saison.

Für mich war es der wichtigste Tag meines Lebens.

Ich war ein ziemlich langsamer Läufer und hatte mich den Winter über auf Weitsprung und Kugelstoßen konzentriert. Stabhochsprung schien mir auch interessant zu sein, doch dabei war mir meine Höhenangst im Weg.

Es war ein strahlend schöner Maitag mit frisch sprießenden Birkenblättern, Zugvögeln, *Der Winter ist vergangen* und allem drum und dran. Ein Tag, an dem sich junge, durchtrainierte Burschen von Bob Beamons Leichtigkeit, Igor Ter-Ovanesjans Kraft, Muhammad Alis Reflexen und Valerij Borzovs Schnelligkeit erfüllt fühlen. So auch ich.

Vor mir war ein athletischer Typ, der Wärn hieß und aus Brändö kam, 444 Zentimeter gesprungen. Nordman war 487 gesprungen. Meine persönliche Bestleistung lag bei 403, aber an einem Tag wie diesem waren die albernen Kräfte und Gesetze Newtons und anderer Greise selbstredend aufgehoben. Was waren schon die Gesetze der Physik gegen das heftig pochende Herz eines jungen Mannes angesichts des Lebens und der Siege, die vor ihm lagen.

Ich winkte Tea Alanne und Lyran zu, die ich mitgeschleppt hatte, um Zeuge meines (und ein wenig auch Nordmans) Triumphs zu werden, lief mit langen und entschlossenen Schritten an, erreichte das Absprungholz und sprang kraftvoll ab.

Nach einer Luftfahrt, die eine Ewigkeit dauerte, landete ich, fiel nach vorn und bekam Sand in den Mund. Ich stand auf, setzte eine gleichgültige Miene auf, während ich mir den Sand aus dem Gesicht wischte, und wartete auf das Urteil.

»Drei Meter achtundzwanzig«, sagte der Mann mit dem Messband kurz darauf. Ich zuckte abgebrüht mit den Schultern und machte eine dieser kraftvollen Gesten, zu denen finnische Eishockeyspieler greifen, wenn die norwegische B-Nationalmannschaft in den Schlusssekunden den Ausgleich erzielt. Nach mir sprang ein langer Lulatsch von der Kathedralschule in Åbo glatte fünf Meter.

Mein zweiter Sprung trug mich 312 Zentimeter weit. Vor mir waren Nordman 517 und der Fleischklops Wärn 491 gesprungen. Tea und Lyran waren Gott sei Dank verschwunden. Die beiden Stars aus Marracott Beach trafen sich zu einem kurzen Palaver, bei dem ich Nordman mitteilte, dass ich den Weitsprung beendet hätte, um genügend Zeit zu haben, frische Energie für das Kugelstoßen zu schöpfen; es schien mir, als säße all meine Kraft momentan in den Armen, und was nützten einem die Arme beim Weitsprung?

Ich brach das Kugelstoßen nach drei Durchgängen ab. Der Saldo bestand bis dahin aus einem Stoß von 715 Zentimetern, einem übergetretenen Versuch und einem lupenreinen Treffer in den Bauch eines Funktionärs, der sich schräg hinter dem Ring aufhielt.

Nordman führte den Wettbewerb nach einem Stoß von 1657 Zentimetern mit über zwei Metern Vorsprung an.

Ich verließ den Austragungsort zur gleichen Zeit wie der Funktionär mit der Kugelgrube im Bauch, ich zu Fuß und er im Krankenwagen.

Ich wechselte hinter der Rosenhecke am Parkplatz der Eissporthalle diskret vom giftgrünen Terinittrainingsanzug zur Beaverjeans, und während meines langen Spaziergangs nach Hause wurde mir klar, dass ich mir andere Ziele setzen musste.

Die Wirklichkeit war grausig, und ich musste anfangen, ernsthaft zu lügen.

Gelogen hatte ich an sich, solange ich zurückdenken konnte, aber ich hatte entweder Dinge geleugnet, um meine eigene Haut zu retten, oder bei meinen Lügen so dick aufgetragen, dass sie durchschaut werden sollten.

Während der Jahre in Marracott Hill pflegte ich Mallinen und Vepsäläinen im August zu erzählen, dass ich den Sommer nicht in unserem Sommerhaus in Ostbottnien, sondern in Rio verbracht hatte, wo mir Pelé Freikarten zu all seinen Spielen geschenkt und mich jeden Samstag in ein Luxusrestaurant nahe der Copacabana eingeladen hatte. Über die eruptive (das Wort hatte ich in einem Zeitungsartikel über den Vulkan Hekla gefunden) Willigkeit der brasilianischen Frauen wollte ich mich, sagte ich zu Mallinen und Vepsäläinen, aus Diskretionsgründen nicht näher äußern.

Dieser Typ von Lüge war natürlich sofort aufgeflogen; jeder wusste, dass Pelé für Santos spielte, weit weg von Rio.

Nun aber begann ich zu verstehen, erforderlich waren kleine, sorgsam ausgeführte Verschiebungen bei an sich halbwegs wahrheitsgemäßen Aussagen, minimale Verzerrungen der kleinen Schlüsselwörter wesentlicher Sätze, eine mit leichter, aber exakter Hand durchgeführte Justierung von banalen Zahlenreihen in eine angenehmere Richtung; kurzum Geschicklichkeit. Meine neuen Bestrebungen würden Selbstständigkeit durch robustes Lügen gelten.

»Ich habe um zwei Zentimeter Bronze verpasst«, sagte ich an jenem Abend am Esstisch, wobei mir bewusst war, dass die schwedischsprachige Tageszeitung nur die Namen der Medaillengewinner veröffentlichte.

»Welche Disziplin?«, fragte mein Vater.

»Weitsprung«, sagte ich, »fünf Meter zwölf.«

»Das Wichtigste ist, dass man sein Bestes gibt«, meinte mein Vater, »und es ist wahrlich keine Schande, seine persönliche Bestleistung im Wettbewerb um einen Meter zu verbessern. Viele bekommen weiche Knie, wenn es ernst wird.«

»Japp. Da zeigt sich, wer ein Mann ist«, erwiderte ich mit so dumpfer Stimme, wie ich konnte.

An Tea und Lyrans Bild von den Wettkämpfen auf Djurgården ließ sich nichts ändern, ich musste einfach hinnehmen, dass sie Nordman umschwärmten und ich meine Hälfte des Betts für okkulte Gespräche an den Athleten verlor, der mir einige Monate später aus heiterem Himmel eine lebhafte und verlogene Schilderung davon auftischte, wie Tea klang, wenn sie kam.

Aber ansonsten verliefen meine Experimente mit der Wahrheitsjustierung (ich weigerte mich, sie in Gedanken »Lügen« zu nennen, das klang so brutal, und es ging doch nur um Kleinigkeiten) so gut, dass ich erkannte, ich hatte ein verborgenes Talent entdeckt.

Leider nutzte mir dieses Talent nichts gegen Melba und die Brüder Karttunen, die am letzten Schultag in jenem Frühjahr mit vereinten Kräften mein Fahrrad kaputt traten, aber ein Quäntchen guten Willens zeigten, indem sie den, der auf dem Fahrrad saß, vorher hinunter und dann zur Seite stießen.

Im Berufsleben war mir die Fähigkeit, die ich während meiner Schulzeit entwickelte, dagegen später von großem Nutzen.

Sie denken jetzt natürlich, nur weil ich mich aus vorübergehender Zahlenmüdigkeit und Tabellendepression damit zerstreue, meine Kindheitserinnerungen zu Papier zu bringen, dass ich irgend so ein Schriftsteller bin, der beabsichtigt, Ihnen die üblichen Klischees über die fließende Grenze zwischen Traum und Wirklichkeit und über Lüge und Übertreibung als Offenbarer verborgener Wahrheiten aufzutischen.

Nein. Meinen momentan leider recht kargen Lebensunterhalt habe ich mir auf ganz anderen Gebieten zusammengeklaubt.

Es sollte alle Freunde der Gerechtigkeit und Gleichheit erfreuen, dass nicht einmal Nordman seine Zeit an unserer Schule ohne Schrammen überstand.

Die Politik wurde ihm zum Verhängnis, die Politik und die

Tatsache, dass er eine schier unglaubliche Zahl älterer Brüder hatte, die gleichmäßig auf die Klassen über uns verteilt waren.

Der Zweitälteste von ihnen gehörte einer bereits siechen Schullinken an und hatte im Sommer nach den Schulwettkämpfen eine Lesung aus einem Buch vorgenommen, das *Die Reichtümer des Menschen* hieß.

Im folgenden Herbst kandidierte Nordman bei den Wahlen zum Schülerrat für die Liste der Demokratischen Jugend Brednäs; die DJB akzeptierte das kulturimperialistische »Marracott Beach« natürlich nicht, da mochte Henry S. Marracott noch so sehr ein Bauhausjünger gewesen sein.

Nordman wurde nicht gewählt.

Ein Jahr später kam es nach einem politischen Chaos um irgendeine obskure Frage zu einer außerordentlichen Wahl des Schülerrats.

Inzwischen hatte der älteste Bruder, der Abiturient und verfassungstreu war, aus Mills *Über die Freiheit* deklamiert, während Nordman in der Otnäshalle für die Leichtathletikeuropameisterschaft der Junioren trainierte. Nordman kandidierte, und während der großen Wahldebatte fragte ein Sechstklässler nach der Ursache für den plötzlichen Sinneswandel.

Nordman antwortete mit Tränen in der Stimme, dass sein zweitältester Bruder, der listige Agitator, ihn auf die altbekannte Art der Roten manipuliert und hinters Licht geführt, er jedoch, der Jüngste, nun das Licht gesehen habe.

Daraufhin kam es im Publikum zu einem tumultartigen Streit zwischen den beiden ältesten Brüdern. Nachdem sie einander eine Zeit lang »du lobotomiertes Aas« und »dreckbesudelter Knecht des Profits« tituliert hatten, brach Nordman auf dem Podium verzweifelt in Tränen aus.

Nach der Wahldebatte – Nordman wurde auch in diesem Jahr nicht gewählt – traf Tea Alanne ihren 25-Jährigen mit BMW und lichtempfindlichen Augen, und ich bekam meinen frustrierten, keuschen Platz auf dem okkulten Bett zurück.

Nordmans ältester Bruder wurde später einer der jungen Ratgeber der Schwedischen Volkspartei in EU-Fragen. Der zweitälteste Bruder gehört zum fundamentalistischen Flügel der Grünen.

Nordman selbst wurde nach diesem Intermezzo rasch zu einem grüblerischen Intellektuellen. Zwar wurde er Ende der siebziger Jahre noch finnischer Meister über 110-Meter-Hürden, kurz vor Arto Bryggares langem Monopol, beendete jedoch schon bald seine Leichtathletikkarriere, als seine grundlegenden Studien in Semantik und Semiotik all seine Zeit in Anspruch nahmen. Er ist zurzeit Gastprofessor an der Sorbonne.

## 22

In jenem Sommer war Helsingfors die Hauptstadt der Welt.

Der glatzköpfige Präsident hatte sich im Vorjahr selber wiedergewählt, und nun trommelten er und seine glatzköpfigen Mitarbeiter alle glatzköpfigen und behaarten Machthaber der Welt zu einer Konferenz zusammen, bei der die Teilung Europas zeitweilig konsolidiert wurde.

Die Straßen waren abgesperrt, die Penner abtransportiert worden. »In die Vororte«, stand in einer Zeitung, »aufs Land« in einer anderen. Helsingfors war »die Frieden stiftende Perle der Ostsee« und durfte nicht schmutzig aussehen.

Vom Luxushotel in Marracott Beach setzte sich eine Karawane schwarzer Limousinen nach der anderen in Bewegung und huschte an der Felsspalte vorbei, in der Mallinen, Kurki, ich und ein paar andere Jahre zuvor in das Pornomagazin *Jallu* vertieft gesessen hatten.

Wir hatten kleine Schwänze aus Stahl gehabt. Die Machthaber hatten einen festen Händedruck und ein freundliches Lächeln.

Der Präsident schüttelte einem wohlgenährten, braungebrannten und fröhlichen Nicolae Ceauşescu, der von Leibwächtern umgeben war, die Hand.

In seiner Heimat war Ceauşescu gerade dabei, größenwahnsinnig und paranoid zu werden, und rief sich zum Genie der Karpaten aus.

Aber in Helsingfors unterzeichnete er die Schlussakte.

Vierzehn Jahre später verdarb sein toter, gebrochener Blick den Menschen in aller Welt beim Festschmaus am zweiten Weihnachtstag den Appetit.

## 23

Eines Oktobernachmittags trugen zwei Verkäufer im großen K-Supermarkt an der Marracottallee eine große Holzkiste herbei, die sie vor der Obsttheke abstellten. Aus der Holzkiste klaubten sie etwa zehn besonders große und wohlgeformte Früchte, die sie in einen kleinen, hübsch geflochtenen Korb legten. Diesen Korb platzierten sie zuoberst auf einem Thron aus alltäglichen Apfelsinen, Bananen und Äpfeln. Anschließend ging der ältere Verkäufer ins Hinterzimmer, kehrte mit einem gelben Pappschild und einem dicken roten Filzstift zurück und schrieb in Druckbuchstaben auf Finnisch:

*NEUHEIT!*
*DIE SAFTIGE UND SÜSSE KIWI-FRUCHT*
*HERKUNFTSLAND: NEUSEELAND*

Der Vormittag verging, ohne dass der Neuankömmling größere Aufmerksamkeit erregt hätte, aber am Nachmittag umstand unablässig eine kleine Menschentraube den hübschen Korb; man nahm eine Frucht heraus, begutachtete und drückte sie.

Eine elegant gekleidete jüngere Frau rümpfte die Nase und meinte: »Die gibt es in der Feinkostabteilung von Kaufhaus Stockmann doch schon seit Jahren.«

Ein junges Mädchen nahm ein Exemplar der festen, haarigen Frucht in die Hand. Sie ließ die Kiwi in der Hand rollen, ließ sie dann gegen den Handteller springen. Sie war ein Kind, das sich gerne amüsierte, sie musste an etwas denken und begann zu kichern.

Einige ältere Damen rümpften missbilligend die Nase, aber mehrere Hausfrauen begannen nun, den Kiwikorb mit neuen Augen zu sehen, woraufhin es in ihren Mundwinkeln zuckte.

Ein Mann mit einer Aktentasche in der einen Hand und einem verrotzten Kind an der anderen errötete und suchte Schutz hinter einem Stapel Suppenkonserven.

»Stellen Sie sich vor«, sagte eine etwa 40-jährige Dame, der die unterdrückte Munterkeit entgangen war, »ich erinnere mich noch, als die ersten Bananen kamen.«

Der Geschäftsführer gesellte sich hinzu, um sich unter seine offenbar zufriedene Kundschaft zu mischen.

»Bedienen Sie sich und probieren Sie, meine Damen (er schaute sich um und erblickte dcn Vater, der sich hinter den Konserven versteckte) und Herren. Dies ist eine ganz ausgezeichnete Frucht, voller Vitamin C und mit einem weichen und vollen Geschmack irgendwo zwischen Erdbeere und Banane. Die ganze Woche im Sonderangebot. Und sollten Sie eine ausreichende Menge dieser Früchte kaufen, wage ich, Ihnen binnen kurzem eine andere Neuigkeit zu versprechen. Mango heißt sie und wird mitten zwischen Wilden und Kannibalen angebaut.«

An jenem Abend lagen drei Kiwifrüchte auf unserem Esstisch.

Meine Mutter aß mit der ihr eigenen Nachdenklichkeit, so als wäre jeder Bissen ein Individuum, während sich mein Vater mit großer Effektivität auf die Kiwi stürzte und sie mit wenigen Löffeln aushöhlte.

Ich zögerte lange. Und wenn sie eine halluzinatorische Wirkung hatte? Mallinen hatte mir in einem Anfall von Freundlichkeit zwei englische Bücher von Carlos Castaneda aufgedrängt, und da mein Englisch nicht war, wie es sein sollte, hatten sie bei mir den Eindruck hinterlassen, dass praktisch jede Frucht, welche die Erde uns schenkte, mich in einen erschreckenden Kosmos und zu Begegnungen mit einem unheimlichen Typen namens Ally führen konnte, der auf seltsame Weise mit mir verwandt war, obwohl er nicht aus Ostbottnien stammte.

Ich aß meine Kiwi, aber das hätte ich besser nicht getan.

Denn in der Nacht träumte ich, dass mein Vater und meine Mutter, mein Großvater, wie er auf dem Porträt in Uniform auf dem Klavier aussah, Tengström, Mallinens Vater, Lauri Sonetti und der glatzköpfige Präsident in einer langen, vorwurfsvollen Reihe vor mir standen. Die Glatze des Präsidenten war grün und ein wenig behaart, und sie alle sagten: »Dir diese exotische Frucht zu geben, sind wir im Stande gewesen dank unseres Leidens, unserer Widerstandsfähigkeit, unserer harten, niemals nachlassenden Arbeit und unseres Todes.« Plötzlich wurden sie von Hällqvist und Lutte Iso-Hiisi zur Seite geschoben, die mit hoch erhobenen Demonstrations-Kiwis skandierten: »Diese Kiwi ist dir als Opfergabe von den hart arbeitenden, Not leidenden Massen der Erde überbracht worden. Sie ist ein Symbol für die skandalöse Ausbeutung durch den Neokolonialismus und Imperialismus, für den ungehemmten räuberischen Strom der Rohstoffe von Süd nach Nord.« Ich versuchte einzuwenden, »Neuseeland ist aber doch trotz allem...«, denn ich hatte Bilder von Auckland gesehen, und es hatte wohlhabend gewirkt. Aber Hällqvist beugte sich über mich und sagte mit Donnerstimme: »Und die Ureinwohner, wie steht es mit den Ureinwohnern? Was ist mit ihnen passiert, du Nachfahre eines Cortez und Pizarro!?« Dann musste Hällqvist fliehen, denn hinter ihm liefen Melba und die Brüder Karttunen heran, bewaffnet mit ungewöhnlich dicken Kiwis, die sie mit Präzision auf mich schleuderten. Ich merkte, dass Melba auf meine Augen zielte. Dann kassierte ich einen Treffer in den Unterleib und versank in tiefer Bewusstlosigkeit.

Am nächsten Tag blieb ich unter Vortäuschung von Bauchschmerzen zu Hause.

## 24

In diesem Jahr wurde es früh Winter.

Anfang Dezember feierte die Hauptstadt in Schnee und Eis gehüllt die Unabhängigkeit des Landes. Der Wind pfiff durch die Paradestraßen, und die wenigen Menschen, die sich aus dem Haus wagten, suchten nach kleinen und schützenden Gassen, die es in Helsingfors im Großen und Ganzen nicht gibt.

Mein Vater saß mit der großen schwedischen Tageszeitung am Frühstückstisch. Er war zum Leutnant der Reserve befördert worden. Sein Blick schweifte über die massive Doppelseite, auf der die Empfänger von Auszeichnungen und Verdienstkreuzen aufgelistet waren.

»Schau an, Paavo Mallinen hat Finnlands weiße Rose bekommen«, sagte er.

Ich ging in Primulas Café und griff mir die große finnische Tageszeitung. Auf meinem Weg zu den Sportseiten stieß ich auf ein Jubiläumsgedicht Lauri Sonettis.

*Oi maani, avaruuteni, impeni,*
*miten kukkea sinun taivaasi!*

*(O mein Land, mein Raum, meine Jungfrau,*
*wie blühend ist dein Himmel!)*

begann es. Es hatte keinerlei Ähnlichkeit mit John Fogerty oder den Hurriganes. Ich schüttelte den Kopf und blätterte weiter.

Es war unglücklich, aber weder der Patriotismus meines Vaters noch der Ingenieur Mallinen oder Lauri Sonetti brachten mich zur Besinnung. Nur wenige Tage später beging ich meinen ersten großen Verrat.

Wir sollten gegen eine Klasse des Gymnasiums, eine 6 A, Eishockey spielen. Als ich viele Jahre später Kontakt zu Vertretern der Linken bekam, pflegte ich stets zu betonen, dass ich ein Klassenverräter war. Da sie wussten, dass ich zu den beweglichen, aufstrebenden und unsolidarischen Gesellschaftsschichten gehörte, fragten sie mich spitz, welche Klasse ich denn meiner Meinung nach verraten hätte. Und ich antwortete: die 5 B.

Diese Klassenspiele waren eine grausame Idee. Sie basierten einzig und allein auf den Größenunterschieden zwischen ständig wachsenden Jungen: Die 6 A metzelt die 5 B mit 16:2 ab, woraufhin die 5 B die 4 C mit 14:0 niedermacht, während die 4 C ihre Revanche bekommt, indem sie der 3 A 24 Tore einschenkt. 1 A, 1 B und 1 C müssen sich mit dem Gedanken an das nächste Jahr trösten. Das Muster ist militärisch; man erträgt es, schikaniert zu werden, weil man weiß, sechs Monate später darf man selber die Neuen schikanieren.

Wir sollten uns trennen, daheim unsere Ausrüstung holen und uns um zehn nach drei in der Umkleidebaracke versammeln. Die monströs großen Sechstklässler hatten eine Stunde früher frei bekommen, und wir sahen mit Schaudern, wie sie sich auf dem Spielfeld warm machten.

Ich zog Nasse Arrhenius ein wenig zur Seite und sagte:

»Weißt du was, wir scheißen drauf. Wir fahren in die Stadt.«

Ich erschrak über meine eigene Kühnheit. Die bloßen Worte waren bereits so ketzerisch, dass mir ein Schauder über den Rücken lief. Nasse sah mich an und sagte: »Das können wir nicht machen.«

Aber ich überredete ihn. In sarkastischen Formulierungen beschrieb ich die Sinnlosigkeit des Spiels, bis er schließlich mürbe war: Wir fuhren zu den Plattenläden in der Innenstadt.

Aber die Musik schmeckte uns nicht. In einer Art kaschierter Verzweiflung wollte ich die Tat noch weiter treiben. Ich sagte:

»Sie spielen noch. Wir fahren zurück und gucken zu.«

Nasse Arrhenius entgegnete:

»Bist du verrückt?«

Aber er kam trotzdem mit; irgendwo in seinem Inneren musste meine Tat trotz allem eine Saite in ihm angeschlagen haben.

Wir kamen rechtzeitig zur Schlussphase von etwas, das nie ein Spiel gewesen war. Es stand 14:2. Nasse wollte ein wenig auf Distanz bleiben, aber ich schleppte ihn bis an die Bande und lehnte mich lässig darauf.

Die Sechstklässler schossen noch ein Tor. Mallinen, der vor lauter Wut und Demütigung einen hochroten Kopf hatte, sah uns, lief vorbei, hob den Schläger und hämmerte mit schrecklicher Wucht gegen die Innenseite der Bande.

Wenige Minuten später war das Spiel aus. Die Mannschaften verließen das Spielfeld, und Nasse Arrhenius und ich gingen. Mallinen lief zu uns und schrie:

»Wo zum Teufel seid ihr gewesen!?«

Ich sagte so gleichmütig wie möglich:

»Ach, wir haben nur ein paar Bräute aus Lönkan gevögelt.«
Mallinen sah mich mit einem durchdringenden Blick an und begann, am ganzen Körper zu zittern.

Dann stürzte er sich auf Nasse Arrhenius. Sie prügelten sich lange. Mallinen war der stärkere, aber durch die Schlittschuhe im Nachteil, und so entwickelte sich ein ausgeglichener Kampf.

Ich fand nie mehr einen wirklich guten Freund in Marracott Beach.

## 25

Kurz vor Weihnachten hörte ich die Gerüchte. Es war bereits allgemein bekannt, dass sich Melba eine Kombination aus Tabletten und Alkohol einverleibte, die ihn immer unberechenbarer machte. Jetzt traf ich Kurki im Café. Er behauptete, Melba habe sich ein Stilett besorgt, und der jüngere Karttunen (der Kurki zufolge im Grunde ganz in Ordnung war) bekomme allmählich Muffensausen.

Melba war auf dem besten Weg, ein neuer Killeri zu werden. Meine Zukunftsaussichten waren alles andere als rosig.

An einem Tag in den Weihnachtsferien holten sie mich ein. Melbas Augen waren eisiger denn je. Er schlug mich mitten auf der Marracottallee nieder. Etwa zehn Erwachsene schauten zu und sahen angesichts der ungezügelten Aggressivität der Jugend weg. Melba presste mein Gesicht in eine Schneewehe und hielt es dort fest. Ich wartete auf den Schmerz, wenn das Stilett sich wie durch Butter in meinen Rücken bohrte. Aber der Griff um meinen Nacken wurde gelöst, und sie gingen seelenruhig davon.

Das Frühlingshalbjahr begann. Tengström sagte, er wolle sich gerne mit mir unterhalten, und ich blieb nach der Stunde an meinem Pult sitzen.

Er meinte, ihm sei aufgefallen, dass ich unter Konzentrationsschwierigkeiten leide; meine Noten wurden schlechter, ich vergaß Bücher, ich war während des Herbsthalbjahres 114 Mal zu spät gekommen und verstand mich nicht besonders gut mit meinen Klassenkameraden. Er sagte, er mache sich Sorgen, und fragte, ob es etwas gebe, das er tun könne.

»Ich habe nur privat ein bisschen Probleme«, sagte ich.

Anschließend fragte ich ihn, ob er glaube, dass ich Besserung geloben könne, und ob er der Meinung sei, dass ich mich für den mathematischen Zweig des Gymnasiums entscheiden solle, der einen besseren Ruf genoss als die Zweige für Naturwissenschaften und Sprachen. Es war keine Heuchelei, er wirkte sympathisch, wie er mir dort gegenübersaß, und ich hatte in diesem Moment wirklich das Gefühl, dass ich mein Leben in den Griff bekommen wollte. Wenn ich nur Melba aus dem Weg gehen und in Form von Tea Alanne die Liebe finden konnte, würde mir dies sicher auch gelingen.

Tengström schwieg längere Zeit.

»Eine Funktion ist selten diskontinuierlich«, sagte er schließlich, »und ich bin mir nicht sicher, dass du die nötige Ruhe und den kühlen Geist hast, die vonnöten sind, um die höhere Mathematik bewältigen zu können.«

Als ich an jenem Abend nach Hause kam, entdeckte ich das Bild in der Zeitung.

Ich erkannte augenblicklich das große, etwas viereckige Gesicht und die mittelblonden Haarsträhnen, die in die Augen hingen. Seltsam war nur, dass diese Augen nicht eisig waren: Er lachte auf dem Bild, nicht verächtlich, sondern fröhlich.

Ich hatte dieses Lachen niemals gesehen.

In der Zeitung stand, er habe Silvester ein Fest in Marracott Hill verlassen und niemandem mitgeteilt, wohin er wollte.

Weiterhin stand dort, wie er gekleidet gewesen war, dass er siebzehn Jahre alt und 187 Zentimeter groß war und 82 Kilo wog.

Und dort stand auch sein richtiger Name.

Während die Tage vergingen, wuchs in meinem Herzen eine grauenvolle Hoffnung. Ich sagte mir, dass man so etwas nicht hoffen durfte. Aber die Hoffnung verweigerte mir den Gehorsam. Es gab Tage, an denen ich mich zu besinnen versuchte und hoffte, er habe die Fähre nach Schweden genommen oder sich in einem Sommerhaus versteckt, voll gepumpt mit Drogen und müde, aber am Leben. Doch dann zeigte der

Teufel wieder seinen Pferdefuß, und mein Herz begann, wild zu pochen.

An einem Mittwoch Mitte Januar kam Mallinen zu mir. Er sagte ernst:

»Sie haben ihn in einer Lagerhalle gefunden. Er ist tot. Du bist frei.«

## 26

Es war kein Verbrechen. Er war erforen.

Die Schüler der finnischen Schule waren vor Schock natürlich wie gelähmt, so wie es mir zwei Jahre später ergehen sollte, als einer meiner Schulkameraden starb.

Ende Januar kamen mir die Brüder Karttunen auf dem Hügel zwischen Schule und Allee entgegen. Ich entdeckte sie zu spät, es gab keine Möglichkeit mehr, unauffällig die Richtung zu wechseln.

Ich schluckte und ging mit Schritten auf sie zu, die ich möglichst ausgreifend und entschlossen zu machen suchte. Sie sahen durch mich hindurch, ohne mich zu sehen. Der Ältere machte sogar einen Schritt zur Seite.

Zehn Jahre lang hatte ich mich danach gesehnt, dass sie mich sehen würden, ohne mich zu sehen.

Aber ich merkte, ich hätte gewollt, es wäre auf andere Art geschehen. Denn ich begann zu begreifen, dass es möglicherweise Menschen gab, die Melba geschätzt, die ihn gemocht hatten. Seine Eltern hatten ihn wahrscheinlich geliebt.

In meine Erleichterung schlichen sich Schuldgefühle. Ich war fünfzehn Jahre alt und freute mich wahnsinnig über den Tod eines anderen Menschen, weil er mir alle Türen zu öffnen schien. Was war ich eigentlich für ein Mensch?

Nach ein paar Wochen wusste ich nicht mehr, ob ich inmitten der Erleichterung Schuld empfand oder Erleichterung inmitten der Schuld.

Vielleicht hätte Melba nicht so oft getrunken und Tabletten genommen, wenn ich seinem Bruder nicht das Auge kaputtgeworfen hätte und falls er schwedisches Gewürm und schwedische Strumpfhosenmannequins nicht so gehasst hätte?

War die Frustration darüber, dass es mich noch in seinem Revier gab, eventuell einer der Gründe, die ihn dazu getrieben hatten, das Fest zu verlassen und benebelt durch die Stadt zu laufen, bis zum Hafen hinunter, wo er bei einer Kälte von minus zwanzig Grad eindöste?

Ich fühlte mich vage verantwortlich, und mein Bedürfnis nach dem flackernden Blick, den ich entwickelt hatte, wuchs.

Acht Monate später lief erneut Lasse Virén.

Diesmal stürzte er nicht. Er gewann nur.

Beim 5 000-Meter-Lauf wurde die gefährliche Umwelt auf exzellent symbolische Weise von zwei großen, schwarz gekleideten Neuseeländern namens Quax und Dixon verkörpert. Beide waren Mittelstreckenläufer, welche die 1500 Meter in 3.35 laufen konnten, aber der unvergleichliche Lasse Virén saugte mit seinem berühmten, langgezogenen Sprint jegliche Explosivität aus ihren Beinen, und Anssi Kukkonens Stimme überschlug sich wie nie zuvor.

Nachher ging ich nach draußen. Ich betrachtete die Reihenhäuser und die Backsteinvillen, ich ging weiter und betrachtete den Holzkiosk an dem Kreisverkehr, in den die Allee mündete, die Steinhäuser, den spätsommerlich stinkenden Teich und den neuen Büroriesen aus Glas und Beton, der sich mitten im Park erhob.

Ich betrachtete die Birken, ihre weißen Stämme und lichten Laubkronen, in denen einzelne Blätter bereits gelb wurden.

Dies war mein Land, aber ich war bereits angefressen von dem Gedanken, dass es viele Länder gab und in ihnen Menschen, die mir und meinen Bekannten in Finnland ähnelten.

Es gab sogar andere Länder mit den gleichen weißstämmigen, raschelnden Birken. Zwei von ihnen waren die Länder, die mir durch ihre bloße Existenz immer Probleme bereitet hatten, Schweden und die Sowjetunion. Ein dritter Ort, an dem es nette Birken gab, waren die nördlichen Teile des Landes, dessen Kultur und Unkultur schon seit einem Vierteljahrhundert mit rasender Geschwindigkeit Europa überschwemmt hatte: die USA.

Ich hatte zudem entdeckt, dass ich den Parademarsch der finnischen Armee, den Marsch der Björneborger, nicht mochte. Es war schlechte Musik.

Fast alles hatte sich verändert.

Mallinen hatte die Schule gewechselt und ging nun in eine andere schwedische Schule. Er war fort, und ich hatte ihm nie dafür gedankt, dass er mich bei mehreren Gelegenheiten verteidigt hatte.

Nasse Arrhenius hatte angefangen zu studieren, wie er es ausdrückte. Es galt, die Grundlage für seine Karriere zu legen, erklärte er.

Der ältere Karttunen spielte in einer Band, die zwei Jahre später zum Liebling der Punks werden sollte. Der jüngere Karttunen war, genau wie Kurki gesagt hatte, für sich genommen ganz in Ordnung.

Killeri saß wieder im Gefängnis, aber es waren neue Bedrohungen aufgetaucht: Anssi, ein frisch zugezogener, rothaariger Riese mit zwei kleinwüchsigen Adjutanten, vermöbelte Schweden, wann immer er sie in die Finger bekam.

Inzwischen gab es regelrechte Stadtteilgangs, die an den Wochenenden aufeinander losgingen. Ein paar sprachlich tolerante Jungen aus der finnischen Schule boten mir an, bei einem Fight gegen Drumsö mitzumachen, Kette und Baseballschläger könnten sie mir leihen. Ich befingerte meine bucklige Nase und lehnte ab.

Tea Alanne hatte einen Vertrag als Model bekommen und verschwand in einer Welt aus Mode und erwachsenen Männern. Sie zeigte sich nur selten in der Schule, und ein okkultes Bett existierte nicht mehr. Im Frühling trug sie Shorts, hatte solariumbraune Beine und eine Rolle mit Noppen, mit denen sie in den Pausen ihre Oberschenkel bearbeitete.

»Das hilft gegen Zellulitis«, sagte sie. Ich wäre gerne eine Rolle mit Noppen gewesen.

Ich begann, in der Stadt andere Mädchen zu treffen, in einem Café in der Centralgatan und in der neu eröffneten Hamburgerbar Carrols.

Mit der Zeit wurde ich etwas kühner und machte es mir zur Gewohnheit, die Mädchen zu fragen, ob sie fanden, dass Männer sich prügeln, zur Armee gehen, Waffen benutzen und ähnliche Dinge tun sollten. Sie dachten alle gründlich nach, bevor sie antworteten. Zu meiner großen Enttäuschung fanden die meisten von ihnen, dass ein Mann dies alles tun sollte. Die Ausnahme bildeten die Mädchen, die luftige Haremshosen trugen und Ravi Shankar hörten, dessen Musik mir beim besten Willen nichts sagte.

Es wurde vermutlich Zeit, erwachsen zu werden.

## 27

In dem Augustmonat, in dem Elvis Presley starb, wechselte ich auf ein schwedisches Gymnasium in Haga. Die Schule trug einen Namen, der für Tradition bürgte, um 1900 hatten alle Genies der damaligen Zeit sie besucht. Aber damals lag sie natürlich im zentral gelegenen Kajsaniemipark, nicht in einer jämmerlichen Vorstadt. In unmittelbarer Nachbarschaft meines neuen Horts der Gelehrsamkeit lag eine finnische Schule, in die moderne Genies wie Esa-Pekka Salonen gingen. Meine Sprachgruppe hat eine glänzende Zukunft hinter sich.

In meinem neuen Gymnasium scharrte man nach der Morgenversammlung noch vage militärisch mit den Hacken.

Der Rektor ähnelte einer bei den Dreharbeiten zur Forsyte-Saga übrig gebliebenen, gut gearbeiteten Attrappe eines Gentleman von der Countryside. Es erschien mir wie ein Wunder, dass er sich setzen konnte, da sich seine Glieder ebenso wenig beugten wie seine Ansichten. Seine Koteletten erinnerten an Hällqvists, aber die unseres Rektors waren gestutzt und vermittelten ein schwaches Echo von national denkenden Männern des ausgehenden 19. Jahrhunderts wie Eugen Schauman, Leo Mechelin, Axel Lille und Ernst von Born.

Die Schule war voller Schüler, die glaubten, Dickursby liege in Sibbo und die Betontrabantenstadt Gårdsbacka sei ein Gutshof in der Nähe des ländlichen Tenala. Aber man hatte ein paar Jahre zuvor, als auf der Schule Mädchen zugelassen wurden, immerhin aufgehört, sich »civis« zu nennen.

Ich erkannte, dass ich mit meiner ausweichenden Art und meinem Mangel an freimütigem Blick, festem Handschlag und männlichem Mut auch hier nicht viel zu bestellen haben würde. Aber es waren nur noch zwei Jahre. Weitere 700 Tage konnte man ertragen.

Danach würde ich frei sein und mich weit weg begeben.

Ich war zu einem grüblerischen Gymnasiasten geworden und hörte die Platten von Sunilas Vater. Die Musik auf ihnen brachte mich dazu, mich vibrierend einsam zu fühlen. Trotzdem oder gerade deshalb mochte ich sie.

Es kam mir niemals in den Sinn, mich darüber zu freuen, dass es an entlegenen Orten in der Welt Menschen gab, die in der Lage waren, zu mir zu sprechen, mich zu berühren.

Ich las alles, was mir in die Finger kam. Ich las natürlich Kerouacs »Unterwegs« und Ulf Lundells »Jack«. Ein Jahr später las ich sowohl die »Aufzeichnungen aus dem Kellerloch« als auch »Der Steppenwolf«, und daraufhin begann ich, schwarze Kleider zu kaufen, in der Bibliothek zu sitzen und obskure Zeitschriften zu lesen.

In einer solchen Zeitschrift fand ich einen Artikel über den ein Jahr zuvor verstorbenen norwegischen Schriftsteller Jens Björneboe. Dort stand:

»Nein, wir behaupten nicht, dass der Verrat eine kulturelle

Notwendigkeit oder auch nur akzeptable Tat ist. Aber obwohl er verurteilt werden muss, kann der Verrat zuweilen ein lehrreiches und verdeutlichendes Phänomen sein. Wenn alle auf die Art funktionieren, die als ›richtig‹ angenommen wird, kann das Gegenteil, die Handlungsweise, die ›falsch‹ ist, völlig aus dem Blickfeld verschwinden und das Leben zu einem engen, unbegreiflichen Tunnel machen.

Björneboe sah gerade im Verräter eine zentrale Kraftgestalt in unserer abendländischen Kultur. In dieser Sichtweise hat der Verräter die Lebenskraft unserer Kultur garantiert, indem er vom kollektiv Akzeptierten abweicht, indem er das Unmögliche erfindet, indem er das Hässliche oder Totgeschwiegene beschreibt. Wir würden nicht so weit gehen, eine solche Zivilisationssicht zu akzeptieren, aber wir stellen fest, dass der Verrat in soziologischer Perspektive bisweilen zu einem Wendepunkt in einer verfahrenen Situation, einer Art ›big bang‹ werden kann, der die Stagnation und Abgeschlossenheit in einer sozialen Situation beenden und uns die Feindbilder und sogar Lügen aufzeigen kann, die erschaffen wurden, um den status quo aufrechtzuerhalten.

Agiert der Veräter dabei eigennützig oder aus einem inneren Zwang heraus? Wir wissen es nicht, aber er, der flieht oder in seinem Kerkerloch schmort, hat uns unabhängig von seinen Motiven ein Streiflicht aus einer anderen Welt gezeigt.«

## 28

Lange, lange hatte meine Fixierung auf Tea Alanne mich gelähmt. Aber sie war aus meinem Leben verschwunden, und ich verlor endlich meine Unschuld. Es geschah in einem Sommerhaus in Sibbo. Als ich viel zu früh kam, lief gleichzeitig ABBAs altes *Money Money Money* im Radio.

Ich nahm dies als Fingerzeig und verkaufte am nächsten Tag, obwohl es mir widerstrebte, die Platten von Sunilas Vater an ein Geschäft in der Albertsgatan. Ich bekam erstaunlich viel für sie.

Ich wurde ein gleichgültiger frisch gebackener Abiturient und zog von Marracott Beach in eine Ein-Zimmer-Wohnung in der Innenstadt.

Es war nicht weit bis zu Finnairs Stadtterminal und auch nicht bis zum Hafen, und so begann ein Plan Gestalt anzunehmen.

Ich spielte noch immer Fußball in meiner grünen Mannschaft. Meine Eltern und der Fußballverein waren die einzigen Dinge, die mir von meiner Kindheit geblieben waren. Mittlerweile spielte ich in der ersten Mannschaft, in der vierten Division.

Ich hatte mich in meiner Mannschaft immer wohlgefühlt. Es waren nette Kerle, und bei Libero Keränen und Torhüter Viita würde ich sogar so weit gehen, sie meine Freunde zu nennen.

Aber zu Beginn meiner letzten Spielzeit wurden wir durch einen Neuzugang verstärkt. Er hieß Esko Kurppa und war Mittelstürmer, und zwar ein guter, schnell und stark. Er konnte sogar mit dem Ball umgehen, was bei Mittelstürmern damals eher ungewöhnlich war.

Wir Mittelfeldspieler hatten fortan die Aufgabe, Kurppa mit Bällen zu füttern. Er lief in die Lücken, und wir spielten ihm den Ball in den Lauf. Das funktionierte gut; er schoss ein Tor nach dem anderen, er machte sie mit dem Kopf, den Füßen, den Schenkeln und dem Rumpf, und nach kurzer Zeit waren wir Tabellenführer.

Das hatte die grüne Mannschaft nie zuvor geschafft.

Aber es nützte nichts, dass ich mir alle Mühe gab, Kurppa in aussichtsreiche Position zu bringen.

Ich war der Typ Spieler, der nicht geradlinig, direkt nach vorn gehen kann, sondern stattdessen stoppt und einen Schlenker nach hinten macht. Es gefiel mir, Gegenspieler mit kleinen Bewegungen auszutricksen, und ich dachte unablässig darüber nach, wie ich etwas Hübsches und Unerwartetes mit dem Ball anstellen konnte. Fußball war für mich ein Spiel, bei dem es darum ging, dort Lücken und Lösungen zu finden, wo es eigentlich keine gab.

Kurppa mochte mich nicht. Es hatte nichts mit meinen fußballerischen Fähigkeiten zu tun. Als Spieler wie als Mensch war Kurppa jemand, der nichts für Spielereien übrig hatte. Er war direkt, aufrichtig und wollte nach vorn. Er wusste, dass er kraftvoll war und hegte weniger kraftvollen Personen gegenüber ein tief verwurzeltes Misstrauen. Scheiterte ich mit meinen Tricks und Finten, nannte er mich »Ego-Mann« oder »Fräuleindribbler«.

Als er schließlich ein »Strumpfhosenmannequin« fallen ließ, fasste ich meinen Entschluss.

Hinzu kam, dass ich Valjakka satt hatte.

Es gab im Grunde nichts auszusetzen an Valjakka, aber er gehörte definitiv nicht zum psychologisch orientierten Trainertyp der neuen Zeit. Valjakka war ein militärischer Schreihals vom alten Schlag. Sein Lieblingsspruch lautete: »Du spielst für die Mannschaft oder sitzt auf der Bank.«

Die Trillerpfeife, das harte und zerfurchte Gesicht, der fadenscheinige Trainingsanzug, das Karge; alles an Valjakka beschwor in mir diffuse Bilder eines archetypischen Finnlands herauf, das ganz und gar nicht meinem Wesen entsprach und mit dem ich mich deshalb nicht aussöhnen konnte; der aufmüpfige, aber unüberwindliche Soldat Rokka, Männer, die in weißen Tarnanzügen und mit zusammengebissenen Zähnen bei vierzig Grad unter Null auf Skiern fuhren, Veikko Hakulinens bauschiger und blaubeerfleckiger Skianzug und die magischen Ziffern 3.33,33, magere und sehnige Langstreckenläufer, die sich an schier endlosen, heißen Sommertagen, wenn sich vernünftige Menschen in lauen Seen abkühlten, Kiesgruben hinauf- und hinabquälten.

Alles zu geben, für sein Land, für seine Mannschaft.

Wenn Valjakka von den Soldaten in Väinö Linnas Roman »Der unbekannte Soldat« wenigstens an Vilho Koskelo erinnert hätte. Sogar der schnoddrige Leutnant Lammio hätte es noch getan.

Aber es ließ sich nicht leugnen, dass sein Gesicht an das des Schauspielers Åke Lindman in Edvin Laines Verfilmung von »Der unbekannte Soldat« erinnerte; er war Lehto.

Natürlich hatte auch ich Phasen durchlebt, in denen ich bereit gewesen war, alles zu tun, um die Erwartungen meines Landes zu erfüllen und mit ihm zu verschmelzen.

Ich hatte einen Nachnamen, der in finnischer Übersetzung einen guten Klang gehabt hätte, und als ich vierzehn war und Melba noch lebte, hatte ich meiner Mutter mitgeteilt: Sobald ich volljährig bin, habe ich die Absicht, meinen Namen ins Finnische zu übertragen und mich Keijo Mäkimies zu nennen.

Aber jetzt *war* ich volljährig, und ich hatte es satt.

Wir spielten auswärts, in Ekenäs. Nach einer Viertelstunde war die Begegnung immer noch torlos.

Ich bekam den Ball am rechten Flügel. Vor mir hatte ich Kurppa, der zwei Verteidiger schräg in die Mitte zog. Ich folgte seiner Spur, die Verteidiger der gegnerischen Mannschaft wussten, dass Kurppa ein gefährlicher Torjäger war, und zogen sich zurück, sodass ich Raum bekam. Als Kurppa bereits lautstark das Zuspiel forderte, drehte ich schräg nach rechts ab, es gelang alles so mühelos, wie es nur selten der Fall ist, mittels eines Beinschusses schüttelte ich den einzigen Verteidiger ab, der noch auf dem rechten Flügel war, ich befand mich jetzt in einem spitzen Winkel. Der Torwart kam aus seinem Kasten heraus, und aus dem linken Augenwinkel sah ich Kurppa umgeben von seinen beiden Bewachern, aber schneller als sie, jetzt war der richtige Moment gekommen, Kurppa würde sich genau im Augenblick des Passes von seinen Bewachern lösen und dadurch vermeiden, abseits zu stehen, einfach in die Mitte mit dem Ball, und Kurppa köpft ihn mit

Schwung ins Tor, aber ich hatte meinen Entschluss gefasst, ich behielt den Ball, und es gelang mir mit etwas Glück, dem Torhüter auszuweichen, der sich mir in den Weg warf, Kurppa musste stehen bleiben, weil er sonst ins Abseits gelaufen wäre, nun war vor mir ein leeres Tor, und ich hatte es eilig, die Verteidiger hatten Kurppa stehen gelassen und würden mich in wenigen Sekunden einholen, es durfte nicht einfach wie ein plumpes Missgeschick aussehen, ich lief schnell die verbleibenden Schritte, deponierte den Ball auf der Torlinie an der Innenseite des Pfostens, ließ den Fuß noch ein paar Zehntelsekunden auf dem müßigen Ball ruhen und trottete dann seelenruhig auf den Platz zurück, als einer der wütend keuchenden Verteidiger herangekommen war und den Ball von der Torlinie auf die Tribüne schlug.

Als Kurppa sich von seiner Verblüffung erholt hatte, holte er mich an der Seitenauslinie ein und nahm mich von hinten in den Schwitzkasten. Die Zuschauer murmelten. Valjakka kam hinzugelaufen und schrie Kurppa an, »Lass das, verdammt nochmal, wir werden das Spiel schon noch gewinnen, ich schicke das Miststück weg!« Ich sah, dass Valjakka ebenfalls zuschlagen wollte, aber während der Partie galten die Spielregeln, und der Schiedsrichter schritt bei Schlägereien grundsätzlich ein, auch bei denen innerhalb einer Mannschaft, dafür gab es Präzedenzfälle, und das wusste Valjakka.

»Ich nehme an, ihr wollt auswechseln«, grinste der Schiedsrichter, und Valjakka nickte bleich. Ich trottete zum Umkleideraum, zog mich um und ging zur Bushaltestelle.

Der Sommer verging, ohne dass ich etwas von ihnen hörte. Ich verfolgte die Ergebnisse in den Zeitungen; anfangs lief es gut, aber im Herbst geriet die Mannschaft außer Tritt und fiel auf den zweiten Platz zurück.

Im Oktober rief Valjakka an.

»Du willst also keine Tore gegen deine schwedischen Stammesbrüder aus Ekenäs schießen?«

»Du irrst dich«, erwiderte ich, »es war reiner Zufall, dass es ausgerechnet dort passiert ist. Warum sollten sie mir mehr am Herzen liegen als ihr?«

»Was versuchst du eigentlich zu beweisen?«

»Irgendetwas... ich weiß nicht.«

»Die Mannschaft ist alles.« Valjakkas Stimme wurde streng. »Du bekommst noch eine Chance, obwohl du ganz offensichtlich verrückt bist. Am Sonntag, letzter Spieltag. Eine Mannschaft aus dem Mittelfeld. Gewinnen wir, steigen wir in die dritte auf. Du wirst Kurppa mit Bällen versorgen.«

Ich traf meine Entscheidung.

»Okay, ich komme.«

»Aber glaub ja nicht, dass deine Kameraden vergessen haben«, sagte Valjakka, »während des Spiels herrscht Waffenstillstand, und sobald der Schiedsrichter abgepfiffen hat, machst du dich aus dem Staub.«

Ich kündigte die Wohnung, verkaufte meinen Plattenspieler und meinen Rolandverstärker.

Ich nahm die Bahn zum Spiel. In der Umkleide grüßte mich keiner. Nur Kurppa lag schlaff ausgebreitet auf einer Bank, sah mich vorbeigehen, hob das Bein und wedelte mit dem Stollenschuh vor meinem Gesicht: »Ich würde dir mit denen mit beiden Beinen ins Gesicht springen, wenn ich dürfte.«

Als ich mich umgezogen hatte, drehte ich mich zur Wand und ließ die Schlüssel, die ich mir früher am Tag geliehen hatte, zwischen Strumpf und Schienbeinschoner gleiten.

Die Luft war klar und frisch, der Tag erinnerte an jenen vor vielen Jahren, an dem Mallinen Melbas Gesicht in die morastige Pfütze auf dem Platz der finnischen Schule in Marracott Hill presste. Ich zog die winddichte Trainingsjacke aus und ließ sie am linken Pfosten liegen. Viita, der Torhüter, nickte mir kurz zu.

Ich bekam natürlich keine Bälle. Als eine Viertelstunde vergangen war, gelang es mir, einem Gegenspieler den Ball abzuluchsen. Ich schüttelte ihn ab und kam mit einer gehörigen Portion Glück an einem weiteren vorbei. Die ganze Flanke lag offen. Ich rückte ungehindert bis zur Strafraumgrenze vor und spielte Kurppa an. Er machte das Tor, aber die Stimmung blieb gedrückt, man hörte nur ein paar vereinzelte Hyvä Esko – Gut gemacht, Esko-Rufe aus unserem spärlich erschienenen Heimpublikum.

Als dreißig Minuten gespielt waren, passte Keränen mir den Ball zu und lief im gleichen Moment nach vorn. Ich lief ein paar Schritte und schickte anschließend den Ball zu Keränen zurück, der einen perfekten Doppelpass spielte. Mir wurde bewusst, dass ich gezwungen sein würde, Keränen zu verraten, der ein feiner Mensch war, und passte im gleichen Moment zu Kurppa weiter, der sich kantig, bärenstark und voller Willenskraft einen Weg Richtung Tor bahnte. Der Ball war scheinbar perfekt, aber ich hatte ihm das gemeinste Effet gegeben, dessen ich mächtig war. Er wird irgendwann in der Nationalmannschaft spielen, dachte ich, als Kurppa durch die Abwehr pflügte und mit unglaublicher Wucht den Ball traf. Der Ball war direkt auf ihn zugekommen, aber im entscheidenden Moment sorgte der Drall dafür, dass er sich launisch verhielt, sodass sich nur ein Drittel von der Kraft des Schusses auf den Ball übertrug, der zudem die Richtung änderte und langsam auf die Eckfahne zurollte.

»Schön ruhig bleiben, Esko, ganz ruhig«, rief Valjakka vom Spielfeldrand. Kurppa sah mich misstrauisch an, sagte aber nichts. Als das Spiel weiterging, merkte ich, dass Kurppa mich nicht mehr aus den Augen ließ und in einem Abstand von ein, zwei Metern immer in meiner Nähe blieb.

»Raus, Esko, raus!«, brüllte Valjakka mit rot angelaufenem Gesicht. Kurppa gehorchte dem Befehl und machte sich auf, das umständliche Gekicke der gegnerischen Abwehr zu stören. Was ihm auch gelang, denn er griff einen Verteidiger an, und beide fielen hin, und der Ball rollte herrenlos Richtung Seitenauslinie, wo ich ihn im letzten Moment stoppte. Der

Moment war gekommen. Ich begann langsam, lief schräg Richtung Mittelkreis, wo zwei unserer eigenen Mittelfeldspieler in der Hoffnung vorrückten, einem Steilpass hinterherjagen zu dürfen. Kurppa hatte sich in den Beinen seines Gegenspielers verheddert und kämpfte noch darum, wieder auf die Beine zu kommen, und ich wusste, dass Kurppa der Einzige war, der eventuell Unrat ahnte, und erhöhte deshalb mein Tempo und ging über die Mittellinie, einer der Gegenspieler machte erstaunt einen halbherzigen Versuch, mich zu stoppen, plötzlich hörte ich Kurppas heisere Stimme hinter mir und sah für einen kurzen Moment Valjakka, der angsterfüllt schreiend an der Seitenlinie entlanglief, jetzt dämmerte es ihnen, zwei unserer eigenen Mittelfeldspieler jagten mich bereits, aber sie kamen von den Flügeln und würden mich niemals einholen können, ich stürmte in der Mitte voran, nur Keränen war von den Feldspielern noch übrig, und er war vor Entsetzen wie gelähmt, es war, als würde man einen Stock umrunden, Viita verließ dagegen sein Tor und kam mir mit zu Fäusten geballten und erhobenen Händen entgegen, aber es gelang mir, einen schnellen Haken zu schlagen, und Viita faustete ins Leere, während er fiel, das war das Beste, der erfüllteste Moment, die Arbeit war getan und das Tor gähnend leer, ich schoss so hart ich konnte genau in die Mitte, der Treffer war auf die richtige dumpfe, aber starke Art lupenrein, ich blieb nicht stehen, sondern hob im Vorbeilaufen meine Trainingsjacke auf und lief vom Spielfeld, ich erhöhte das Tempo und fühlte mich kein bisschen müde, »sie haben nur bekommen, was sie verdient haben«, dachte ich hochnäsig, »ich hätte schon vor Jahren aufhören sollen zu spielen«, ich warf einen Blick über die Schulter, einhundertfünfzig Meter hinter mir hechelte eine Gestalt im grünen Trikot, wer sonst als Kurppa, aber ich hatte einen beruhigenden Vorsprung, die Straße war bereits in Sichtweite, und das Taxi wartete mit ausgeschaltetem Taxischild an der verabredeten Stelle.

Ich sprang hinein und gab dem Fahrer keuchend gestikulierend zu verstehen, er solle losfahren.

Der Taxifahrer betrachtete mich misstrauisch im Rückspiegel und rührte keinen Finger.

»Bist du irgendwo eingebrochen oder was ist los?«

Eine kalte Hand umklammerte mein Herz. Damit hatte ich nicht gerechnet.

»Du hast doch sicher auch schon mal mit jemandem abgerechnet«, sagte ich.

»Hast du etwa jemanden umgebracht?«, fragte der Fahrer.

»Sieht der da etwa tot aus«, fragte ich und zeigte in panischer Angst auf den müden Kurppa, der nur noch fünfzig Meter von der Straße und dem Wagen entfernt war, »wenn du jetzt nicht endlich abhaust, machst du dich einer schweren Körperverletzung mitschuldig.« Der Fahrer sah Kurppa und legte einen Kavalierstart hin. Ich zitterte während der ganzen Fahrt.

Ich holte die Koffer in der Wohnung meines entfernten Verwandten ab, duschte und zog mich um, ließ die Schlüssel in der Wohnung, warf die Fußballklamotten in die Mülltonne auf dem Hof, trat auf die Straße hinaus und hob drei Mal den höchstmöglichen Betrag an einem Bankautomaten ab, kaufte eine Abendzeitung an einem Kiosk und bestellte gleichzeitig ein neues Taxi. Ich war paranoid und wagte mich weder in den Hafen noch auf den Flugplatz.

»Würden Sie mich bis nach Åbo fahren?«, fragte ich den Fahrer und wedelte mit einem Bündel Geldscheine.

»Wenn Sie auch die Rückfahrt bezahlen«, sagte er und schaltete das Radio ein. Es nieselte mittlerweile, und alle Lieder, die während der Fahrt aus dem Radio strömten, schienen in Moll zu sein.

Und draußen war die Erde schon schwarz, und die Vogelbeeren leuchteten rot zwischen kahlen Ästen.

## 29

Sechzehn Monate wohnte ich in Stockholm, zu Anfang in einer Pension hinter dem Gewerkschaftshaus. Dann fand ich als Untermieter eines Untermieters eine Zweizimmerwohnung auf Kungsholmen. »Drei Treppen hoch«, wie man dort sagte, nicht »dritter Stock«, wie daheim in Helsingfors.

In der ersten Zeit ging ich oft nach Mosebacke hinauf, betrachtete Strindbergs *Das rote Zimmer*-Aussicht und fühlte, wie die Emigration meine Brust schwellen ließ.

Ich schlug mich mit Gelegenheitsjobs durch. Es war schön, wenn die Kellnerinnen sagten »Hallo, wie geht's dir denn heute«, sobald ich die Cafés betrat.

Doch schon nach kurzer Zeit begann ich, mich heimzusehnen.

Finnland war ein Land, in dem man Sachen sagte wie: *Voivittu että mua kyrpii! – Verfickte Scheiße, ich könnt ausrasten.* Schweden war ein Land, in dem man Sachen sagte wie: *Eh, es is grade ein bisschen heavy, ich glaub, ich muss das erst mal emotional auf die Reihe kriegen.*

Es war nicht nur mein Akzent, der von Schroffheit geformt worden war, sondern die ganze Sprache, das Ich. Ich war etwas archaisch und ungehobelt und merkte, dass ich mich wohl dabei fühlte. Auf einem Fest einen Stockholmer kennen zu lernen, glich dem Versuch, mit verbundenen Augen ein öliges Stück Seife zu packen, das an einer Schnur baumelt.

Ich war ein paar Monate mit einem Mädchen zusammen. Ihre Muttersprache war Schwedisch, aber sie stammte aus Karis im westlichen Nyland in Finnland. Ich fand auch einen Freund. Er war aus Soklot im finnischen Nykarleby. Ich versuchte, die Musik zu hören, die man in Schweden so hörte, aber es war, als liefe einem Sirup in die Ohren. Wenn ich meine Eltern und Freunde in Helsingfors besuchte, kaufte ich Platten von Eppu Normaali, Hassisen Kone, Tuomari Nurmio,

Se und Dave Lindholm, nahm sie mit und hockte dann auf Kungsholmen und hörte sie mit schmerzendem Herzen.

Genauso übel stand es an der Schlagerfront. Ein guter finnischer Schlager fängt ungefähr so an:

*Du nahmst mir den Verstand / und machtest mich zu deinem Sklaven.*

Ein schwedischer Schlager beginnt ungefähr so:

*Tausend rote Rosen / will ich dir schicken.*

Schon bald regte sich in mir das Gefühl, einen Therapeuten zu brauchen.

Aber es gab keine. In Stockholm sprachen die Einheimischen von *Therapeften.*

Ich kam heim.

Ich wohnte ein paar Wochen bei meinen Eltern. Dann fand ich eine Wohnung. Am Einzugstag kaufte ich eine neue Platte von Badding Somerjoki. Er war mittlerweile müde und abgekämpft und hatte sich darauf verlegt, Balladen in Moll zu singen. Seine Stimme hatte eine spröde Wärme bekommen, die ihr früher gefehlt hatte. Ich legte einen Song auf, der *Kuihtuu kesäinen maa/Die Sommererde vergeht* heißt, und schaute aus dem Fenster.

*Kuihtuu kesäinen maa*
*syystuuli metsän puita taivuttaa*
*kauas lentää linnut jo saa*
*vain tuuli esiin käy, se vaikertaa*
*Vaipuu aika unien taa*
*ja sateen kellot soittaa kuolemaa*
*aika uinuu, on pimeää …*

*Die Sommererde vergeht*
*der Herbstwind beugt die Bäume des Waldes*
*die Vögel sind schon davongeflogen*
*nun gibt es nur noch das Jammern des Windes*

*In Träumen sinkt die Zeit herab*
*und die Glocken des Regens läuten Tod*
*die Zeit schläft, es ist dunkel…*

Es war ein anonymer und sonniger Märztag, einer dieser Tage, an denen die Straßen noch vom Streusand des Winters knirschen, an denen alles trocknet und die Leute ihre Balkontüren öffnen und vorsichtig hoffnungsvolle Musik aus ihren Wohnungen dringt.

Badding kam zum Refrain, in dem er behutsam und ohne jedes Sendungsbewusstsein den Gedanken vorbringt, dass es eventuell, möglicherweise auch diesmal wieder Frühling werden wird.

Ich begriff, dass ich in diesem Land gefangen war, das ich nicht verstand und das mich nicht verstand. Es hatte sich in mich eingefressen.

Ich wohnte jetzt noch näher an den Häfen und dem Flugterminal. Aber ich war mit meinen Kräften am Ende. Ich überließ die Anpassung an Europa und die Welt besser gelaunten und energischeren Menschen. Ich kroch in die Schwedische Wirtschaftshochschule, erwarb eine Dauerkarte für HIFKs Eishockeyspiele und begann, die Fähre zur Helsingfors vorgelagerten Insel Sveaborg zu nehmen, um die Empiresilhouette der Stadt aus der Distanz zu bewundern. Ich wurde ein für allemal ein Einwohner von Helsingfors, was auf Grund des diffusen Charakters der Stadt bedeutet, absolut nichts zu sein und darauf stolz zu sein.

Trotz allem habe ich an einer eingefleischten Gewohnheit festgehalten: Ich kaufe am Hauptbahnhof täglich eine der schwedischen Tageszeitungen Expressen, Dagens Nyheter oder Aftonbladet. In ihnen gibt es Schlagzeilen wie:

*Ooh Gunde Svan, ist es nicht heeerrrlich, Schwede zu sein!*

Bloß nicht.

Mein Heimatland versuchte lange, dem unerträglichen schwedischen Selbstvertrauen mit der Parole zu begegnen:

ES IST EIN LOTTOGEWINN, IN FINNLAND GEBOREN ZU SEIN!

Die EU-angepassten jüngeren Führungskräfte mögen nämlich den zutiefst verträumten Zug in unserer nationalen Identität nicht.

Aber trotz all ihrer Versuche wollte das nicht recht funktionieren.

Mein Heimatland erinnert nach wie vor mehr als an Stockholm an jenen russischen Soldaten, der während des Putschversuchs 1991 auf einem Panzer sitzend zu einem ausländischen Journalisten meinte:

»Warum stellt ihr eure bescheuerten Fragen? Russland ist ein düsteres Land, ihr begreift ja doch nichts von dem Ganzen.«

Zwei Jahre nach der Rückkehr in meine Heimat begegnete ich Kurppa. Ich aß in einem Restaurant im Stadtzentrum, es gehörte zu der Kette mit dem Namen »Dein guter Freund«. Ich hatte das Gefühl, dass sich jemand in der Nähe meines Tischs bewegte, blickte auf und bekam den Inhalt eines Bierglases ins Gesicht.

Er sagte: Jetzt sind wir quitt.

Ich nahm es relativ gelassen, obwohl die Kellnerinnen sich um mich scharten und sagten: Was für ein schrecklicher Typ.

Ich wusste ja, dass ich seinerzeit einen Fehler gemacht hatte.

Außerdem war ich es gewohnt, zur falschen Zeit am falschen Ort zu sein.

## 30

Mallinen wurde ein exzellenter Basketballspieler, zog später nach Åbo und etablierte sich dort als Geschäftsmann. Er soll Zwillinge haben.

Ingenieur Mallinen beschäftigt sich wie mein eigener Vater mit Versuchen, Joint Ventures in Tallin, Viborg und St. Petersburg auf die Beine zu stellen.

Nasse Arrhenius' Maklerfirma war in den goldenen Jahren ein paar hundert Millionen wert, dann fing er an, Geschäfte mit den richtig großen Fischen zu machen. Heute ist Nasse Besitzer einer kleinen Firma, die tschechische Skihandschuhe importiert und nicht richtig laufen will.

Die Brüder Karttunen gründeten als Erwachsene eine Spedition. Sie haben Lastwagen, die grün und weiß lackiert sind. Ich sehe sie manchmal und blicke halb ängstlich, halb neugierig zur Fahrerkabine hinauf. Aber sie sitzen niemals selber am Steuer.

Als ich noch ein Jugendlicher war, begegnete ich einmal Vepsäläinen. Es war ein Winterabend, ich war auf dem Heimweg von einem Fest und wurde in der Rödbergsgatan von einer Gang eingekreist. Die Gangs in diesen Häuserblocks waren nicht gerade dafür bekannt, zimperlich zu sein. Ich erkannte ihn, ergriff die einzige Chance, die ich hatte, und sagte:

»Hei, Sepi.« Er sah mich ein paar Sekunden an, dann ging ihm ein Licht auf, und er meinte zu den anderen: »Lasst ihn laufen, ist'n alter Kumpel.« Die Stadtteilgangs lösten sich im nächsten Frühling auf, nachdem zwei Jungs gestorben waren, einer im Johannespark und einer im Vergnügungspark Borgbacken.

Einer der berühmtesten Kriminellen des Landes bricht des Öfteren aus, und auf den verschwommenen Zeitungsbildern sieht er Killeri verdächtig ähnlich.

Tea Alanne ist mit einem portugiesischen Diplomaten verheiratet und wohnt im Ausland.

Hällqvist ist kein Lehrer mehr. Er gehört zu jenen, die sich für den Versuch des amerikanischen Dichters Robert Bly begeistert haben, den wilden Mann zu rehabilitieren. Hällqvist arrangiert Männerseminare voller Rituale an abgelegenen Orten weit draußen in der kargen nordischen Natur.

Kurppa wurde eines der vielen Talente, die Helsingin Jalkapalloklubi vergeudet hat. Er spielt immer noch, in irgendeiner Vorortmannschaft in der fünften Division.

Badding Somerjoki starb, genau wie Albert Järvinen. Das Gleiche tat Sunilas Vater. Über Sunila junior ist mir nichts bekannt.

## 31

Eines Abends vor ein paar Jahren saß ich in dem Restaurant über der Bahnhofshalle. Es ist ein guter Ort, unten in der Halle sind unablässig Menschen unterwegs, und etwas vom Eifer des Reisenden bleibt auch in den Kleidern und der Seele des fest Verankerten haften.

Ich hatte gerade erkannt, dass ich einfach nicht mehr konnte, dass ich meine Beraterfirma abwickeln musste.

Die Berliner Mauer war im gleichen Herbst gefallen. In mir war ein ganz anderer Bau eingestürzt; ich war in einem unerklärlichen Anfall von Schwachsinn zu der Erkenntnis gelangt, dass nur ein völlig neuer, zutiefst menschlicher Sozialismus die Welt retten konnte.

Ich war düsterer Stimmung und trank ziemlich viel.

Ein Mann, der ungefähr in meinem Alter war, setzte sich ohne vorher zu fragen an meinen Tisch. Er hatte ein viereckiges Gesicht und mittelblonde Haare. Die Haare waren kurzgeschnitten, dennoch erkannte ich ihn.

»Grüß dich, Backman«, sagte Melba freundlich. Es schien ihm gut zu gehen, er sah proper aus und war elegant gekleidet.

»Grüß dich«, sagte ich. »Wie geht's?«

»Ganz gut. Ich muss in Geschäften nach Lappland. Und übermorgen fliege ich nach Straßburg. Und du?«

»Tja, ich bin Unternehmensberater…«, sagte ich ein wenig vage. Anschließend schwiegen wir lange. Ich hatte die ganze

Zeit eine Frage auf der Zunge, brachte sie aber einfach nicht über die Lippen.

Schließlich raffte ich all meinen Mut zusammen und setzte an:

»Hör mal, Melba, ich habe da über etwas nachgedacht…«

Der Garderobier weckte mich, sagte:

»Wäre es nicht das Beste, der Herr würde nach Hause gehen und sich schlafen legen?«

## 32

Irgendwann entdeckte ich, dass ich eine ganze Reihe von Lügenphasen durchlaufen habe.

Die Phase, in der man über seine Familienverhältnisse lügt, weil sie so farblos und langweilig sind. (Außer der angeblichen Freundschaft zu Pelé pflegte ich alle naselang wallonische Vorfahren heraufzubeschwören.)

Die Phase, in der man sich danach sehnt, gewisse Laster ausüben zu dürfen, und vorgibt, man hätte dies schon getan.

Die dämonische Phase, in der man auch jene Laster auf sich nimmt, denen man noch nicht verfallen ist und auch nicht verfallen will, um zu verbergen, dass man in Wahrheit ein ängstlicher kleiner Wicht ist, der möchte, dass alles so überschaubar ist wie möglich.

Die Phase, in der man die Laster satt hat und all jene dementieren will, die man angeblich hatte, ohne ihnen verfallen gewesen zu sein.

Die Phase, in der man auch jene Laster leugnen möchte, die man zweifellos hatte, weil man wieder das reine, unbefleckte Kind werden will.

Die Phase, in der man entdeckt, dass auch die Arbeit, die man auf sich genommen hat, um der Menschheit (oder, wie in meinem Fall, dem Kapital) zu helfen, vielleicht eine Lüge, ein Laster ist.

Ich entdeckte, dass ich oberflächlich und glatt wie ein Ölfleck auf einem großen Meer war. Ich hatte immer eine Rolle verkauft, ein Blendwerk für Kooperationspartner, Vielleicht-Freunde und all jene, die in der Währung zahlen konnten, die ich im betreffenden Moment gerade zufällig benötigte. Ich wusste, ich hätte auch Träume, Blut, Eingeweide und Herz verkauft, falls es erforderlich gewesen wäre. Nachts fiel ich innerlich auseinander.

Ich war den ganzen Mist leid und wusste nicht mehr, wer ich war.

Ich versuchte, es herauszufinden. An einem Sonntag fuhr ich nach Marracott Hill hinaus.

Die Balkone der Elf waren grün gestrichen worden, die alte, stahlgraue Farbe war verschwunden.

Aber ansonsten sah ich nur gesichtslose graue Steinhäuser.

Ich verstand nicht, was dieser Ort mit mir zu tun hatte.

Ich ging in die Welt hinaus, um fortzukommen, um etwas anderes zu finden. Ich schlage mich als Buchführungsexperte durch und bin bis in die Oksanengatan 7 gekommen. Luftlinie sind das drei Kilometer.

Ich ging in die Welt hinaus, um zu lernen, alleine zu stehen. Märsche und feste Ansichten ängstigten mich mehr als sonst etwas. All das andere, das, was körperlich Angst einflößte, war aus festen Ansichten und Märschen gezüchtet und abgeleitet worden.

Sie ängstigen mich noch immer mehr als sonst etwas. Ich knie allein.

Manch einer findet mich auch heute noch unzuverlässig. Ich selber finde, Flexibilität ist ein Weg, um zu überleben.

In meiner Jagd auf eine eigene Welt war ich anfangs fest entschlossen, dass sie nichts mit Sunilas Vater zu tun haben sollte, nicht mit seiner Musik und nicht mit der Röte der Vogelbeeren vor der Schwärze des Erdbodens. Ich hatte beschlossen, kein solcher Mensch zu werden, kein Träumer oder

Mystiker oder wie man sie nennen mag. Sie schienen Probleme zu haben, zurecht zu kommen.

Eine Zeit lang versuchte ich, mich allein für die analytischen Aspekte der Musik zu interessieren. Immerhin gibt es eine solche Klarheit und erhabene Intelligenz in großen Teilen unseres Kulturerbes; man sagt, Architektur sei gefrorene Musik, aber man kann auch ganz hervoragende Beispiele für Musik als aufgetaute Mathematik finden.

Als ich dreißig wurde, gab ich auf. Neun Monate lang verbrachte ich fast meine gesamte Freizeit damit, nach der Musik zu suchen, die der unsichtbare Sunila mir geschenkt hatte. Ich reiste bis nach Kopenhagen und London, und am Ende schaffte ich es. Ich musste, alles in allem, erstaunlich viel für die Platten bezahlen. Das freute mich. Ich nahm es als Zeichen, dass es immer noch Menschen gibt, die in etwa das Gleiche empfinden wie ich. Vermutlich verbergen auch sie ihre Gefühle.

Es dauerte länger, als ich vorhergesehen hatte, eine innere Stimme zu hören. Als sie sich dann vernehmen ließ, war sie das Jammern eines Kindes angesichts eines sowohl aus- als auch einschließenden Kästchens.

Ich lächle immer noch Menschen in der Hoffnung an, dass sie mich akzeptieren. Während ich lächle, denke ich, dass ich gerne meine Ruhe hätte wie Sunilas Vater, im Zwielicht eines Zimmers hockend, das mit Dingen vollgestopft ist, die ich so gut kenne, dass ich nur ihre Oberfläche berühren brauche, und mit Musik, die in diesem Raum ganz einfach und schön ist, jedoch vollkommen undurchdringlich, sobald sie ins Licht geholt wird, wo sich so vieles abspielt und verflacht wird.

Ein Großteil der Geschichte, die man mir beizubringen versuchte, als ich ein Kind war, hat das Zeitliche gesegnet; sie hat sich zu Tode gelogen.

Stattdessen hat man eine noch ältere wieder ausgegraben, eine, die oft verschwiegen wurde, als ich ein Kind war.

Und Wahnsinnige verherrlichen wie üblich ihre dunklen Seiten.

Außerdem bietet man uns eine völlig neue Geschichte an, eine, in welcher der Gott Großmarkt uns mit der Zeit zum ewigen Glück führen wird, wenn wir nur erst einmal hart arbeiten, uns mit weniger zufrieden geben und das Maul halten.

Und »wir«, das sind wie üblich die Menschen; die Untertanen, die stummen Objekte der Kabinette und Festsäle, die Stecknadeln auf den Karten der Strategen, die digitalen Nullen auf dem Bildschirm des erschöpften Systemplaners, die Marktmenschen, die Sowjetmenschen, die Soldatenmenschen, die Ameisenmenschen, die Hungermenschen, die Arbeitsmenschen, die Nervenmenschen, die Verbittertmenschen, die Gefügigmenschen, die Trotzmenschen, die Verhungermenschen.

Die verhöhnten und hin und her geschobenen Menschen.

Was ist Helsingfors? Helsingfors ist ein ungeheizter Zug, der durch graue und neblige Morgen rast, durch sich selbst rast, durch Aktentaschen mit endlosen Wehen aus Plänen und Projekten, die jahrzehntelang die Welt auf der Basis des vermeintlich Rationalen und Vernünftigen erklären wollten. Helsingfors ist ein Zug, der durch und vorbei an all den Idolen und Heiligen rast, die ich in den Träumen zu platzieren versuchte, die ich im Grunde nie gehabt habe.

Und wer bin ich? Ich bin Treibholz wie mein Heimatland, so sehr es auch im Strom zappeln mag, Treibholz wie die Zeit, in der ich lebe, die Zeit, die so viele Kerenskijs enthält; man arbeitet hart für ein Ziel, und dann kommt es umgekehrt oder zumindest ganz anders.

Manchmal habe ich das Gefühl, im Grunde immer in Marracott Hill geblieben zu sein, immer die Augen zusammengekniffen und auf der etwas verkratzten, glatten Rutschbahn hinabgeschlittert zu sein in der Hoffnung, mit halbwegs heiler Haut anzukommen.

Melba und die Brüder Karttunen lehrten mich, dass es einen Dschungel gibt.

Die Bastelfreunde, die den Trieb, zu lenken und zu bestimmen und zu besiegen und zu vernichten, zu Spieltaktik, Geschäftsplänen, Wahlstrategien und ähnlichem veredeln; ihnen zu glauben, ist mir nie gelungen. Sie belügen sich selbst und andere.

Die einzige Stärke, die ich habe, sind ein paar Bilder, die noch Kinder sind, so scharf, dass man die Grünschnäbel nach ihren Müttern rufen hört, hoch oben von steinernen Balkonen unter einem graumelierten nördlichen Himmel.

# Der Schiedsrichter

Fernström sollte sich später daran erinnern: dass er an seine eigene, beendete Laufbahn als Spieler dachte, als er an jenem Morgen durch die Stadt fuhr. Er war schon den ganzen Herbst rastlos gewesen, aber ohne zu begreifen, warum. Am Vorabend, nach einem frühen Abendessen, hatte er Maarit und Jere gesagt, er wolle ein wenig frische Luft schnappen, und sich anschließend in seinen alten, dunkelblauen Escort gesetzt, obwohl er mehrere Gläser Wein zum Fisch getrunken hatte. Er war von ihrer Wohnung im Stadtteil Alphyddan ans Ufer zwischen dem Hochseehafen und der Halbinsel Munksholmen gefahren und hatte dort lange am Denkmal für die umgekommenen Seeleute gestanden und das ewige Licht im heftigen Wind flackern sehen, und er hatte in der Dunkelheit die Augen zusammengekniffen und den Text auf der Marmorplatte zu lesen versucht: Dort standen die Namen der Männer und Frauen, die am 7. Dezember 1979, vor einem knappen Vierteljahrhundert, mit der MS Malmi auf der Ostsee untergegangen waren. Fernström hatte in dem kühlen Novemberabend gestanden und gesehen, wie der brennende Himmel draußen über dem Meer erlosch und sich verdunkelte, er hatte die wütenden, immer schwärzer werdenden Wellen betrachtet und den beißenden Wind auf seinen Wangen gespürt und an das Grauen gedacht, das die Seeleute empfunden haben mussten, als sie vergeblich um ihr Leben kämpften. Doch nun, am Samstagmorgen, waren der klare Himmel und der eiskalte Wind des Vortags Nebel und Windstille gewichen, und während Fernström auf dem verlassenen Mannerheimvägen zur Sporthalle in Tali fuhr, erinnerte er sich an die gottvergessenen Vorortplätze, auf denen er seine Karriere beendet hatte: Er hörte den Wind durch die wurmstichigen Tornetze pfeifen, er hörte das trockene und knackende Geräusch, wenn der Ball nach einem gelungenen Spannschuss ein undichtes Netz traf, und er erinnerte sich, dass die Löcher in den Netzen manchmal so groß waren, dass der Ball geradewegs hindurchstrich und es daraufhin zu heftigen Diskussionen und gelegentlich sogar regelrechten Schlägereien zwischen den Mannschaften gekommen war – war der Ball nun schnurstracks durch das Tornetz geflogen oder der Schuss vorbeigegangen? Und als Fernström erst einmal angefangen hatte, fiel ihm immer mehr ein; er erinnerte sich an die knochentrockenen gelben Grasplätze, die von Trampelpfaden durchzogen wurden, die Hundebesitzer und Jugendliche ausgetreten hatten, und er entsann sich der Hundehaufen, auf denen er gelegentlich ausgerutscht war, wenn er linker oder rechter Verteidiger spielen und in der Nähe der Seitenlinie bleiben musste. Er erinnerte sich an die Aschenplätze, die im Frühjahr hartgefroren und holprig und im Sommer staubig waren, um im Herbst dann entweder morastig und weich zu werden oder bereits wieder hartgefroren zu sein. Er hatte die morschen Holztribünen der Vorortplätze vor Augen, die etwa hundert Zuschauern Platz boten, er dachte an die wenigen Verwandten und Frauen und Freundinnen, die kamen, um sich die Spiele anzusehen, und dann erinnerte er sich an die Vereinsmannschaft, für die er in seiner allerletzten Saison gespielt hatte, und daran, dass sie jedes Mal nur zu siebt oder acht gewesen waren, wenn das Spiel anfangen sollte, woraufhin sie einen zufällig vorbeikommenden Hundebesitzer hatten bitten müssen, während der ersten fünfzehn Minuten mit seinem Köter an der linken Seitenauslinie im Spielfeld zu stehen, damit die Begegnung angepfiffen werden konnte, und nach der ersten Viertelstunde waren der Hundebesitzer und sein Hund gegangen, und daraufhin hatte die Mannschaft die übliche Achttoreniederlage kassiert. Und er erinnerte sich auch an die Male, als der Schiedsrichter oder der Torwart der gegnerischen Mannschaft oder auch er selbst betrunken zum Spiel erschienen waren – in seinem Fall kam dies während des ersten Jahrs nach seiner Scheidung vor, nachdem Sabina und Jesse nach Åbo gezogen waren –, und plötzlich erkannte er, dass seine Spielerkarriere und sein bürgerliches Leben einander ähnelten: viele Unzulänglichkeiten und dann einzelne, wärmende Funken dessen, was hätte sein können, und als er diesen Gedanken formulierte, drehte er sich um und warf einen Blick auf den noch halb schlafenden Jere auf der Rückbank und war plötzlich wieder rastlos, so rastlos, wie man sich an einem verlassenen Meeresufer unter einem rasch sich verdunkelnden Himmel fühlen kann.

* * *

Die Umkleideräume lagen in einem Flur hinter der Cafeteria, und der erste erwachsene Mensch, den Fernström an diesem Morgen erblickte, war Tony Lihr. Lihr saß in der leeren Cafeteria, trug einen schwarzen Paletot, der teuer aussah, hatte den Mantel aufgeknöpft und seinen Schal achtlos vor sich auf den Tisch geworfen. Wo der linke Ärmel des Mantels endete, schimmerte eine exklusive Uhr mit einem dicken silbernen Armband. Lihr trank Tee und blätterte zerstreut in einer Fußballzeitschrift, und in dem Moment, als Fernström und Jere vorbeigingen, schaute er auf und ließ den Blick durch den Raum schweifen. Ein Funke des Wiedererkennens blitzte in seinen Augen auf.

»Sieh einer an, Mikko, verdammt, wir haben uns ja ewig nicht gesehen!«

Jere murmelte ein hastiges »Tschüss« und verschwand anschließend im Flur. Fernström winkte seinem Sohn hinterher und ging mit zögernden Schritten zu Lihrs Tisch. Sie gaben sich die Hand, und Lihr zeigte bestimmend auf einen der leeren Stühle am Tisch.

»Mensch, setz dich! Wo spielt dein Kleiner? Welcher Jahrgang ist er?«

»Bei HPS. Jahrgang dreiundneunzig.«

»Das klingt doch toll!«, sagte Lihr energisch. »Die grünen Jäger. Neun finnische Meisterschaften! Obwohl das natürlich schon eine ganze Weile her ist. Die meisten Traditionsvereine in unserer schönen Stadt sind ja auf dem absteigenden Ast. Ich selbst habe einen Jahrgang zweiundneunzig. Spielt bei den Westend Wolves. Es ist ein neuer Verein. Anfangs hießen wir Espoon Hukat, aber du weißt schon, die Jugend von heute, es muss immer wie etwas aus der Bronx oder Toxteth klingen...«

Er verstummte für ein paar Sekunden. Fernström nahm an, dass der andere von seinem eigenen Redestrom außer Atem geraten war, und öffnete den Mund, um etwas zu entgegnen, aber Lihr kam ihm zuvor:

»Und du... spielst du noch?«

Fernström lachte auf, aber sein Lachen geriet kurz und trocken, beinahe röchelnd. Er hatte Tony Lihr seit fast fünfzehn Jahren nicht mehr gesehen, ja nicht einmal an ihn gedacht, aber jetzt fiel ihm auf einmal wieder ein, wie Lihr schon immer gewesen war: von scheinbar unerschöpflicher Energie, jemand, der sowohl anstrengend als auch aufdringlich werden konnte. Fernström fand, dass sein eigenes trockenes und röchelndes Lachen noch im Raum hing und nachhallte, und es klang, wie wenn jemand versucht, an einem bitterkalten Wintertag ein altes und ausgedientes Auto anzulassen.

»Nee, nee«, sagte er dann, »ich habe aufgehört. Aber ich habe eine Schiedsrichterlizenz. Wir haben deutlich verteilte Rollen, Jere und ich. Er spielt, und ich pfeife. Entschuldige bitte, aber ich brauche was zum wach werden.«

Fernström stand auf, ging zur Theke und holte sich einen Becher schwarzen Kaffee und ein Teilchen. Während er zum Tisch zurückging, fixierte er Lihrs Nacken und versuchte, seine Hand ruhig zu halten, aber es nützte nichts; er hatte den

Pappbecher randvoll gegossen, und der Kaffee schwappte über, brannte auf seinem Handrücken und tropfte anschließend auf den Fußboden. Eine innere Stimme ermahnte Fernström, ihn aufzuwischen, aber er ignorierte sie und setzte sich.

»Jetzt, wo du es sagst, erinnere ich mich, dass ich vor ein paar Jahren davon gehört habe«, meinte Lihr. »Dass du angefangen hast zu pfeifen, meine ich. Es muss irgendeiner unserer gemeinsamen Bekannten gewesen sein... du pfeifst natürlich nur die Winzlinge, was? Du alter Pädo...«

»Jetzt halt aber mal ausnahmsweise den Rand, Lihr«, unterbrach Fernström, konnte sich aber ein Lächeln nicht verkneifen. Lihr war noch genauso ungehobelt und geschmacklos wie eh und je, aber gleichzeitig war sein Grinsen auch noch genauso breit und entwaffnend wie früher, und Fernström spürte, dass er haargenau so reagierte, wie er es vor mehr als dreißig Jahren getan hatte: Er ließ sich becircen. »Wie geht es dir«, fuhr er fort, »bist du noch bei Nokia?«

»Wo sonst«, sagte Lihr mit Nachdruck. »Und du? Hast du es noch nicht satt, deine Stücke und Artikel zu schreiben? Läuft es gut? Macht man ordentlich Kohle damit?«

»Manchmal läuft es besser und manchmal schlechter, und reich wird man nicht davon«, antwortete Fernström so lakonisch er konnte. Lihrs Haare waren so blond und dicht wie früher, er war schlank und sah in jeder Hinsicht gut erhalten und gut situiert aus. Die dunklen Ringe unter den Augen deuteten zwar an, dass Lihr hart arbeitete und zu wenig schlief, aber Fernström machte sich keine Illusionen: Er wusste, dass Lihr seine Geheimratsecken und seinen Bierbauch und seine abgewetzten und unmodischen Cowboystiefel registriert hatte. Lihr hatte sich noch nie für Kunst und Kultur interessiert und wusste deshalb mit Sicherheit nicht, dass die Theater von Helsingfors Fernströms Stücke seit ein paar Jahren ablehnten, aber man benötigte, dachte Fernström bitter, diese Information wohl auch nicht, um sich auszurechnen, wer von ihnen beiden im Leben erfolgreicher gewesen war.

»Ja ja, die Konkurrenz ist heutzutage überall hart«, sagte Lihr gedankenverloren. »Übrigens, spielt dein Kleiner gut?«

»Nicht besonders«, erwiderte Fernström. »Er ist einer von vielen. Er ist dabei, weil seine Freunde mitspielen. Die ganze Mannschaft ist im Übrigen ziemlich schlecht.«

Er fragte Lihr nicht nach seinem Sohn, da er bereits ahnte, wie die Dinge lagen. Und die Information kam dann auch so schnell, wie er befürchtet hatte.

»Mein Sebastian ist verdammt gut«, sagte Lihr ungeniert. »Ich trainiere ihn, seit er zwei ist. Mittlerweile trainiere ich die ganze Mannschaft. Wenn du ein Spiel der Wolves pfeifst, musst du dafür sorgen, dass die Gegner ihn nicht zusammentreten. Er hat die Nummer neun und ist einfach zu gut, weißt du, er sollte im Grunde mit den Neunzigern oder Einundneunzigern spielen, die Verteidiger in seiner eigenen Altersklasse legen ihn immer von hinten oder ziehen an seinem Trikot, wenn sie bei seinen Dribblings nicht mehr mitkommen.«

»Ich werde heute tatsächlich die Spiele der Zweiundneunziger pfeifen«, sagte Fernström, leerte seinen Kaffeebecher und stand auf. »Ich muss mich mal langsam umziehen, es ist schon Viertel vor acht.«

Er nickte zum Abschied und setzte sich in Bewegung, drehte sich dann jedoch noch einmal um und ergänzte:

»Ich bin immer gerecht, Lihr. Hart gegen die Harten, aber immer gerecht. Altes Dschungelsprichwort, falls du dich erinnerst.«

Er sah, dass Lihr den Mund verzog: In einem früheren Leben hatten sie beide den Phantom abonniert, einen Comic, waren Mitglieder des Phantom-Clubs gewesen und hatten Totenkopfringe getragen. Aber während Fernström Richtung Korridor und Umkleideräume ging, dachte er, dass er seine letzten Worte wirklich ernst gemeint hatte. In seinen Augen entfaltete sich jedes Mal eine karge Schönheit, wenn es ihm gelang, ein Fußballspiel geradlinig und konsequent zu leiten. Es war eine Schönheit, die aus dem Spiel selbst erwuchs, aus dem Ritual, und diese Schönheit erhielt ihren strengsten und schönsten Ausdruck dann in den Spielergebnissen, die in dem Moment zementiert und verewigt wurden, indem er, der Rechtsprecher, zum Zeichen, dass das Spiel vorbei war, in seine Trillerpfeife blies.

* * *

Die Umkleide war bis auf einen kleinen Kleiderhaufen auf der Bank unmittelbar neben den Duschen still und leer. Eine graue Kapuzenjacke hing an einem Haken über dem Kleiderhaufen, und unter der Bank stand ein Paar schwarz-oranger Sportschuhe mit extrem dicken Sohlen. Das Turnier begann mit zwei Begegnungen um acht Uhr, und angesichts der Kleider nahm Fernström an, dass der Kollege, der sich bereits in die Halle begeben hatte, noch sehr jung war. Fernström holte die Schiedsrichterkluft aus seiner Sporttasche und begann, sich auszuziehen. Kleidungsstück für Kleidungsstück verwandelte er sich von einem pathetischen Rock'n'Roll-Überwinterer mit dunkelbrauner Lederjacke und abgetragenen Boots in einen Herrn Justitia des Fußballs, Respekt einflößend in Schwarz mit gelben Einsprengseln gekleidet, und während er seine Metamorphose durchlief, dachte er an Anton Lihr.

Sie hatten sich kennen gelernt, als sie acht Jahre alt waren. Von da an wuchsen sie zusammen auf, gingen in die gleiche Schule und wohnten im gleichen Viertel. Im Frühling übten sie und zehn andere Jungs Spannschüsse gegen Hauswände und Garagentore, denn auf den asphaltierten Hinterhöfen schmolz der Schnee am frühesten. Irgendwann im Mai zogen sie dann auf die Rasenflächen der Parkanlagen und Hinterhöfe um und hetzten fortan Abend für Abend auf und ab über das zarte Frühlingsgras, sodass der Rasen graugelb wurde und schon Anfang Juni nach getrocknetem Lehm roch. Sie scherten sich nicht um die Flüche der Hausmeister und städtischen Parkwächter, und außerdem waren mehrere Hausmeister ehemalige Spieler, die in den oberen Ligen aktiv gewesen waren:

Wenn sie die Jungen vertrieben, geschah dies mit einem Lächeln im Mundwinkel und in dem Wissen, dass diese Rotzlöffel zurückkommen würden, sobald man ihnen den Rücken gekehrt hatte.

Lihr wurde von Anfang an Tony genannt. Fernström, der eigentlich Mikael hieß, bekam den Namen Mikko verpasst. Tony Lihr war ein beliebter Junge, ein robust gebauter, sommersprossiger Blondschopf, der eine positive Lebenseinstellung hatte. Seinen zweiten Spitznamen, Liru, bekam er im Gymnasium, als seine Schulkameraden begriffen, dass er nicht nur Talent hatte, sondern den Fußball auch bitterernst nahm. Der Spitzname war ein Scherz und ein Paradox, denn *liru* ist Finnisch und bezeichnet einen missglückten Schuss, der es kaum mehr schafft, bis zum Tor zu rollen, während Lihr über eine glänzende Schusstechnik verfügte und für seine hammerharten Freistöße bekannt war, bei denen die Finger der Torhüter sich nach hinten bogen und ihre Handflächen brannten, obwohl die Hände von dicken Handschuhen geschützt wurden.

Lihr war ein besserer Spieler als Fernström. So war es von Anfang an, aber es sollte dauern, bis Fernström diese Tatsache akzeptierte. Als sie noch klein waren, war der Unterschied minimal, aber im Laufe der Jahre wurde er immer größer, und auf der Schwelle zum Erwachsensein gehörten sie als Spieler bereits in völlig verschiedene Kategorien. Lihr war laufstark und entschlossen und psychisch stabil, er machte selten ein schlechtes Spiel. Fernström war unbeständig, und mit den Jahren packte ihn auf dem Platz immer öfter die Angst davor, Entscheidungen zu treffen. An manchen Tagen ging er selbstbewusst in die Zweikämpfe und schlug einfallsreich seine Pässe, aber schon im nächsten Spiel konnte er dastehen und mit dem Ball zaudern und ihn immer wieder verlieren, woraufhin er völlig die Fassung verlor und anfing zu schmollen und seinen Mitspielern die Schuld zu geben. Außerdem hatten die beiden ein völlig verschiedenes Temperament, Lihr war extrovertiert, während Fernström ein zurückhaltender Beobachter war, ein Stratege, der fortwährend versuchte, den Ausgang der Ereignisse vorherzusehen und allen anderen auf diese Weise einen Schritt voraus zu sein; er war bei seinen Schulkameraden nicht sonderlich beliebt. Trotz dieser Unterschiede spielten sie viele Jahre zusammen, sie waren Mannschaftskameraden bei Helsingin Jalkapalloklubi und in der Schulmannschaft und ergänzten einander gut. Lihr spielte in der Spitze oder auf dem Flügel und zermürbte die gegnerische Verteidigung mit ständigen Antritten und Finten, während Fernström in der Innenverteidigung spielte, wo er die gegnerischen Angriffe abfing und lange Pässe auf seinen Freund schlug. Da sie zusammen spielten, seit sie acht waren, hatten sie ein ausgeprägtes Gespür dafür entwickelt, wie der andere sich bewegte und zu welchen Lösungen er in verschiedenen Situationen griff, und ihr Zusammenspiel war reibungslos und in ihren besten Momenten nahezu telepathisch. Im Laufe der Jahre sackte HJKs neunundfünfziger Jahrgang haufenweise Turniermedaillen ein, und die Vorortschule, in die Fernström und Lihr gingen, spielte jedes Jahr im Landesfinale, anfangs für die Mittelstufen und später für Gymnasien, und keiner der Beteiligten bestritt, dass ein Großteil der Ehre dafür Fernström und, vor allem, Lihr gebührte.

In den Sportstunden verteilten die Lehrer sie immer auf verschiedene Mannschaften. In dem Frühjahr, in dem sie die Mittelstufe beenden und ins Gymnasium wechseln sollten, war Fernström allmählich klar geworden, dass er Lihr nicht mehr gewachsen war, dass sein Kamerad zu schnell und zu stark für ihn geworden war. Aber ausgerechnet in dieser Zeit, an einem sonnigen und kühlen Vormittag im Mai, hatte Fernström zufällig einen dieser begnadeten und so seltenen Tage, wie sie die meisten Ballspieler kennen werden, einen dieser Tage, an denen wirklich alles stimmt, an denen man aus jedem Winkel abziehen und sich an die knöchelverdrehendsten Tricks heranwagen kann, ohne zu riskieren, dass etwas schiefgehen könnte; der gegnerische Verteidiger spreizt im richtigen Moment die Beine, sodass das Dribbling zu einem demütigenden Beinschuss führt, der Torwart wirft sich in die falsche Ecke, der Schuss bekommt genau den richtigen Drall, und der Ball prallt vom Pfosten oder von der Latte ins Tor, nichts kann schiefgehen, im Gegenteil, die Sonne scheint an einem wolkenfreien Himmel, und man ist Herrscher über das gesamte imaginäre Reich innerhalb der gekreideten Linien, ja man ist Herrscher über die ganze Welt.

Fernström zog die dünne schwarze Schiedsrichterkluft an, erinnerte sich an jenen fernen Maivormittag und versuchte, nichts zu beschönigen. Vielleicht hatte es daran gelegen, dass er schon in seiner Jugend kühl und arrogant war, oder daran, dass ihn der Gedanke an Lihr gequält hatte, der ihm allmählich überlegen war, aber ganz gleich, was der Grund auch gewesen sein mochte, er hatte seine Glückssträhne weidlich ausgekostet und alles getan, was in seiner Macht stand, um Lihr zu erniedrigen und zu demütigen. Er hatte ein Tor nach dem anderen geschossen, seine Mannschaft hatte haushoch in Führung gelegen, und er selber hatte Lihr ein ums andere Mal geärgert. Als die Sportstunde sich dem Ende zuneigte, hatte er eine Körpertäuschung gemacht und den Ball sachte zwischen Lihrs Beinen durchgerollt, war daraufhin links an Lihr vorbeigelaufen, hatte den Ball mit dem Außenrist zurückgetippt und Lihr ein zweites Mal getunnelt: Der vor Wut schäumende Lihr hatte das Körpergewicht immer auf dem falschen Fuß und kam einfach nicht mehr mit. »Kaum zu glauben, wie breitbeinig du heute bist«, hatte Fernström zu Lihr gesagt und gegrinst und war durchs Mittelfeld und in den Strafraum gelaufen, woraufhin er den Ball im Tor versenkt hatte. Anschließend war er zur Mittellinie und der eigenen Spielhälfte zurückgetrottet. Unterwegs war er Lihr begegnet und so im Siegesrausch gewesen, dass er den Ausdruck in den Augen des anderen überhaupt nicht bemerkte. Deshalb hatte ihn der harte Schlag wie aus dem Hinterhalt getroffen. Fernström hatte nicht mehr reagieren können und nur noch gespürt, wie sein Kopf von der Wucht des Schlages nach hinten geworfen wurde und etwas anfing, aus seinem Mund zu rinnen, während seine Oberlippe augenblicklich anschwoll und unförmig und wund wurde. Danach konnte er sich nur noch erinnern, dass die Hälfte seiner Klassenkameraden wie eine Menschentraube an ihm gehangen und versucht hatte, ihn daran zu hindern, Lihr zu erreichen, während die andere Hälfte an Lihr gehangen hatte, der immer noch vor Wut schäumte und sich weiter prügeln wollte, obwohl er bereits einen Teil der aufgestauten Wut in seinem ersten, gut gezielten Schlag abgelassen hatte.

Aber am besten erinnerte sich Fernström an das, was am Nachmittag geschehen war, als er in die Schule zurückkam, nachdem man seine Oberlippe in einer Poliklinik mit acht Stichen genäht hatte. Er war in der Pause zwischen der vorletzten und letzten Stunde zurückgekehrt, und Lihr war sofort zu ihm gerannt und hatte reuevoll ausgesehen und gesagt: »Sorry, Mikko, ich weiß auch nicht, was passiert ist, mir war nur noch schwarz vor Augen.« »Da mach do nichs«, hatte Fernström als Antwort gemurmelt, die Worte waren undeutlich aus seinem malträtierten Mund gekommen. »Ich bin ein verdammter Idiot«, hatte Lihr weitergesprochen und immer unglücklicher ausgesehen, »du solltest mir auch eine reinhauen, dann wären wir wieder quitt.« »Glau mir, es mach nichs, ich bin ech okay«, hatte Fernström wiederholt und gedacht, dass Lihr etwas an sich hatte, was einen dazu brachte, ihm niemals lange böse sein zu können. Daraufhin hatten sie sich die Hand gegeben und kurz umarmt und waren wieder Freunde gewesen und hatten weiter zusammen gespielt bis zu dem Jahr, in dem sie Abitur machten und Fernström von HJKs Jugendtrainer ausgemustert wurde und anfing, starke Zigaretten der Marke Armiro zu rauchen, eine Schachtel am Tag. In jenem letzten Schuljahr war ihre Lehranstalt beim landesweiten Schulturnier nach einem schwachen Spiel gegen eine finnischsprachige Schule aus Riihimäki schon frühzeitig ausgeschieden, und Fernström hatte danach noch fünfzehn Spielzeiten in den unteren Klassen geackert, während Lihr es bis in die Herrenmannschaft von HJK geschafft und ein paar Jahre auf der Ersatzbank gesessen hatte, ehe er zu Kiffen und von dort zu Kontulan Urheilijat wechselte, an deren Aufstieg aus den untersten Klassen bis ins Mittelfeld der 2. Liga er maßgeblich beteiligt war.

* * *

Als Fernström wenige Minuten vor acht in die Halle kam, standen alle vier Mannschaften bereits in ihren jeweiligen Spielhälften aufgestellt. Er joggte gemächlich an Platz eins vorbei und erreichte Platz zwei, auf dem er pfeifen sollte. Er winkte Jere zu, der in voller Montur an der Seitenlinie stand, obwohl er erst um halb zehn sein erstes Spiel haben würde. Ein paar Meter von Jere entfernt stand Lihr umringt von seinen Auswechselspielern, einer Ansammlung kleiner Jungs in orangen Trikots, auf deren Brust ein siegessicher grinsendes Wolfsgesicht gedruckt war. Das Anfangssextett, die meisten von ihnen groß für ihr Alter, aber schlaksig, ließ den Ball durch die Reihen laufen und machte kurze Sprints auf der Stelle, so wie die Jungen es bei Raúl und Zidane und den anderen im Fernsehen gesehen hatten.

Fernström hatte in seinem Leben viele Fußballspiele gesehen und wusste deshalb schon nach wenigen Minuten, wie das Turnier für den Jahrgang 1992 ausgehen würde. Die Westend Wolves hatten mehrere Spieler in ihren Reihen, die für ihr Alter sehr gut waren, und Tony Lihr hatte dem Spiel seiner Mannschaft seinen Stempel aufgedrückt; sie spielten energisch, variabel und optimistisch. Und Lihr junior war tatsächlich so gut, wie sein Vater gesagt hatte, und Fernström hätte ihn auch ohne die Neun auf dem Trikot erkannt: den Blondschopf, den breiten Mund, den robusten Körperbau, seine Schnelligkeit und die Fähigkeit, Torchancen zu nutzen, wenn sie sich boten.

Im Laufe des Spiels entdeckte Fernström dann, dass Tony Lihr ein Jugendtrainer von der Sorte war, die einem am meisten auf die Nerven ging. Lihr konnte keine Sekunde ruhig bleiben, sondern schrie und johlte und hetzte an der Seitenlinie auf und ab, als stünde seine Ehre als Mann und Mensch auf dem Spiel. Während der kurzen Halbzeitpause – die Westend Wolves führten zu diesem Zeitpunkt mit fünf zu eins – stauchte er mehrere Spieler zusammen und zeigte quer über den Platz auf die gegnerische Mannschaft, einen Haufen magerer und verzagter Elfjähriger in schachbrettkarierten Trikots, und nannte sie den »Feind«. Fernström stand ein wenig abseits und war angeekelt, erkannte jedoch, dass er nicht in der Position war, den ersten Stein zu werfen. Als Fernströms älterer Sohn Jesse acht Jahre alt war, hatten sie auf der Insel Drumsö gewohnt, Jesses Mutter Sabina und Jesse und er selbst. Jesse hatte Fußball in einer neuen Mannschaft gespielt, und Fernström, der damals noch in der vierten Liga spielte, hatte die Mannschaft trainiert. Er war ein aufbrausender Trainer gewesen. An einem Augustsonntag hatte Jesses Mannschaft ein Halbfinale gespielt, die Begegnung war ausgeglichen und der Ausgang ungewiss gewesen, und in der letzten Spielminute war Jesse in den gegnerischen Strafraum eingedrungen und von einem langsamen Verteidiger gefoult worden. Der Schiedsrichter hatte die Pfeife zwar im Mund gehabt, sich aber geweigert, auch zu pfeifen, er hatte eifrig mit den Händen gewunken und signalisiert, es solle weitergespielt werden und Jesse aufstehen, und daraufhin hatte die gegnerische Mannschaft einen schnellen Konter gefahren und das Spiel für sich entschieden. Fernström hatte die Kontrolle über sich verloren, er hatte den Schiedsrichter angebrüllt, ihn einen Hurensohn und einen Wichser genannt und ihm den Stinkefinger gezeigt. Die Kinder hatten Fernström mit einer Mischung aus Angst und Entzücken beobachtet, aber mehrere Eltern der eigenen Spieler hatten zu Boden geschaut und waren peinlich berührt gewesen, und unter ihnen war auch

Sabina gewesen. Am Abend jenes Tages hatte sie zu ihm gesagt, er habe das Gemüt und die Unarten eines Siegers, aber den für einen geborenen Verlierer typischen Mangel an Talent. Fernström hatte nicht gewagt, sie zu fragen, ob sie damit den Fußball meinte oder das Leben an sich. Ein paar Wochen später hatte der Disziplinarausschuss des Fußballdistrikts ihm eine offizielle Verwarnung zukommen lassen, und im folgenden Sommer hatte Sabina ihn verlassen und Jesse mitgenommen; hinterher hatte Fernström gedacht, dass ihr Aufbruch vielleicht eine Antwort auf die Fragen war, die er niemals zu stellen gewagt hatte.

* * *

Der kurze Spätherbsttag schlich unbemerkt vorbei. Vor der Halle hing der Nebel feucht und dicht, und im Grunde wurde es nie richtig hell, für ein paar Stunden herrschte graues Zwielicht, und danach gewann erneut die Dunkelheit die Oberhand. Ab und zu schlich Fernström sich auf den Parkplatz hinaus und rauchte; es war eine Unart, von der er trotz zehn und mehr Versuchen nicht losgekommen war.

Die Spielergebnisse waren so monoton wie das Novemberwetter. Fernström leitete eine weitere Begegnung der Westend Wolves, die 7:0 endete, und damit hatten die Wolves volle neun Punkte aus drei Begegnungen gesammelt, einundzwanzig Tore geschossen und zwei zugelassen. Sebastian Lihr hatte elf Tore geschossen und zu acht weiteren die Vorlage gegeben. Zwischen seinen Ansetzungen fand Fernström noch Zeit, an der Seitenlinie zu stehen und Jere im Turnier der Dreiundneunziger anzufeuern. Dort lief es nicht so gut. Jere spielte als linker Verteidiger, war jedoch hoffnungslos langsam, es fielen reihenweise Tore, und nach drei Begegnungen hatte HPS null Punkte und vierzehn Tore kassiert und nur drei geschossen.

Gegen vier, als es bereits dunkel war und Fernström im Escort saß, dessen Motor leise brummte, während er das Autoradio nach Radio Nova suchen ließ, kam Tony Lihr mit Sebastian im Schlepptau über den Parkplatz. Lihr bedeutete Fernström, das Fenster herabzukurbeln, und Fernström gehorchte.

»Gut gepfiffen, Mikko«, sagte Lihr aufmunternd. »Wie ist es für deinen Jungen und seine Mannschaft gelaufen?«

»Leider nicht so gut«, erwiderte Fernström, »aber sie haben ihr Bestes gegeben.«

»Das letzte Spiel haben wir nur 3:1 verloren«, warf Jere ein, der neben seinem Vater auf dem Beifahrersitz saß. Er fuhr mit eifriger Stimme fort. »Ich habe die Vorlage zu unserem Tor gegeben.«

Lihr, der Ältere, nickte Jere wohlwollend zu und sagte: »Das ist doch prima. Gratuliere.« Sebastian stand etwas abseits, jonglierte mit einem Ball und wirkte desinteressiert. Er ließ den Ball mehrere Male vom linken Oberschenkel abprallen, schoss ihn dann hoch, fing ihn mit der Stirn auf und buckelte wie ein Panther, während er den Ball nach hinten über Scheitel und Nacken und Rücken herabrollen ließ, woraufhin er sich aufrichtete und den Ball mit der Hacke zu seinem Vater schoss, der ihn ohne eine Miene zu verziehen fing, als wäre die Darbietung seines Sohnes etwas völlig Alltägliches und Natürliches, business as usual. Dann wandte Lihr sich Fernström zu und sagte mit ruhiger und nur ansatzweise gemessener Stimme: »Ganz passable Technik für einen Elfjährigen, was? Und er weiß auch, wie man sie einsetzen muss, er ist nicht so ein Fummler, der den Ball zu lange hält und dann verliert.«

»Natürlich hat er Talent…«, setzte Fernström an, wurde jedoch von Lihr unterbrochen:

»Ich werde einen Profi aus ihm machen. In zehn Jahren verdient er unten in Europa einen Haufen Kohle. Dann wirst du dich daran erinnern, was du an diesem Wochenende gesehen hast!«

Fernström warf einen kurzen Blick auf Jere, der Sebastian mit Bewunderung ansah.

»Wenn er sich nicht verletzt…«, sagte Fernström anschließend. »Aber sieh zu, dass du ihm hilfst, auf dem Teppich zu bleiben, wenn die Juniorentrainer und Spielerberater anfangen, sich um ihn zu reißen.« Er nickte Lihr zum Abschied zu, kurbelte dann die Scheibe hoch und fuhr davon.

Sie fuhren Richtung Stadt. Jere schaute durch das Seitenfenster in die schwarze Novemberdunkelheit hinaus, die durch das warme und einladende Licht in den Hunderten von Hochhausfenstern, die ihren Weg säumten, als sie duch die Stadtteile Haga und Lill-Hoplax und Mejlans fuhren, noch zusätzlich Tiefe bekam. Das Autoradio hatte endlich Radio Nova gefunden, ein gewollt munterer Moderator sagte ein paar Worte zum bevorstehenden Helsingforsbesuch einer ergrauten Rocklegende, und anschließend lief ABBAs altes *The Winner Takes It All*. Fernström summte den Song mit dünner Stimme mit und erinnerte sich plötzlich wieder, dass er als Teenager immer zu einem Bild von Agnetha Fältskog in einer violetten Satinhose mit Silbersternen onaniert hatte, obwohl er Schulkameraden und Freundinnen gegenüber stets hochmütig seine Verachtung für ABBA kundgetan hatte. Er verdrängte resolut die Erinnerung, dachte stattdessen an Jere und stellte sich die Frage, warum ihm jeglicher Wettkampfgeist zu fehlen schien, obwohl sein Halbbruder Jesse immer auf Zack gewesen war und gute Leistungen gezeigt hatte, wenn es darauf ankam. Es muss mit Marjut zusammenhängen, dachte Fernström besorgt, Jere hat ihre Sanftmut und ihre Genügsamkeit geerbt, wie um Himmels willen soll er da draußen in diesem Menschendschungel zurechtkommen, wenn es so weit ist. Jere saß ganz still neben ihm, er schaute nicht mehr aus dem Seitenfenster und saß mit geschlossenen Augen, sodass Fernström dachte, er würde schlafen, bis sie den Mannerheimvägen verließen und die Idrottsgatan hinabfuhren und der Junge den Kopf drehte, seinen Vater ansah und sagte:

»Dieser Sebu spielt wirklich super. Kennst du seinen Papa?«

»Ja, ich kenne ihn«, antwortete Fernström. »Wir waren gute Freunde, als wir Kinder waren.«

»Hat er auch Fußball gespielt?«, fragte Jere.

»Das hat er. Wir haben in der gleichen Mannschaft gespielt.«

»War er ein guter Spieler?«

»Oh ja. Ein sehr guter.«

Fernström merkte, dass er anfing, gereizt zu werden, und erkannte, dass er eigentlich gar keine Lust hatte, Fragen zu Lihr zu beantworten. Aber Jere war wissbegierig:

»So gut wie Sebu?«

»Fast so gut.«

»Besser wie du?«

Fernström atmete unfreiwillig tief durch.

»Das heißt besser *als* du«, meckerte er dann, erkannte jedoch, dass er sich lächerlich machte, und fuhr fort: »Ja, er war besser als ich. Er hat sogar ein paar Spiele in der Totoliga gemacht. Obwohl sie zu der Zeit noch nicht so hieß, sie hieß damals Meisterschaftsserie.« Er versuchte, einen kurzen und knappen Ton beizubehalten, damit Jere das Interesse verlor und aufhörte, Fragen zu stellen. Aber der Junge ließ nicht locker:

»Was ist dann passiert?«

»Wie meinst du das?«, fragte Fernström unwirsch.

»Ich meine mit euch«, verdeutlichte Jere. »Warum seid ihr keine *kaverin*, keine Freunde mehr? Seid ihr Feinde geworden?«

»Nee, das war es nicht…«, begann Fernström zögernd und in einem freundlicheren Ton. »Wir haben uns nur… man interessiert sich für unterschiedliche Dinge und fängt an, andere Sachen zu machen. Man findet neue Freunde und verliert die alten. So ist das, wenn man erwachsen wird, man verkracht sich nicht, man hört bloß auf, sich zu treffen.«

* * *

Nach dem Abendessen versuchte Fernström, mit Jere und Marjut auf der Fernsehcouch zu sitzen und erst den »Notenclub« und danach »Das Nachrichtenquiz« zu schauen. Aber sein Körper und seine Gedanken waren voller Unruhe, und als er merkte, dass er immer wieder den Faden verlor und Jeres Fragen zu den Sendungen nicht beantworten konnte, nahm er sein Weinglas, ging auf den Balkon, zündete sich eine Zigarette an und saß anschließend regungslos da, blickte in den Nebel hinaus und erinnerte sich.

Tony Lihr hatte damals die fünfte Klasse der Mittelschule wiederholen müssen. Fernström hatte dagegen gute Noten gehabt und war ins Gymnasium versetzt worden: Es hatte folglich ein Jahr gegeben, in dem sie in verschiedenen Schulmannschaften spielten.

Auf dem Gymnasium hatte Fernström sich bis über beide Ohren verliebt. Das Mädchen kam aus einer anderen Stadt, sie war intelligent, selbstständig und schön, sie war das Mädchen, das fast alle Jungs auf dem Gymnasium haben wollten. Sie hieß Susanna, und Fernström sollte von nun an viele Jahre in sie verliebt sein. Er konnte nicht aufhören, an sie zu denken, er sprach mit anderen Mädchen und dachte an ihre Augen und ihre langen, hellen Haare, er küsste andere Mädchen, dachte aber an ihren Mund und ihren Hals, die er in unzähligen Schulstunden heimlich betrachtet hatte, er schlief mit anderen Mädchen, dachte aber an ihre Brüste, die er nur als eine Rundung zu Gesicht bekommen hatte, die von Sweatern und Pullovern und Hemden verhüllt wurde, und er dachte ständig an Dinge, die sie gesagt hatte, wenn sie in den Pausen zusammenstanden und rauchten; obwohl sie immer in großen Trauben am Kiosk standen und krampfhaft Teenagerzynismen aus dem linken Mundwinkel strömen ließen, während die Zigaretten im rechten wippten, drehte und wendete Fernström dennoch Susannas Worte in einer vergeblichen Jagd auf verschlüsselte Mitteilungen, die für ihn und niemanden sonst bestimmt waren.

Susanna war nicht verwirrt, und sie war auch kein leichtlebiges Mädchen. Sie hatte immer einen festen Freund, dem sie unverbrüchlich treu war, und ihre Beziehungen währten lange. Der Freund wurde einmal im Jahr ausgetauscht, gelegentlich auch zwei Mal, und ihre Beziehungen endeten stets zu Beginn des Herbsthalbjahres, wenn noch ein schwacher Hauch von Sommer in der Luft hing und die bereits schnell dunkler werdenden Herbstabende aufgeladen und exotisch und wie geschaffen für neue Begegnungen erscheinen ließ. So kam es denn auch im letzten Schuljahr; Susanna wurde im September frei, und augenblicklich standen etwa zehn Jungen aus dem Abiturjahrgang bereit, um mit ihr auszugehen.

Fernström gehörte nicht zu ihnen, denn er war Susanna gegenüber seltsam schüchtern und zögerte den ganzen Herbst. Er begriff es damals nicht, aber in Wahrheit fühlte er sich sicherer dabei, Susanna anzuschauen, wenn sie am Kiosk ihre Mentholzigaretten rauchte, und es erschien ihm sicherer, weiter an dem Pult hinter ihrem zu sitzen und sich damit zufrieden zu geben, den Duft ihres Parfüms einzuatmen. Noch heute, mehr als ein Vierteljahrhundert später, hatte er diesen Parfümduft in der Nase. Es war ein Parfüm, das *Charlie* hieß und bei den jungen Mädchen damals sehr beliebt war, es war ein süßer und aufreizender Duft, in dem mehr als nur eine Ahnung von Imbissbude und *catch me if you can*-rosa mitschwang, und er war gespickt mit einem Okay-ich-ergebe-mich-obwohl-wenn-du-mich-anrührst-fange-ich-vielleicht-doch-an-zu-schreien-Signal, durch das es billig und deplatziert gewirkt hätte, wenn es auf die Haut einer erwachsenen Frau gesprüht worden wäre. Und Fernström, der sich bereits an ein Leben gewöhnt hatte, in dem er umherstreunte und in Tagträumen von Susanna versank, wartete und wartete und wartete, denn in seinem tiefsten Inneren hatte er Angst: Er hatte Angst vor dem Risiko, auf das man sich jedes Mal einlässt, wenn man sich den Ball schnappt und anfängt, ihn entschlossen Richtung Tor zu treiben, er hatte Angst, sein resoluter Alleingang könnte in einer Begegnung mit einem kühlen und unerbittlichen Torhüter enden, der seinen Schuss gänzlich mühelos parieren würde.

Anfang Dezember nahm er dann schließlich all seinen Mut zusammen und lud Susanna an einem Sonntagnachmittag in die Pizzeria Rivoli ein. Es war ein Tag auf der Schwelle zwischen Herbst und Winter mit Kirchenglocken und nassem Schnee, die Stadt lag verlassen und menschenleer, und große und feuchte Flocken taumelten aus einem dunkelgrauen Himmel herab und zerschmolzen zu Wasser, sobald sie auf den glitzernden Asphalt der Straßen trafen. Fernström und Susanna aßen verlegen schweigend ihre Pizzen, er hatte schwitzige Hände und keinen Appetit, während Susanna ihre Capricciosa förmlich verschlang. Als sie fertig gegessen hatten, räusperte er sich endlich und ergriff das Wort:

»Ja… wie ist es… ich habe überlegt… dass wir vielleicht… dass wir vielleicht irgendwie anfangen könnten…«

Er brachte die Worte einfach nicht heraus, aber Susanna verstand trotzdem, was er ihr zu sagen versuchte. Während er sprach und die Worte stockten, hatte sie ihm gegenüber gesessen und den Blick auf ihren leeren Teller gerichtet, aber nun begegnete sie Fernströms Blick, lächelte ein wenig traurig und meinte:

»Aber warum erst… das kommt so spät.«

»Wie meinst du das, spät?«

»Ich war in der ersten in dich verliebt und Anfang der zweiten«, sagte Susanna, »aber jetzt…«

Sie verstummte, und Fernström spürte, dass seine Wangen rot anliefen.

»Wie meinst du das?«, fragte er hitzig. »Bist du schon mit einem Neuen zusammen?«

»Ich weiß nicht recht«, erwiderte Susanna vorsichtig und zeigte auf Fernströms Teller: »Willst du gar nichts mehr essen?«

Als sie bezahlt hatten, spazierten sie durch die Innenstadt

zum Hauptbahnhof, wo Susanna den Pendelzug in den Vorort Vanda nehmen wollte, in dem sie wohnte. Es schneite noch immer, und keiner von ihnen hatte sonderlich viel zu sagen. Die Kaufhäuser und die Alexandersgatan waren bereits weihnachtlich dekoriert, und als sie durch die abendlich erhellte Citypassage gingen, strömte Musik aus den Lautsprechern der Passage. Fernström erkannte die Musik: Es war ein Chor aus Tschaikowskijs Nussknackersuite, eine ätherische Musik, die im gleichen Rhythmus und Tempo vom Himmel herabzutaumeln schien wie die Schneeflocken, als sie sachte zur Erde fielen, und er wusste sofort, dass er von diesem Abend an immer an Susanna denken würde, wenn er dieses Stück hörte.

Und dann geschah es, kurz vor den Weihnachtsferien, dass sich in der ganzen Schule das Gerücht verbreitete, Susanna sei mit Tony Lihr zusammen, der damals in die zweite Klasse des Gymnasiums ging. Fernström trug die Neuigkeit mit Fassung, und als er das erste Mal sah, wie Lihr und Susanna sich öffentlich küssten – es war auf der Treppe, die zu den Klassenzimmern hinaufführte, wenige Minuten nach der Weihnachtsfeier –, war er innerlich genauso ruhig und versöhnlich gestimmt wie an jenem Frühlingsnachmittag einige Jahre zuvor, als er mit acht Stichen an der Oberlippe in die Schule zurückgekehrt war und Lihr die Hand gegeben und erkannt hatte, dass es aus irgendeinem Grund schlichtweg unmöglich war, wütend auf ihn zu sein.

Im folgenden Sommer hatten Fernström und Susanna bereits ihre weißen Abiturientenmützen bekommen, und Fernström hatte seine Tagträume aufgegeben und eine Freundin gefunden. Sie hieß Aline, und Fernström hatte sie sehr gern. Sie wohnten in jenem Sommer in ihrem Elternhaus, einem Reihenhaus im Stadtteil Jollas: Alines Mutter war kurz zuvor gestorben, und ihr Vater hatte seine gut dotierte Stelle gekündigt und war bereits Anfang Mai zu einer Weltumseglung aufgebrochen. Fernström und Aline legten in dem großen und hallenden Wohnzimmer zwei Matratzen nebeneinander auf den Fußboden, und dort schliefen und vögelten sie, und Fernström sagte Aline, dass sie wunderbar sei, und innerlich wiederholte er ein ums andere Mal, dass er sie liebte und sie keine Ersatzsusanna war, nein, absolut keine Ersatzsusanna.

An einem warmen Augustabend jenes Sommers gingen Fernström und Lihr ins Olympiastadion, um sich ein Spiel der Meisterschaftsserie anzusehen. Sie waren neunzehn Jahre alt, und Lihr war der nationalen Spitze ziemlich nahe gekommen; in Fußballerkreisen kannte man ihn, und in der Halbzeitpause, als Fernström und er im Flur der A-Tribüne standen und Kaffee tranken, schüttelte er zahllosen Mitspielern und Trainern und Sportjournalisten die Hand.

Es war zufällig einer *dieser* Abende, es wurde zufällig einer jener höchst seltenen und unschätzbaren Momente, die man nie vorhersehen kann, man kann nur hoffen, über sie zu stolpern. Man konnte beispielsweise irgendwann zwischen 1910 und 1920 in ihn hineinstolpern, wenn man rein zufällig einem Arbeitskommando im bereits schnell wachsenden Los Angeles zugeteilt wurde, und dort bewegt man sich eines Tages am Stadtrand und wird zufällig Zeuge der Außenaufnahmen zu einem Keyston-Film, bei denen ein kleiner, schnurrbärtiger Neuankömmling aus London mit einer Melone, einem viel zu großen Anzug und einem Spazierstock Magie erzeugt. Oder aber man tobt sich im Paris der dreißiger Jahre aus und treibt sich eines Nachmittags mit einem ordentlichen Kater im Pigalle herum, und dann singt dort an einer Straßenecke eine knapp 150 Zentimeter große Frau, die ein Cabaret-Besitzer schon bald *Der Spatz von Paris* taufen wird. Oder aber man ist ein Mann mit einem zweifelhaften Lebenswandel, und es sind die frühen sechziger Jahre, und man ist in Hamburg, wo man in die Vergnügungsviertel gegangen ist, um sich eine Hure zu kaufen, und dann stolpert man über eine Gang junger Briten, die mit ungewöhnlicher Energie Rock'n'Roll spielen und sich die Käfer nennen, den Namen jedoch falsch buchstabieren. Oder man ist womöglich aus unerfindlichen Gründen irgendwann Anfang der siebziger Jahre in einem Vorort von Buenos Aires gelandet und sieht zufällig einen linksfüßigen, schwarzgelockten Zehnjährigen auf eine Weise mit dem Ball umgehen, wie sie normalen Sterblichen nicht vergönnt ist.

Der Abend im Olympiastadion gehörte einem gut 20-jährigen Burschen aus Helsingfors namens Ismail. Ismail hatte ein paar magische Jahre als Fußballspieler bei Kiffen und HJK, ehe der Sog der Helsingforser Nachtclubs und die Freundschaft mit den Musikern der heiliggesprochenen Rock'n'Roll-Band Hurriganes seiner Karriere ein vorzeitiges Ende setzten, und an diesem Abend schoss er fünf Tore und ließ die steifbeinigen Verteidiger von TPS aus Åbo aussehen wie Slalomstangen. Ab und an stieg Ismail einfach so auf den Ball und verharrte dort regungslos und gab vor, nach seinen Mannschaftskameraden Ausschau zu halten wie ein Matrose, der den Horizont nach fremden Schiffen absucht. Als die Spieler aus Åbo auf ihn zurannten, waren sie gedemütigt und wütend und wollten sein Blut sehen, aber Ismail glitt seelenruhig vom Ball herab, trickste ihn in die Luft und brachte ihn daraufhin mit einem wohldurchdachten Pass auf den Weg oder dribbelte an den heranstürmenden Verteidigern vorbei. Lihr und Fernström und siebentausend andere saßen auf der Tribüne und bejubelten die Artistik, und gegen Ende des Spiels schielte Fernström zu dem lachenden und pfeifenden Lihr hinüber und dachte, wie seltsam es doch war, dass sie trotz allem, was sich ereignet hatte, dennoch so gute Kameraden geblieben waren.

Als das Spiel vorbei war, nahm Fernström die Straßenbahn in die Innenstadt, er hatte sich mit Aline unter der Uhr des Kaufhauses Stockmann verabredet. Lihr nahm einen gelben Vandabus, der den Mannerheimvägen hinunter und weiter zu den Hochhausvorstädten fuhr, die entlang der Autobahn nach Tavastehus und Tammerfors lagen. Fernström wusste, dass

Lihr zu Susanna fuhr, aber er verdrängte den Gedanken. Aline schlug Fernström vor, in einem Kino Schutz vor der drückenden Hitze zu suchen, und sie spazierten zum Skillnaden-Platz hinauf und gingen ins Diana, wo sie einen französischen Klassiker sahen, einen Kriegsfilm, in dem Jean Gabin und Erich von Stroheim zwei Offiziere spielen, die mitten im Ersten Weltkrieg versuchen, in einer Welt am Gentleman-Ideal einer untergegangenen Zeit festzuhalten, die dabei ist, sich in ein Schlachthaus zu verwandeln. Feinde, aber gleichzeitig auch Freunde. Fernström saß in dem dunklen Kinosaal und hielt Alines warme Hand in seiner und dachte an Lihr und an sich selbst, daran, dass sie immer Antagonisten gewesen waren, aber dennoch niemals die Wärme verleugnen konnten, die es zwischen ihnen gab.

Nach dem Film fuhren Aline und Fernström zu dem leeren Backsteinhaus in Jollas, und dort liebten sie sich, wie zwei Menschen es in den seltenen Momenten zu tun vermögen, in denen es ihnen gemeinsam gelungen ist, die Illusion hervorzurufen, dass die Welt gut und grenzenlos und frei ist. Und Fernström wusste, der Abend und die Nacht würden ihm für immer in Erinnerung bleiben. Die Bejahung. Die plötzliche Selbstverständlichkeit in allem. Die Ahnung, die ihn damals das erste Mal ereilte, die Ahnung, die ihn viele und lange Jahre, wenn auch vergeblich, darum kämpfen ließ, an ihr festzuhalten: Wenn man nur dafür sorgte, dass die Seele lebendig und frei gehalten wurde, brauchte man keine falschen Hierarchien, und man brauchte sich nicht an die überkommenen Wahrheiten der Gesellschaft zu klammern und sich nicht nach ihren Belohnungen zu verzehren und sich nicht vor der Strafe zu ängstigen, die Gesellschaft und Menschen für Ungehorsam verhängten. Alles war eins in jener Nacht: Ismails Ballartistik, die Schönheit und der Ernst des Schwarzweißfilms, Fernströms Freiheitssehnsucht und seine Freundschaft mit Lihr, Alines sommerbraune Haut, die nach Sonne und Sand und Salz schmeckte, alles verschmolz, all diese Dinge existierten jedes für sich, waren aber gleichzeitig Teile des Lebens, und all diese Dinge waren gleichermaßen wertvoll, denn nur die Verängstigten und Impotenten zwangen die Liebe und die Kunst und den Fußball auseinander und sorgten dafür, dass sie in verschiedene Schubladen gesteckt wurden.

Aber während Fernström zum ersten Mal in seinem Leben spürte, dass er frei und ungestüm dachte, tat es doch gleichzeitig innerlich weh. Nicht sehr und auch nicht pechschwarz, aber dennoch. Denn er wusste ja, während er und Aline einander in der warmen Augustnacht erforschten, lagen Lihr und Susanna zur gleichen Zeit in einem anderen Teil der Stadt und erforschten einander auf die gleiche Weise. Deshalb breiteten sich die Stadt und das Leben vor Fernströms innerem Auge in jener Nacht auf eine Art aus, die zu gleichen Teilen Komik und Tragik enthielt, und viele Jahre später sollte er eines Tages begreifen, dass diese Nacht entscheidend gewesen war, dass damals etwas in ihm geboren wurde, was vorher nicht in seinem Inneren gewesen war und sich nicht in Worte fassen ließ, ihn aber nun sein ganzes Leben begleiten würde.

* * *

Fernström saß fast eine halbe Stunde draußen in der rauen Abendkälte und schaffte es in dieser Zeit, drei Zigaretten zu rauchen. Als er wieder hereinkam, bibberte und hustete er und war außerdem schlecht gelaunt. Er hatte viele Jahre nicht an sie gedacht, nicht an Lihr und auch nicht an Susanna oder Aline, aber nun erinnerte er sich auf einmal an sie, und als er an sie dachte, fielen ihm auch andere Freunde wieder ein, die er verloren hatte. Die Begegnung mit Tony Lihr und seinem begabten Sohn erschien ihm plötzlich wie ein böses Omen, und einen Moment lang fühlte Fernström sich versucht, die Sonntagsspiele einem Schiedsrichterkollegen zu übertragen, der ihm noch einen Gefallen schuldig war.

Kurz nach elf ging Jere ins Bett und schlief auf der Stelle ein. Fernström und Marjut lagen halb auf der Couch und sahen fern. Das vierte Programm zeigte einen alten James Bond, diesen schlechten, in dem sich ein hölzerner und klinisch humorloser George Lazenby als 007 bis auf die Knochen blamiert. Lazenbys monumentaler Mangel an Talent verstärkte Fernströms Melancholie nur noch; in einer plötzlichen Vision sah er sich die Geschichte seines Lebens vor der Jury spielen, welche die Schüler zur Schauspielausbildung der staatlichen Theaterhochschule auswählte – Fernström war mehrmals Mitglied der Jury gewesen –, und das Urteil fiel für Stoff wie Darbietung gleich aus, »ein völliges Versagen«. Fernström wandte sich an Marjut und sagte:

»Ich vermisse Jesse.«

»Dann ruf ihn doch an«, sagte Marjut tonlos und ohne den Bildschirm aus den Augen zu lassen. Fernström warf ihr einen erstaunten Blick zu. Marjut war eine besonnene Person, sie erforschte die Phonetik der finnischen Sprache und schrieb an ihrer Doktorarbeit. Der menschlichen Sprache, ihrem Aufbau und ihren Lauten, galt ihre große Leidenschaft, aber sie wies häufig darauf hin, dass es eine Leidenschaft war, die große Geduld erforderte. Fernström, der in seiner stürmischen Jugendehe mit der Schauspielerin Sabina gehörig den Boden unter den Füßen verloren hatte, fand, dass Marjut die gleiche Geduld auch im Privatleben aufbrachte, und er war heilfroh, dass sie so war. In den zehn Jahren, die sie nun zusammenlebten, hatte sie ein einziges Mal einen schärferen Ton angeschlagen, und das war zu Beginn gewesen, als Jere erst ein paar Monate alt war. Zu der Zeit trank Fernström noch, und eines Nachts war er gegen vier Uhr morgens in ihr gemeinsames Schlafzimmer gewankt. Jere war aufgewacht und hatte Zeter und Mordio geschrien, und hinterher hatte Marjut Fernström angeschnauzt, dass er erst dann seine innere Ruhe finden würde, wenn er einsah, dass nur ganz wenige Menschen Großes vollbrachten und ihn keine historische Aufgabe und kein grandioser öffentlicher Erfolg hinter der Straßenecke der Nacht und des Rausches erwarteten.

»Meinst du wirklich, ich kann ihn anrufen? Um die Zeit?«, fragte Fernström jetzt.

»Natürlich, du bist doch sein Vater«, sagte Marjut beruhigend.

Fernström ging auf den Balkon hinaus und zündete sich eine Zigarette an. Er fühlte sich erleichtert, aber als er sein Handy aus der Tasche gefischt hatte und das kleine Telefon in der Hand wog, wurde er wieder nervös. Er nahm eine ganze Zeit lang all seinen Mut zusammen, atmete dann tief durch und tippte das Telefonbuch und die Suchfunktion auf das Display und wählte Jesses Nummer. Er ließ es klingeln und klingeln und klingeln, aber es wollte sich einfach niemand melden. Das Gespräch wurde auch nicht zu Jesses Mailbox weitergeleitet, stattdessen wurde das normale Signal auf einmal von einem aggressiven Besetztzeichen abgelöst. Fernström unterbrach die Verbindung und wählte anschließend, ohne groß nachzudenken, eine Nummer in Åbo, die jahrelang in seinem Telefonbuch gespeichert gewesen war, ohne dass er sie ein einziges Mal benutzt hätte.

»Du bist es? So spät…«, sagte die erstaunte Sabina.

»Ich habe schon so lange nicht mehr mit Jesse gesprochen. Ist er…«

»Und du denkst tatsächlich, du könntest ihn an einem Samstagabend bei mir erreichen!«, lachte Sabina. »Er wohnt nicht mal mehr hier, er ist mit seiner Freundin zusammengezogen.«

Fernström war verunsichert. Er stand in der schützenden Dunkelheit des Balkons und blickte quer über den Hof in ein Fenster; ein junges Mädchen und ein junger Mann küssten sich über einen Küchentisch hinweg, der voller Weinflaschen und Gläser stand. Sie lehnten sich beide vor, was unbequem aussah, und Fernström fragte sich, wer von beiden es wohl wagen würde, seinen Platz zu verlassen, um den Tisch zu gehen und sich auf den Schoß des anderen zu setzen. Es war das Mädchen. Fernström hatte keine Ahnung, was er Sabina sagen sollte, und blieb so lange stumm, dass sie fragte:

»Hallo? Bist du noch dran?«

»Doch, doch… wo wohnt er? Und mit wem?«

»Guten Morgen, Mikko!«, sagte Sabina mit gespielter Munterkeit. »Elina und er sind seit drei Jahren zusammen, du bist ihr doch sogar schon begegnet! Sie haben seit Anfang September eine Zweizimmerwohnung draußen in Sankt Karins.«

»Ist das nicht ein bisschen früh…?«, sagte Fernström zögernd.

»Früh!«, schnaubte Sabina. »Jesse ist neunzehn, er ist ein erwachsener Mann, ich will doch nicht, dass er noch länger hier herumhängt!«

Fernström konnte sich nicht zurückhalten, der Giftpfeil verließ seinen Mund, unmittelbar nachdem sein Gehirn ihn präpariert und flugfähig gemacht hatte:

»Das kann ich gut verstehen. Wenn die Gerüchte stimmen, ist dein letztes Spielzeug ja ungefähr im gleichen Alter.«

Sabinas Stimme wurde frostig wie eine Dezembernacht auf Spitzbergen.

»Sami ist achtundzwanzig, Mikko. Und wie kannst du es wagen?«

Fernström bereute seine Worte, aber es war schon zu spät.

»Entschuldige, Saba«, sagte er. »Ein Regisseur, den ich getroffen habe…«

»Dieser verdammte Viljamaa!«, unterbrach Sabina ihn. »Seit meiner Zeit an der Theaterschule versucht er, mir an die Wäsche zu gehen. Das macht er mit allen Schauspielerinnen. Wenn man ihn abblitzen lässt, fängt er an, Lügen über einen zu verbreiten. Dieses impotente Schwein!«

»Es spielt keine Rolle, wer es war«, sagte Fernström schnell. »Ich bitte dich um Entschuldigung, dein Leben geht mich wirklich nichts an. Ich wollte nur mit Jesse reden.«

»Ihr seht euch doch Weihnachten.«

»Sicher, aber bis dahin ist es noch über einen Monat. Du…«

»Ja?«

»Spielt er eigentlich noch Fußball?«

»Nee, er hat aufgehört. Es gab keinen Platz für ihn in der A-Jugend von Tepsi, und Inter wollte ihn auch nicht. Ich habe ihm vorgeschlagen, es einmal bei IFK zu versuchen, oder... wie heißt der Verein noch?«

»Meinst du TPK?«

»Ja genau, TPK«, sagte Sabina dankbar. »Aber er hat gesagt, dass er in einer Spitzenmannschaft spielen will oder gar nicht. Im Moment wartet er also nur darauf, dass es schneit, letzten Winter ist er doch total auf Buckelpiste abgefahren.«

»Buckelpiste?«

»Ja, Buckelpiste.«

»Kann er das gut?«, rutschte es Fernström heraus. »Ich meine, hat er Talent?«

Sabina klang auf einmal müde und gereizt.

»Ich habe keine Ahnung, Mikko. Findest du wirklich, das spielt eine Rolle?«

»Natürlich nicht«, erwiderte Fernström schnell. »Grüß ihn bitte von mir. Könntest du ihn bitten, mich anzurufen? Morgen Abend oder Anfang der Woche? Gute Nacht.«

»Das werde ich tun. Gute Nacht, Mikko. Und grüß Marjut von mir.«

Als er vom Balkon wieder hereinkam, war der Film zu Ende. Marjut hatte ihre Papiere und Bücher hervorgekramt, saß am Küchentisch und machte sich Notizen; das Forschungsstipendium lief bis April, und sie hatte vor, ihre Dissertation im Mai einzureichen. Fernström stand eine Weile im Türrahmen und betrachtete ihren schmalen Rücken und ihr zerzaustes Haar, in dem bereits einzelne graue Haare aus den pechschwarzen herausstachen. Eine Welle der Wärme durchfuhr ihn, und er schlich hinter sie, legte seine Arme um sie und küsste sie auf den Kopf. Sie blickte auf und lächelte ihn an.

»Ist bei dir alles in Ordnung, Mikko?«

Fernström zögerte einen Moment, dann entschied er sich und sagte:

»Ich bin heute Tony Lihr begegnet. Erinnerst du dich an ihn?«

Marjut war im gleichen Vorort aufgewachsen wie Fernström und Lihr und dort in die finnische Gesamtschule gegangen. Sie war fünf Jahre jünger als die beiden, aber Fernström wusste, dass die Jüngeren sich manchmal noch an die Älteren erinnerten, obwohl der Altersunterschied groß gewesen war.

»Tony Lihr? War der nicht ein paar Jahre mit Taru Juselius zusammen?«

»Taru Juselius?«, entgegnete Fernström und kam sich albern vor. »Die einen Bruder hatte, der Basketball bei ToPo spielte und… Taavi hieß?«

»Ja genau«, sagte Marjut. »Und dieser Lihr ging auf die Wirtschaftshochschule. Ein großer und blonder Typ, der viel lachte.«

»Genau der.«

»Ich erinnere mich an ihn. Ehrlich gesagt habe ich ab und zu etwas über ihn gehört. Seine zweite Frau Ritu ist die beste Freundin von Suvi, die Dozentin in unserer Abteilung ist…«

»Seine *zweite* Frau?«, unterbrach Fernström sie. »Ich wusste nicht einmal, dass er geschieden ist.«

»Die beiden haben sich auch wieder getrennt, glaube ich«, sagte Marjut. »Jetzt, wo du ihn erwähnst, fällt mir ein, dass Suvi erst vor ein paar Monaten von ihm und Ritu erzählt hat. Es waren ziemlich üble Sachen. Wo hast du ihn getroffen, auf Jeres Turnier?«

»Ja. Er trainiert eine Mannschaft Zweiundneunziger. Die Westend Wolves, was für ein bescheuerter Name! Sein Junge ist Mittelstürmer. Der Star der Mannschaft natürlich«, sagte Fernström trocken. »Was wusste Suvi über ihn zu berichten?«

»Es war wirklich tragisch«, meinte Marjut. »Erst hat Nokia ihn gefeuert, als sie Personal eingespart haben, und dann ging die Ehe in die Brüche, und er und Ritu haben sich getrennt.

Und zur gleichen Zeit stellte sich heraus, dass er Krebs hat. Ich glaube, er ist letzten Sommer operiert worden.«

Fernström bekam weiche Knie, ließ sich aber nichts anmerken.

»Ach wirklich, gefeuert«, murmelte er leise. Dann fragte er mit lauterer Stimme:

»Was für einen Krebs hatte er denn?«

»Das weiß ich nicht«, sagte Marjut. »Das hat Suvi mir nicht erzählt. Aber ich glaube, seine Chancen stehen ganz gut.«

Marjut blieb über ihre Notizen und Bücher gebeugt noch ein wenig auf. Fernström ging ins Schlafzimmer und zog sich aus und ging ins Bett, aber als er die Decke zur Seite schlug und sich hinlegen wollte, wurde ihm leicht schwindlig. Er ließ das halb gelesene Viivi-und-Wagner-Comic auf dem Nachttisch liegen, löschte stattdessen auf der Stelle das Licht und schloss entschieden die Augen. Aber es wurde ihm nur noch schwindliger. Er öffnete die Augen wieder und ließ die Gespenster in den Raum eindringen. Da war Jesse, den er seit dem Sommer nicht mehr gesehen hatte, Jesse, der mit einem Mädchen in Sankt Karins vor den Toren Åbos zusammenlebte und auf Pisten Ski lief, die wie Friedhöfe für Kamele aussahen. Da war die immer gleich aufbrausende Sabina, die am städtischen Theater Åbo in einem Stück über Tschechows Leben Olga Knipper spielte, sie hatte kürzlich Premiere gehabt und glänzende Kritiken bekommen. Da war Susanna, die er zwanzig Jahre nicht mehr gesehen hatte, von der er aber wusste, dass sie mit einem schwedischen Architekten verheiratet war und in einem Villenvorort nördlich von Stockholm wohnte. Und da war Aline, die Töpferin geworden und nach Holland gezogen war, wo sie mit einer Frau zusammenlebte: Dreiundzwanzig Jahre waren vergangen, seit sie getrennte Wege gegangen waren, aber Fernström bekam immer noch jedes Jahr eine Weihnachtskarte. Und am deutlichsten von allen nahm Lihr Gestalt an, wie es so seine Art war, ergriff er Besitz vom

Raum und stellte die anderen in den Schatten; plötzlich sah Fernström vor sich, wie es gewesen war, als er und Lihr sich auf dem Flughafen Helsingfors-Vanda begegnet waren, als sie um die Dreißig gewesen waren, und in der gleichen Sekunde erkannte er, dass auch diese Begebenheit – die ihm praktisch taufrisch vorkam – fünfzehn Jahre auf dem Buckel hatte, und dass sie mit Riesenschritten auf die Fünfzig zugingen, Lihr und Susanna und Aline und er. »Ach wirklich, gefeuert«, murmelte Fernström, als er dort im Doppelbett lag und in die Dunkelheit hineinstierte, »ach wirklich, gefeuert.«

* * *

Der Sonntagmorgen graute ebenso nebelschwer, wie der Samstag gewesen war. Es war fast halb neun, und es war schon hell, so hell jedenfalls, wie es denn werden konnte. Jere schlief auf dem Rücksitz, obwohl Fernström dem Jungen zuliebe den Sender NRJ im Autoradio eingestellt hatte. Im Radio lief ein Rapsong nach dem anderen, aber Fernström konnte die Stücke nicht auseinander halten. Er dachte an damals zurück, als Lihr und er sich auf dem Flugplatz über den Weg gelaufen waren.

Es musste 1988 oder 1989 gewesen sein. Auch damals hatte Fernström nicht sonderlich viel über Lihrs Tun und Lassen gewusst; er hatte gerüchteweise gehört, Lihr habe einen Job bei Nokia bekommen und eine Frau geheiratet, deren Familienname nach Aktiendepot roch, das war alles.

Sie hatten sich die Hand gegeben. Sie hatten nicht über Fußball gesprochen und auch nicht über Frauen. Und keiner von ihnen hatte ein Wort über Susanna verloren. Warum hätten sie das auch tun sollen?

Stattdessen hatten sie sich über ihre Arbeit unterhalten. Lihr hatte Fernström seinem Kollegen vorgestellt. Der Kollege war blutjung und betont elegant gekleidet gewesen, er und Lihr sollten nach Europa reisen und gemeinsam Geschäfte machen. Lihr trug ein graues Polohemd und ein Jackett mit kleinen Karos, er sah aus wie ein Staubsaugervertreter auf Reisen. Fernström war auf dem Weg nach Malmö, um sich dort mit einem Theaterregisseur zu treffen. Er kannte den Regisseur flüchtig und hatte vor, ihm ein neues Stück zur Aufführung anzubieten, obwohl das Stück schlecht war, wie Fernström sehr wohl wusste. Fernström hatte lange Haare, trug eine schwarze Lederjacke mit Nieten, eine schwarze Jeans und spitz zulaufende schwarze Schuhe mit abgelaufenen und schiefgetretenen Absätzen – er sah aus wie eine Parodie seiner eigenen Künstlergeneration.

Schon damals, im Alter von dreißig Jahren, hatten sowohl Fernström als auch Lihr einen schweren und gesetzten Körper bekommen. Ihre Nacken waren dicker geworden – und roter, hatte die scharfzüngige Sabina hinzugefügt, als Fernström ihr von der Begegnung erzählt hatte –, ihre Schultern breiter, und ihr Bauch zeigte eine beginnende Rundung. Sie hatten tschüss, mach's gut, bis bald gesagt und waren anschließend in ihre jeweilige DC-9 gestiegen. Die Flugzeuge waren gleichzeitig gestartet, allerdings von verschiedenen Startbahnen. In Malmö war Fernströms Regisseursfreund gehetzt und angespannt gewesen und hatte sofort angefangen, über eine Großproduktion zu sprechen, einen Dürrenmatt-Thriller, die leider den größten Teil des Etats für die kommende Spielzeit verschlingen würde. Fernström hatte begriffen, dass seine Geschäftsreise in einem Misserfolg enden würde, und er hatte an Lihr gedacht und sich gefragt, wie der wohl zurechtkam. Wahrscheinlich besser, denn Lihr war so entspannt und sympathisch gewesen wie eh und je, sein Charme wirkte immer zeitloser, wurde nicht von äußeren Faktoren beeinflusst, schien schlichtweg angeboren zu sein. Lihr musste nicht durchtrainiert aussehen oder sich elegant kleiden oder gut benehmen, hatte Fernström gedacht, Lihr konnte sich darauf verlassen, dass sich mutmaßliche Kunden in seiner Gesellschaft wohlfühlten und den Liefervertrag allein schon deshalb unterzeichneten, weil während der Verhandlungen solch eine angenehme Atmosphäre geherrscht hatte.

»Sind wir nicht bald da?«, weckte ein schlaftrunkener Jere ihn aus seinen Gedanken.

»Doch, gleich«, antwortete Fernström, bog in den Sockenbacka-Kreisverkehr und schlug gleichzeitig auf dem Lenkrad den Takt mit. »Ist das Outkast?«

»Nee, das ist Outlandish«, erwiderte Jere abgeklärt und verdrehte die Augen, um zu signalisieren, dass er einen schwerwiegenden Fehler gemacht hatte.

»Outlandish, indeed«, murmelte Fernström und fuhr weiter Richtung Tali.

* * *

Auch am Sonntag lief zunächst alles wie erwartet. Fernström leitete das Viertelfinale der Westend Wolves: Es endete 6:1, und Sebastian Lihr schoss drei Tore. Jeres Mannschaft gewann das erste Spiel des Morgens, was großen Jubel auslöste, aber die folgende Begegnung verlor man mit 0:5, und die Mannschaft würde das Turnier deshalb mit dem Spiel um den elften und zwölften Platz beenden; aus irgendeinem Grund wurde das Spiel ausgetragen, während gleichzeitig die ein Jahr älteren Jungen auf dem Nachbarplatz ihr Finale spielten.

Als die Schiedsrichter eingeteilt worden waren, hatte Fernström darum gebeten, bei der letzten Runde der Medaillen- und Platzierungsspiele nicht mehr pfeifen zu müssen; er wollte am Spielfeldrand stehen und sich Jeres letztes Spiel anschauen. Doch nun, am späten Sonntagnachmittag, schlug das Schicksal zu. Der jüngste Schiedsrichter des Turniers, der mit der Kapuzenjacke und den dicksohligen Turnschuhen, hatte den ehrenvollen Auftrag erhalten, das Finale der älteren Jungen zu leiten. Aber er knickte mit dem Fuß um, als er das Halbfinale pfiff, und da einige Schiedsrichter mittlerweile bereits nach Hause gefahren waren, gab es außer Fernström niemanden, der einspringen konnte.

Das Spiel der Jüngeren um den elften und zwölften Platz wurde auf Platz zwei ausgetragen und begann einige Minuten, bevor die ein Jahr älteren Finalmannschaften sich auf Platz eins in ihren Spielhälften aufgestellt hatten und spielbereit waren. Fernström war in den ersten Minuten des Finales unkonzentriert und pfiff schlecht. Schuld daran war, dass Jere im Spiel auf dem Nachbarplatz für HPS das Tor hütete; die gegnerische Mannschaft griff immer wieder an, sie schoss ein Tor und anschließend noch ein zweites und dann ein drittes, und Fernström war stellvertretend für seinen Sohn unglücklich und wäre zu gerne auf den Nachbarplatz gestürmt. Er hätte Jere retten und ihn in eine geborgene und andere Welt geleiten wollen, in der man niemals wetteiferte und bittere Niederlagen erlitt.

Mit der Zeit gewann jedoch sein Schiedsrichterstolz die Oberhand über seine Vatergefühle, und Fernström begann, sich auf sein eigenes Spiel zu konzentrieren. Und das Finale entwickelte sich zu einer ausgeglichenen Begegnung. Die Westend Wolves waren haushohe Favoriten, man hatte bereits im Gruppenspiel gegen die Finalgegner gespielt und sie mit 7:0 deklassiert. Aber die Gegner, eine Mannschaft aus Vanda, die in schwarz-rot gestreiften AC Mailand-Trikots spielten, überraschten alle. Schon nach wenigen Minuten gingen sie in Führung – durch einen Weitschuss, der den Torwart der Wolves überrascht hatte – und kämpften anschließend, als ginge es in dieser Partie um Leben und Tod. Lihr und seine Mannschaftskameraden kamen an der gut aufgestellten und wild grätschenden Vanda-Verteidigung nicht vorbei, und je länger das Spiel dauerte, desto öfter verfiel Lihr junior der beliebtesten Schoßsünde eines Starspielers: alles selbst machen, alles im Alleingang erledigen zu wollen. Sebastian hatte gegen Ende der ersten Halbzeit die Latte getroffen, aber das war alles, und schon bald begann die Schlussphase der Partie, und Lihr senior lief an der Seitenlinie auf und ab und schrie und brüllte und stöhnte, und Fernström sah nun, dass sein ehemaliger Mannschaftskamerad tatsächlich von seiner Krankheit gezeichnet war: Obwohl er hundertprozentig mitging, lief Tony Lihrs Gesicht nicht rot an wie das von Alex Ferguson und allen anderen aufbrausenden Fußballtrainern, sondern blieb hohläugig und blass.

Es waren nur noch drei Minuten zu spielen, als es passierte. Der Torhüter der Wolves nahm einen ungefährlichen Flugball auf und warf den Ball Sebastian Lihr zu, der an der Grenze des eigenen Strafraums wartete. Sebastian sah, dass seine Gegenspieler zum ersten Mal während des Finales schlecht gruppiert standen, nahm Tempo auf und ging auf den Flügel. Er spielte einen Gegenspieler aus und anschließend noch einen und dann noch einen. Er war jetzt in der gegnerischen Hälfte, lief mit etwas größeren Schritten und zog gleichzeitig nach innen. Ein Verteidiger der Gegenmannschaft stürmte von der Seite heran, aber Sebastian ließ ihn mit einem eleganten, beidfüßigen Dribbling stehen. Fernström, der ein paar Meter dahinter lief, sah die Lücke in der Mitte und wusste, dort würde Sebastian durchzukommen versuchen. Er tat und schaffte es, denn plötzlich gab es nur noch fünfzehn Meter leerer Kunstrasenfläche vor ihm und dann der gegnerische Torhüter und hinter diesem: der Torkasten, das Tor. Sebastian Lihr wurde eine Spur langsamer, drang in den Strafraum ein, während der Ball förmlich an seinen Füßen klebte, und blickte auf, um zu entscheiden, in welche Ecke er schießen sollte. Der Torhüter blieb wie gelähmt auf der Torlinie und bildete keine Bedrohung, aber Sebastian hatte nicht damit gerechnet, dass der zuletzt ausgespielte Spieler von Vanda eine derart ausgeprägte Kämpfernatur sein würde; der kleingewachsene Innenverteidiger hatte nicht aufgegeben, sondern kehrt gemacht und war Sebastian hinterhergerannt. Nun setzte er zu einem verzweifelten Tackling an und rutschte von hinten heran, als Sebastian gerade den rechten Fuß zurückzog, um zu schießen.

Das Foulspiel war fast schon peinlich unübersehbar, es war von der Art, für die erwachsenen Profis augenblicklich die rote Karte gezeigt wird: Die stämmigen Beine des Spielers aus Vanda schlossen sich wie eine Schere um Sebastian Lihrs linkes Standbein, und Lihr junior fiel nach vorn, während er gleichzeitig einen entrüsteten Schrei ausstieß. Später sollte sich Fernström daran erinnern, wie seltsam dieser Moment war. Er sah alles mit solcher Schärfe, sowohl die Gegenwart als auch die Vergangenheit. Er sah Sebastian Lihr herumrollen und ihn dann halb auf dem Bauch, halb auf der Seite liegend mit flehendem Blick ansehen. Er registrierte, wie ein wutentbrannter Tony Lihr die Fäuste in der Luft schüttelte, während er schrie: »Das ist ein Elfmeter! Das ist doch sonnenklar! Mikko, hallo! Verdammt, das muss doch Elfmeter geben!« Aber Fernström hob dieTrillerpfeife nicht zum Mund: Er konnte nicht. Er hatte jenen klaren und kühlen, lange zurückliegenden Frühjahrsvormittag vor Augen, er sah sich selbst zum Anstoßkreis zurücktrotten, den Arm in einer Torjubelgeste erhoben, und Lihrs Schlag, der aus dem Nichts kam und seine Oberlippe traf, die sich in Sekundenbruchteilen in eine blutige Masse verwandelte. Er sah vor sich, wie Susanna und er vor fast genauso langer Zeit durch die Citypassage gingen, und er hörte diese Musik, die klang wie die Schneeflocken, die herabtaumelten, und er hörte auch Susannas Stimme, die sagte: »Ich weiß nicht recht. Willst du gar nichts mehr essen?« Und er hörte auch Tony Lihrs Stimme, es war eine ganz frische, knapp vierundzwanzig Stunden alte Stimme, und sie sagte: »Ich werde einen Profi aus ihm machen. In zehn Jahren verdient er unten in Europa einen Haufen Kohle.«

Hinterher wusste er nicht, wie viele Sekunden er dort mitten auf dem Platz gestanden hatte, regungslos, so als verweile er in einer anderen Welt, einer anderen Wirklichkeit. Er sah, dass Sebastian Lihr sich aufrappelte, ohne ihn aus den Augen zu lassen, er sah, dass Lihr senior ihn mit einem Blick anstarrte, der zunächst wutentbrannt war, dann jedoch immer erstaunter wurde, so als hätte er geahnt, was in Fernströms

Innerem vorging. Aber Fernström sah, ohne zu sehen; er war nicht da, denn er war überall und nirgends. Und dann, als Tony Lihrs Gesichtsausdruck gerade anfing, von Verblüffung und Ungläubigkeit zu Gewissheit und Entsetzen zu wechseln, sah Fernström während eines Tausendstels einer Sekunde ein blitzschnelles Bild davon, wie kurz das Leben ist: Er sah, wie wir an einem Tag unter einem gewaltigen und hohen und kalten Winterhimmel gehen und der Atem wie eine Rauchwolke aus unserem Mund strömt und unser Herz pocht, denn man hat gerade entdeckt, dass man den Menschen, der neben einem geht, liebt und sein ganzes Leben lieben wird, aber im nächsten Moment sind dreißig oder sechzig Jahre vergangen, und dieses Mädchen oder dieser Junge ist längst verschwunden, genau wie viele andere Menschen, an die man sich erinnert, und der kalte Winterhimmel ist schon lange nicht mehr hoch und befreiend gewesen, ist nur ein schwarzer und eisiger und erstickender Deckel.

Und während dieser vorübereilenden Tausendstelsekunde sah er auch, so war es für alle.

Und daraufhin war es, als hätte jemand in seinem Inneren mit den Schultern gezuckt.

Dann pfiff er und zeigte gleichzeitig mit großer Bestimmtheit auf den Elfmeterpunkt.

Sebastian Lihr verwandelte den Strafstoß, und anderthalb Minuten später schoss er noch ein Tor.

Nach der Siegerehrung kam Tony Lihr zu Fernström und sagte:

»Unglaublich, was für ein Thriller das war!«

»Es war wirklich ein gutes Finale«, erwiderte Fernström.

»Die Jungs aus Vanda haben ein Riesenspiel gemacht«, sagte Lihr. »Aber du musst zugeben, dass mein Sebu ein richtiger Siegertyp ist… der beißt sich durch, um nicht verlieren zu müssen!«

Fernström sagte nichts, er nickte nur. Lihr streckte die

Hand aus, und Fernström ergriff sie, und sie gaben sich auf eine Art die Hand, die ihnen feierlich erschien, so als hätten sie soeben eine religiöse Zeremonie beendet und nicht ein Fußballspiel für Elfjährige.

Als Fernström auf dem Weg in die Umkleidekabine war, holte Jere ihn ein und fragte, ob er mitkommen dürfe.

»Musst du nicht noch duschen?«, fragte Fernström.

»Kann ich nicht in deiner Umkleide duschen? Es sind doch keine anderen Schiedsrichter mehr da«, sagte Jere.

»Eigentlich soll man ja bei seiner Mannschaft sein«, meinte Fernström.

»Ich habe den Trainer gefragt, und er hat gesagt, es wäre okay«, sagte Jere.

»Also gut. Hol deine Tasche«, sagte Fernström.

Fernström ging in den Umkleideraum, zog seine Schiedsrichterkluft aus und holte Shampoo und Handtuch aus seiner Tasche. Als er unter der Dusche stand und sich die Haare wusch, kam Jere herein und begann, sich einzuseifen, während er mit piepsiger Stimme einen Rap vor sich hinsang: hang it up, hang it up. Fernström drehte seine Dusche ab und schlang sich das Handtuch um die Hüften. Anschließend stellte er sich vor den Spiegel und machte eine Bewegung, die er seit vielen Jahren nicht mehr gemacht hatte. Er spannte seine Oberlippe so, dass sie über die obere Zahnreihe glitt, er machte es immer wieder und spürte dabei jedes Mal den kleinen Widerstand, der dort seit fast dreißig Jahren war. Er lehnte sich näher zum Spiegel vor und spannte die Oberlippe ein weiteres Mal, und dann sah er die Narbe: einen kleinen, hellen Fleck.

»Was machst du da, Papa?«, fragte Jere.

»Nichts«, erwiderte Fernström.

# Kuschelgoldies

*Hey Bobby Marley, sing something good to me*
*this world's gone crazy, it's an emergency*

Manu Chao

Heute Nacht kamen Homer und Marge mal wieder besoffen nach Hause. Es war fast vier, sie waren bei der Premiere gewesen, und anschließend waren sie und ein paar ihrer Freunde ins Mocambo gegangen und hatten sich sehr darüber gewundert, dass der Schuppen so gut wie leer war. Sie kamen wie üblich zu spät: Es ist mindestens drei Jahre her, dass das Mocambo cool war, und DJ Chanel, der einzige Einwohner von Helsingfors in Homers und Marges Alter, der einen Schimmer hat, woher die Pisse weht, ist schon vor einer Ewigkeit weitergezogen. Regel Nummer eins: Wenn ein Club im wheretogo von City, Gloria und anderen Touristenblättern auftaucht, ist er out. Regel Nummer zwei: Wenn ein Laden cool ist, erfährst du es in einer SMS, auf keinem anderen Weg. Schwierige Regeln für Homer und Marge, denn sie simsen langsam und nur ungern und bekommen panische Angst, wenn man Nokias T9 in ihren Handys aktiviert. Außerdem glauben sie, dass man Illustrierte, die auf Hochglanzpapier gedruckt werden, ernst nehmen soll. Suckers.

Jedenfalls gab es ein verdammtes Chaos, als sie nach Hause kamen. Erst stolperte Homer im Flur über Jontes Skateschuhe und fiel in die offene Kleiderkammer, in der die Kutten hängen, und dann fluchte er dermaßen, dass vier von uns fünf wach wurden. Und wir, das waren letzte Nacht Jonte und Melinda und Rami und ich. Und Joe natürlich, den wir Klein-Strummer nennen, weil er nach Joe Strummer von The Clash benannt ist. Meine ältere Halbschwester Carola war bei ihrem

Freund draußen in Henriksdal, und Garba wohnt im Winterhalbjahr bei seinem Alten in einem Vorort von Lagos; im Sommer mietet Garba ein Einzimmerapartment an Fjärde linjen, er mietet es schon seit ein paar Jahren. Und Rami war nur zufällig zu Hause, er spielt Soldat in Sandhamn und hatte so eine Art Tüchtigkeitspermission bekommen, die er noch dazu sofort antreten musste, und war total kaputt nach einer nächtlichen Milischlammschlacht und schlief weiter wie ein Murmeltier, obwohl Homer lärmte und krakeelte. Aber Homer beruhigte sich mit der Zeit wieder und ging wie üblich ins Wohnzimmer und legte eine CD auf und schob sich seinen Steinzeitkopfhörer über die Ohren: Wenn er ihn aufhat, sieht er aus wie ein Käfer oder wie ein Rundfunktechniker von, sagen wir, neunzehnhundertdreiundfünfzig. Marge hob die Zeitungen von der Flurmatte auf und setzte sich an den Küchentisch und steckte sich eine Zigarette an und schenkte sich einen großen Calva ein und blätterte zum Kulturteil von Hufvudstadsbladet. Sie ist Theaterregisseurin und es war ihre Premiere, ein neues norwegisches Stück über die Leere des Lebens, in dem sie und Homer gewesen waren, und jetzt fand sie die Kritik, und schon als sie sah, dass Rickard Rosengren sie geschrieben hatte, schrie sie auf. Marge hat mit Rosengren geschlafen, als die beiden noch jung waren. Sie hatten eine Art Beziehung – Marge und Homer und ihre Freunde hatten massenhaft Beziehungen, als sie jung waren, aber es waren *richtige* und *enge* Beziehungen, behaupten sie, die Leute waren damals längst nicht so pornomäßig drauf, wie sie es heute sind – und kein Mensch ahnte zu der Zeit, dass Marge eines Tages Regisseurin sein würde und Rickard Rosengren Theaterkritiker, und dann war alles andere als freundschaftlich Schluss mit ihrer Beziehung, und seither versucht Rosengren, sich immer Marges Premieren unter den Nagel zu reißen und sie zu verreißen. Diesmal schrieb er in etwa, Marges neuer Regiestil enthalte eine Öffnung zum Naivismus und dass diese Öffnung im Prinzip okay sei, es ihr jedoch schwer zu fallen scheine, den Unterschied zwischen echtem Naivismus und Kitsch zu sehen, und das Ergebnis sei eine leere und billige Vorstellung mit schlechtem Rhythmus und einem falsch gewählten Bühnenbild gewesen. Als Marge das gelesen hatte, schrie sie so laut, dass sogar Rami wach wurde und in der Küche auftauchte und fragte: »Verdammt, was soll das, Alte? Es ist halb fünf!« »Verdammt! Verdammt! Dieses Arschloch von einer verkappten Schwuchtel!«, zischte Marge zwischen den Zähnen hervor, während Homer mit seinen Käferkopfhörern im Wohnzimmer saß und den Kopf hin und her wippen ließ wie ein Psycho. Homers und Marges Sauftouren enden immer so, damit dass sie dasitzt und raucht und einen letzten Calva trinkt und sich total stressen lässt von irgendwas Aufwühlendem und Kränkendem, das sie gerade in den Kulturteilen von *Husis* oder *Hesari* gelesen hat, während Käfer-Homer dasitzt und mit dem Kopf wippt und ganz selig aussieht, und manchmal, zum Beispiel, wenn er einen alten Hit hört, der acht Minuten lang ist, und mit an Sicherheit grenzender Wahrscheinlichkeit von Freddie Mercury und Queen performt wird, läuft eine kleine Träne seine Wange herab. Ich habe Homer recht oft so sitzen und mit dem Kopf wippen sehen, denn, um die Wahrheit zu sagen, saufen Marge und er ziemlich viel. Und so soll es auch sein, denn der Forschungsabteilung des staatlichen Alkoholunternehmens ist es gelungen nachzuweisen, dass die zwischen 1956 und 1961 Geborenen die versoffenste Generation in der Geschichte des selbstständigen Finnlands sind. Homer ist sechzig geboren und Marge siebenundfünfzig, und ich bin froh, dass meine Alte und mein Stiefvater wenigstens in einem Punkt der Norm entsprechen.

Aber jetzt ist es also Nachmittag am Tag danach, und Marge führt lange und erregte Telefongespräche mal mit dem Theaterintendanten, mal mit dem Chefredakteur von *Hufvudstadsbladet* und mit ihrer besten Freundin Asta. Sie zieht an den Strippen, an denen sie ziehen kann, um ihrem giftigen Ex Rosengren endlich das Maul zu stopfen, von Zeit zu Zeit steckt sie sich eine Smart an, und zwischendurch presst sie sich einen Portionsbeutel Kautabak nach dem anderen unter die Oberlippe und redet ununterbrochen, und ihre großen Hände machen wütende Bewegungen in der Luft, und manchmal frage ich mich wirklich, wie sie überlebt, denn sie ist immer völlig überdreht und hat zu hohen Blutdruck und wiegt außerdem mindestens zwanzig Kilo zu viel, ihre Brüste, die fünf Kinder gestillt haben, sind so groß wie Sandsäcke, und Melinda, die dreizehn ist und mittlerweile völlig sexbesessen, meinte eines Abends, sie könne es richtig vor sich sehen, wie Marges Boobies Homer ins Gesicht klatschen: Aus irgendeinem Grund stellen wir Geschwister uns immer vor, dass Marge oben ist: Ich meine, wenn sie vögeln. Falls sie das überhaupt tun, denn Joe schläft noch immer in ihrem Schlafzimmer und manchmal sogar in ihrem Bett, obwohl er schon vier ist, und Homer verwahrt ein Kunstwerk mit dem Titel »Endlich 18 – geile Schulmädchen machen es das erste Mal« in einer Aktenmappe mit der Aufschrift »Stadtratbeschlüsse 2001«. Aber Homer ist und bleibt ein ewig Gestriger, denn seine geilen Schulmädchen treiben es nicht einmal auf DVD, sondern auf einer alten VHS-Kassette; der Star heißt Ginger Lynn, und sie muss heute ein gutes Stück über die Vierzig sein, falls sie noch lebt, und die ganze Kassette ist unglaublich, tja, ich weiß nicht recht, da sind irgendwie so viele Haare, und damit meine ich nicht nur die Prolmatten der Männer.

Wie dem auch sei, während Marge also lange Telefonate mal mit dem und mal mit dem führt, sitzt Homer alleine im Wohnzimmer, in seine Kopfhörer und ein T-Shirt von der Welttournee der Rolling Stones 1982 und einen Black-Horse-Slip gehüllt, der zwei Nummern zu klein ist. Das macht Homer immer, wenn er verkatert ist, er sitzt in seinem stilvollen Slip und einem verwaschenen T-Shirt herum, hört alte Hits und ist zu hundert Prozent weggetreten und vergisst echt immer, dass man verdammt laut singt, wenn man derart dicht abschließende Hörer auf den Ohren hat, sodass ich oder eine meiner Schwestern jedes Mal zu ihm gehen und den Zeigefinger auf den Mund legen und die Pssst-Geste machen muss. *Pity*, irgendwie. Außerdem singt er falsch, und es ist mir ein Rätsel, dass er nicht kapiert, wie nervig es ist, ihm zuzuhören, denn es kommt einem so vor, als hätte er sein ganzes Leben mit diesen Kopfhörern auf den Ohren verbracht, eine seiner Frauen hätte ihm wirklich schon einmal verklickern können, dass er ungefähr so glasklar und nuanciert singt wie eine Motorsäge. Früher, bis etwa vor einem Jahr, hörte Homer immer White Riot und Rebel Yell, wenn er einen hangover hatte, man hörte das Schlagzeug und den Bass in der ganzen Wohnung, immer das gleiche, öde 4/4-Dummdadumm und dazu sein »Gesang« und sein Kopf, der wie ein Jojo im Schnelldurchlauf wippte: Man musste ihm schon fest auf die Käfer klopfen, damit er reagierte. Doch seit dem, was letzten Winter los war, ist er ein anderer Mann, das Getue und aufmüpfige Gejaule sind wie weggeblasen, und stattdessen scant er zum Radiosender Kuschelgoldies und sitzt dann anschließend da und trällert schrill *I'm Not in Love* und *Three Times a Lady* und ähnliches, »wenn das Tem-pooo zu hoooch wird, dannspielenwir deine Ku-schelgoool-diiies«, und man hört kein Schlagzeug und keinen Bass und keine schnellen Vierviertel mehr, und obwohl Homer grauenhaft singt, ist es so doch trotz allem besser als im letzten Frühjahr, als er Cipramil und Nocturnal und ich weiß nicht was alles schlucken musste, um nicht auszuticken und überhaupt schlafen zu können.

Also Sonntag. Der 16. November dosmiltres. Nebel und Regen. Marge und Homer sind in ihren Kram versunken. Rami ist in die Stadt, und meine Halbschwester Melinda hat eine Hand voll kichernder und kreideweißer Beyoncé-Lookalikes auf ihrem Zimmer. Jonte, mein ganzleiblicher kleiner Bruder oder mein kleiner ganzleiblicher Bruder oder wie immer man es ausdrücken will, sitzt im Wohnzimmer und glotzt »Der Exorzist« in Canal+, obwohl er das eigentlich nicht darf. Und der kleine Joe sitzt in der Küche und strummert Coco Pops mit Milch und Erdbeermarmelade, obwohl wir in einer guten Stunde zum Abendessen bei Natty Fafa sollen. Und somit weiß ich schon, worum es diesmal bei Homers und Marges Sonntagsstreit, der anfangen wird, sobald wir von Natty Fafa wieder nach Hause kommen, gehen wird. Homer: *Da werden wir zum Rehrücken eingeladen, und Joe bekommt keinen Bissen hinunter! Papa hat sich solche Mühe gegeben, diese Cateringfirma muss sauteuer gewesen sein!* Marge: *Das ist doch verdammt nochmal nicht meine Schuld!* Homer: *Der Junge hat ja fast ein ganzes Paket Cornflakes gegessen! Und sieh dir das Marmeladenglas an, halbleer, heute Morgen war es noch voll! Du hättest ruhig ein Auge auf ihn haben können, du bist doch den ganzen Nachmittag zwischen Telefon und Küche hin und her gerannt!* Marge: *Ich war mit wichtigen Dingen beschäftigt! Rosengren ist zu weit gegangen, er muss gestoppt werden. Es geht hier um meine* **Karriere**! Homer: *Wenn es etwas gibt, worüber ich beim besten Willen nichts mehr hören kann, dann ist es deine Karriere, Tessa.* Marge: *Das sagst du doch nur, weil du neidisch darauf bist, dass ich zumindest eine Karriere* **habe**. Homer: *Jedenfalls war Papa sehr enttäuscht davon, dass Joe sein Essen nicht angerührt hat!* Marge: *Und was ist mit dir, du sitzt im Wohnzimmer und hörst deine verdammte Musik und merkst nicht einmal, dass Jonte sich den ganzen Exorzisten von Anfang bis Ende ansieht!* Homer: *Ja, na und, der Exorzist ist doch nicht so schlimm, oder?* Marge: *Nicht? Dann sag du mir mal, wie ich ihm erklären soll, was sie da mit diesem Kruzifix macht?* Homer: *Hat er gefragt?* Marge: *Nein, aber seine Augen glänzen so komisch.*

Obwohl, das kommt erst heute Abend. Noch ist es Nachmittag, und die anderen sind wie gesagt mit ihrem Kram beschäftigt, und ich sitze in meinem Zimmer, das ich von Garba geerbt habe, als er ausgezogen ist, und hacke das hier in den Computer. Und ich sehe jetzt, dass ich offenbar schon angefangen habe zu tun, was ich den ganzen Herbst über geplant habe, will sagen, von meiner Familie zu erzählen und vor allem von einer Sache, die Homer letzten Winter passiert ist. Aber es ist nicht etwa so, dass ich vorhabe zu bloggen oder so, ich habe nicht die Absicht, die Story ins Netz zu stellen, fürs Erste ist das hier nur eine Datei, die ich in den Tiefen eines Systems aus Ordnern vergrabe, bis auf weiteres bleibt das hier zwischen mir und mir.

* * *

Bevor ich die eigentliche Geschichte erzähle, muss ich noch ein bisschen mehr über uns erzählen. Marge, meine Alte, also die Frau, die mich tatsächlich zur Welt gebracht hat, heißt eigentlich Terese, und ihre Freundinnen nennen sie Tuttan, aber Homer weigert sich, er nennt sie stattdessen Tessa. Ich habe meine Alte vor allem deshalb Marge getauft, weil sie mit Homer zusammenlebt. Sie wird anstrengend, wenn sie von Kritiker Rosengren einen auf den Deckel bekommt, und regt sich viel zu schnell über etwas auf, das sie *die Missstände im Kulturleben* nennt und wovon kein anderer irgendwas kapiert. Aber ansonsten ist sie ziemlich gut drauf, wie gesagt, sie ist Regisseurin und hat an der Uni Theaterwissenschaft und Ästhetik studiert und 1983 einen phil cand. gemacht. Sie hat Garba zur Welt gebracht, der schon von zu Hause ausgezogen ist, und Rami, Jonte und mich. Und dann natürlich Joe, ihr und Homers einziges gemeinsames Kind. Garba ist Mulatte, sein Alter ist schon vor zwanzig Jahren oder so nach Nigeria zurückgegangen. Rami hatte einen finnischen Vater, der bei Somat Sisaret und Haphazard Ventriloquists Gitarre spielte, ehe er sich zu Tode soff. Das müssen die schlechtesten Bandnamen der Musikgeschichte sein, es haben sich schon Leute wegen unwichtigerer Dinge totgesoffen. Aber so war das eben mit Homer und meiner Alten und ihren Freunden, als sie jung waren, da sollte alles möglichst merkwürdig und alternativ sein, aber jetzt stehen diejenigen, die ihr Mäntelchen gedreht und überlebt haben, da und verneigen sich und dienern und nehmen Medaillen und Preise entgegen und verzapfen die alte Scheiße, dass das Herz links schlägt, wenn man jung ist, der Kopf aber rechts denkt, wenn man alt ist oder whatever.

Mein und Jontes biologischer Vater heißt Carl-Magnus und ist ein finnlandschwedischer Reederssohn – es gab eine Phase, in der meine Mutter in die vornehme Gesellschaft zurückkehren wollte und sich gleichsam decken ließ –, der so viel Geld hat, dass er nicht arbeiten muss. Jonte und ich haben ihn finnisch *Kama*, also *Zeugs* getauft, denn er schenkt jedem von uns jedes Weihnachten einen Tausender, will sagen in guten alten finnischen Mark. Weihnachten 2001 stieg der Betrag dann auf zweihundert Euro, und auch sonst sehen wir im Herbst am meisten von Kama, denn dann ruft er Tuttan, also meine Alte, an, und fragt, ob wir in unserer Gefriertruhe Platz für Hechtfilets und Elchbraten haben. Und das haben wir, denn solange es von Homer und meiner Alten abhängt, ist unsere Gefriertruhe immer leer, denn keiner der beiden ist sonderlich häuslich veranlagt und ehrlich gesagt bringt außerdem keiner der beiden nennenswert Kohle nach Hause. Vor drei Jahren kaufte Homer einen altmodischen Fleischwolf, es war sein Einsatz in der Küche in jenem Jahr, und seither haben wir im Herbst Elch- oder Hechtklößchen gegessen, allerdings selten beides zur gleichen Zeit; Weihnachten und Neujahr erbarmen sich dann immer Natty Fafa oder Tuttans Eltern Herman und Josie unser und laden uns zu sich nach Hause oder in ein Restaurant ein.

Homer ist also mein Stiefvater und heißt eigentlich Jens. Er kam vor fünf Jahren zu uns und hatte Carola und Melinda dabei. Altersmäßig liegen Caro und Mel ziemlich in der Mitte. Garba und Rami sind die Ältesten, der eine dreiundzwanzig und der andere zwanzig, dann kommt Caro, die neunzehn ist, und yours truly, der bald achtzehn wird. Dann folgt ein kleiner Sprung zu Mel, die dreizehn ist. Jonte ist zwölf, und der kleine Joe ist wie gesagt vier. Ich wiederhole. Jens-Homers Produktion, ziemlich durchschnittlich: Caro, Mel und der kleine Joe. Die Produktion meiner Alten, recht beachtlich: Garba, Rami, ich, Jonte und der kleine Joe.

Jens-Homer ist Journalist, sein Spezialgebiet ist die Kommunalpolitik von Helsingfors, und das ist genau so superduper, wie es klingt. Und genauso superduper ist auch Jens-Homer selbst. Obwohl er tatsächlich ein Mann mit Vergangenheit ist: In seiner Jugend war er zuerst Futurist und danach Grufti, er schminkte sich das Gesicht weiß und die Lippen schwarz und ging in Dekadenz-Clubs und all das, was ihn so schwarz anzog und immer noch anzieht. Seinen neuen Namen bekam er vor ein paar Jahren. Zwei meiner Kumpels, Peedu und Aki, hatten Offspring und RHCP satt und gingen stattdessen dazu über, ältere Sachen abzuchecken. Sie fanden Joy Division und Killing Joke und Vienna von Ultravox und einen Song, der Enola Gay heißt, und alles mögliche andere, und einen Herbst oder so standen sie total auf, ich sag mal, neunzehnzweiundachtzig und fanden, dass Ian Curtis und John Foxx geile Gurus waren. Der kleine Joe war damals gerade mal anderthalb Jahre alt, und Jens hatte Brei und Pampers und das alles mit Sicherheit ziemlich satt. Als er die Musik aus meinem Zimmer hörte, kam er deshalb angelatscht und fing an, einen Haufen Geschichten darüber abzulassen, wie seine Exbraut seine Augen mit Kajal geschminkt hat und sie dann mit einer Masse anderer Gespenster in den Club gegangen sind und wie cool damals alle waren und ich weiß nicht was. Ich sah Aki und Peedu nur so gelangweilt an, wie ich konnte, und als wir Jens aus dem Zimmer befördert hatten, sagte ich: »Se on ihan sumee äijä – Der Alte blickt echt gar nichts.« Und daraufhin fiel Aki die alte Simpsons-Folge wieder ein, in der Homer in den Plattenladen geht und sich fragt, warum die Platten von Grand Funk Railroads in der Oldie-Abteilung stehen, und dann geht er auf ein Rockfestival und kauft sich eine Rastamütze und denkt, er wäre wahnsinnig cool, bis er dann als Zirkusattraktion für die Kids endet: Sie schießen mit Kanonenkugeln auf seinen Bierbauch, und er überlebt jedes Mal.

Bevor Jens-Homer Tuttan kennen lernte, arbeitete er für *Hufvudstadsbladet*, aber meine Alte stellte ihm ein Ultimatum: Der Mann, mit dem sie das Bett teilte, sollte nicht Korridor und Cafeteria mit dem verhassten Rickard Rosengren teilen. Jens-Homer ging auf die Vierzig zu und war auf seinem Gebiet noch nicht mal ein Star gewesen, als er jung war, sodass die Lage eine Zeit lang ziemlich kritisch war. Aber dann nahte Hilfe, und sie nahte nicht von oben, sondern ausgerechnet von Natty Fafa. Die Reportagen meines Stiefgroßvaters aus Dallas sixty-three und Paris soixante-huit wurden auf der Journalistenschule noch Ende der achtziger Jahre benutzt, und das Lokalradio, bei dem noch immer der eine oder andere in die Jahre gekommene Guevara durch die Korridore schlurft, ist vermutlich der einzige Ort, an dem Natty noch ein bisschen ein Guru ist: Er führte ein paar Telefonate und ging mit einem ehemaligen Lehrling, der mittlerweile Redaktionsleiter war und nur noch ein paar Jahre bis zur Pensionierung hatte, im Namaskaar in Bortre Tölö essen, und pronto fand sich sein Sohn Jens-Homer als Angestellter in der Kommunalredaktion von Radio Vega Mittelnyland wieder.

Was noch? Vielleicht, dass unsere Wohnung hier in der Linnankoskigatan Großvater Herman und Großmutter Josie gehört, und dass sie groß ist, aber nicht groß genug: Joe schläft, wie schon erwähnt, im Zimmer meiner Alten und Jens-Homers, und mein Bruder Jonte wohnt in einem fensterlosen Raum, der eigentlich nur eine Besenkammer ist. Aber jetzt werde ich aufhören, Background zu liefern, und stattdessen von einer Sache erzählen, die letzten Winter passiert ist, in der dritten Januarwoche. Obwohl, wartet, ich habe ja ganz vergessen, mich selbst vorzustellen! Ich bin also der dritte Sohn meiner Mutter namens Jakob, meine Freunde nennen mich Jake. Es soll Finnisch ausgesprochen werden, alle Laute sollen kurz und wie geschrieben ausgesprochen werden – J-a-k-e, nicht englisch »Dzjeik«.

* * *

Ich glaube, die Angst meines Stiefvaters begann kurz vor Weihnachten letzten Jahres anzuwachsen, als in den Zeitungen stand, dass Joe Strummer in einem Hotel in der Türkei eine Herzattacke erlitten hatte und gestorben war. Am gleichen Tag merkte Jens, dass er ein paar Kilo zugenommen hatte, obwohl die Feiertage nicht einmal angefangen hatten, und darüber hinaus gab es Gerüchte über einen weiteren Personalabbau auf seiner Arbeit. Aber wie Großmutter Josie zu sagen pflegt, fängt ja nichts aus heiterem Himmel an, und die Wahrheit ist wohl, dass schon vorher eine Menge Dinge passiert waren. Ungefähr zur Zeit von Y2K, falls ihr euch erinnert, fuhren Aki und Peedu und ich jeden Tag Skateboard, wir waren oft vor dem Kiasma, aber noch lieber oben am Kamptorget. Und ebenfalls zu jener Zeit oder eigentlich schon ein paar Jahre früher las Jens einen Artikel, ich glaube in der Mitgliedszeitschrift des Finnischen Journalistenverbands, der davon handelte, dass es das Wichtigste im Leben eines postmodernen Menschen ist, ein breites Netzwerk zu haben. Und daraufhin wurde Jens natürlich klar, dass ihm sein Leben gerade deshalb so sinnlos vorkam, weil ihm ein breites Netzwerk fehlte. Aber scharfsinnige Analysen dessen, was er liest, sind noch nie Jens' Stärke gewesen – deshalb ist er auch so ein mieser Lokalreporter, er findet einfach nicht das Filetstück in den Sitzungsprotokollen, die er liest –, und das mit den Netzwerken bekam er in den völlig falschen Hals. Er hätte das Filetschlucken und Grogkippen zusammen mit diversen großen Tieren ankurbeln sollen, er hätte sogar die Lage im Hinblick auf eine eventuelle Mitgliedschaft im Rotary-Club oder

Amaranterorden abchecken können, aber stattdessen ging er ins Dream World in der Robertsgatan, um sich Striptease anzugucken, und dort lernte er ein Mädchen kennen, das auf den Namen Mariza hörte, wenn sie für ihn strippte, und kurz darauf hatten Mariza und Jens ein Verhältnis miteinander, in dem Jens sich um alle Rechnungen kümmerte, obwohl er sich das eigentlich nicht leisten konnte.

Er konnte ja auch nicht wissen, dass Aki und Peedu und ich oft am Kamptorget skateten, und wie der Zufall es wollte, traf er sich mit Mariza bevorzugt an Orten, die genau in dieser Gegend lagen: im Radisson SAS, im Helka hinten an der Norra Järnvägsgatan und dann in einem Einzimmerapartment in der Lappviksgatan, das Jens sich von einem seiner Freunde borgte, einem Fernsehjournalisten, der oft nach Brüssel reiste. Ich sah Jens und Mariza in den folgenden Jahren viele Male zwischen diesen Häuserblocks umherschleichen, ich machte meine Kickflips und Heelflips, während sie sich in die Hotels und wieder hinaus schlichen und in den Treppenaufgang, in dem das Apartment des Fernsehjournalisten lag, und wieder hinaus, und ich übertreibe nicht, wenn ich sage, dass Jens' Zunge vor lauter purem, schlotterndem Glück bis zu den Knien hing, wenn sie wieder auf die Straße kamen, nachdem sie gemacht hatten, was sie da drinnen machten. Aber Jens erkannte mich nie, denn es war die Zeit, in der ich Wu-Tang Clan und Eminem hörte und eine braune Mütze über die Augen gezogen hatte, und außerdem hatte Jens nur Augen für Caro und Mel und für Joe, der noch ganz klein war; vor Garba und Rami hatte er eine Heidenangst, und mich und Jonte nahm er kaum wahr.

Jedenfalls ging das mit Jens und Mariza im neuen Millenium weiter. Ich hatte schon lange aufgehört, Skateboard zu fahren, und der alte Busbahnhof war aufgerissen und in eine fünfzig Meter tiefe Riesengrube verwandelt worden, in der Traktoren und Kräne tief unter dem Tennispalast wühlten wie eine Art stummer Triceratopse und Diplodocusse, und es vergingen ein paar Jahre, und dann begannen sich die ersten Ecktürme aus dieser Grube zu erheben, der größten Baustelle, die es in Helsingfors je gegeben hatte – »Sie sind strenge Minarette / sie sind große verdammte Schwänze aus Stein« sang Peedu über diese Türme, auch er hatte aufgehört zu skaten und war dazu übergegangen, eigene Raps zu schreiben und jedem, der es hören wollte, zu erzählen, dass er eines Tages finnischer Meister im poetry slam sein würde – aber nach wie vor schlichen Jens und Mariza durch die Häuserblocks da oben, was ich von Aki erfuhr, der noch immer am Kamptorget herumhing und ein Guru in street und pipe geworden war und alle Tricks von Tony Hawks und Chad Muska und noch ein paar mehr beherrschte. Aber laut Aki hing Jens' Zunge nicht mehr vor geilem Glück an den Knien, stattdessen sah er ziemlich traurig aus, und es kam vor, dass er und Mariza sich auf der Straße stritten. Und so kam es, wie es kommen musste: Wenige Wochen vor Joe Strummers Tod wurde Jens von Mariza verlassen, wahrscheinlich zog sie einfach weg aus Helsingfors und besorgte sich eine neue Handynummer und tat all die anderen Dinge, die man tut, wenn man jemanden abschütteln will, und damit war diese Seifenblase geplatzt.

Früher versuchte Jens, sich auf dem Laufenden zu halten und den Coolen zu spielen, er versuchte es wirklich mit aller Macht, aber es klappte einfach nicht. Alles, was er sagte und tat, entlarvte, wohin er gehörte, und zwar irgendwo in die Mitte des verdammten 20. Jahrhunderts, zusammen mit Nixon und Finnlands Megapräsidenten und Fidel Castro und Che und den ganzen anderen Behaarten. Und ja, ich weiß durchaus, dass Präsident Kekkonen eine Glatze hatte, aber das ist es nicht, wovon ich spreche, ich spreche von einer anderen Art der Behaarung, einer Behaarung, die eher ist wie, na ja verdammt, wie eine Art state of mind vielleicht. Einmal, als ich dreizehn war und Jens erst kürzlich bei uns eingezogen, sollte er Aki und mich an einem Freitagabend um elf vom

Tennispalast abholen, wir hatten uns dort einen Jim-Carey-Film angesehen, aber ich erinnere mich nicht mehr, welchen. Wir fuhren Aki nach Hause zu den neuen Häusern in Fågelviken, wo er wohnte, und die ganze Zeit laberte Jens über den »ekelhaften Kommerz« im Tennispalast und darüber, wie »seelenlos« all die Spielautomaten und Imbissbuden waren, und dann fing er an, eine Masse snobistischer, alter Kinos aufzuzählen, die heute Gebetsräume für diverse Sekten waren, früher aber flotte Namen trugen und Plüschsitze und gemalte Engel an der Decke und so hatten. Als ob man rote Samtvorhänge und fette Engel mit Silikonlippen und Glupschaugen bräuchte, wenn man in American Pie oder Terminator 3 gehen will, was? Damals, als Jens sich so dranhielt, kapierte man wirklich, wie weggetreten er war. Plus, dass er dafür bestraft wurde, sich die Texte seiner Lieblingslieder nicht ordentlich angehört zu haben, dauernd saß er mit seinen Käfern auf dem Kopf im Wohnzimmer, kapierte aber natürlich nada. »Everything dies, baby, that's a fact«, singt Väterchen Springsteen. »Time… falls wanking to the floor«, verkündet der alte Knacker Bowie. Aber Jens sang nur gellend mit den Käfern auf den Ohren und war allgemein behaart und nahm irgendwie nichts auf, denn seine panische Angst davor, alt zu werden, hinderte ihn am Denken. Er war ein coolhunter, ein wannabe-Teenager, das und nichts anderes war er bis zu dem, was letzten Winter passierte, und meine Alte war genauso und ist es noch immer, denn sie hat ja nicht Auge in Auge mit der Ewigkeit gestanden wie Jens. Früher ging Jens ins Fitness-Studio, und meine Alte ging zum Ashtanga-Yoga, bei dem man den Anusmuskel zusammenkniff, sodass sich großes Wohlempfinden und eine große Ruhe im ganzen Körper verbreiteten, zumindest behauptete sie das. Jens beschwerte sich lautstark über jede Dokusoap, guckte aber jedes Mal die Rocky- oder Rambofilme, wenn sie wiederholt wurden, und wenn es Samstag war und Robinson lief, schlich er sich immer ins Wohnzimmer und setzte sich neben das CD-Regal und tat, als würde er Musik hören, obwohl er den Stuhl zur Seite gezogen hatte, damit er sehen konnte, was im Fernsehen lief; hinterher hatte er immer alle möglichen Ansichten über die faschistoiden Mechanismen des Inselrats und wie diese dazu führten, dass man immer die falsche Person wegwählte. Als Rami eine Phase hatte, in der er alte Led-Zeppelin-Stücke hörte, kam unsere Alte in sein Zimmer, als er gerade auf der Couch lag und mit seiner Freundin knutschte, sie spielen also Whole Lotta Love, und dann kommt Tuttan-Tessa, unsere leibliche MUTTER, plötzlich in Ramis Zimmer und fängt an, DIE HÜFTEN ZU BEWEGEN und eine Geschichte davon zu erzählen, was sie in Rom zu Kaiser Augustus' Zeiten oder vielleicht auch in irgendeiner Schuldisco im Jahre neunzehnhundertsiebzig gemacht hat. Meine Alte hat darüber hinaus die Angewohnheit, auf der Straße jüngeren Männern hinterherzuschauen, man kann förmlich sehen, wie sie schnüffelt und den Duft ihres Rasierwassers und ihrer Haut einsaugt. Und dann liebt sie es noch, ihre Mitmenschen mit ehrlichen Aussagen zu schockieren. »Es lässt sich nun mal nicht ändern, dass ältere Menschen nicht mehr so frisch riechen wie jüngere«, sagte sie, als wir ausnahmsweise einmal sowohl Natty Fafa als auch Großvater Herman und Großmutter Josie zum Essen eingeladen hatten. »Ich freue mich regelrecht auf die Wechseljahre, bei mir war es doch immer so, dass ich einen Schwanz nur anzusehen brauchte, um schwanger zu werden!«, verkündete sie, als Asta und ihr Mann Jukka in der Adventszeit zum Glühweintrinken bei uns waren: Sie erinnerte sich nicht mehr, dass Asta und Jukka siebzehn Jahre lang versucht hatten, Kinder zu bekommen, bevor sie schließlich aufgaben und sich stattdessen jede Menge Katzen und einen Jack-Russell-Terrier anschafften. Und wenn die Urlaubsreise der Familie geplant werden sollte, fiel meiner Alten nie etwas anderes ein als die Kanarischen Inseln, und das wurde auch keinen Deut besser, als der unentschlossene Jens auf der Bildfläche auftauchte. Ich meine, man hat immerhin Freunde, deren Eltern mit ihnen in London und Nairobi und Nepal und auf Bali gewesen sind, und man hat andere Freunde, deren ältere Geschwister in Prag und Cancún gegen die WTO protestiert und eine Abenteuerreise nach Medellin gemacht haben, aber bei uns drehte man mehr als zehn Jahre die immer gleiche Runde: Teneriffa, Gran Canaria, Lanzarote, Fuerteventura, und dann das Ganze wieder von vorn, und jedes Jahr versuchte meine Alte, das Spanisch an den Mann zu bringen, das sie irgendwann in den Siebzigern im Anfängerkurs der Finnisch-Kubanischen-Gesellschaft gelernt hatte. Un pueblo unido jamás será vencido. No pasarán. Gracias a la vida. Und so weiter. Und der Kellner José im Los Cristianos, er antwortete in fließendem Schwedisch: »Ja natürlich, gnädige Frau, sicher wird das Volk siegen, und was darf es heute sein, eine echte Paella für sieben Personen vielleicht?« Suckers... aber das habe ich ja schon gesagt. Es waren übrigens Großvater Herman und Großmutter Josie, die unsere Reise jedes Jahr bezahlten. Und der hasenfüßige Jens, er zog sich immer zurück, er zog die Käfer auf und hörte White Riot und Rebel Yell und vögelte Mariza in diesem Einzimmerapartment, solange es währte, und zwischendurch schluckte er die Frechheiten meiner Alten und färbte sich hartnäckig die ergrauenden und immer dünner werdenden Haare gruftischwarz und stand jeden zweiten Morgen mit der Pinzette im Nasenloch im Badezimmer: Bei Jens ist diese Generationsbehaarung gerade in der Nase besonders stark.

* * *

Ich merke, dass ich den Faden verloren habe, und bei all dem Miesen, das in der Weihnachtszeit nullzwei, also letztes Jahr, passiert ist, kein Stück weitergekommen bin. Es war also der Herbst, in dem meine Alte den Oktober und November damit verbrachte, am Stadttheater in Uleåborg »Wer hat Angst vor Virginia Woolf« zu inszenieren. Jens kümmerte sich in diesen Monaten um den Haushalt, und das funktionierte auch halbwegs. Papa Kamas Lieferungen kamen wie gewohnt, obwohl meine Mutter nicht da war, sodass wir wie üblich unsere Elch- und Hechtklößchen aßen, aber ansonsten gab es nicht besonders viel, was war, wie es sein sollte. Jonte hatte die ganze Zeit eine Mittelohrentzündung, der kleine Joe verschluckte eine Ein-Euro-Münze, sodass wir mitten in der Nacht in die Kinderklinik fahren mussten, und Mel bekam eine schlechte Note in Mathematik und ich eine noch schlechtere in Französisch, weil Jens uns nicht bei den Hausaufgaben helfen konnte (meine Alte hat dagegen in Frankreich gelebt, als sie jung war, und ist auch echt gut in Mathematik). Dann kam Rami am Vatertagsmorgen um halb sechs nach Hause und kotzte nach Gin stinkende, halb verdaute Pizza in die Küche (nice!), und Caro bekam im November ihre Tage nicht und war überzeugt, ihr Freund hätte ihr ein Kind gemacht, und mitten in diesem ganzen Chaos saß Jens mit seinen Käfern auf den Ohren da und hörte Rebel Yell und machte sich Sorgen, Mariza könnte ihn verlassen. Am zweiten Dezember bekam Caro dann ihre Tage, und am gleichen Tag hatte unsere Alte im Norden Premiere mit »Virginia Woolf«. Rickard Rosengren saß sieben Stunden im Zug von Helsingfors und verbrachte vier Stunden in Uleåborg und fuhr anschließend wieder durch das Land zurück, und unterwegs machte er wie üblich unsere Alte fertig und schrieb, die Regisseurin sei *gründlicher als gründlich* an der Aufgabe gescheitert, das Stück zu entstauben. Die Schlagzeile lautete »Zinkgrauer Spülenrealismus«, und daraufhin war unsere Alte den ganzen Dezember und bis weit in den Januar hinein sauer, außerdem bekam sie kurz vor Weihnachten einen Brief von Garba, in dem er schrieb, dass er wahrscheinlich nicht mehr nach Finnland zurückkehren würde, jedenfalls nicht 2003.

Eine Woche vor Weihnachten wollte es das Schicksal außerdem, dass Caros Jahrgangsstufe, die 1984 Geborenen, für eine Untersuchung herhalten musste, bei der man den Schülern Bilder von Stalin, Adolf Hitler, John Lennon, Urho

Kekkonen und Mahatma Gandhi zeigte und sie anschließend bat, die Personen auf den Bildern zu identifizieren und zu erklären, was jeder einzelne von ihnen getan hatte. Man wollte herausfinden, wie gut sich die Gymnasiasten des Landes in der Geschichte der jüngeren Vergangenheit auskannten, und die Antwort lautete: überhaupt nicht. Es gab kaum einen, der Stalin erkannte, und auch bei Hitler wurde oft daneben geraten; am häufigsten wurden Charlie Chaplin und Finnlands Kriegsheld Mannerheim genannt. Caro gehörte der Chaplinfraktion an. Außerdem tippte sie, dass Präsident Kekkonen auf einem der Porträts zu sehen war, aber als sie auf ihn zeigen sollte, zeigte sie auf Mahatma Gandhi. Als Jens sie fragte, wie sie auf die Idee gekommen sei, ein dünner und dunkeläugiger Inder könne Präsident Kekkonen sein, schob Caro es auf Gandhis Kleidung. Sie hatte den ganzen Herbst für ihre Abiturklausur finnische Geschichte gepaukt und wusste, dass Präsident Kekkonen in diversen Parteidatschen in der Umgebung von Moskau in die Sauna gegangen war und sich die Russen durch seine schlaue Verhandlungstaktik und seine grandiose und vaterländische Fähigkeit, große Mengen hochprozentiger Schnäpse zu trinken und trotzdem einen klaren Kopf zu bewahren, vom Leib gehalten hatte. Und auf dem Bild trug Gandhi ein einfaches Kleidungsstück, das einen großen Teil seines Oberkörpers unbedeckt ließ. Er sah aus, als wäre er gerade von der Saunabank herabgestiegen und hätte sich in ein Handtuch gehüllt, um zum See hinunter zu gehen und ein kühlendes Bad zu nehmen. Außerdem, ergänzte Caro, hatte Gandhi genau wie Kekkonen eine Glatze, und man musste doch so mager werden, wenn man viel in die Sauna ging, man schwitzte doch so furchtbar. Aber ihre Erklärungen beruhigten weder Jens noch meine Alte. Meine Alte hatte bereits zusehen müssen, wie Garba das Land zugunsten eines unsicheren Daseins in den Vororten von Lagos verließ, und Rami hatte das Gymnasium abgebrochen, weil die Paukerei ihm die Zeit raubte, die er dringend benötigte, um Hallenbandy zu spielen und Schlagzeuger in der Deathmetalband Silvertomb zu sein; er hatte stattdessen den Elektrikerzweig einer Berufsschule besucht, und unsere Alte hatte schon angefangen, von ihrer Sorge um etwas zu labern, das sie *das intellektuelle Erbe der Familie* nannte, und mir vielsagende Blicke zuzuwerfen. Und ich tue ja auch, was ich kann, in diesem Moment, meine ich, wenn ich diese Story erzähle, obwohl ich vielleicht nicht ganz so feine Worte benutze, wie ich sollte.

Heiligabend waren wir dann bei Großvater Herman und Großmutter Josie eingeladen. Sie sind in allen möglichen Belangen Vertreter der Oberschicht, ihre Wohnung ist dreihundert Quadratmeter groß, und es gibt in ihr einen Rauchersalon mit einem holländischen Gemälde aus dem 17. Jahrhundert und einen ausgestopften Königsadler und das Geweih eines Elchs, eines Sechzehnenders, und darüber hinaus besitzen sie eine Schäreninsel mit einem großen Haus mit verglaster Veranda und einem Plumpsklo, dessen Innenwände mit Jugendbildern von Fürst Rainier und Prinzessin Grace tapeziert sind. Sie sind auch in der Beziehung Oberschicht, dass sie, wenn sie etwas trinken, ihre vornehmen Manieren nicht verlieren, aber ein schreckliches Schandmaul bekommen, und an diesem Heiligabend trank Großvater Herman zum Hering und dem geräucherten Aal zu viele Gläser Marskens Schnaps. Beim Weihnachtsschinken und Rotwein sagte Herman eine Menge über Jens' Schwäche und seinen Mangel an Unternehmungsgeist, und als wir zum Pflaumenkompott vorgedrungen waren, schenkte er sich einen großen Cognac ein und ging anschließend dazu über, Jens daran zu erinnern, wie weibisch es war, im Alter von fast vierzig Jahren noch seinen eigenen Vater um Hilfe zu bitten, der zudem ein behämmerter – der alte Knochen benutzte genau dieses Wort – Rastafari und einer der letzten gläubigen Kommunisten der westlichen Welt war. Und alles war wie immer: Jens sackte irgendwie auf seinem Stuhl in sich zusammen, und auch meine Alte wagte es nicht zu widersprechen, denn sie ist zwar taff, aber nicht einmal sie kann etwas daran ändern, dass Herman und Josie die Besitzer unserer Wohnung sind und wir es uns niemals leisten könnten, ohne ihre Hilfe in der Innenstadt von Helsingfors eine derartig große Wohnung zu haben.

Am ersten Weihnachtstag aßen wir die letzten Hechtklößchen des Herbsts, und am zweiten Weihnachtstag war es an der Zeit für das Cateringessen bei Jens' Vater, der auf die Namen Robert Teodor getauft ist, von uns aber nur Natty Fafa genannt wird – Rami war auf den Namen gekommen. Und da wir in turbulenten Zeiten leben und sich außerdem der Irakkrieg zusammenbraute, war es keine Überraschung, dass Jens' Alter sich dazu entschloss, uns eine Vorlesung zu halten. Natty ist eben so, er liebt es, Vorlesungen zu halten. In früheren Zeiten war er einer der führenden Journalisten des Landes und ein Anführer der linken Generation, aber dann, Mitte der siebziger Jahre, starb seine Frau, will sagen Jens' Alte, bei einem Autounfall. Robert Teodor wurde vor Trauer verrückt und trauerte ein Jahr um sie, aber dann fuhr er für eine Reportage nach Kuba, Mexico und Jamaica, und auf dieser Reise entdeckte er Bob Marley und Burning Spear und Peter Tosh und Desmond Dekker und all die anderen. Im Alter von vierzig Jahren ließ er sich Dreadlocks machen und kündigte anschließend seinen Job, verkaufte die Wohnung, nahm seine Ersparnisse und machte sich aus dem Staub. Er lebte viele Jahre erst in Kingston und dann in Tijuana und in Managua und dann wieder in Kingston, er war wie ein zweiter Gauguin, wenn man einmal davon absah, dass er nie nach Tahiti fuhr. Außerdem konnte Natty nicht malen, ließ sich aber stattdessen auf Sandstränden mit jungen, schönen Jamaicanerinnen und Mexikanerinnen fotografieren, es waren ausnahmslos idiotische Bilder, auf denen er breit lächelte und einen Blumenkranz um den Hals trug, und man sah Palmen und manchmal auch hohe Hotelgebäude im Hintergrund. Natty zog erst Ende der neunziger Jahre wieder nach Finnland zurück, als er schon weit über sechzig war, und eigentlich ist er ein ziemlich guter Typ, das findet unsere Alte, und das finden Rami und Garba und wir anderen auch, aber Jens findet das nicht. An besagtem zweiten Weihnachtstag, also dem letztes Jahr, hielt Natty Fafa uns eine Vorlesung über den Mittleren Osten und das Zweistromland und die 5000-jährige Geschichte der Region, und Jens sagte kein Sterbenswörtchen, und auf dem Heimweg hörte ich ihn unserer Alten zumurmeln: »Papa hat mich immer von oben herab behandelt, und er wird mich immer von oben herab behandeln. Das Einzige, womit ich versuchen könnte, ihm eins auszuwischen, ist der Plan für einen sozial verträglichen Ausbau der nordöstlichen Vororte in den Jahren 2006 bis 2010, aber ich kann mich nicht die Bohne daran erinnern, obwohl ich mir die Unterlagen erst vorgestern durchgelesen habe!«

Na ja, dann kam Silvester und yours truly trank bei einer Fete bei Peedu ein klein wenig zu viel. Ich kam am folgenden Nachmittag nach Hause, und in der Küche saß meine Alte und schrieb einen kritischen Artikel über die Krise des finnlandschwedischen Theaters, und in verschiedenen Zimmern lagen Caro und Mel und Jonte und Joe und schliefen, und im Wohnzimmer saß Jens in Unterhose und T-Shirt und war so total weggetreten wie eh und je. Er hatte die Käfer auf den Ohren und wippte mit dem Kopf und sang leise und schief, und das schwache Dumdadum von Rebel Yell vermischte sich mit einer Fernsehstimme, die das Neujahrsspringen in Garmisch-Partenkirchen kommentierte – das ist noch so ein perverser Zug an Jens und seiner behaarten Gang, sie sind *tatsächlich* der Meinung, dass man das neue Jahr damit anfangen soll, mit einem tierischen Kater dazuhocken und Wienerwalzer und Skispringen zu glotzen –, und nach diesem Nachmittag ging es irgendwie wieder zurück in den Alltag. Außer dass Jens, das ist mir im Nachhinein klar geworden, in diesen ersten Januarwochen nicht er selbst war: Er zog sich von uns anderen zurück, blieb nachts ewig auf, saß manchmal am Computer und surfte und manchmal neben dem CD-Spieler in einem Sessel und hörte seine Musik, und zwei, drei Mal war er noch morgens um halb sieben auf den Beinen, wenn die ersten von uns, meistens meine Alte oder ich, aufstanden. Hinterher habe ich mir natürlich alles mögliche über diese Nächte ausgemalt, zum Beispiel, dass Jens am Computer saß und Mariza oder irgendeiner anderen Tussi hinterhersurfte, die ihm irgendwann vor einer Ewigkeit mal den Laufpass gegeben hatte und mittlerweile vielleicht tot war, oder dass er nächtelang mit den Käfern auf den Ohren dahockte und sang und den Menschen vor sich sah, der er hätte werden können, wenn er sich nur getraut hätte.

Wie dem auch sei. Was jedenfalls passierte, war, dass ich an einem grauen Nachmittag Mitte Januar alleine zu Hause in der Linnankoskigatan war. Meine Alte war bei Proben im Stadttheater, sie sollte dort ein Stück von Sarah Kane inszenieren. Garba war in Lagos, und Rami war Gott weiß wo, Caro und Mel und Jonte waren in der Schule oder bei Freunden, und Joe war im Kindergarten und sollte am späteren Nachmittag von Jens abgeholt werden. Jedenfalls dachte ich das, bis das Telefon klingelte. Ich erinnere mich noch, dass ich mich wunderte und mir auffiel, wie ungewohnt es war, in den Flur hinauszugehen, den Hörer abzuheben und sich zu melden: Jeder von uns hatte sein eigenes Handy, und wenn irgendwer mit einem von uns sprechen wollte, wählte er die Handynummer. Ich meldete mich mit »Hallo«, und die Stimme am anderen Ende klang erstickt: »Wer ist da? Bist du es, Tessa?« »Nee, hier spricht Jake«, sagte ich verletzt, denn es wollte mir nicht in den Kopf, wie jemand auf die Idee kommen konnte, dass ich wie eine Frau klang. »Jake … bist du's?«, sagte die Stimme. Es war die Stimme eines Mannes, aber ich erkannte sie immer noch nicht. »Kannst du herkommen? Ich brauche … Hilfe«, fuhr die Stimme fort und klang nun noch angestrengter. »Wer spricht denn da? Wohin soll ich kommen?«, fragte ich und fand das ganze Gespräch einigermaßen krank. Ein seltsamer

Laut drang aus dem Hörer, wie wenn jemand sich heftig räuspert, und dann sagte die Stimme in einem Tonfall, der fast gequält klang: »Hier ist Jens… ich bin oben auf dem Speicher. Kannst du bitte sofort herkommen! Und bring ein Messer mit… eins mit einer scharfen Klinge, das schärfste, das du finden kannst!« Wieder dieses Räuspern. Ich war immer noch misstrauisch. »Bist das wirklich du, Jens?«, fragte ich. »Deine Stimme klingt so komisch. Und warum willst du, dass ich mit einem Messer auf den Speicher komme?« »Bitte, Jake, jetzt komm schon!«, zischte die Stimme verzweifelt. »Der Ersatzschlüssel ist in…« Der Satz wurde von diesem seltsamen Räuspern unterbrochen, das jetzt zum dritten Mal kam. »Bist du krank?«, fragte ich. »Komm her!«, zischte die Stimme. »Der Schlüssel ist in…« »Ich weiß, wo er ist, in dem grünen Schrank im Flur«, unterbrach ich ihn.

Der Anblick, der sich mir bot, als ich auf den Speicher kam, ist mir bis heute nicht aus dem Kopf gegangen. Obwohl ich ganz zu Anfang nichts sah, denn Jens hatte das Seil an einem Dachbalken in dem Raum im hintersten Teil des Speichers befestigt, noch hinter dem Gang mit den Speicherverschlägen: Es war ein leerer und offener Raum, in dem es Wäscheleinen gab und die Leute manchmal Laken und Badehandtücher und andere große Sachen zum Trocknen aufhängten. Aber er hörte mich, als ich die Tür aufschloss und den Speicher betrat und das Licht einschaltete, und ich fand den Weg zu ihm mit Hilfe seiner krächzenden Stimme: »Hierher, Jake! Hierher, ganz hinten!« Ich weiß nicht hundert Pro, wie alles gelaufen ist, ich habe mich nie getraut, ihn zu fragen. Aber sicher ist, dass Jens auf einem niedrigen Plastikschemel gestanden hatte, den Joe benutzt hatte, als er klein war, und den wir kürzlich zusammen mit jeder Menge anderen Gerümpels in unseren Speicherverschlag gebracht hatten. Vermutlich hatte er das Ganze durchgezogen und den Schemel weggetreten, und genau in dem Moment waren dann zwei entscheidende Dinge passiert. Zum einen hatte Jens es sich anders überlegt, zum anderen hatte sich herausgestellt, dass das Seil eine Spur zu lang war oder genau die richtige Länge hatte, je nachdem, wie man die Sache sah. Denn als ich den zwielichtigen Raum betrat, stand er dort auf den Zehen, er stand unter dem Balken und hatte den rechten Arm gehoben und seine Hand krampfhaft um das grobe Seil geschlossen, das er sich Gott weiß wo besorgt hatte. Es ging um Zentimeter, und es ging um Minuten. Er wäre nicht mehr lange in der Lage gewesen, so auf den Zehen zu stehen, und auch die Muskeln in seinem rechten Arm, die dafür sorgten, dass er gestreckt und gespannt wie eine Stahlfeder blieb, ermüdeten allmählich. Ich blieb mit dem schweren und gezahnten Küchenmesser in der Hand im Türrahmen stehen. Unsere Blicke begegneten sich. »Der Schemel… stell den Schemel vor meine Füße!«, zischte Jens. Er klang panisch. Er hatte noch sein Nokia in der Hand, er war darauf eingestellt gewesen, irgendein Handy anzurufen, falls sich bei uns zu Hause niemand gemeldet hätte, und ich fragte mich, für wen von uns er sich entschieden hätte. Hätte er es ertragen können, sich so seinen Töchtern zu zeigen? Auf einmal erkannte ich, dass Jens von seiner Angewohnheit gerettet worden war, in allen Lebenslagen sein Handy in der Hosentasche zu tragen. *Wenn* er gerettet war, denn ich kapierte auch noch etwas anderes, ich kapierte es während dieser lächerlichen paar Sekunden, in denen Jens und ich dastanden und uns anstarrten, ich genauso verwirrt, wie man sich manchmal fühlt, wenn man etwas richtig Krankes träumt, und er mit dem Tod im Blick. Ich kapierte, ich hätte ihm nur einen leichten Schlag versetzen brauchen, es hätte sogar schon gereicht, ihn ein bisschen zu kitzeln, sodass er sich gewunden oder nach mir geschlagen hätte: Bei jeder größeren Bewegung hätte Jens' rechte Hand den Halt um das Seil verloren, woraufhin er auf die Fersen geplumpst wäre. Es wäre die einfachste Sache von der Welt gewesen. Wir wären ihn los gewesen, und kein Mensch hätte es jemals erfahren, die Sache wäre absolut wasserdicht gewesen, es war zwanzig nach zwei, und das Treppenhaus war still und leer gewesen, als ich hinauffuhr, und so würde es auch sein, wenn ich hinabfuhr, und für das Gespräch, das in Jens' Handy registriert war, hätte ich immer irgendeine Erklärung finden können, denn *so* exakt konnten sie den Eintritt des Todes nun auch wieder nicht feststellen, ich hätte zum Beispiel sagen können, dass er angerufen hatte und ich mich gemeldet und er ganz normal geklungen hatte und über Esseneinkäufe und ähnliches geredet hatte, und dass ich davon ausgegangen war, dass er aus der Redaktion in Böle angerufen hatte.

Wir standen da und starrten uns vielleicht fünf Sekunden lang an, ich mit dem Messer in der rechten Hand und Jens mit dem Handy in der einen Hand und die andere, die vor Muskelermüdung bereits zitterte, immer noch hochgestreckt und krampfhaft um das Seil geschlossen. Ich bin mir ziemlich sicher, dass Jens sah, was ich dachte, und dass ich versucht war. Dann riss ich mich aus diesem Standbild los, machte ein paar schnelle Schritte in den Raum, glitt in einem halben Meter Entfernung an ihm vorbei, hob den kleinen Plastikschemel auf und stellte ihn neben seine Füße. Jens stieg drauf, seine Beine zitterten. Ich gab ihm das Messer, mit dem Griff voraus, so wie meine Alte mir es beigebracht hatte, Messer und Gabeln anzureichen. Jens hatte ein puterrotes Gesicht, und sein Hals war voller Flecken, und er benötigte eine ganze Weile, um das Seil durchzusägen. Ich fragte ihn, ob ich ihm helfen solle, aber er schüttelte den Kopf, und ich dachte, dass es ihm vielleicht wichtig war, es selber tun zu dürfen. Als er das Seil endlich durchschnitten hatte, sank er auf dem Schemel zusammen und begann zu zittern und zu weinen, und sein Gesicht war immer noch rot und sein Hals immer noch gefleckt; die Schlinge war ja noch da und scheuerte. Ich stand vor ihm und sah ihn eine ganze Weile hemmungslos weinen, dann ging ich möglichst leise fort. Als ich bereits ein Stück weit in den Gang mit den Speicherverschlägen gekommen war, hörte ich ihn zwischen zwei Schluchzern meinen Namen sagen: »Jake?« Ich blieb stehen, obwohl ich nicht wollte, ich wollte einfach nur weg. »Ja?«, sagte ich. »Kannst du das für dich behalten?«, fragte er. »Kann das… zwischen uns Männern bleiben?«

Ich ging wieder zu ihm. »Okay«, sagte ich, »aber ich will jetzt gehen. Kannst du nicht auch nach unten kommen?« »Ich komme gleich«, antwortete er. Als ich die Tür zum Treppenhaus öffnete, hörte ich, dass er anfing zu kotzen. Eine Viertelstunde später sah ich ihn vom Küchenfenster aus: Er stand unten auf dem Hof und warf ein paar Meter Seil und den gelben Plastikschemel in die Mülltonne. Ich schlich mich hinaus, bevor er hereinkam, und es vergingen ein paar Wochen, bis wir wieder miteinander sprachen.

Jens hat nach diesem Nachmittag vor fast einem Jahr nie wieder Rebel Yell laufen lassen. Tatsächlich hat er sich ziemlich verändert, er trinkt weniger als früher, und wenn er in seinen Black Horses und irgendeinem verwaschenen T-Shirt dasitzt und die Käfer aufhat, ist wie gesagt der Zombiesender Kuschelgoldies angesagt, er singt heute *Up There (Where We Belong)* und schleimige alte Simon & Garfunkel-Klassiker, und ich glaube auch nicht, dass er auf der Suche nach einer neuen Mariza ist. Und ich, ich habe das Versprechen gehalten, dass ich ihm gab, ich habe es bis jetzt gehalten und solange ich mich dafür entscheide, diesen Text hier in meinem eigenen Ordnersystem zu verstecken, halte ich es auch in Zukunft. Aber wenn du das hier gerade gelesen hast, habe ich erst nachgedacht und dann beschlossen, mi casa es tu casa und dass diese Story von einem gewissen allgemeinen Interesse sein könnte, und außerdem hast du ja im Grunde keine Chance nachzuprüfen, ob sie überhaupt wahr ist oder nicht. Oder ob es Jens und mich und meine Alte und uns andere gibt und ob überhaupt irgendwas wahr ist. Weißt du, im Grunde kannst du nicht das Geringste nachprüfen, und das finde ich ziemlich cool. Jetzt rufen sie schon, denn wir sollen zu Natty Fafa fahren zu diesem Cateringessen, das damit enden wird, dass meine Alte und Jens sich darüber streiten werden, wessen Schuld es ist, dass der kleine Joe keinen Appetit hatte und Jonte Linda Blair auf Canal+ Dinge mit einem Kruzifix machen sah, obwohl er das nicht sollte. Mist! Jetzt rufen sie schon wieder, meine Alte und Jens, die können nicht für fünf Cent chillen, und da helfen auch keine Kuschelgoldies, sie sind beide gleich uptight, und jetzt muss ich los.

1968

Es ist im Weltraumzeitalter, das kam und wieder verschwand, es ist in der Zeit des Weltraums und der großen Träume, es ist der Weltraum, über den man spricht, es ist der Weltraum, über den die Zeitungen schreiben, und über Vietnam und die Proteste und die Revolution, und es sind diese Artikel, durch die sich frühreife und altkluge Kinder buchstabieren, Kinder, die in nördlichen Mischwäldern wohnen, die man erst kürzlich in glänzende Vorstädte verwandelt hat, in denen noch Tintlinge und Stäublinge und Schirmpilze auf den Hinterhöfen der Hochhäuser wachsen. In der Zeitung steht, dass wir Menschen bald abreisen, die Erde verlassen müssen, denn der Planet ist mittlerweile überfüllt und fast unbewohnbar, und der Weltraum und seine Ewigkeit erwarten uns, und unsere Ingenieure sind Spitzenkräfte, sie werden die kleinen Probleme lösen, die noch vorliegen. Es geht nicht um Mischwald oder Tintling oder Schirmpilz oder andere irdische Dinge, es geht darum, dass es zu spät ist, darum, dass wir weiter müssen, erst zum Mond und dann zum Mars und zu Andromeda und weiter, und einige der Schlüsselwörter lauten wie folgt: Weltraumprogramm, Wettlauf, Apollo, Wostok, Tereschkowa und Glenn. Denn der Mensch hat Träume, er hat dunkle und blendende Visionen und ein nagendes und nur schwer auszulöschendes Gespür für die Unergründlichkeit und Größe des Lebens, aber hier unten geht alles weiter wie gehabt, wir töten einander, wir töten unseren Nächsten in Dschungeln und Sümpfen, wir töten ihn in unwegsamen Gebirgsregionen und in verschneiten Wäldern, wir vergiften ihn und sprengen ihn in die Luft, wir töten ihn auf dunklen Seitenstraßen und in baufälligen Holzverschlägen und in mächtigen Marmorpalästen, in denen die Badezimmerhähne golden glänzen. Nur ein paar Auserwählte dürfen fliehen, sie dürfen sich in die Kälte hinaufbegeben, sie dürfen eine Dunkelheit und Einsamkeit aufsuchen, in der es keine Unruhe und keine Schuldgefühle gibt. Doch ehe sie dorthin gelangen, gibt es einen Widerstand, den nur ein gewaltiges Freisetzen von Energie überwinden kann, und bevor die Rakete startet, steht sie da und bläst gut dreißig Sekunden lang Rauch und Gase und Feuer aus, und dann hebt sie langsam und widerwillig ab, so als weigere sie sich, den Heimatplaneten zu verlassen, so als wolle sie überhaupt nicht, dann kommt sie auf Touren, unfassbare Geschwindigkeiten, unbeschreibliche Strecken, es sind erst 108 Jahre vergangen, seit Lenoir den Verbrennungsmotor erfand, und wir sind schon dort oben im Weltraum, wo es still und kühl und friedlich ist, nur die kleine Sorge, ein Instrument könnte versagen, eine doppelte Absicherung sich als unzureichend erweisen, sonst nichts, nur Schwerelosigkeit und Schweigen, nur die Ozeane und Wüsten und Gebirgsketten auf der Oberfläche des blauen Planeten. Obwohl, was Recht ist, muss Recht bleiben: Die Chinesen, die nicht oben im Weltraum gewesen sind, behaupten, dass man von dort oben die Chinesische Mauer sehen kann, über die Sichtbarkeit neu errichteter Vororte in armseligen Hauptstädten in kleinen und dünn besiedelten Ländern mit frostigem Klima haben die Chinesen dagegen nichts zu berichten.

* * *

Dort in dem Vorort ist die Kirche ein auf eine Lichtung im Wald geworfener Klotz. Das Innere der Kirche ist schlicht und kühl und hoch, dort suchen die schwer Geprüften Trost, dorthin geht auch sie, die so oft verreist, sie geht während der Phasen dorthin, in denen sie zu Hause ist, aber Trost findet sie nur selten. Der Turm mit der Eisenerzglocke steht ein Stück von der Kirche entfernt, er ist aus kaltem Beton, aber der Kirchenbau selbst ist aus warmweißen Backsteinen, und im Herbst gibt es, kurz bevor alles stirbt, ein paar Tage, an denen der wilde Wein, der an der Wand der Kirche hinaufklettert, rot wie Blut ist. Aber im Einkaufszentrum hinter der Kirche ist es niedrig und dunkel, und neben dem Restaurant gibt es eine steile Rutsche, die schnurstracks in die Hölle hinabführt, wo ich manchmal zum Entsetzen der Tanten spiele, obwohl ich nur zu der offenen Fläche im Untergeschoss hinabrutsche, wo die Hundebesitzer des Vororts jeden vierten Sonntag eine Ausstellung veranstalten.

Wir wohnen in einem der nagelneuen Häuser, sie sind zehn Stockwerke hoch und liegen nackt und glänzend weiß auf einem Felsen, sie liegen wie auf einem Tablett, aber gleichzeitig in ihrer eigenen Welt. Vom Felsen und den Häusern führt eine Steintreppe zu einem Wäldchen hinunter, der schnellste Weg ins Einkaufszentrum führt über diesen Weg, der durch das Wäldchen verläuft. Allerdings stehen dort in dem Wäldchen die Penner und die Exhibitionisten und die zukünftigen Selbstmörder, denn das hat eine der Tanten gesagt, sie sagte es, als sie in unserer Küche stand und rohe Preiselbeeren zu den Kohlrouladen anrührte, die sie gekocht hatte, die Exhibitionisten und die Penner und die Selbstmörder stehen dort im Wald und lauern kleinen Jungen auf, sagte sie, sie stehen dort und bewachen die nagelneuen Häuser, die blendend weißen Schiffe, die Fliegenden Holländer, dort oben auf ihrem Felsen.

* * *

Es ist Sonntag, und mein kleiner Bruder und ich sitzen auf der Rückbank. Unser Auto steht in einer Parkbucht auf dem asphaltierten Hof, es steht dort zwischen den anderen, es ist Papas erstes Auto, es ist leuchtend rot und heißt Taunus. Mein Bruder ist süß wie ein Engel, er ist so süß, dass sein Bild vergrößert in einem der Schaufenster in der Innenstadt hängt, in der Alexandersgatan, bei einem Versicherungsunternehmen, *bestimmt wollen Sie, dass er sicher durchs Leben geht?* Als wir losfahren, schaue ich meinen Bruder an, er sitzt neben mir in seinem Geschirr und lächelt, und seine Beine zappeln, und er tritt gegen die Rückenlehne vor ihm, aber das macht nichts, denn der Platz neben dem Fahrer ist leer. Wir fahren an dem Laden vorbei, in dem ich mir jeden Samstag Einpennibonbons kaufe, wir fahren am Elanto-Supermarkt vorbei, in dem ich im Frühjahr eine Tüte Fruchtdrops gestohlen habe und erwischt wurde, wir fahren an der finnischen Schule vorbei und anschließend auf die Autobahn, wo Papa das Gaspedal so durchtritt, dass der Motor aufheult. Papa sagt nicht viel, er fährt, er lotst meinen kleinen Bruder und mich durch die Herbstgalaxie, wir sausen diese Straße jeden Sonntag hinab, und mittlerweile ist es Oktober geworden, es funkelt rot und gelb und golden zu beiden Seiten der Autobahn, und Papa ist in Gedanken versunken. Ab und zu wechselt er die Musik, die Kassetten sind groß und unhandlich, und er hantiert mit ihnen, während er fährt, und wenn er Edmundo Ros leid ist, wechselt er zu Nancy Sinatra, die ein Duett mit einem Mann mit abgrundtiefem Bass singt, sie singen ein Stück, das *Some Velvet Morning* heißt. »Das bedeutet Samtmorgen«, sagt Papa. »Ich weiß«, lüge ich, ich kann noch nicht viel Englisch, aber ein paar Wörter schon, und als sich in der Schule jeder seinen eigenen englischen Namen aussuchen durfte, nahm ich Ted, nach Kennedy, dem, der noch lebt. Papas Musik ist fast immer groß und hallend, so als würde er eigentlich bunte Farben und großartige Dinge mögen, obwohl sein eigenes Leben fleißig und klein und recht still ist. An den Sonntagen, wenn wir auf der Autobahn fahren, stellt er manchmal Fragen, von denen er glaubt, dass ich sie beantworten kann, oder erzählt mir etwas, von dem er glaubt, dass es mich interessiert. »Glaubst du, der IFK wird diesen Winter in der Liga gut abschneiden?« »Die Franzosen und die Engländer haben ein Überschallflugzeug gebaut, das nächstes Jahr den Flugbetrieb aufnehmen soll, es heißt Concorde.« »Wusstest du, dass die Amerikaner zwei exakt gleich große Riesentürme bauen wollen, die nebeneinander stehen und mehr als vierhundert Meter hoch sein sollen?« »Wo denn?« »In New York. In Manhattan.«

* * *

Auch an diesem Sonntag verhalten wir uns wie gewohnt. Ungefähr auf halber Strecke machen wir Halt, wir verlassen die Autobahn und fahren anschließend ein paar Kilometer auf einer schmalen und kurvenreichen Landstraße und besuchen Onkel Errol und Tante Sylvia. Onkel Errol ist nicht mein und meines Bruders Onkel, sondern Mamas, er ist Klempner und im Krieg gewesen, aber Errol kam zurück, obwohl sowohl mein Großvater väterlicherseits als auch mein Großvater mütterlicherseits verschwanden. Errol und Sylvia wohnen in einem Holzhaus in Esbo, und Errol hat einen Granatsplitter im Körper, und der Splitter fährt in ihm umher und guckt manchmal heraus und macht kleine, kleine Wunden in seiner Haut, Wunden, die kaum bluten. Errol hat seine Sauna ganz allein gebaut und ist besonders stolz auf den Ofen, er heizt und heizt immer weiter, bis sie hundertdreißig Grad heiß ist oder mehr. Da stehen Papa und ich schon nackt im Garten und kühlen unsere brennende Haut, aber Errol bleibt sitzen und schöpft Wasser auf die Steine und ruft, wer sich draußen an der Front durch die Kriegswinter gefroren hat, dem kann es nie heiß genug werden. Tante Sylvia ist Errols Frau, sie ist Diakonissin und hat die liebsten Augen, die ich kenne. An diesem Sonntag schneidet sie wie immer das Weißbrot auf und stellt Kaffee auf den Tisch, aber bevor wir uns setzen, zieht sie Papa ein wenig zur Seite und fragt ihn etwas in bekümmertem Ton, und Papa murmelt etwas als Antwort und schüttelt resigniert den Kopf. »Voj, die armen Jungen, ihr Armen!«, ruft Sylvia aus, wird jedoch sofort verlegen und schlägt die Hand vor den Mund. »Magst du nicht deinen kleinen Bruder mitnehmen und etwas in den Garten gehen, ehe wir Kaffee trinken, ihr könnt euch Birnen pflücken, hier hast du einen Korb«, sagt sie freundlich zu mir, und dann tun wir, was wir immer tun, wir gehen in den Garten hinaus, mein kleiner Bruder und ich, und die Luft ist frisch und klar, und der Himmel wölbt sich weit, und die Farben funkeln, und dann pflücken wir Birnen, ich rupfe sie vom Ast ab und gebe sie ihm, und er lässt sie in den Korb fallen und sieht zufrieden aus. Beim Kaffee haben Papa und Tante Sylvia alles besprochen, und dann ist alles wie immer, und Onkel Errol erzählt wie üblich von damals, vor ein paar Jahren, als er und Sylvia nach Norwegen in Urlaub fuhren und in einer Sporthütte oben auf dem Holmenkollen wohnten und den finnischen Olympiasieger Mäntyranta Ski laufen sahen, und auch dieses Mal sagt Errol, was er immer wieder wiederholt hat seit jener Woche auf dem Holmenkollen, er sagt, dass Oslo nachts aussieht wie ein glitzerndes Juwel, geformt von einer rastlosen und kranken Seele, und obwohl ich das nicht wirklich verstehe, klingt es doch schön. Tante Sylvia bringt Errol immer zum Schweigen, wenn er anfängt, schneller zu sprechen und diesen lodernden Blick bekommt, aber Papa hat gesagt, dass Errol im Grunde ein Dichter ist, es ist nur leider so, dass er in einer Bahnwächterkate in Bennäs aufgewachsen ist und dann sein ganzes Leben auf einer Schiffswerft gearbeitet hat, ihm fehlt es an Eindrücken und Ideen, und deshalb fängt sein Gehirn manchmal an überzukochen, sagt Papa.

* * *

Als wir Errol und Sylvia verlassen haben und wieder auf die Autobahn zurückgekehrt und zwanzig, dreißig Kilometer weiter gefahren sind und sie treffen dürfen, wendet sie sich von uns ab, mit Schwärze im Blick. »Im Moment geht es ihr nicht so gut«, flüstert eine Krankenschwester Papa zu, »aber Sie werden sehen, es wird sicher bald besser.« »Liebes…«, sagt Papa hilflos in den Raum hinein, »Liebes…« Ich stehe dabei dicht neben ihr, und plötzlich sehe ich, dass sie will, dass sie schrecklich gerne will, und dann kommt ein mattes Lächeln, ganz anders als ihr sprudelndes Lachen oder dieses warme Lächeln, das so typisch für sie ist, wenn sie gesund ist, wenn sie genug Kraft hat, aber trotz allem ein Lächeln. »Ich habe euch alle wirklich sehr lieb, ich hoffe, du verstehst das«, sagt sie zu mir und berührt flüchtig die Haare meines kleinen Bruders, aber sie nimmt ihn nicht in den Arm, sie berührt uns nicht mehr als so. Aber wenn es ihr besser geht, wird sie das tun, dann wird sie ihr Lachen lachen und uns umarmen und wieder Kleine, kleine Spinne singen und Hoppe, hoppe Reiter spielen, denn das hat eine der Tanten uns versprochen.

* * *

Als wir nach Hause fahren, kitzele ich meinen kleinen Bruder unter dem Kinn und frage gleichzeitig, ob Mama sich auch ausruhen musste, als ich klein war. »Ja, sicher«, antwortet Papa, und es gelingt ihm, es so klingen zu lassen, als wäre es die natürlichste Sache von der Welt, genauso natürlich wie die, eine Revolution haben zu wollen oder in Zukunft Urlaub auf dem Mars oder Mond zu machen. Und wir fahren weiter nach Hause, und der Abend ist feuerrot und lila, und es ist stürmisch, und die Dämmerung vertieft sich immer mehr, und ich weiß, dass zu Hause eine Tante mit Schürze und groben Gesichtszügen wartet, sie steht am Herd und kocht faseriges Fleisch und fleckige Kartoffeln und Kohlrouladen mit Preiselbeeren, und sie kommt aus einer anderen Welt, einer Welt aus Scheunen und Heuhaufen und Melkschemeln und buckligen emaillierten Kannen, und sie spricht eine Sprache, die ich nicht verstehe, obwohl Papa sagt, es sei durchaus Schwedisch, und alles, was ich will, ist, dass Mama nach Hause kommt und Spaghetti mit Hackfleischsauce kocht, die ich dann mit einer großen und blutroten Pfütze amerikanischen Ketchups würzen darf.

»Ich gehe was auf den Hof«, sage ich zu der Frau in der Küche. »Tu da«, antwortet sie. »Ich gehe was auf den Hof«, sage ich zu Papa, der im Wohnzimmer sitzt und die Zeitung liest und eine Marlboro raucht, während mein Bruder eingeschlossen in seinem Laufstall aus Holz umherkrabbelt. »Nimmst du deinen Bruder im Bollerwagen mit?«, fragt Papa. »Nein«, antworte ich und gehe in den schwarzen Herbstabend hinaus.

Auf dem Hof spielen Kinder, die eine Sprache sprechen, die man unmöglich verstehen kann, und sie rufen mir hinterher. Ich ignoriere sie, ich nehme die Treppen, ich verlasse den Felsen und die weißen Raumschiffe, ich laufe zwischen den roten Backsteinhäusern östlich des Einkaufszentrums umher, ich gehe auf den Rasenflächen auf und ab und trete gegen die Tintlinge, die schwarz und nass zerfallen, und steige auf die Stäublinge, und es macht *poff*, und heraus fliegen mikroskopisch kleine Astronauten, umhüllt von einer kosmischen Wolke. Im Wald stehen die Irren und die Penner und die zukünftigen Selbstmörder und lauern, sie blicken zu den glänzend weißen Häusern auf dem Hügel hinauf und nicken traurig, während sie darauf warten, dass die Gebäude abheben. Ich bin es leid, auf die Stäublinge zu treten und die mikroskopisch kleinen Astronauten zu befreien, ich gehe an dem Backsteinbunker mit dem Kreuz und dem wilden Wein und dem hohen Glockenturm vorbei, ich gehe in das dunkle und enge Einkaufszentrum, und ich rutsche die glänzende Stahlbahn hinab in die Hölle, wo der Golden Retriever Sandy unseres Nachbarn vor ein paar Stunden das Blaue Band gewonnen hat. Der ganze Vorort ist ein Raumschiff, und wir sind dort alle Fremde, und wenn wir uns irgendetwas anschauen, sehe ich eine Sache und Papa eine andere und mein kleiner Bruder eine dritte und Mama eine vierte und dunklere, und es ist ganz natürlich, dass es so ist, ebenso natürlich wie eine Revolution zu machen oder seinen Urlaub im Weltraum zu verbringen. Alles ist in Ordnung, alles ist natürlich, aber ein bisschen traurig, und ich weiß ja noch nichts, ich weiß nichts über die trockenen Herbste, die kommen werden, und nichts über die Sommer mit tropischer Hitze, und ich weiß nicht, dass das Leben in immer schnellere Bahnen gelenkt werden wird, und ich weiß nichts über die Türme und die Mauern, die man erbauen und sprengen und erbauen und sprengen und wieder erbauen wird, so wie es immer schon gewesen ist und immer sein wird. Und ich weiß auch nicht, dass ich bald, sehr bald, erwachsen sein und einem traurigen Kind über die Haare streichen und ihm sagen werde, dass es manchmal in uns allen weh tut, und man weiß nicht immer, warum, aber jeder von uns muss dennoch versuchen, sein Leben zu meistern, so gut es geht. Denn so ist es nun einmal, es ist nur natürlich, dass es ein bisschen weh tut, so natürlich wie die Tatsache, dass sie, die fort ist, noch lange Zeit nicht zurückkommen wird, so natürlich wie seinen Urlaub auf dem dunklen Mond zu verbringen, so natürlich wie, dass ich jetzt, da ich mich erinnere, die Erinnerung gerade dadurch auszulöschen versuche, dass ich mich erinnere.

# Ein Abend in Montevideo

Die folgende Geschichte ereignete sich Ende der zwanziger Jahre des vorigen Jahrhunderts, es waren die Jahre, in denen neureiche Paare mit ihren Freunden in großen Sälen in frisch erbauten Steinschlössern in New York und Stockholm und Helsingfors Charleston tanzten. Nach dem Samstagssouper schallte die Musik aus den Grammofontrichtern, die Absätze der Frauen schlugen energisch auf das Parkett, die Seidenstrümpfe glänzten, und die Fliegen der Männer saßen vollkommen gerade über dem Smoking, und niemand konnte sich auch nur ansatzweise vorstellen, dass die Feste und der Luxus eines Tages ein Ende haben und durch Übel und Krieg und Dunkelheit ersetzt werden würden.

Allu Kajander stammte aus einer ärmeren Welt, und in jenem Frühjahr hatte er einmal mehr Helsingfors verlassen, um die sieben Weltmeere zu befahren. Gründe dafür gab es mehr als genug, und einer von ihnen war, dass die ehemaligen Revolutionäre und ihre Kinder noch immer teuer dafür bezahlen mussten, was zehn Jahre zuvor geschehen war. Allus Vater Enok war während des Aufstands 1918 Rotgardist gewesen, und Finnland war noch immer in zwei Lager gespalten, von denen jedes gleichsam in seinem Schützengraben lag und zusammenkauert und verängstigt das andere belauerte. Wer zu einer bekannten Familie von Aufständischen gehörte, bekam keine Arbeit.

Nicht, dass Allu sich wirklich Sorgen gemacht hätte. Er war

zweiundzwanzig Jahre alt und interessierte sich nur für zwei Dinge: ein blondes Mädchen, das Mandi Salin hieß und als Maschinenschreiberin bei Disponent Holma arbeitete, und seine Fußballmannschaft, die *Voima* hieß – was Finnisch ist und *Kraft* bedeutet – und ihre Spiele auf dem holprigen Sandplatz in Aspnäs bestritt, unten am Tavastvägen und den Fabriken.

Seine ersten Reisen hatte Allu als Kohlentrimmer gemacht. Die Trimmer waren die Handlanger der Heizer und standen in der Schiffshierarchie ganz unten, sie waren Sklaven im dunklen und heißen Maschinenraum, in den das Tageslicht niemals vordrang und wo schon Sturmwinde benötigt wurden, damit sich lebensspendende Luft durch die rostigen Rohre und Lüftungsschächte zu den rußschwarzen, keuchenden Männern dort unten verlief. Glücklicherweise war er dann zum Heizer befördert worden, daraufhin hatte er wiederum die jüngeren und unerfahreneren Trimmer anschnauzen und anbrüllen dürfen, wenn sie mit ihrer Arbeit nicht nachkamen.

Er kannte die Vergnügungsviertel von Montreal und Quebec, er fühlte sich pudelwohl in Las Palmas und Santa Cruz, er wusste die richtigen Adressen in Le Havre und Marseille. Die Hure Elkje in Rotterdam war seine Freundin, und sein Freund war auch der Seemannspfarrer Kilpinen in Antwerpen. Er erinnerte sich an Jennie in Hull, und er erinnerte sich an Celia aus Havanna; die Liste der Häfen war endlos, und gelegentlich kam es ihm so vor, als hätte er bereits alle Fehler gemacht, dic ein verirrter Wandersmann im Laufe eines einzigen erbärmlichen Lebens überhaupt machen kann. Er war sternhagelvoll gewesen und in Cádiz und London mit dem Messer ausgeraubt worden, und er hatte in einer feuchtfröhlichen Nacht in Raumo dem angeberischen Schiffskoch Gösta eins aufs Maul gegeben und das Gleiche mit dem Trimmer Klunken vor dem Freudenhaus Os Tres Coracoes in Rio gemacht.

In Rosario in Argentinien hatte Allu an einem Mädchen mit blau gefärbten Wimpern Gefallen gefunden. Sie hatte ihm klammheimlich etwas in sein Whiskyglas geträufelt, und er war am nächsten Morgen in einem Pensionszimmer in den Slums erwacht – ganz allein, und alles war fort gewesen, das Portmonee, der Pass, die Armbanduhr, die Schuhe, alles hatte sie ihm genommen, nur die Hose und das Hemd waren noch da. Und in Hamburg, auf seiner dritten Reise, hatte er ausgemustert und war in St. Pauli geblieben, um gründlich über die Stränge zu schlagen. Er hatte sich in einer kleinen Fremdenpension einquartiert, und als die junge Tochter des Besitzers das Frühstückstablett holen kam, hatte er es sich nicht verkneifen können, sie in allen Sprachen, von denen er bereits Bruchstücke aufgeschnappt hatte, anzusprechen: *Danke, danke fil mutscho, dis bed var bueno for schlafen, si, muy warme aber no frauen, nein, will du andere najt wit mir kommen in bed?* Allu war verkatert, aber der Vater des Mädchens scherte sich nicht um seine Erklärungen, er hatte Allu unsanft die Treppen hinunter und weiter auf die Straße hinausbefördert, und der Seemannssack mit seinen schmutzigen Kleidern war hinterhergeflogen.

In diesem Jahr hieß das Frachtschiff SS Wäinö. Die Reise begann im Mai, sie bunkerten Kohle in Danzig und brachten anschließend Papiermasse nach Montreal, von wo aus es mit gemischter Ladung nach Havanna ging, und von Havanna kommend brachten sie Mais und Leinsamen nach Rotterdam. Dort erreichte sie die Nachricht, dass sie Holzwaren und Maschinenteile nach Montevideo bringen sollten.

Als die Wäinö auf der Reede vor Montevideo ankerte, neigte sich der Juli seinem Ende zu. Sie mussten drei Tage warten, bis sie endlich ihre Ladung löschen durften. Der Himmel war bleigrau, das Winterwetter unberechenbar und kalt. Von Zeit zu Zeit goss es in Strömen, so als hätte jemand im Himmel eine Luke geöffnet, und anschließend stieg das Wasser in den Flüssen Uruguay und Paraná, stieg und trübte sich und strömte in das Flussdelta des Rio de la Plata und weiter, so dass sich das Meer noch ein ganzes Stück daußen rotbraun färbte.

Sie hatten lange warten müssen, und der erste Abend an Land entwickelte sich dementsprechend. Allu war mit Klunken und Gösta unterwegs; sie gingen erst in die Bar Parque Sur, wo sie Whiskygrogs und große Humpen dunklen und schäumenden Biers bestellten. Von dort gingen sie weiter ins El Cielo Azul, wo der Papagei Verga in einem Vogelbauer saß und den Gästen in mindestens zehn verschiedenen Sprachen Unflätigkeiten zuschrie. Im El Cielo Azul wimmelte es nur so von geschminkten Frauen, die Blickkontakt suchten, und als Allu am folgenden Vormittag in seiner Koje erwachte, hatte er mörderische Kopfschmerzen und Erinnerungen an den Vortag, die zwar bedauerlich verschwommen, aber desto lebhafter waren. Er zog sich an und fand eine Visitenkarte in seiner linken Hosentasche.

**»El Cielo Azul«**
*The nices girl in town*
*If your want fun*
*Come to house*
*Open 24 h*
*Enjoy youself come*
*Street: Avda. Velasquez 256*

Viele Stunden später saß Allu auf der Pierkante und ließ die Beine einen guten halben Meter über der Wasseroberfläche baumeln. Der grobe Betonboden war kalt unter seinem Hosenboden, aber die Kopfschmerzen hatten nachgelassen, und der Regen hatte sich verzogen und war von einer feuerroten Sonne ersetzt worden, die hinter dünnen und blau getönten Abendwolken hervorlugte, und Allu spürte auf einmal, dass er sich richtig wohlfühlte. Er nahm die Düfte des Hafens wahr: Steinkohle, Heizöl, Müll, der Geruch von Lehm, den der über die Ufer getretene Fluss mitgeschwemmt hatte, der schwere und fettige Geruch von gebratenem Fleisch aus den Wirtschaften. Er blickte in das schwärzer werdende Wasser hinab, auf dem kleine Inseln glänzenden, fetten Restöls trieben. Die Ölflecken erinnerten ihn an den Hafen daheim in Sörnäs, und plötzlich sehnte er sich nach Helsingfors zurück, zum Aspnäsplatz und zu Disponent Holmas Büro, in dem Mandi saß und auf ihrer Corona tippte.

Ein harter, fremder Laut weckte ihn und ließ seinen Traum zerplatzen, als wäre er eine Seifenblase. Er lauschte, und nach einer Pause wiederholte sich der Laut. Obwohl, im Grunde handelte es sich nicht um einen einzigen Laut, sondern um mehrere. Anfangs klangen diese Laute nur seltsam und Furcht einflößend. Zuerst ertönte ein kurzes Keuchen, beinahe ein Stöhnen. Fast gleichzeitig war ein dumpfer Laut zu hören, so als hätte jemand einen harten Faustschlag gegen den Solarplexus abbekommen. Anschließend folgte ein kurzer Moment der Stille, höchstens eine Sekunde lang, und daraufhin kam dieser harte Knall: Er war metallisch scheppernd, und das Echo war lang und gellend, es klang, als hätte ein Gegenstand eine Blechtonne getroffen, sodass die Tonne umfiel oder doch zumindest noch eine ganze Weile schwankte. Diese Kette von Geräuschen – das Stöhnen, der dumpfe Faustschlag, der harte Knall mit dem langen Echo – wiederholte sich mehrmals, und dazwischen lagen Pausen, deren Länge variierte, manchmal waren sie zehn, manchmal auch fast zwanzig Sekunden lang. Allu hörte die Laute immer wieder, und am Ende hatte er keine Angst mehr, denn wenn die Geräusche von einer Messerstecherei oder einem Faustkampf hergerührt hätten, wäre der unterlegene Part entweder gestorben oder hätte längst vor Schmerzen aufgeschrien. Außerdem dämmerte ihm allmählich, worum es bei dem Ganzen ging; er meinte, diesen kurzen und dumpfen Laut wiederzuerkennen, dem dann der Knall und das Echo folgten. Geleitet von seinen Ahnungen stand er vom Pier auf und begann, in Richtung der Laute zu gehen. Er fand praktisch sofort, wonach er suchte. Die Ursache für den Lärm befand sich hinter einem niedrigen Lagergebäude nur etwa dreißig Meter von der Stelle entfernt, an der er gesessen hatte.

Allu war ein Mann, der versuchte, gewisse Dinge auseinander zu halten. So verknüpfte er beispielsweise nie seine Liebe zu Mandi Salin mit Lokalitäten wie dem El Cielo Azul. Mandi und die Hafenmädchen befanden sich in seinem Kopf in unterschiedlichen Schubladen, er dachte niemals gleichzeitig an sie. Und die Rolle, die der Fußball in seinem Leben spielte, erinnerte ein wenig an Mandis. Der Fußball gehörte zu dem Platz in Aspnäs und den Hinterhöfen von Sörnäs, er war ein Teil seiner geborgenen Helsingforswelt, gehörte nicht zu den alkoholschwangeren Festnächten, wenn sein Schiff in einem fremden Hafen lag. Deshalb spielte er nie, wenn er zur See fuhr, und deshalb ging er auch nie zu Spielen, obwohl er wusste, dass die südamerikanischen Hafenstädte Begegnungen boten, bei denen die Spieler schnell und geschickt und die Stadien groß und die Zuschauer hitzig und laut waren.

Doch jetzt blieb Allu stehen und glotzte. Minute um Minute verging, er lehnte sich an die Ecke des Lagergebäudes und starrte unverwandt auf das Spiel des fremden, ebenholzschwarzen Mannes mit dem Ball. Obwohl, im Grunde genommen handelte es sich nicht um ein Spiel, sondern um einen Trick, ein Zirkuskunststück, das der Fremdling ein ums andere Mal wiederholte, zehn Mal und dann noch einmal zehn Mal, als wäre er von dem Gedanken besessen, den Trick vollendet zu beherrschen. Und was für ein Trick! Der Mann stellte sich mit dem Rücken zum Lagergebäude, dessen breite Blechtür diente ihm als Tor. Anschließend warf er den Ball senkrecht in die Luft, so hoch er konnte, und genau in dem Moment, in dem die Flugbahn des Balls den höchsten Punkt erreichte, nahm er Schwung und schwang sich selber in die Luft. Er war geschmeidig wie eine Katze, während eines atemberaubenden Moments lag er waagerecht in der Luft, er machte eine schnelle Scherenbewegung mit dem linken Bein, dann eine bedeutend kräftigere Trittbewegung mit dem rechten, all das schien im Bruchteil einer Sekunde zu geschehen, und der rechte Fuß des Mannes traf den Ball, der wie eine Kanonenkugel davonschoss und am Gesicht des Mannes vorbeiflog, während dieser noch auf dem Rücken in der Luft lag, um danach mit enormer Wucht das Blechtor zu treffen; die Tür zitterte und schepperte noch viele Sekunden nach dem Treffer. Aber am beeindruckendsten war die Gelenkigkeit des Mannes, dass er niemals schwer zur Erde plumpste, sondern sich jedes Mal rechtzeitig in der Luft drehte und zusammenkauerte, sodass er so sanft wie ein Leopard auf dem harten Asphalt landete und in die Höhe hüpfte, als wären seine Beine mit Stahlfedern versehen, woraufhin er dem Ball hinterhertrottete, der davongerollt und liegen geblieben war, mal in einer Wasserpfütze, die der Regen zurückgelassen hatte, mal in nahen Sträuchern.

Der Mann war voll und ganz auf seine Aufgabe konzentriert, und so dauerte es eine ganze Weile, bis er entdeckte, dass er einen Zuschauer hatte. Als er Allu erblickte, erstarrte er, und seine Augen begannen, nervös zu flackern. Allu war bereits weltgewandt, er konnte sich in mehreren Sprachen durchschlagen, und nun suchte er fieberhaft nach den richtigen spanischen Worten, obwohl er den Verdacht hegte, dass der Mann in Wirklichkeit Afrikaner war oder vielleicht auch aus Brasilien stammte. Er wollte, dass der Fremde ihm seinen Zirkustrick noch eine Weile vorführte, denn er wollte ihn lernen, und schließlich fand er die richtigen Worte. »Otra vez«, noch einmal, sagte er und erinnerte sich gleichzeitig, dass er diese Worte auch in der vorhergegangenen Nacht benutzt hatte, da allerdings in einem völlig anderen Zusammenhang.

Im gleichen Moment begriff der andere, dass Allu weder Hafenpolizist noch Zollbeamter, sondern ein Schicksalsgefährte war, ein verlorener Seemann fernab der Heimat, und daraufhin verzog sein Gesicht sich zu einem Lächeln.

»Vale«, warum nicht, sagte er, wandte Allu und dem Lagergebäude den Rücken zu, warf den Ball hoch in die Luft und holte Schwung. Allu schaute, er war wie verhext von dem Bewegungsablauf, von der enormen Gelenkigkeit und Spannkraft des Mannes, aber gleichzeitig machte es ihn auch verlegen, dass er solche Bewunderung für jemanden empfand, dessen Hautfarbe so leuchtend schwarz war. Er schüttelte ungläubig den Kopf, lächelte den Mann an und sagte: »Una vez más?« Der Mann zuckte mit den Schultern und begegnete Allus Blick, in seinen Augen stand eine Frage.

»Eres jugador también?« Spielst du auch, wollte er dann wissen.

»Ja, aber nicht so gut wie du«, hätte Allu gerne geantwortet. Doch dazu reichte sein Wortschatz nicht aus, er musste sich darauf beschränken, energisch zu nicken.

Die SS Wäinö kehrte über die Kanarischen Inseln und Marseille heim. Helsingfors erreichte das Schiff mit einer Ladung Weizen. Es war grauester Oktober. Der Aspnäsplatz hatte sich in einen Morast verwandelt, und alle Ligen waren bereits abgeschlossen; Voima war es nicht gelungen, den Vorjahressieg in der Bezirksliga der Arbeitermannschaften zu wiederholen, und hatte den dritten Platz erreicht. Aber Allu grämte sich nicht. Er hatte sich verändert, er wollte kein Raufbold mehr sein, der in Hurenhäusern und Bars randalierte, er hatte angefangen, Bücher zu lesen, und in »Das ABC des Arbeitersportlers« las er, dass nicht der Sieg das Wichtige war, sondern die Zusammenarbeit der Mannschaftskameraden und ihre Kameradschaft und Solidarität. Aber er war immer noch eine Künstlerseele, und als es Frühling wurde, klemmte er sich oft den Ball unter den Arm und schlich sich in den Wald hinter Fredriksberg. Mitten im Wald gab es eine Wiese, die Lasse Saurén und Unski Taipale und er selbst gefunden hatten, als sie Kinder waren, und die sie Narva getauft hatten, und dort begann er, sich geduldig darin zu üben, den seltsamen Schuss auszuführen, den er an jenem Abend in Montevideos Hafen gesehen hatte.

In den ersten Begegnungen der Frühjahrsspielrunde kam er nicht dazu, seinen Schuss zu benutzen, der verflixte Ball kam nie in der richtigen Bahn. Im vierten Spiel, dem gegen Hermannin Riento, versuchte er es, aber die Sache ging schief. Der Ball flog meterweit über das gegnerische Tor, und Lasse und Unski und die anderen sahen ihn vorwurfsvoll an. Aber in einem Spiel im Juli gegen Kullervo schlug er waagerecht in der Luft liegend zwei lange und gelungene Pässe, und im Spiel gegen Ponnistus Anfang August schlug Unski Taipale eine perfekte hohe Flanke von rechts, und Allu machte endlich ein Tor mit dem Montevideoschuss. Und nun begann das Gerücht, sich in Helsingfors zu verbreiten. Den ganzen Herbst über eilte Voima von Sieg zu Sieg, und schon bald wusste man sogar in den Vierteln der Oberschicht, dass es nördlich der Långa-Brücke eine Mannschaft gab, die guten Fußball spielte und einen ganz besonders gefährlichen Mittelstürmer hatte, der Seemann war und ein merkwürdiges Zirkuskunststück aus Südamerika mitgebracht hatte. In der letzten Begegnung der Spielzeit gegen Jyry saßen mehrere Starspieler aus den reichen Mannschaften der vornehmen südlichen Stadtteile von Helsingfors auf der morschen Zuschauertribüne des Aspnäsplatzes, und als Allu Kajander in der zweiten Halbzeit von Lasse Saurén einen perfekten hohen Ball zugespielt bekam und abhob und den Ball in Jyrys Tor schoss, sahen die Starspieler auf der Tribüne einander an, lächelten verwirrt und sagten: »Wie zum Teufel stellt er das an, er schwebt ja ewig lange in der Luft, ehe er schießt!«

# Über die Erzählungen

Jede Erzählung ist eine Straße. Der Mensch, der erzählt, ist ein Straßenbauer. Aber gleichzeitig ist er der erste Reisende auf der Straße, der oft überrascht wird von dem, was er an den Straßenrändern und im Hintergrund sieht. Manchmal wird der Straßenbauer auch davon überrascht, wohin die Straße führt.

Jede Straße fängt irgendwo an. Der Straßenbauer redet sich gerne ein, er hätte entschieden, wo die Straße anfangen soll, und dass es einen tieferen Sinn hat, dass die Straße ausgerechnet dort beginnt. In Wahrheit ist der Startpunkt willkürlich, er ist eine traumgleiche Stelle, die einem Ort tief im Inneren des Straßenbauers ähnelt.

Straßen werden von Landschaft umgeben. In gewissem Sinne *ist* jede Straße die Landschaft, durch die sie führt. In der umgebenden Landschaft stecken große Teile des Reichtums und der Eigenart der Straße. Wer nur auf die Fahrbahn schaut, sieht nicht die Straße.

* * *

Wer eine Erzählung liest, ist ein Reisender. Wenn die Straße von einem Menschen mit Sinn für die Freiheit des Gedankens und des Gefühls erbaut wurde, fühlt sich auch der Leser wie ein Straßenbauer, wenn er sich fortbewegt.

Wenn der Straßenbauer hört, wie ein Reisender dieses Gefühl des Miterschaffens beschreibt, packt ihn zuweilen unbändiger Neid. Er hat, findet er, ungeheuer viel Arbeit darauf verwandt, die Straße zu ziehen, und erklärt deshalb, das Gefühl des Reisenden sei das Resultat der geglückten Illusionstricks, des Talents und des handwerklichen Könnens des Erzählers.

Aber er irrt sich. Denn die Straße ist jedes Mal neu, wenn jemand sie befährt. Die Landschaft zu beiden Seiten der Straße mag immer die gleiche sein, aber sie hat jedes Mal einen anderen Glanz, und mit jedem Reisenden, der das Ziel erreicht, entsteht eine neue Erzählung darüber, wie die Straße dorthin aussah.

K.W.

## Anmerkung des Übersetzers

Finnland ist ein zweisprachiges Land, in dem neben Finnisch auch Schwedisch gesprochen wird. Da der vorliegende Roman in schwedischer Spreche verfasst wurde, sind in der Übersetzung die schwedischen Ortsbezeichnungen beibehalten worden, zum Beispiel Helsingfors statt Helsinki, Tammerfors statt Tampere.

# Inhaltsverzeichnis